btb
Aus Freude am Lesen

btb

Buch

Sein Vater ist gestorben, und der Erzähler versucht, dem Abschiednehmen zu entgehen: In einer langen Flucht will er sich Ende der 1980er Jahre den Bildern von Krieg und Nachkrieg entziehen, die ihn aus der Biographie des Vaters zunehmend obsessiv verfolgen. Nach Westen flieht der Sohn, immer weiter, möglichst weit weg vom Osten, von der Grenze, jenem Rand des Abgrunds. Die Flucht führt ihn nach Amerika, bis hin zum Mississippi, hinunter nach New Orleans, in die Karibik, bis er über Florida wieder einen Weg zurück nach Europa findet, wo mit der Öffnung des Eisernen Vorhangs die Epoche zu Ende geht, die das Leben des Vaters bestimmt hat.
»Abschied von den Kriegsteilnehmern« ist eine große Elegie auf die Nachkriegszeit, ein Roman über Väter und Söhne, über Bilder und Vorbilder. Der 1992 erschienene Roman gilt heute als Epoche machend: denn erstmals ging es nicht mehr nur um eine Abrechnung mit den Vätern - ein Sohn versucht vielmehr, seinem Vater gerecht zu werden, und geht an der daraus entstehenden Nähe fast zugrunde …

Autor

Hanns-Josef Ortheil, 1951 in Köln geboren, gehört zu den bedeutendsten deutschen Autoren der Gegenwart, sein Werk ist mit vielen Preisen ausgezeichnet worden, zuletzt mit dem Brandenburger Literaturpreis und dem Thomas-Mann-Preis der Hansestadt Lübeck. Er lehrt als Professor für Kreatives Schreiben und Kulturjournalismus an der Universität Hildesheim. Zuletzt erschien im Luchterhand Literaturverlag der Roman »Die geheimen Stunden der Nacht«.

Hanns-Josef Ortheil bei btb

Faustinas Küsse. Roman (72476)
Im Licht der Lagune. Roman (72477)
Die Nacht des Don Juan. Roman (72478)
Lo und Lu. Roman eines Vaters (72798)
Die große Liebe. Roman (72799)

Hanns-Josef Ortheil

Abschied von den Kriegsteilnehmern

Roman

btb

FSC
Mixed Sources
Product group from well-managed
forests and other controlled sources

Cert no. GFA-COC-1223
www.fsc.org

Verlagsgruppe Random House FSC-DEU-0100
Das FSC-zertifizierte Papier *Munken Print* für Taschenbücher aus dem btb Verlag liefert Arctic Paper Munkedals AB, Schweden.

1. Auflage
Genehmigte Taschenbuchausgabe November 2005
btb Verlag in der Verlagsgruppe Random House GmbH, München

»Abschied von den Kriegsteilnehmern« erschien zuerst 1992
im Piper Verlag, München
Umschlaggestaltung: Design Team München
Umschlagfoto: photonica
Satz: IBV Satz- und Datentechnik GmbH, Berlin
Druck und Einband: Clausen & Bosse, Leck
MM · Herstellung: AW
Made in Germany
ISBN-10: 3-442-73409-6
ISBN-13: 978-3-442-73409-2

www.btb-verlag.de

FÜR JOSEF

Überall suchten ihn meine Augen, aber er kam mir nicht wieder. Und ich haßte alle Dinge, weil sie ihn mir nicht wiederbringen konnten, weil sie mir nimmer sagen konnten: sieh, da kommt er, wie früher wohl in den Tagen seines Lebens, da er fort war und wiederkommen sollte. Und mir selber ward ich zum großen Rätsel …

Augustinus, Confessiones

... Als ich aber aus der kleinen Leichenhalle des Dorfes ins Freie trat, schlugen mir die Sonnenstrahlen gerade ins Gesicht, und während ich geblendet weiterging und weiter versuchte, ruhig, langsam und sicher aufzutreten, aufzutreten auf dem noch feuchten Kies, in dem ich jeden einzelnen Stein zu erkennen glaubte, dachte ich immer nur, daß es nichts sei, dies hier, gar nichts, nichtiges Gehen, sonst nichts, und so ging ich mit diesem verschleppten Gang hinter dem auf dem kleinen Karren vor mir dahinschwankenden Eichensarg her, in dem die Leiche meines Vaters liegen mußte.

Ich konnte mich in diesen Momenten nicht an meinen Vater erinnern, ja, ich versuchte es nicht einmal, sondern ging, wie ich mir befahl, nur langsam und ruhig hinter dem Sarg her und versuchte, alle Erinnerung aus meinen Gedanken fortzuschaufeln, um nichts, rein gar nichts zu empfinden. Nein, dachte ich nur, in diesem Sarg liegt nicht die Leiche meines Vaters, nein, mein Vater ist irgendwo, jedenfalls nicht in diesem Sarg, wie sollte er denn auch in diesen Sarg gelangt sein, wer hätte ihn hineingelegt, und wenn überhaupt ..., dann hätte er ja zuvor gestorben sein müssen. Neinnein, dachte ich weiter, natürlich ist Vater nicht gestorben, noch nicht jetzt, irgendwann wird er sterben, aber noch lebt er ja, er lebt, vielleicht nicht ganz gesund, vielleicht mit seinen geringen Alterskräften, er lebt oben in dem kleinen Haus, das er sich auf der höchsten Erhebung der Gegend, gerade unter dem trigonometrischen Punkt erbaut hat, er lebt in diesem seinem eigenen Denkmal, in diesem Haus eines Vermessers, eines Geodaten, das nur ein Haus gerade unterhalb eines trigonometrischen Punktes sein konnte. Dort würde er in irgendeinem Sessel sitzen und lesen, so dachte ich, und der Eichensarg, der hier vor mir über den feuchten Kies geschoben wurde, war nur irgendein Sarg, jedenfalls keiner, in dem sich etwas befand, was auch mich anging, und erst recht nicht mein Vater.

Die Sonnenstrahlen blendeten mich so stark, daß ich dauernd auf den Boden schauen mußte, und auf dem Boden glitzerten plötzlich die Kieselsteine als feurige Spektren und tanzten mir ihre Farben vor, und ich stierte nur auf diesen unter mir dahinfließenden Teppich, den irgendwer nun auch seitwärts, da, wo meine Mutter vor sich hin stolperte, entlangzog, so daß ich sie am Arm nahm, meine Mutter, die aus unerfindlichen Gründen neben mir ging, weil sie dem schlimmen Wahn verfallen war, in dem vor uns dahinholpernden Eichensarg befinde sich die Leiche meines Vaters. Schon oft hatte meine Mutter mich mit solchen Irrtümern verstört, in den letzten Jahren hatte sie es geradezu darauf angelegt, mich immer wieder zu irritieren, indem sie mich an den entlegensten Orten angerufen hatte, um mir mitzuteilen, daß es meinem Vater nicht gut gehe, daß es ihm schlecht, schlechter, miserabel gehe, daß der Tod bevorstehe, daß der Tod angekündigt, aufgeschoben, verdrängt, abgespeist sei, und jedesmal hatte ich sie noch beruhigen können, manchmal freilich nur dadurch, daß ich in das Haus unterhalb des trigonometrischen Punktes gefahren war, in mein Elternhaus also, in dem ich zu den Zeiten meiner Aufenthalte das obere Stockwerk mit dem unendlichen Blick in die Landschaft bewohnte, einem geradezu überwältigenden Blick, in dem es kaum Einzelheiten, sondern nur den Rachen der Weite gab.

Dort hatte ich meist einige Tage zugebracht, treppauf, treppab, immer dem Mienenspiel meines Vaters auf der Spur, seinen Stimmungen ergeben, seinen Launen folgend, mit dem Blick nicht in die Weite, sondern in das immer schärfer, prägnanter und asiatischer werdende Gesicht meines Vaters, und ich hatte wie selbstverständlich damit gerechnet, daß sich das Befinden meines Vaters in meiner Gegenwart bessern würde. Und so war es immer wieder gekommen, natürlich, ich hatte allein durch mein Dasein meinem Vater immer wieder auf die Beine geholfen, aufgestanden war er wie ein frischer Mann, wie der Mann also, der mit mir monatelang allein unterwegs gewesen war, früher, in den Tagen, als ich »sein einziger Sohn« war.

Auch jetzt war ich noch immer »der einzige Sohn«, und daß mein Vater mich so nannte, hatte damit zu tun, daß er sich fünf Söhne gewünscht hatte, von diesen fünfen jedoch nur noch ich am Leben war, so daß er mich den »einzigen Sohn« nannte, freilich hätte er mich auch den letzten Sohn nennen können, denn ich war von diesen fünf Söhnen der jüngste und letzte und trug die anderen vier, die längst gestorben waren, auf meinem Buckel. Ich trug sie auf meinem Buckel, obwohl ich keinen von ihnen je gekannt hatte, denn sie waren alle vor mir gestorben, mir vorausgestorben, und das war um so schlimmer, denn hätte ich sie noch lebend erlebt, so hätte ich mich an irgendeine Erinnerung klammern können, so war es aber mit diesem Halten und Klammern nichts, ich war das Phantombild meiner verstorbenen Brüder, und deshalb nannte mich mein Vater, um doch zumindest etwas Spott für diesen schwierigen Zustand zu finden, deshalb nannte mich mein Vater seinen »einzigen« oder auch seinen »letzten« Sohn.

Ja, dachte ich weiter, ich bin der »einzige« und auch der »letzte« Sohn, nach mir kam nichts mehr, und die, die mir vorauslebten, lebten mit ihren abgebrochenen Leben auf mich zu, vielleicht lebten sie ja weiter in mir, tobten sich aus in meinem Leben, wer wußte das schon genau, oder sie ließen sich durch mich vertreten, hier und da tauchte ich als ihr Stellvertreter auf und meldete mich zur Stelle. Jedenfalls hatte mein Vater mich in manchen Augenblicken mit diesem oder jenem meiner verstorbenen Brüder verwechselt, er hatte mich mit falschem Namen gerufen, und meist hatte ich so getan, als hätte ich diesen falschen Ruf ganz überhört, denn er konnte ja niemand anderen meinen als mich mit seinem Rufen. Außerdem sprach mein Vater nur selten von meinen Brüdern, er tat, als habe er sie vergessen und als genüge es ihm nach all dem schwer ertragenen Leid über den Tod dieser Brüder vollends, wenigstens noch einen Sohn am Leben zu wissen, den »einzigen« und »letzten«.

Ich aber hatte viel Zeit meines Lebens damit zugebracht, mich an meine Brüder zu erinnern und mich mit ihnen zu vergleichen, so daß ich sagen konnte, sie gingen mir fast täglich im Kopf herum, und auch wenn ich nicht ausdrücklich an sie dachte, erschienen sie mir nahe, manchmal wie gütige Helfer, dann aber als lästige Alleswisser, denen gegenüber mein Leben sich eigentlich erübrigte. Ja, manchmal dachte ich, daß sich mein Leben wirklich erübrigte, ich lebte doch nur als eine Art Zeichen des unbändigen Lebenswillens meiner Eltern, ich stand lächelnd, gesund und ohne Widerrede bereit, ich gab mir Mühe, sie mit meinen wechselnden Kunststücken zu erfreuen, aber in all diesen Bemühungen diente ich vor allem dem Andenken meiner Brüder, nicht mir selbst, folgte ich vor allem diesen Befehlen aus dem Jenseits, nicht aber meinen eigenen, wie ich ja auch, hätten meine Brüder es fertiggebracht, am Leben zu bleiben, nicht, niemals geboren worden wäre.

Nein, ich wäre niemals geboren worden, irgendein anderer wäre vielleicht noch zur Welt gekommen, nicht aber ich, den sechs Jahre vom Ende des letzten Krieges trennten, sechs lange Jahre, in denen meine Mutter sich von meinen toten Brüdern zu befreien versucht hatte, von ihren Umarmungen und frühen Lauten, sechs lange Jahre, in denen die Kraft meiner Mutter langsam erloschen war, so sehr, daß sie am Ende beinahe stumm geworden war, bis meine Geburt sie aus der lebensgefährlichen Stummheit herausgerissen hatte.

Auch während meiner ersten Jahre war sie immer wieder in diese Stummheit zurückgefallen, ich erinnerte mich gut an diese Anfälle des Stummseins, denn mit meinem Lallen und Sprechen hatte ich sie von diesem Stummsein zu befreien, was mir in vielen Momenten, aus denen ich mein ganzes Glück zog, auch gelungen war.

Jetzt aber hielt ich meine Mutter am Arm, und so gingen wir eng nebeneinander hinter dem Eichensarg her, und ich hielt sie so eng, weil ich befürchtete, irgendwann könnten die alten, nun überwunden geglaubten Anfälle wieder ausbrechen, Anfälle, vor denen wir uns fürchteten seit jeher. Ich ließ meine Gedanken jedoch weiter kreisen, unablässig versuchte ich, die Erinnerungen an meinen Vater nicht aufkommen zu lassen, denn ich wollte von diesen Erinnerungen nicht heimgesucht werden, weil ich wußte, was es bedeutete, in einem Sud von Erinnerungen zu leben. Meine Mutter hatte ihr Leben lang mit solchen Erinnerungen gelebt, und sie hätten sie fast umgebracht, ich aber, ich, ich war das lebende Beispiel dafür, daß es möglich war, trotz aller furchtbaren Erinnerungen weiterzuleben, man mußte diese Erinnerungen einfach beherrschen lernen oder sie umbilden in etwas ganz anderes. Darin aber, im Umbilden der alten Erinnerungen, in ihrer Beherrschung und Zähmung, glaubte ich ein großer Meister geworden zu sein.

Ein großer Meister, ein großer Meister, hänselte ich mich, während ich mit meiner Mutter am Arm auf den breiten Hauptweg einschwenkte, der uns in die Nähe des offenen Grabes bringen sollte, aber ich war mir längst nicht sicher, ob es meine innere Stimme war oder ob es nicht vielmehr die Stimmen meiner Brüder waren, von denen man annehmen konnte, daß sie sich jetzt besonders vorwitzig meldeten, denn schließlich näherten wir uns ja geradewegs ihrem Grab, ja, wir näherten uns dem Grab, in dem meine vier Brüder beigesetzt worden waren und in dem jetzt mein Vater, nachdem er mehr als achtzig Jahre gelebt hatte, ebenfalls beigesetzt werden sollte.

So wurde der Raum um mich herum immer kleiner, und ich sah wahrhaftig nur noch einen schmalen Ausschnitt, durch einen winzig kleinen Spalt glaubte ich auf die Erde zu schauen, dort, wo die schlierigen Spektren hin und her tanzten, während ich deutlich spürte, daß meine Mutter immer langsamer und schwerer wurde, daß sie mir wie ein Gewicht am Arm hing und es immer anstrengender werden würde, sie vor das offene Grab zu bringen. Ich wußte auch nicht mehr, wohin ich meine Gedanken nun wenden sollte, nicht erinnern wollte ich mich, das war leicht gesagt, und so hänselte ich mich weiter als großen Meister, denn ich mußte nun um jeden Preis standhalten, um meine Mutter und mich vor das Grab zu führen.

Keine Empfindung aber hatte ich dafür, daß sich hinter uns her eine große Schar von Trauernden bewegte, wahrscheinlich hätte mich eine solche Empfindung abgelenkt oder mir etwas zum Nachdenken gegeben, doch ich spürte sie nicht hinter mir, die trauernde Schar, es war wie verhext, ich fühlte nur das Gewicht meiner Mutter an meinem Arm, richtig eingehängt hatte sie sich, schwer auf die Seite gegen meine eigene rechte Seite hatte es sie versetzt, und ich mußte aufrecht gehen, langsam, ruhig und festen Schrittes, wie man es von mir erwarten konnte.

Nicht auf mich kommt es jetzt an, dachte ich noch, nicht darauf, was Du denkst und empfindest, denk, was Du willst, Du gehst mit Deiner Mutter an dieses Dir seit Kindertagen bekannte Grab, und Du hast dafür zu sorgen, daß sie es übersteht. Nicht einmal eine Träne, dachte ich weiter, darf sich der große Meister gestatten, nichts davon, der Meister wird stehen und in die Sonne schauen, die dort irgendwo am Horizont ihr Spiel mit Dir treibt.

Gerade da, mitten in diesen Gedanken, überfiel mich eine furchtbare Angst, denn ich wußte plötzlich, daß ich nicht in das offene Grab sehen wollte, ich hatte dieses Grab noch nie offen gesehen, dieses Grab sollte das geschlossene, in Jahrzehnten überwachsene, zu kompakter Erde gewordene Grab meiner Brüder bleiben, niemand sollte mich zwingen, in dieses Grab hineinzuschauen. Was stellt Ihr denn noch mit mir an, versuchte ich, mit meinen Brüder zu reden, aber wie meist bei solchen Gesprächen geriet ich in eine gefährliche Unruhe, und so lenkte ich mich sofort wieder ab, indem ich mich aufrichtete, um meiner Mutter zu erkennen zu geben, daß sie auf mich zählen konnte.

Es schien mir aber wahrhaftig wie ein Wunder, daß meine Mutter noch immer neben mir herging, im voraus hatte ich soviel Angst um diese Momente gehabt, und nun ging sie, zwar schwer und voller Trauer, aber doch still und gleichmäßig neben mir her. Und ich dachte daran, daß wir nun allein waren, nach und nach würde sich diese Familie in dem uns näher rükkenden Grab verlieren, auch für meine Mutter würde es nicht mehr lange dauern, aber nein, soweit konnte ich nicht denken, und so räusperte ich mich laut und kehrte dadurch wieder an die Erdoberfläche zurück, wo wir jetzt vor dem offenen Grab haltmachten, um dem Begräbnis meines Vaters beizuwohnen.

Ich schaute aber nicht in das offene Grab hinein, nein, mein Blick suchte den Horizont, und plötzlich spürte ich den Wind, der aus den tiefer gelegenen Tälern manchmal zum Friedhof herauffand, eine leichte Brise, die sich rasch zwischen den hohen Zypressen verlieren würde. Kalt war es meist in dieser Gegend gewesen, es war eine Landschaft von hohen Plateaus, steinig, rein sonnige Tage waren eine Seltenheit, sogar im Sommer. Doch in dieser Brise war trotz der frühen Jahreszeit schon etwas Wärme, ich spürte es genau, das Frühjahr war nicht mehr weit, und in diesem Frühjahr wollte ich immer wieder zurückkommen in mein Elternhaus, um den großen Garten umzugraben und den Wald ringsum zu durchwühlen.

Nun begannen auch schon die Gebete, und ich wollte mich heraushalten aus diesen Gebeten, ich konnte sie nicht mitbeten, wie es mir immer schwergefallen war, laut und in Gegenwart anderer Gebete zu sprechen. Amen, sagte ich nur, Amen, und es soll schnell vorbei sein, Amen, so macht dem doch ein Ende, denn dann brauche ich nicht in dieses Grab zu schauen. Dann aber sah ich doch, daß der Sarg von den Sargträgern leicht angehoben und mit Hilfe der starken Seile ins Grab gelassen wurde, langsam rutschte er immer tiefer, und es war schwer, sich dieser langsamen Bewegung zu widersetzen, denn sie zog einen geradezu mit hinab, so daß ich meine Mutter, die mich für Augenblicke losgelassen hatte, wieder am Arm nahm.

Meine Mutter mochte nun sehen, daß der Sarg zu Grabe gelassen wurde, und sie mochte daran denken, daß der Sarg meines Vaters zu den anderen vier Särgen hinabgelassen würde, ich aber wollte mich ablenken und um keinen Preis diesen Gedanken nachhängen, und so stierte ich jetzt nur noch in das offene Grab, während es um uns herum immer stiller und schließlich auch windstill geworden war. Der Sarg ist im Grab, dachte ich nur, und war darum auch schon zufrieden, als hätte es einer großen Leistung bedurft, oder als hätte irgendwer den Sarg im letzten Moment noch aufhalten können, und dann spürte ich, daß meine Mutter an meinem Arm rüttelte, daß mein Arm vom Gewicht meiner Mutter fortgerüttelt wurde, und so reckte ich mich wieder auf, um meiner Mutter ein Halt zu sein.

Ich hörte, daß die Gebete fortgesetzt wurden, aber einzelne Worte waren nicht zu verstehen, denn die Worte waren nur Laute, und die Laute dienten nur dazu, den Sarg im tiefen Grab endgültig verschwinden zu lassen. Dann flog die erste Schaufel Erde hinab, ich hörte die Erde aufklatschen auf den Eichensarg, und ich zog meine Mutter ganz nahe ans Grab, und wir versuchten, jeder dann doch für sich, denn jetzt waren wir vor dem offenen Grab wieder getrennt, eine Schaufel Erde ins Grab zu werfen. Ich achtete aber nur darauf, daß die Erde auch den Sarg traf, sie sollte den Sarg treffen, doch die Schaufel bog sich in meinen Fingern zur Seite, und so rutschte die Erde ganz matt von der Schaufel, die ich schnell weitergab.

Dann nahm ich meine Mutter zur Seite, weit fort vom Grab, vier, fünf Schritte entfernten wir uns, und ich spürte die Erleichterung, die es mir bereitete, mich endlich von diesem Grab zu entfernen. Nun endlich nahm ich auch die anderen Trauernden wahr, es war ja nicht nur unsere Zeremonie, dies war vielmehr die Zeremonie für die Trauernden, ihnen allen mußte bestätigt werden, daß mein Vater nicht mehr lebte, und sie konnten sich davon überzeugen und es bestätigen, indem sie eine Schaufel ins offene Grab auf den Sarg warfen.

Und ich versuchte, mir die Gesten der Trauernden einzuprägen, zunächst die der Verwandtschaft, aber ich erkannte die bekannten Gesichter kaum wieder, es waren ganz andere, völlig entstellte Gesichter, und in diese Gesichter war die Angst gezeichnet, die Angst, die ich noch zu beherrschen glaubte, indem ich meine Mutter hielt, die dem Anblick des offenen Grabes entkommen zu sein schien.

Gott sei Dank, dachte ich nur, und ich wünschte, daß es jetzt bald vorbei wäre, man drückte uns die Hand, und während man auf uns einsprach, schaute ich mich noch einmal nach der Sonne um, deren bissige Strahlen ich als erstes gespürt hatte, als wir die dunkle und muffige Leichenhalle verlassen hatten. Die Sonne war jetzt zu den fernen Flügeln hinübergewandert, sie schwebte dort erwartungsvoll über einem Kiefernwäldchen, und ich nahm mir vor, bald in dieses Wäldchen zu gehen, wie ich überhaupt von einer plötzlichen Gier ergriffen wurde, mich zu bewegen, zu gehen, weit zu gehen, denn dieses Stehen, Schleichen und Warten war nichts für mich.

So zog die lange Schar der Trauernden an uns vorbei, ich erkannte Vaters Kollegen, die Jahrzehnte mit ihm gearbeitet hatten, und dann wurden auch die Gesichter der Verwandten wieder deutlicher, diese scharf geschnittenen Familienporträts, wie sie längst in den dicken Fotoalben über die Jahre hin festgehalten waren, in all ihren Veränderungen. Zehn Geschwister hatte Vater gehabt, nur eine Schwester war noch am Leben, doch noch in den Nichten und Neffen waren die typischen Gesichtszüge der weit verstreut lebenden großen Familie zu erkennen, dazu die deutlichen Merkmale des Clans, das schlaksige, schwerfällige Gehen, die umständlich langsamen Bewegungen.

Wir standen lange, bis jeder seine Worte gesagt hatte, schließlich kamen auch die Dorfbewohner zu ihrem Recht, denn viele hatten Vaters Leben verfolgt und ihn schon als kleinen Jungen gekannt, wie er mit seinen Geschwistern auf den Feldern gearbeitet hatte. Mein Vater war mit seinen Geschwistern auf einem Bauernhof groß geworden, und wenn man jetzt den Friedhof verlassen und knapp eine halbe Stunde, erst bergab, dann ein kleines Flüßchen entlang durchs Tal gegangen wäre, wäre man auf diesen Hof gestoßen, den es heute noch mit der dazugehörenden Gastwirtschaft gab.

Ein Vetter versorgte mit seiner Familie Hof und Gastwirtschaft, früher war mein Vater noch jeden Sonntag hinab in die Wirtschaft gegangen, denn mein Elternhaus und das Elternhaus meines Vaters lagen kaum eine halbe Stunde voneinander entfernt, nur daß mein Vater sein Haus in die Höhe, gerade unterhalb des höchsten Punktes der Umgebung gebaut hatte, während sein Elternhaus tief im Tal lag, hineingeschmiegt in eine Schleife des kleinen Flüßchens, in dem ich als Kind das Schwimmen gelernt hatte.

Ich suchte das Gesicht meines Vetters, und endlich sah ich die großgewachsene Gestalt mit ernstem Gesicht und zusammengekniffenen Lippen in der Ferne stehen.

Die Sätze der Dorfbewohner galten vor allem meiner Mutter, und sie hörte sich diese kurzen Fragen und knappen Erzählungen an, freilich, ohne viel darauf erwidern zu können. Es war aber gut, daß all diese Sätze sie nun umspülten, denn jeder hatte eine andere Frage oder Erinnerung aufzutischen, und sie mochte all diesen Sätzen in der Eile gar nicht folgen können, während sie andererseits dazu beitragen mochten, sie von ihren Erinnerungen abzulenken.

Und so stand ich jetzt einen Schritt neben ihr, ich hatte sie freigegeben, wir hatten diese Zeremonie hinter uns gebracht, und nun warteten die schlimmen nächsten Wochen auf uns, und ich wußte nicht, wie es ausgehen würde.

Dann zerstreute sich die Schar der Trauernden und setzte sich langsam ab ins Tal, wo wir uns in einer Wirtschaft des Dorfes wieder begegnen würden. Meine Mutter aber wollte noch einmal einen Augenblick an das offene Grab zurück, und obwohl ich vor diesem Ansinnen kurz zusammenzuckte, nahm ich sie doch wieder und wir gingen noch einmal zu zweit an das offene Grab, und da schaute ich dann auf den kleinen Erdhügel, der sich bereits auf dem Eichensarg aufgetürmt hatte, und eine Hitzewelle schoß in mir zusammen, daß ich die Zähne fest, fester zusammenbeißen mußte, um nur still und ruhig dazustehen und meiner Mutter einen Halt zu geben.

Erst jetzt schluchzte sie denn auch plötzlich auf, und ich war auf diese Regung nicht vorbereitet, hatte ich doch schon gehofft, daß alles vorüber sei, und so murmelte ich nur »großer Meister«, »großer Meister« in mich hinein, »ja hänselt mich nur«, dann krampfte ich meine Finger zusammen und schaute so, als könne mir dieses offene Grab nichts mehr anhaben, in das offene Grab hinein. Dann versuchte ich, meine Mutter vom Grab fortzuziehen, sie wollte aber nicht fort, sondern weiter am Grab stehen, und das hatte ich auch schon befürchtet. Wir hatten seit meinen Kindertagen an diesem Grab gestanden, meist zu zweit, und es waren Gänge zum Grab meiner Brüder gewesen, zu denen uns mein Vater nur selten begleitet hatte. Mein Vater hatte dieses Grab eher gemieden, aber jetzt, in dieser Stunde, hatte ihn dieses Grab eingeholt, und nun war er neben meinen Brüdern beerdigt worden.

Dann sagte ich nur, daß wir nun gehen müßten, weil man in der Wirtschaft des Dorfes auf uns warten werde, und ich versprach meiner Mutter ganz gegen meinen eigenen Willen, nach dem Leichenschmaus noch einmal mit ihr auf den Friedhof zu gehen. Ich wußte, es war ein Fehler, ihr das zu versprechen, wir würden in der Dunkelheit auf den Friedhof gehen, und es würde uns beiden schwer fallen, viel schwerer als diese letzten Stunden, aber ich hatte keine andere Idee, wie ich sie davon hätte abbringen können, nun immer länger schluchzend am Grab meines Vaters zu verweilen.

Ich bemerkte auch, daß sie damit zufrieden war, sie sagte aber nichts, denn wir konnten kaum miteinander sprechen, wie es überhaupt gefährlich war, miteinander allein zu sein.

So nickte ich nur noch einmal kräftig und zog meine Mutter mit aller Kraft vom offenen Grab weg, in der Hoffnung, dies werde das letzte Mal sein, daß wir diesem Anblick ausgesetzt wären.

Meine Mutter ließ sich fortziehen, sie blickte sich nicht einmal um, wie ich befürchtet hatte, und ich schaute mich erst recht nicht mehr um, »großer Meister«, dachte ich nur und versuchte durchzuatmen, als hätte ich mich selbst überlistet und die anderen dazu …

Später war es mir wahrhaftig gelungen, meine Mutter von dem Gedanken abzubringen, noch einmal an das offene Grab zurückzukehren. Der Leichenschmaus hatte sich immer mehr in die Länge gezogen, Abend war es schließlich geworden, ein kühler Vorfrühlingsabend mit jetzt schneidenden Winden, die einem keine Ruhe mehr ließen und alle in die Häuser trieben.

Mir aber war auch während des Leichenschmauses das Bild des offenen Grabes nur allzu gegenwärtig, dauernd tauchte es vor meinem inneren Auge auf, ich sah den kleinen Erdhügel auf dem versenkten Eichensarg, und es war mir, als müßte ich an diesem Bild noch etwas richten. Vielleicht hätte ich mit eigenen Händen den Hügel glätten müssen, glattstreichen, einebnen, oder ich hätte beginnen müssen, das offene Grab zuzuschaufeln, ganz allein, ohne daß mich einer bemerkt hätte. Jedenfalls war es nicht in der Ordnung, das offene Grab oben auf dem Friedhof zurückzulassen, es hätte einer hineinstolpern können, irgendwer hätte Schaden nehmen können, und ich hätte es zu verhindern gehabt.

So dachte ich, während ich mich mit meinen Verwandten unterhielt, sie wechselten immer wieder die Plätze und gruppierten sich neu, und die neu gruppierten Kreise begannen immer wieder mit ihren lauten Zurufen und Begrüßungen, den kräftigen Schlägen auf den Rücken, den Umarmungen, als hätten sie sich eine lange Zeit nicht mehr gesehen, oder als hätten sie eine große Gefahr mit vereinten Kräften überstanden.

Wahrhaftig war die Verwandtschaft meines Vaters so groß, daß sich die ganze Sippe selten zuammenfand, nur zu Kindstaufen und Hochzeiten hatte man sich früher getroffen, jetzt aber waren die Beerdigungen dran, die Schwestern und Brüder meines Vaters waren in beinahe regelmäßiger Folge gestorben, und mein Vater hatte es gerade noch geschafft, der vorletzte in ihrer langen Reihe zu sein. Meine Cousinen und Vettern lebten bis auf wenige Ausnahmen sehr weit verstreut, sie hatten beinahe allen Kontakt zur Heimat verloren, um so mehr erinnerten sie sich jetzt an die früheren Feste und betrachteten einander wie Weltwunder, die jedes Staunen wert waren.

Im großen Saal der Gastwirtschaft wuselten die Kinder meiner Cousinen und Vettern hin und her, unter den Tischen und Bänken hatten sie mit ihren Spielen begonnen, und die Erwachsenen nahmen sie nur wahr, wenn sie verschwitzt zwischen den Beinen der Sitzenden auftauchten, um sie auf sich aufmerksam zu machen.

Mich aber beschäftigten neben meinen Verwandten vor allem die Kollegen meines Vaters, die etwas abseits, in einer Ekke, still beieinander saßen und sich kaum etwas zu sagen wußten. Ich hatte mich an ihren Tisch gesetzt, und es war natürlich zu erwarten gewesen, daß sie nun von meinem Vater erzählten. Geradezu begierig war ich auf diese Erzählungen gewesen, jedes Wort wollte ich mir einprägen, aber sie ließen dann doch davon ab, vielleicht weil sie mir nicht zu nahe treten wollten. Und so erkundigten sie sich nur nach meinem eigenen Leben, jedes Detail meiner Geschichte schien sie zu interessieren, doch davon wollte ich jetzt nicht so ausschweifend erzählen, denn zu dieser Zeit hatte ich keine Geschichte mehr, jedenfalls wußte ich nicht, wie ich ihnen eine ordentliche Geschichte, die aus dem Dreiklang von Vergangenheit, Gegenwart und Zukunft bestand, hätte erzählen sollen.

So schauten wir uns nur an, drehten unbeholfen unsere Gläser und hielten die beinahe stumme Erinnerung an den Toten aufrecht, bis einer der Kollegen, der meinem Vater als junger Meßgehilfe begegnet war, davon zu erzählen begann, daß mein Vater bei den Vermessungsarbeiten ein besonderes Finderglück gehabt habe. Ich fragte ihn, von welchem Glück er spreche, und da erzählte er ganz flüssig, vielleicht froh, endlich in Schwung gebracht zu werden, daß mein Vater mehrmals Vögel gefunden habe, die durch Stromleitungen zu Tode gekommen seien. Mein Vater habe die Tiere mitgenommen, und er sei über jeden Fund froh gewesen, weil sich dadurch seine Sammlung vermehrt habe.

Daran erinnerte ich mich nun auch, ich erinnerte mich, daß mein Vater sehr oft verendete Tiere mit nach Hause gebracht hatte, einmal zu unser aller Entsetzen sogar einen Fischreiher. All diese Tiere waren ausgestopft worden und hatten ihren Platz in meinem Elternhaus gefunden, das obere Stockwerk, in dem ich meist übernachtete, war voll mit diesen starren Vogelgestalten, mit Eichelhähern, Sperbern und Falken, mit einem Bussard und zwei Eulen.

Während der ehemalige Meßgehilfe erzählte, blieben die Erinnerungsbilder meiner Kindheit plötzlich in meinem Kopf stehen, sie waren nicht vorwärts zu bewegen oder zu vertreiben, und so sah ich lauter Standbilder meines Vaters, meinen Vater in der Wohnungstür, lachend, einen matt herabhängenden Vogel in der Rechten. Ich versuchte sofort, mich an etwas anderes zu klammern, aber die Standbilder hatten sich in mir festgesetzt, und so saß ich nur noch mit offenem Mund herum, es war einer dieser mir bekannten Zustände autistischer Versenkung, die mir schon als Kind zu schaffen gemacht hatten. Ich erstarb, ich hörte meine Umgebung nicht mehr, auch Schmerzen empfand ich nicht, hatte mich in meiner Schulzeit doch einmal sogar ein Lehrer leicht auf die Wange geschlagen, um mich aus der eisigen Trance aufzuwecken.

Ich gab mir Mühe, mir nichts anmerken zu lassen, Gott sei Dank erzählte der ehemalige Meßgehilfe weiter, offensichtlich glaubte er, daß ich gespannt zuhöre, und so erfuhren wir, daß mein Vater auch viele Lockrufe beherrscht habe, zum Beispiel habe er einmal einen Kuckuck angelockt. Einen Kuckuck, einen Kuckuck, lachte der ehemalige Meßgehilfe, und ich spürte sofort, wie mich diese Laute erleichterten, und blöde stammelte ich vor mich hin, Kuckuck, so laut, daß ich vor meinen eigenen Lauten zusammenfuhr und dadurch wieder aus meiner Trance erwachte. Rasch erzählte ich, daß auch ich mich an so einen Vorfall gut erinnerte, auch in meiner Gegenwart hatte mein Vater auf einem Spaziergang einmal einen Kuckuck angelockt, wir hatten das Tier schließlich sogar durch den Feldstecher zu Gesicht bekommen, und mein Vater war glücklich über den Erfolg seiner Bemühungen gewesen.

Oft hatten solche Kleinigkeiten genügt, ihn sehr glücklich zu machen, jedenfalls war es mir immer seltsam vorgekommen, wie emphatisch er auf solche Vorfälle reagierte, immer wieder erzählte er stolz davon, jedes Detail war von Belang, die Größe des angelockten Tieres, sein Alter und Geschlecht, alles trug er in eine innere Kartei ein.

Sein Wissen war ganz und gar ein Wissen von der Natur gewesen, mein Vater hatte sich auf alle in der freien Natur sichtbaren Dinge einen Reim machen können, und so war ich als Kind mit niemandem lieber als mit ihm durch die Natur gegangen, und es hatte mich schon gestört, wenn ein Dritter uns begleitet hatte, denn ich hatte die Erzählungen meines Vaters ganz für mich haben wollen. Im Grunde glaubte ich auch, daß es ihm selbst am liebsten gewesen war, mir diese Geschichten zu erzählen, wobei er sich meist etwas über mein Unwissen lustig gemacht hatte, denn ich kannte die Natur, obwohl wir einen Großteil jedes Jahres auf dem Land verbrachten, nicht so wie er. Waren wir wieder einmal aufs Land gekommen, hatte ich viele Details schon wieder vergessen, und es hatte ihm jedesmal Vergnügen bereitet, auf meine Wissenslücken zu stoßen und ausdrücklich, immer wieder, auf diese Wissenslücken hinzuweisen.

Diese Art des Unterrichts hatte mich niemals gestört, die Natur war in allen Einzelheiten das alleinige Reich meines Vaters, und es war unmöglich, tief in dieses geschlossene Reich vorzustoßen, nie hätte ich es bis zum Wissen meines Vaters bringen können, immer war ich in diesen Dingen sein Schüler. Und so hatte ich diese Belehrungen gern über mich ergehen lassen, mit den Tagen und Wochen lebte ich mich in all die fremden Bezeichnungen wieder ein, und schließlich waren sie mir wieder selbstverständlich.

Ich trennte mich schließlich von dem kleinen Tisch, an dem die Kollegen meines Vaters saßen, denn ich hatte neben meiner Mutter einen Freund meines Vaters erkannt, einen der ältesten und treuesten Freunde überhaupt, einen von denen, die ihm sogar bis in die Gesichtszüge ähnlich waren. Mein Vater hatte zwei solcher Freunde gehabt, man hätte ihn auf Fotografien mit diesen Freunden verwechseln können, die drei erschienen auf den Fotografien beinahe wie Brüder, und noch erstaunlicher war, daß sie sich auch in den Gesten ähnelten, sie bewegten sich ähnlich, sie saßen ähnlich am Tisch, nur winzige Details machten sie unterscheidbar, so zum Beispiel, daß mein Vater jedes Glas mit geschlossenen Augen leerte, alle Gläser leerte er so, ob es nun Gläser mit Wein oder Bier waren, für ihn waren es, hatte er mir einmal gesagt, allesamt Gläser mit Buttermilch, und als ich ihn verständnislos angeschaut hatte, hatte er noch eins draufgesetzt und hinzugefügt, daß es allesamt Gläser mit eiskalter Buttermilch seien.

Erst später hatte ich das verstanden, erst sehr viel später, als ich eine alte Fotografie meines Vaters gesehen hatte, auf der mein Vater auf einer frisch gemähten Wiese ganz in der Nähe seines Elternhauses stand. Es war eine meiner Lieblingsfotografien, denn ich erkannte auf diesem Foto meinen Vater genauer als in der Wirklichkeit, scharf und genau waren seine Züge zu erkennen, und die Fotografie vermittelte mir eine dichte Vorstellung vom Leben und Fühlen meines Vaters.

Auf der Fotografie stand er vor einem Heuhaufen, er lachte und zupfte sich am rechten Ohr, aber er zupfte sich wie zufällig, es war keine komische Geste, die er extra für den Fotografen gemacht hatte. Das war ausgeschlossen, denn mein Vater verstand sich nicht auf solche Gesten, jede ihm angeratene Geste hätte ihn erstarren lassen, es war ganz klar, daß er sich zufällig gerade im Augenblick der Aufnahme am Ohr gezupft hatte. Er stand da mit seinen schmalen, bloßen Armen, die Hemdärmel ganz hoch gekrempelt, die Schultern hochgezogen, und die viel zu kurzen Hosen, diese für die Bauern der Gegend charakteristischen viel zu kurzen Hosen ließen seine schweren Feldschuhe frei, klobige, ausgebeulte Feldschuhe, die er fast ein Jahrzehnt lang getragen hatte.

Seine Haare waren sehr kurz geschnitten, so daß seine breite Stirn um so deutlicher hervortrat, an dieser breiten Stirn erkannte man die Mitglieder seiner Familie, alle männlichen Mitglieder hatten diesen großen Kopf mit der breiten slavischen Stirn, und immer wieder hatte man sie auf diese Eigenart hingewiesen und sie damit aufgezogen.

Im Hintergrund der Fotografie aber, nahe an einem kleinen Feldweg, gerade neben dem Heuhaufen, stand deutlich sichtbar eine Milchkanne, und als ich die Milchkanne gesehen hatte, hatte ich mir vorstellen können, wie mein Vater bei der anstrengenden Feldarbeit, bei der Korn- oder Heuernte, beim Kartoffellesen und Pflügen immer wieder mit geschlossenen Augen aus dieser Milchkanne Buttermilch getrunken hatte. Bei dieser Vorstellung war es mir selbst eiskalt über den Rükken gelaufen, ein leichter Schauer war den Rücken hinabgerieselt, und ich hatte sofort Lust bekommen, etwas zu trinken, ein großes Glas bis auf den Grund zu leeren, am besten in einem Zug.

Ich setzte mich neben den Freund meines Vaters, und der Freund machte nur eine ruhige, aber doch müde Begrüßungsgeste, indem er mir die rechte Hand auf die Schulter legte, als wollte er mich bitten, eine Weile neben ihm am Tisch zu verweilen. Ich konnte mir denken, daß der Tod meines Vaters ihn erschreckt hatte, und er sah auch wahrhaftig ganz bleich aus, die feinsten Adern in seinem Gesicht waren aus der Nähe gut zu erkennen. Er redete mich an, wie er mich als Kind angeredet hatte, er benutzte die ihm ganz geläufigen Kosenamen, die mein Vater in meiner Kindheit auch benutzt hatte. Es war schwer, diese Kosenamen jetzt zu hören, nicht, weil sie mich wieder unweigerlich an den Tod meines Vaters erinnerten, sondern weil sie mich in meine früheste Kindheit zurückversetzten, in der ich nichts als eine hilflose Gestalt gewesen war.

Der Freund meines Vaters schien meine Hilflosigkeit denn auch rasch zu bemerken, und so begannen wir ein vorsichtig in der Vergangenheit herumtastendes Gespräch, bei dem wir uns hüteten, der Erinnerung an meinen Vater allzu nahe zu kommen. Auch jetzt erwartete man von mir einige Sätze über die Zukunft, solche Sätze mochten allen, die in den letzten Stunden von der reinen Gegenwart der Ereignisse über das übliche Maß hinaus ergriffen worden waren, dienen, aber es fiel mir unendlich schwer, aus dem Stegreif heraus eine Zukunft zu erfinden, so sehr hatte der Tod meines Vaters mich überrascht.

Ich schien das auch zu erkennen zu geben, denn der Freund meines Vaters fragte mich, wo und wie ich vom Tod des Vaters erfahren habe, und da erzählte ich ihm, daß ich in Berlin gewesen sei, zu Besuch bei Freunden in Berlin, und daß mich der Anruf meiner Mutter, der mir meldete, daß mein Vater in der Nacht gestorben war, morgens gegen sechs Uhr erreicht habe. Ich sei, erzählte ich weiter, dann unverzüglich aufgebrochen, ich hätte sofort meine Sachen gepackt, einen Flug gebucht, und schon gegen Mittag sei ich in meinem Elternhaus gewesen.

Es war gut, daß der Freund meines Vaters nicht nachfragte, ich wäre bei solchen Fragen vielleicht durcheinandergeraten, denn ich hatte ihm vorgeschwindelt, daß ich mich bei Freunden in Berlin aufgehalten hatte. In Wahrheit war ich allein in Berlin gewesen, ich hatte in Berlin Fotografien von der früheren Wohnung meiner Eltern gemacht, einer Wohnung, die sie kurz nach Kriegsbeginn bezogen und in der sie mit großen Unterbrechungen sechs Jahre gelebt oder zu leben versucht hatten. Diese Fotografien hatte ich meinen Eltern schenken wollen, nun aber hatte ich die Fotografien vergeblich gemacht, denn es war unvorstellbar, daß ich sie nach dem Tod meines Vaters noch auskramte, um meine Mutter mit solchen Erinnerungen zu behelligen.

In der typischen Art meines Vaters fragte der Freund meines Vaters dann aber doch nach, soso, sagte er, dann bist Du also in Berlin gewesen, soso, doch ich wußte, daß diese Fragen nicht ernst gemeint waren, es waren keine echten Fragen, er wollte sich nur einprägen, was ich gesagt hatte, und kurz darüber nachdenken. Vielleicht wußte er auch nicht, wie er das Gespräch hätte fortsetzen sollen, und auch in dieser Eigenart war er meinem Vater ähnlich, denn meinem Vater war es oft sehr schwer gefallen, Gespräche fortzusetzen. Ich erinnerte mich gut, daß er in solchen Momenten nur die letzten Worte seines Gesprächspartners wiederholt hatte, soso, aha, hatte er dann gesagt, oft hatte er auch nur genickt, als sei er mit allem einverstanden und wolle jetzt nicht weiter belästigt werden.

So hatte mein Vater einen wahren Kampf mit der Sprache geführt, nur selten war er in einen leichten Erzählfluß geraten, kompliziertere Gespräche waren ihm ganz zuwider gewesen, andererseits hatte er sehr gerne zugehört, er hatte, wie er sagte, mit offenen Ohren interessanten Gesprächen zugehört, mehrmals hatte er sogar gesagt, jaja, ich höre mit offenen Ohren zu. Er mußte das aber nicht selten ausdrücklich sagen, weil ihn viele Gesprächspartner für abwesend hielten, weil sie ihn danach fragten, woran er gerade denke, und wenn er antwortete, er denke an nichts, er höre gut zu, so hielten sie das für eine Notlüge, denn mein Vater schien mit seinen Gedanken ganz woanders zu sein.

Wo ist er denn nur mit seinen Gedanken, hatte man gerufen, woran denkt er wohl gerade, aber mein Vater hatte nur mit dem Kopf geschüttelt und hartnäckig darauf bestanden, daß er mit offenen Ohren zuhöre. Im Laufe der Zeit hatten sich alle an diese Marotten gewöhnt, obwohl alle meinen Vater für einen verkappten Träumer hielten, andererseits hätte man doch zu gern gewußt, womit er sich in seinen vagabundierenden Träumen beschäftigte.

Davon aber war nie etwas zu erfahren, meinem Vater ging alles ab, was mit Träumerei, Traumgestalten und puren Erfindungen zu tun hatte, ja er war sogar ein entschiedener Gegner alles Erfundenen, so daß er sich nicht einmal irgendeinen harmlosen Film anschauen konnte, dessen Handlung von Anfang bis Ende nur erfunden war. Bat man ihn, sich einen solchen Film, also etwa einen Kriminalfilm oder gar einen Abenteuerfilm, anzuschauen, so schüttelte er sich beinahe vor Ekel und wehrte sich mit der stereotypen Formel, daß doch sowieso in solchen Filmen alles erfunden sei, gegen das Zuschauen.

So verdächtigten alle meinen Vater des kunstvollen Träumens, und so entzog er allen jeden Beleg dafür, daß er zu träumen verstand. Ich selbst glaubte auch längst nicht mehr daran, daß er träumte, er ging nur bestimmte Szenen unseres gemeinsamen Lebens noch einmal durch, er hing einfach an bestimmten, denn ich hatte irgendwann einmal bemerkt, wie gierig er Erzählungen zuhörte, in denen er selbst eine Rolle spielte.

Schon in meiner Kindheit hatte ich ihm von unseren Spaziergängen erzählen müssen, ich hatte ihm erzählen müssen, wie wir aufgebrochen waren, was wir gesehen hatten, mit wem wir gesprochen hatten, was wir am Wegrand gefunden hatten, und er hatte mich ganz erregt vorangetrieben, weiter, erzähl nur weiter. Ich war lange Zeit nicht dahintergekommen, was ihn an diesen an sich doch harmlosen Erzählungen so begeisterte, dann aber begriff ich eines Tages, daß es ihm Freude machte, sich von außen zu sehen, denn in meinen Erzählungen erlebte er unsere Spaziergänge noch einmal, und er sah sich wie auf einem Bild als Vater mit seinem Sohn in freier Natur.

In der freien Natur aber waren solche Erlebnisse unmöglich, denn in der freien Natur fühlte mein Vater sich eingeschlossen, eingeschlossen wie eine Mücke im Bernstein. Dann gelang es ihm nur noch, die Dinge um uns herum lange zu betrachten, er schaute sie unentwegt an, manchmal hatten wir minutenlang in die Ferne geschaut, als käme so die ganze Ferne zu uns, dann hatten wir etwas in die Hände genommen, einen Kiefernzapfen, ein irgendwo herumliegendes Hufeisen, und wir hatten auch solche Gegenstände lange betrachtet, als nötigten sie uns schwerwiegende Überlegungen und Gedanken ab.

Ich war seit meiner Kindheit an diese bäuerliche Langsamkeit gewöhnt, Menschen, die Vater nicht kannten, kamen damit aber nur selten zurecht. Auch mir war schließlich dieses lange Stieren auf einen winzigen Punkt nicht mehr fremd, meine autistischen Anfälle hatten damit zu tun, im Verlauf solcher Anfälle schrumpfte ich zu einer äußersten Unbeholfenheit, und wenn man mich ansprach, gelang auch mir meist nichts als ein Lallen oder ein Aha und Soso.

Irgendwann war mein Vater dann auf den Gedanken gekommen, sich meine Erzählungen zu eigen zu machen, und seit dieser Zeit hatte er mich angehalten, die Erzählungen oder Berichte aufzuschreiben. Jedes Detail, jede Merkwürdigkeit hatte ich in meinen Berichten festhalten müssen, und ich hatte diese Berichte streng chronologisch zu schreiben, ohne etwas auszulassen, ohne vorauszugreifen oder zurückzublenden. Nichts hatte meinen Vater mehr beruhigt und dann auch begeistert als die Schilderung kontinuierlichen Erlebens, und ich hatte mich in meinen ersten Berichten daran gehalten und war schließlich zu seinem bevorzugten Erzähler und Rufzeichner all unserer gemeinsamen Erlebnisse und Reisen geworden.

Diese Berichte hatte vor allem mein Vater immer wieder gelesen, er hatte ihre spröde Geradlinigkeit geradezu eingesogen, er hatte sie leise und manche Passagen auch laut vor sich hin gelesen, und sie waren ihm das Liebste geworden, was er vielleicht je gelesen hatte, denn sie zauberten in ihren konkreten, an den sichtbaren Dingen und Namen verweilenden Schilderungen den ganzen Verlauf der Reise noch einmal vor sein inneres Auge.

Neben diesen Berichten las mein Vater auch sonst beinahe ausschließlich Reisebeschreibungen, und es mußten Beschreibungen wirklich absolvierter Reisen sein, Beschreibungen, die gespickt waren mit Daten, Fakten und Namen, keineswegs aber Beschreibungen erfundener oder utopischer Reisen, selbst die Odyssee hatte mein Vater nur mit Widerwillen gelesen, war es doch das Äußerste, was er an Literatur noch gelten ließ. Viel lieber waren ihm die Berichte der Entdecker, Antarktiserforschungen, Reisen zu den Quellen des Nil, daneben aber auch geographisch interessante Schilderungen, Schilderungen vom Brauchtum der Völker.

In seinen letzten Jahren aber, als seine Reiselust immer mehr erlosch, beschäftigten ihn dann Naturbücher, Bücher mit Abbildungen von Pflanzen und Vögeln, das erschien ihm das Beste, denn hier konnte er minutenlang auf eine Abbildung schauen und den exotischen Namen eines Vogels vor sich hin murmeln, Namen, die er sich verblüffend gut einprägte, so daß er sie schließlich verwendete wie Namen guter Bekannter, die ihm irgendwann einmal lebendig vor Augen gekommen waren.

Auch der Freund meines Vaters erinnerte sich sofort an diese Vorliebe für exotische Namen, ich habe ihn immer gefragt, wie kannst Du Dir das bloß merken, sagte er zu mir, die unmöglichsten Namen hat er sich ja gemerkt, wo er sonst gar kein gutes Gedächtnis hatte, nein, er hatte ein schlechtes Gedächtnis.

So miteinander redend waren wir dann doch tief den alten Erinnerungen verfallen, Stück für Stück hatten wir gesammelt, und es hatte mich schließlich sehr beruhigt, mit dem Freund meines Vaters solche Erinnerungen durchzugehen. Wir saßen denn auch allein am Tisch, meine Mutter hatte wie die anderen immer wieder den Platz gewechselt, ich aber hatte mich die ganze Zeit, bis nur noch die letzten Gäste an ihren Gläsern genippt hatten und es beinahe still geworden war in dem großen Saal der Dorfwirtschaft, an den Freund meines Vaters gehalten.

Da mich aber auch nach all diesen Stunden der Gedanke an das offene Grab weiter beunruhigt hatte, hatte ich längst den Entschluß gefaßt, heimlich und allein noch am Abend auf den Friedhof zurückzukehren, um mich endgültig über den Zustand des Grabes kundig zu machen. Meine Mutter durfte von diesem Vorsatz nichts wissen, nicht einmal ahnen sollte sie etwas, hätte sie doch sonst unweigerlich darauf bestanden, mich auf den Friedhof zu begleiten. Ich wollte aber um jeden Preis allein sein, in den letzten Stunden hatten die Lebenden ihr Recht bekommen, sie hatten sich von dem Toten verabschiedet, jetzt aber wollten vielleicht auch die Toten ihr Recht, und es gab niemanden außer mir, der ihnen Rede und Antwort hätte stehen können.

So dachte ich jedenfalls, ich stellte mir den Kreis der Toten als einen Kreis von Wartenden vor, schweigend und wartend saßen sie aufrecht auf ihren Totenstühlen, und ich würde in ihren Kreis treten, wie sie es von mir erwarteten. Meiner Mutter aber sagte ich, während wir mit dem Wagen auf dem Weg zu meinem Elternhaus waren, daß es nun zu spät sei, den Friedhof aufzusuchen, nachts gehe kein Mensch mehr auf den Friedhof, nachts sei der Friedhof menschenleer, schließlich sei auch morgen früh noch Zeit genug, wieder auf den Friedhof zu gehen.

Meine Mutter war von dem langen Nachmittag und den während des Leichenschmauses absolvierten Unterhaltungen so erschöpft, daß sie gar nicht aufbegehrte, sie saß ganz ruhig neben mir und willigte ein, erst am nächsten Tag in der Frühe mit mir auf den Friedhof zu fahren. Ich setzte sie dann zu Hause ab, ich begleitete sie bis zur Haustür, wo ich ihr mit ein paar knappen Worten erklärte, daß ich meine Tasche, meine Tasche mit allen wichtigen Unterlagen, in der Gastwirtschaft liegengelassen habe.

Welche Unterlagen denn, fragte meine Mutter noch erstaunt, doch die Frage machte mich sofort gereizt, so daß ich nur etwas zu laut mit einem hinhaltenden Fluchen, Unterlagen eben, wichtige Unterlagen, darauf antwortete. Beinahe hätte ich sie noch ins Haus geschoben, doch sie ging freiwillig und ohne zu murren hinein, während ich auf der Stelle kehrtmachte, um den Friedhof aufzusuchen und dort endlich, wie ich es mir den ganzen Nachmittag über vorgenommen hatte, nach dem Rechten zu sehen.

Als ich den Friedhof erreichte, sah ich gleich sehr erleichtert, daß das schmiedeeiserne Eingangstor des Friedhofes noch weit geöffnet war, sperrangelweit, dachte ich, sperrangelweit ist das Tor geöffnet, so lädt man mich ein, den Friedhof zu betreten. Schon mit den ersten Schritten zwischen den hohen Zypressen am Eingang, die ich immer für die schönsten Bäume des Friedhofs gehalten hatte, geriet ich in ein tiefes Dunkel, so daß ich einen Moment stehenbleiben mußte, um mich an diese schwere Dunkelheit zu gewöhnen.

Überall brannten die kleinen Öllämpchen, Woche für Woche wurden in den kalten Wintermonaten die Öllämpchen ausgetauscht, so daß der Friedhof in der Nacht überzogen war mit einem flackernden Lichterteppich. Gleich am Ende der Zypressenallee befand sich das Grab meiner väterlichen Großeltern, es war das einzige Grab des Friedhofs gewesen, das mein Vater dann und wann bereitwillig aufgesucht hatte. Und so wollte auch ich an diesem Abend zunächst das Grab seiner Eltern aufsuchen, ich erkannte es gleich, auch hier brannte ein Öllämpchen. Ich hatte die Eltern meines Vaters nicht mehr gekannt, sie waren vor meiner Geburt gestorben, aber ich hatte doch Bilder von ihnen im Kopf, vor allem Bilder des Großvaters, und es waren vor allem die Hände meines Großvaters gewesen, die ich mir auf diesen Bildern eingeprägt hatte. Mein Großvater hatte große Hände mit langen, feinen Fingern gehabt, denn mein Großvater war ein Klavierspieler gewesen, manchmal hatte mein Großvater seine Bauernkluft einfach abgeworfen, um sich in einen ordentlichen Klavierspieler zu verwandeln.

Ich blieb kurz vor dem Grab meiner Großeltern stehen, nicht weit entfernt befand sich auch das Grab meiner mütterlichen Großeltern, aber es war mir zuviel, jetzt die übliche Friedhofsrunde zu drehen. Stundenlang hätte ich mich damit beschäftigen können, auf dem Friedhof meine Runde zu drehen, es gab kurze, lange und sehr lange Runden, man konnte die halbe Verwandtschaft ablaufen oder nur den Teil, an den man sich noch einigermaßen erinnerte, man konnte sämtliche Brüder und

Schwestern meines Vaters auf dem Friedhof aufsuchen oder auch lediglich einen Besuch bei den mütterlichen Verwandten machen. Solche Runden waren mir völlig vertraut, ich hatte in meinem Leben seit meiner Kindheit Hunderte solcher Runden gedreht, meist hatte ich meine Mutter dabei begleitet, denn meine Mutter war vor allem in meinen jungen Jahren eine geradezu manische Friedhofsgängerin gewesen.

Jetzt aber erübrigten sich solche Runden, jetzt kam es auf das Wesentliche an, auf die erste Reihe gleichsam, die Logenreihe, und so wandte ich mich nach links, um endlich an das offene Grab meines Vaters zu gelangen. In diesem Moment aber sah ich die Leichenhalle, die Leichenhalle war ja nur einige Schritte entfernt, und sofort durchfuhr mich der Gedanke, daß ich den Schlüssel für die Leichenhalle noch in meiner Tasche hatte. Ja, wer sonst, niemand anderes als ich besaß den Schlüssel, ich hatte ihn wenige Tage zuvor von einem Mitglied des Bestattungsunternehmens erhalten, um jederzeit nach dem Rechten sehen zu können.

So hatte ich in den letzten beiden Tagen von dem Schlüssel auch reichlich Gebrauch gemacht, immer wieder war ich in die Leichenhalle gegangen, um mich neben die aufgebahrte Leiche meines Vaters zu setzen, denn ich hatte mir jeden Zug des Toten, jede Veränderung, ich hatte mir alles einprägen und außerdem lange mit dem Toten allein sein wollen. Anfangs war es mir sehr schwer gefallen, die Leichenhalle zu betreten, es war eine ganz dunkle, kleine Halle, in der einem der Gestank faulen Wassers und der aufdringlich süßliche Duft der Blumensträuße und Kränze die Luft nahmen. Ganz benommen stand ich inmitten dieses Blumenmeeres, und der Tote ragte aus den überall auf dem Boden und zu Seiten der Aufbahrungsstätte aufgestellten Kränzen wie eine geheimnisvolle Statue heraus, die sich jederzeit wieder in einen lebendigen Menschen zurückverwandeln konnte.

Ich hatte die Leiche meines Vaters in der Leichenhalle zum ersten Male gesehen, ich hatte meinen toten Vater gleich in dieser mich erschreckenden Präsentation gesehen, mir ganz entzogen in seinem steifen Habit und doch unwirklich nah, als treibe er lediglich ein böses Versteckspiel mit mir. Nach und nach hatte ich mich an diese Szene gewöhnt, ich hatte mich immer wieder neben meinen Vater gesetzt, und schließlich war es mir sogar gelungen, ihn wiederzufinden.

Und so kramte ich denn den Schlüssel der Leichenhalle aus meiner Hosentasche, ja, ich hatte ihn schon zu fassen bekommen, der Schlüssel sollte mir dazu dienen, noch einmal einen letzten Blick in die Leichenhalle zu werfen. Rasch öffnete ich die Tür und schon hatte ich den Lichtschalter gefunden, es war ja beinahe schon ein vertrauter Griff. Die Leichenhalle aber war leer, irgendwer hatte die wenigen Stühle penibel in Reih und Glied gebracht, nichts erinnerte mehr an die letzten beiden Tage, nicht einmal dort, wo die vielen Kränze und Blumen ihr giftiges Aroma verbreitet hatten, war noch etwas zu erkennen. Vorsorglich suchte ich den Boden noch nach Spuren ab, aber es waren trotz all meiner Sorgfalt keine Spuren zu erkennen, nicht das kleinste Blütchen welkte in einer Ecke, kein Zweig, kein letztes Lorbeerblatt.

Ich war mit dieser Veränderung sofort sehr zufrieden, beinahe beflügelt durchschritt ich die Halle dort, wo noch am vergangenen Tag die Leiche meines Vaters aufgebahrt gelegen hatte. Die Spuren waren verwischt, ja, es gab keine Spuren mehr, ich konnte mich in dieser Hinsicht beruhigen.

Und so verließ ich die Leichenhalle mit dem Vorsatz, den Schlüssel gleich am nächsten Morgen an das Bestattungsunternehmen zu übergeben, nein, ich wollte nicht länger im Besitz dieses Schlüssels sein, der Schlüssel der Leichenhalle war für mich unbrauchbar geworden.

Rascher als zuvor ging ich dann über den Friedhof, die erste

Hürde hatte ich schon genommen, eine leere Leichenhalle war schon ein gutes Polster. In der Ferne erkannte ich auch gleich das Grab meines Vaters, das Grab war auch in der Dunkelheit ganz leicht zu erkennen. Mir kam es fast so vor, als flöge ich auf das Grab zu und als hätte der Wind in mir eine gute Begleitung gefunden. Ganz leicht und geschwind näherte ich mich dem Grab, und dann sah ich das Meer der Kränze und Blumen, sie häuften sich geradezu penetrant und verstellten mir den Blick in das offene Grab.

Weg da, fort, alles weg, sagte ich laut und begann schnell, die Kränze beiseite zu räumen, um endlich in das offene Grab schauen zu können. Da rutschten die Kränze zur Seite, ich warf die Blumensträuße auf den Kiesweg, die ganze Halde dieser bunten elenden Schau wollte ich abtragen, als ich bemerkte, daß das Grab meines Vaters geschlossen und längst mit Erde aufgefüllt worden war.

Natürlich, sagte ich, natürlich ist das Grab längst geschlossen, wie konnte ich nur hoffen, noch ein offenes Grab vorzufinden, in dieser Gegend packen die Friedhofshelfer kräftig an, die Friedhofshelfer langen hier richtig zu, in einer halben Stunde haben die so ein Grab zugeschaufelt und damit alles an ein Ende gebracht.

Trotz der Erleichterung war es mir aber nicht recht, schon auf das geschlossene Grab zu treffen, man hatte mir meinen Wunsch nicht erfüllt, mein Vater war nun aufgenommen in das unterirdische Reich, ein paar Meter unter der Erde lag er nun inmitten meiner Brüder. Mich durchzuckte plötzlich ein scharfer Haß, Schmarotzer, sagte ich leise, Ihr seid doch Schmarotzer, Ihr nehmt Euch alles, ohne mich zu fragen, nie habt Ihr mich gefragt, nie hat mich jemand von Euch nach meinem Leben gefragt. Königlich gebietet Ihr über mein Leben, Ihr laßt mich hier in der Nacht auftanzen, um Euch über mich lustig zu machen, ich soll Euch vielleicht noch ein Totentänzchen hinlegen, so infam treibt Ihr es mit mir. Hättet Ihr denn nicht noch ein paar Stunden warten können, hättet Ihr mir nicht diesen letzten Blick gönnen können, um den ich Euch doch während dieser letzten Stunden laufend gebeten habe? Mit Euch kann man nicht reden, Ihr fidelt Eure eigenen Tänze, und immer bin ich Euer Kasper. Aber nehmt Euch in acht, nehmt Euch in acht, noch habt Ihr ihn nicht für Euch allein, er lebt noch in mir, ganz tief in mir lebt er, und ich werde mich nun daranmachen, ihm in mir Platz zu machen. Einen guten, einen besonderen Platz soll er bekommen, sitzen soll er wie ein bevorzugter Gast, ein Freund, der liebste Freund des Hauses, für den man sich ins Zeug legt, für dessen Wohlergehen einem kein Schritt zuviel ist.

Und so redete ich weiter vor mich hin, fluchend und schnaubend, ausfällig wurde ich, wie ich es an diesem Grab nur sehr selten geworden war, ich redete mir, während ich Blumen und Kränze wieder ordnete, meine ganze Erregung aus dem Leib, bis ich erschöpft war.

In dieser Erschöpfung wäre ich denn auch beinahe zwischen den lästigen Kränzen ausgeglitten, immer wieder schichtete ich sie hintereinander, und immer wieder rutschte die ganze Phalanx zu einem unansehnlichen Haufen zusammen. So bleibt, wo Ihr seid, sagte ich schließlich, bleibt stehen, so nehmt Euch doch zusammen, doch die Blumen und Kränze wollten sich von mir nicht ordnen lassen, und so gab ich meine Bemühungen endlich auf und verließ mit einer letzten Drohgebärde das Grab.

Eilig ging ich davon, vorerst wollte ich von diesem Grab nichts mehr wissen, auch am kommenden Tag würde ich es nicht aufsuchen, mit mir sollte niemand seine Späße treiben, ich hatte schließlich damit zu tun, dem Toten seinen wahren, einzigen Platz zu verschaffen, und dieser Platz war nicht in diesem Grab, sondern einzig in mir.

Ich hatte jedoch nicht ahnen können, wie schwer es mir in den nächsten Tagen gemacht werden würde, dieser Aufgabe gerecht zu werden, denn ich hatte angenommen, daß mit der Beerdigung schon viel getan sei, den Zeremonien der Mitwelt Genüge zu tun. Statt Ruhe zu geben, regten sich in diesen Tagen aber die entferntesten Menschen, aus allen Winkeln rief man uns an, und täglich traf ein Haufen von Trauerpost ein, schreckliche Briefhaufen türmten sich auf einer Ablage, wo sie von meiner Mutter immer wieder umgeschichtet und durcheinandergebracht wurden. Meine Mutter hatte in der Trauerpost eine laufend sprudelnde Quelle entdeckt, nur sie öffnete die Briefe, sie schlitzte sie mit einem Brieföffner auf und ließ sich die bekannten Trauerbotschaften zu Herzen gehen. Ich aber fand gar kein Interesse an diesen Sätzen, ja sie waren mir sogar verhaßt, nein, ich wollte sie nicht einmal lesen, so sehr wehrte ich mich dagegen, daß sie mir etwas sagen konnten.

Meiner Mutter aber sagten sie etwas, sie nahm all diese Sätze in den Fundus ihrer Erinnerungen auf, und so wuchs mit den Tagen der Anteil, den sie an den Briefen nahm, sie las die Briefe immer von neuem, sie mußte sie doch schon auswendig kennen, während ich sie am liebsten genommen und den ganzen Haufen verbrannt hätte. Nichts sollte bleiben von diesen Botschaften, sie waren in die Luft geredet, denn sie konnten den neuen Rang des Toten nicht beschreiben, sondern waren ohnmächtige Versuche, ihn in irgendeiner beliebigen Vergangenheit zeitfest zu machen.

Da der Tote aber nicht in der Vergangenheit, sondern auch in der Zukunft existieren mußte, gingen mich diese Briefe nichts an, ich hatte dem Toten einen ganz anderen Platz auszuhandeln, und dafür mußte ich meine eigenen Anstalten treffen.

Schlimmer noch als die Briefflut und die zahllosen Telefonate, durch die meine Mutter ihren dauernden Kontakt zum Kreis der Trauerstimmen herstellte, erschien mir die Leere des Hauses. Nie zuvor hatte ich mein Elternhaus so leer, so finster, leer und kalt erlebt. Jedes Zimmer war verwandelt, die Dinge standen am falschen Platz, die Tapeten störten mich mit ihren Mustern und Zeichen, nicht einmal tief durchatmen könnte man in diesen Räumen, Luft, sagte ich immer wieder, ich brauche viel Luft. Meine Mutter konnte mein Fluchen und Schimpfen nicht verstehen, sie hatte sich ganz darauf eingerichtet, mit mir die nächsten Formalitäten zu erledigen, solche Formalitäten übten einen geradezu hexerischen Einfluß auf sie aus, und so empfing sie jeden Gast wie einen lieben Besuch, auf den wir den ganzen Tag nur gewartet hatten.

Ich aber konnte solchen Besuch nicht ertragen, am liebsten hätte ich sie alle hinausgejagt. Wenn meine Mutter mich bat, an einem Gespräch teilzunehmen, saß ich nur geistesabwesend herum und wünschte sehnlich das Ende der Unterhaltung herbei. Auf das mitleidige Gesicht des Pfarrers konnte ich pfeifen, was suchte er denn hier und betrachtete uns wie ein Zaungast, der bald schon wieder munter durch unseren Garten hüpfen würde? Hinaus, Herr Pfarrer, hätte ich am liebsten gebrüllt, lassen Sie es sich sonstwo gut munden, hier ist nicht der Ort, an einem Gläschen Likör zu nippen und die Stirn in Falten zu legen. Auch der Bestattungsunternehmer erschien mir als eine ganz unleidige Figur, er beherrschte das Regelwerk seiner Kunst perfekt, flink glitten ihm Kärtchen und Zettel durch die Finger, daß man nicht glauben konnte, er habe in Mutter und mir noch einen Widerpart.

Und so zog ich mich immer mehr in das obere Stockwerk zurück, wenn es klingelte, horchte ich nur einmal kurz auf, ich kannte diese Trauermelodien bereits, sentimentale Melodien, die mir nicht weiterhalfen. Meine Mutter aber inszenierte die Treffen mit diesen Bekannten und Freunden, irgendein Stückchen Trauerpost ließ sich immer wieder zitieren, ein neuer Spruch, eine neue alterslose Weisheit aus dem nicht versiegenden Schatz der Hoffnungsmacher.

Ich aber saß still, eingehüllt in eine Decke saß ich still, der Kälte im Haus trotzend, nur mit meinen eigenen Gedanken beschäftigt. Was erwartete meine Mutter von mir? Ich mußte ihr um jeden Preis zuvorkommen, ich durfte mich nicht auf ihre Anordnungen und Wünsche einlassen, am Ende wäre ich für immer in dieses Haus eingesperrt und hätte mit nichts anderem zu tun, als Post zu beantworten und Gäste zu empfangen.

Denn schon bald war mir deutlich geworden, daß meine Mutter mich dazu bestimmt hatte, die offensichtliche Leere des Hauses mit Leben zu füllen, sie wollte mich an sich ketten, um dieser schrecklichen Leere etwas entgegenzusetzen. So war es bereits am ersten Tag nach der Beerdigung zwischen uns zu einer bezeichnenden Szene gekommen, als wir uns gegen Mittag zu Tisch hatten setzen wollen, denn meine Mutter hatte darauf bestanden, daß ich von nun an den Platz gerade gegenüber dem großen Fenster mit Blick in den Garten einnähme, während ich doch in all den vergangenen Jahren mit dem Rücken zu diesem Fenster gesessen hatte. Ich hatte mit dem Rücken zum Fenster gesessen, weil mein Vater den Blick in den Garten besonders gemocht hatte, und so war der Platz gegenüber dem großen Fenster immer der Platz meines Vaters gewesen.

Nein, hatte ich entschieden gesagt, ich sitze mit dem Rükken zum Fenster, ich sitze da, wo ich immer gesessen habe, während meine Mutter dagegen angekämpft hatte, indem sie Teller und Eßbesteck immer wieder an den Platz gegenüber dem Fenster gerückt hatte. Sie hatte sich nicht getraut, offen zu sagen, daß ich den Platz meines Vaters einnehmen sollte, sie hatte auf geradezu hinterhältige Weise die Vorzüge des neuen Platzes herausgekehrt, indem sie davon gesprochen hatte, daß es der viel bessere Platz mit Blick in den Garten sei. Ich aber hatte darauf beharrt, auf meinem alten Platz zu sitzen, freilich war auch ich nicht ehrlich gewesen, auch ich hatte nicht gesagt, daß es mir nicht recht sei, den Platz meines Vaters einzunehmen, nein, ich hatte gesagt, ich wolle meinen alten Platz, und so hatte ich geredet wie ein törichtes Kind, wie ein Suppenkasper, der die gute Suppe verschmähte und deshalb ein trauriges Ende nahm.

Im Verlauf der nächsten Tage häuften sich solche Streitereien, es war keine Frage, meine Mutter und ich stritten darum, die leeren oder verwaisten Plätze des Hauses neu zu besetzen, und meine Mutter hatte immer wieder darauf bestanden, diese Plätze ausschließlich mit mir zu besetzen, ich sollte die Plätze meines verstorbenen Vaters einnehmen, ich sollte so mit ihr reden, wie mein Vater mit ihr geredet hatte, am Ende sollte ich vielleicht sogar seine Pullover, Hemden und Hosen tragen, das schwere väterliche Erbe wäre so ganz an mich gefallen, und ich selbst wäre ausgelöscht gewesen für alle Zeit.

Demgegenüber aber wollte ich das Haus von Grund auf neu ordnen, am liebsten hätte ich die Tapeten abgerissen, die Teppiche entfernt, Helligkeit, Licht und Luft in das mir mit einem Mal so finster erscheinende Haus gelassen, ein Frühlingsfest wollte ich irgendwann im Garten feiern, das Haus und seine Umgebung sollten eine ganz veränderte Gestalt erhalten. Und so traten wir mit all unseren Kräften, die dazu durch die Empfindlichkeiten der Trauer noch aufs äußerste geschärft waren, immer wieder gegeneinander an.

Mein Reich war der Keller, erst jetzt hatte ich die Vorzüge dieser weiten Gewölbe entdeckt, denn der Keller barg ein ganzes Arsenal von Erinnerungsgegenständen, noch immer standen die rotweißen Meßlatten herum, mit denen mein Vater oft in der Frühe zu einer Vermessung losgezogen war, noch immer war der gewissenhaft gesäuberte Theodolit unter einem Samttuch versteckt, und in Schränken und Kisten befand sich die ganze Fachliteratur meines Vaters, Hunderte von geodätischen Zeitschriften und die unübersehbare Fülle der Meßtischblätter. Ich kannte mich mit diesen Dingen einigermaßen aus, von Vater hatte ich gelernt, solche Meßtischblätter zu lesen, Flurnamen waren in der Kindheit mein rechtes regelrechtes Steckenpferd geworden, keine Umgebung ohne Flurnamen, jeder Hügel hatte einen solchen Namen, jedes Rinnsal war auf den Meßtischblättern vermerkt. Mit solchen Meßtischblättern waren Vater und ich gereist, mit Hilfe solcher Blätter hatten wir ganze Landstriche erkundet, ich mit dem Blick auf die Karten, er mit dem Blick auf den Kompaß.

Niemand, dachte ich oft, als ich begann, diese Hinterlassenschaft zu ordnen, die Fachzeitschriften nach Jahrgängen, die Meßtischblätter nach Regionen, niemand ist in diese Geheimnisse besser eingeweiht als ich, und niemand soll sie mir nehmen. Mit der Zeit werde ich mein Wissen noch verfeinern, ohne daß es ein anderer bemerkt, ich werde ein ausgezeichneter Vermesser werden, ich werde den von meinem Vater erworbenen Instinkt ausbilden und in meinen Grenzen zur Anwendung bringen.

Und so vergrub ich mich in die Fachliteratur, das fremde Vokabular übte seinen verführerischen Reiz auf mich aus, schon immer hatte ich ein Faible für merkwürdige Wörter gehabt, jetzt konnte ich meine Fähigkeiten unter Beweis stellen, die einfachsten Arbeiten des Feldmessens überschaute ich leicht, die Bezeichnung von Punkten, das Abstecken von geraden Linien, die Längenmessung mit Stahlband und Kette, die Kleinmessung durch Koordinatenaufnahme, ich dachte in geteilten Dreiecken und parallelgeteilten Vierecken, Horizontal- und Höhenwinkel waren zu messen, endlich kam auch der Theodolit zu seinem Einsatz.

Das Abstecken der Linien aber war in weiterem Sinn natürlich ein Abstecken von Grenzen, jedes Vermessen, lernte ich schnell, war ein Begrenzen, ein Zuschreiben, Belegen und Begrenzen, bei dem man es mit den Rechten der Mitbürger zu tun bekam. Das Wegerecht, das Wasser- und Uferrecht, das Auseinandersetzungs- und Rentengutsrecht – all diese nie zuvor gehörten Begriffe saugte ich ein, stundenlang im Keller mit der Neuordnung des väterlichen Nachlasses beschäftigt.

Aber noch mehr, alles, was mit meinem Vater zu tun hatte, wurde mir ein Schatz, jeder Gegenstand, den er berührt, jedes Blatt, das er beschrieben hatte, betrachtete ich aufmerksam, es waren Indizien für die Lebenskurven meines Vaters, und ich begann, all diese Dinge, Pfeifen und Pfeifenreiniger, Zigarrenspitzen und Fotoapparate, zu ordnen. Meine Sucht, einen Überblick über diese Lebensbelege zu erhalten, ging so weit, daß ich sogar eine Liste all dieser Gegenstände anlegte, ich sortierte die Gegenstände nach Tätigkeiten, nach Arbeits- und Genußtätigkeiten, auf diese Weise durchstöberte ich schließlich den ganzen Keller, um ja nichts auszulassen von dem, was mein Vater einmal in Händen gehabt hatte.

Letztlich ging es mir natürlich darum, das Leben meines Vaters möglichst vollständig zu rekonstruieren, es sollte für mich keine Lücken geben im Leben meines Vaters, denn nur die Lückenlosigkeit der Erinnerung bewahrte ihn mir in allen Facetten auf und ermöglichte es mir, seiner gewiß zu sein. Jede noch so geringfügige Lücke aber hätte ihn mir um ein weniges entrückt, in jeder Lücke hätte sich mein Vater vor mir verbergen können, ich aber konnte nicht mehr ertragen, daß mein Vater sich vor mir verbarg, sein ganzes Leben sollte offen vor mir liegen, ohne daß ich mich noch vor einer Verdunkelung zu fürchten gehabt hätte.

Gerieten mir durch meine Suche auch viele Dokumente in die Hand, so fehlten doch einige wichtige der Kriegsjahre, was die Kriegsjahre betraf, tappte ich mit meinen Phantasien weitgehend im Dunkeln. Sicher, ich wußte ungefähr, wohin es ihn im Krieg verschlagen und wo er sich aufgehalten hatte, aber ich wußte doch nicht genau, wie es ihm ergangen war und was er erlebt und empfunden hatte. Auch die Feldpostbriefe konnten mir in dieser Hinsicht kaum weiterhelfen, gerade diese Briefe waren – vielleicht wegen der notwendigen Geheimhaltung, vielleicht aus Zensurgründen, vielleicht aber auch wegen der eklatanten Ausdruckshemmungen meines Vaters – voller nichtssagender Wendungen. Es wimmelte nur so von herzlichen Grüßen und Küssen, von Klagen über verspätet angekommene Post, von banalen Aufzählungen der täglichen Essensrationen. Die Sätze dieser Briefe klammerten sich meist hilflos an Heimatgedanken, immer wieder war zu lesen, wie sehr mein Vater sich nach der Heimat sehnte, anscheinend hatte er an nichts anderes als die Heimat gedacht, und sogar an den wenigen Stellen, in denen er seine Umgebung beschrieb, waren die Beschreibungen voller Vergleiche mit der Heimat.

In allen nur denkbaren Lebensaltern konnte ich mir meinen Vater vorstellen, die Kriegsjahre aber entfernten ihn mit Gewalt von mir, ich konnte mir meinen Vater nur ganz undeutlich im Krieg vorstellen, selbst die zahlreichen Fotografien, die er offensichtlich selbst während seiner Rekrutenzeit gemacht hatte, brachten mir ihn nicht näher. Zwischen dem Krieg und meinem Vater schien keine Verbindung zu bestehen, so war auf den Fotografien auch meist nur im Hintergrund Kriegsgerät zu erkennen, mein Vater hatte statt dessen seine Kameraden fotografiert, er hatte seine lachenden, badenden, essenden, stiefelputzenden Kameraden aufgenommen, vor allem aber die Natur, Wälder, Hügel, Bäche, mir völlig unbekannte, durch keinen Hinweis näher bezeichnete Wälder, Hügel und Bäche irgendwo in Europa.

Hinzu kam, daß mein Vater in all seinen Jahren nur sehr ungern geschrieben hatte, statt dessen hatte er ein wenig skizziert, am liebsten aber hatte er mit Lineal und Zirkel bestechend saubere geometrische Figuren auf hauchdünnes Millimeterpapier gezeichnet. Das Schreiben jedoch hatte ihm das Äußerste abverlangt, verkrampft, die Schultern hochgerissen fast bis zu den Ohren, mit rotem Kopf hatte er geschrieben, Buchstabe für Buchstabe in klarster Sütterlinschrift, und während des Schreibens hatte ihm die Überanstrengung meist die Zunge an die Oberlippe gepreßt. So hatte er mit erregter, hin und her wischender Zunge geschrieben, das Schriftstück immer aufs neue kontrollierend, als könnten die Buchstaben vor seinen Augen mit den unheimlichsten Tänzen beginnen.

Einmal hatte ich ihn eine Rede halten hören, und es war ein furchtbarer Auftritt gewesen, mein Vater mit einem Stück Papier in der Hand, Satz für Satz vom Papier ablesend, laufend ins Stocken geratend, ein hilfloses Wesen, das sich im Gestrüpp viel zu langer Sätze verfing. Wenn mein Vater frei hatte reden sollen, so hatte er jeden dritten Satz mit einem »jedenfalls« begonnen, ein solches »jedenfalls« schien eine imposante Stütze zu bieten, außerdem erweckte es den Eindruck, der Redner blicke bereits auf eine beträchtliche Redestrecke zurück, doch in Wahrheit legte mein Vater keine Strecken zurück, sondern stolperte mühevoll von Absatz zu Absatz.

Stieß ich dann doch einmal auf längere Aufzeichnungen, manchmal hatte er sich in seinen Taschenkalendern die kuriosesten Fakten notiert, so erschreckte mich seine Handschrift oft auf ganz ungewöhnliche Art. Die Betrachtung seiner Handschrift schmerzte mich nämlich, und obwohl ich diesen Schmerz vor mir selbst gleichsam geheimhielt und so tat, als dürfte ich auf diesen Schmerz nichts geben, hinterließ jeder Blick auf die mir nur allzu bekannten Buchstaben einen tiefen Stich. Gerade in seiner Handschrift erschien mir mein Vater sehr nah, gegenwärtiger noch als auf den Fotografien, in den Zügen seiner Handschrift lebte etwas Physisches, als sei es undenkbar, daß der Schreiber nicht mehr am Leben sei.

Im stillen triumphierte ich aber auch manchmal über diese Erfolge der Schrift, der Zauber des Schreibens, dachte ich, sei niemals zu brechen, gerade im Schreiben, nein, nur im Schreiben gebe es Dauer, und nur durch das Schreiben erhalte und bezeuge sich das Leben in der vollständigsten Weise, ohne flüchtige Tricks, ohne aufwendigen Schwindel.

Und so hatte ich, hin und her gerissen von den peinlichsten und den jammervollsten Gefühlen, schließlich den ganzen Keller und all die mir wichtigen Schränke durchwühlt, ich hatte die kleinen Zigarrenkisten mit Hunderten von Fotografien geleert, und ich hatte die Fotografien auf schwarzen Karton geklebt, Jahr für Jahr im Leben meines Vaters hatte ich auf solche Kartons gebracht, um es auf diese Weise wie einen Film vor mir abrollen zu lassen. Daneben hatte ich mir Sätze aus seinen Briefen und Kalendern in eine Kladde notiert, viel Material, das ich meinen Phantasien zum Fraß vorwarf, kam so zusammen, langsam füllte ich mich mit dem fremden Stoff, der dazu beitragen sollte, den Platz meines Vaters in meiner Erinnerung zu besetzen.

Meiner Mutter war nicht recht, daß ich mich so im Keller einquartierte, sie wollte, daß ich den noch immer zahlreichen Gästen des Hauses entgegentrat, daß ich sie begrüßte, geduldig Rede und Antwort stand und den Platz des Hausherrn mit den dazugehörenden Hausherrengesten einnahm. Getränke sollte ich ausschenken, hier und da sollte mir eine humorige Bemerkung über die Lippen kommen, am besten wäre es wohl gewesen, ich hätte gleich eine wollene Hausvaterjoppe angelegt, schließlich beklagte ich mich sowieso laufend über die Kälte im Haus.

So aber fanden meine Mutter und ich in den Wochen nach dem Begräbnis meines Vaters kaum noch zusammen, keine Mahlzeit verging ohne Zwischenfälle, ganz zu schweigen davon, daß es mir lästig war, überhaupt regelmäßig eine Mahlzeit einzunehmen, am liebsten hätte ich mich in diesen Tagen aufs Geratewohl ernährt, schon der Gedanke an Ernährung hatte etwas Widernatürliches.

Daher versuchte ich meine Mutter bei jeder sich bietenden Gelegenheit aus dem Haus zu schaffen, jeden Tag fuhr ich sie zum Friedhof und ließ sie ihren üblichen Trauergang oder besser noch die große Trauerrunde machen, mich selbst brachte niemand auf diesen Friedhof, ich setzte meinen Fuß vorerst nicht mehr auf dieses Gelände, und so entfernte ich mich, während meine Mutter für den ordnungsgemäßen Verlauf der Zeremonien sorgte, von meiner Mutter. Ich hatte aufgehört, mich noch um die Umgebung zu kümmern, meine Gedanken kreisten einzig um die ferne Gestalt meines Vaters, ich war immer reizbarer geworden, ein schwieriges Nervenbündel, das nachts wenig schlief, das die Nächte verträumte, hingestreckt auf einen Sessel, mit dem starren Blick gegen die Decke. Früh morgens war ich verwirrt, ich übersah den sorgfältig gedeckten Frühstückstisch, schon die kapriziöse Anordnung von Tassen und Tellern, ja schon die selbstzufriedene Schlummerblässe des Frühstückseis war mir zuwider, erst recht aber alle morgendlichen Planungen meiner Mutter, die aus jedem Tag einen gegliederten, klar strukturierten Tag machen wollte, einen Tag, an dem man Vorhaben erledigte, Post sortierte, Rechnungen beglich und Bestattungsunternehmern eine Anerkennung für gute Dienste aussprach. Von mir war dergleichen nicht zu erwarten, und so nickte ich nur, wenn meine Mutter mir vorwarf, daß ich ihr keine Hilfe sei, daß sie sich von mir mehr, viel mehr versprochen habe, sie hatte ja recht, ich war keine, niemals wieder wollte ich eine solche Hilfe sein.

Mein Elternhaus aber war mir durch diesen Kleinkrieg beinahe schon verhaßt geworden, hätte ich nicht den Keller als mein alleiniges Reich betrachten können, wäre ich wohl sofort abgereist. Von Tag zu Tag wurde meine Unruhe größer, sie nährte sich an den Dokumenten im Keller, und je länger ich über diese Dokumente nachdachte, um so deutlicher wurde mir, daß auch mein Vater sich immer wieder von der Heimat losgerissen hatte, so sehr er die Heimat geliebt hatte, so sehr hatte er sich doch in beinahe regelmäßigen Abständen von ihr entfernt, Distanz und Liebe schienen für ihn zusammenzugehören. Auf den Fotos jedenfalls war mein Vater meist unterwegs, er hatte weite Strecken zu Fuß zurückgelegt, und auf den ersten Reisen, die ich mit ihm gemacht hatte, waren wir ausschließlich zu Fuß, ohne irgendein anderes Hilfsmittel zu benutzen, durch das Land gelaufen.

Dabei hatte mein Vater aber nichts von einem Wandervogel gehabt, ein Wandervogeldasein hatte auf ihn nicht den geringsten Reiz ausgeübt, im Gegenteil, er hatte sich über die Wanderer, die ihr Wandern mit roten Socken und tüchtigen Schuhen ausstellten, nur belustigt. Selbst ein Rucksack war ihm schon des Guten zuviel gewesen, ein Rucksack dekorierte das Wandern, außerdem war es lächerlich, sich mit Proviant zu belasten, heutzutage war doch ein Essen überall, selbst in der einsamsten Landschaft, zu bekommen.

Und so machte ich in meiner Unruhe vorsichtige Versuche, mich von meinem Elternhaus zu entfernen, es waren nur Stunden, die ich allein umherziehend verbrachte, aber diese Stunden weiteten sich aus, ich streifte durch die ganze Umgebung meines Elternhauses, kein Umweg war mir zuviel. Natürlich waren mir all diese Wege gut vertraut, ich war sie mit meinem Vater unzählige Male gegangen, gerade wegen der Erinnerung an diese gemeinsamen Gänge machte ich mich nun auf den Weg.

Denn ich wußte nur zu genau, was mein Vater sagen würde, wenn er mich hätte begleiten können, ich kannte seine knappen Bemerkungen, die meist nur den Zustand der Felder, die Höhe des Korns, die Schwankungen des Klimas betrafen, es waren bäuerliche Bemerkungen, die sich auf den Zyklus der Jahreszeiten bezogen, nichts war so bezeichnend für das bäuerliche Erleben der Welt wie das Erleben dieses Jahreszeitenzyklus, von dem zyklischen Auf und Ab war mein Vater bis in die feinsten Nerven geprägt. Dadurch erkannte er viel früher als ich schon in den späten Wintertagen die ersten Signale des Frühlings, im Frühling witterte er die Hitze des Sommers, meldete sich der Sommer, neigte sich bereits alles zum Herbst, stand der Herbst bevor, sah er die weiten Flächen der Hochplateaus schon von Schnee überdeckt. Auf diese Weise hatte mein Vater die Umgebung meines Elternhauses in ein Panorama der vier Jahreszeiten verwandelt, und immer wieder gingen wir bei meinen Besuchen im Elternhaus nach denselben Plätzen, um uns vom kaum sichtbaren Werden ein Bild zu machen.

Am liebsten aber waren wir zu einer kleinen, geschützten Bank gegangen, die ein wenig unterhalb meines Elternhauses am Rande eines Buchenwaldes stand, denn von dieser Bank aus konnte man das Elternhaus meines Vaters gut erkennen, es war ein typischer Fotoblick, und doch hatten wir auf diesem Gang niemals einen Apparat mitgenommen, denn wir waren uns dieses Blicks so gewiß, daß wir keine Aufnahmen brauchten.

Dieser Blick, der Blick auf den väterlichen Bauernhof und die Gastwirtschaft, der Blick auf die Scheunen ringsum, auf das kleine Flüßchen, das vor die steil ansteigenden Wälder eine muntere Schleife hinlegte, dieser Blick hatte etwas Begeisterndes, es war, als hätte irgendein Maler diese Ansicht entworfen und als käme man durch das bloße Schauen einer alterslosen Archaik auf den Grund. Ich hatte solche Empfindungen nie zu deuten gewußt, Vater hatte dazu erst recht geschwiegen, es war aber, als sammelte sich in diesem Blick die Fülle aller Geschichten, die in der Ferne des Hofes je gespielt hatten, so als träten in wenigen Sekunden die Menschen früherer Jahrhunderte aus den Scheunen und Häusern und als verwandelte ihre Wiedergeburt unser Leben in ein ununterbrochenes, dauerhaftes Leben.

In diesen Blick also war ich geradezu vernarrt, vielleicht hatte zu dieser Begeisterung auch beigetragen, daß ich neben meinem Vater gesessen hatte, denn ich hatte den väterlichen Hof nicht nur mit meinen, sondern auch mit den Augen meines Vaters gesehen, und diese doppelte Empfindung hatte mich in eine traumartige Trance versetzt, als hätte ich mich für Bruchteile von Sekunden aus meinem Leib entfernt und als sei ich hineingeschlüpft in den schwereren Leib neben mir, in den Leib meines Vaters.

Gerade diese Trance suchte ich jetzt, ich saß wie in den früheren – beinahe hätte ich schon gesagt »wie in den alten Zeiten« auf der Bank am Rande des Buchenwaldes und schaute hinab auf den Hof, und ich setzte alles daran, diesen Ort durch meinen Blick zurückzuverwandeln in eine ganz frühe Fremde, eine Zeit, in der ich noch nicht gelebt hatte, in eine leere, weite Zeit, in der mein Vater noch ein kleines Kind gewesen war, ein beinahe unvorstellbares Kind, das lebte und doch ein ganz anders Lebendes war als ich, das noch nichts von mir besaß und noch nichts mit mir teilte.

Und ich glaubte das kleine Kind dann wahrhaftig zu sehen, es rutschte den steilen Abhang vor mir hinunter ins Tal, es überquerte die Brücke, und es spielte mit seinen Geschwistern. Ein Bruder meines Vaters wäre in dem kleinen Flüßchen hinter dem Hof beinahe einmal ertrunken, im letzten Augenblick hatte man den Jungen noch herausgefischt, knapp vor dem Strudel des Wehrs, wo sich das stille Wasser in rauschende Wildnis verwandelte. Und ich sah den ältesten Bruder meines Vaters heimkehren aus dem Ersten Krieg, nach vier langen Jahren in Afrika kehrte er heim und nahm das kleine, unvorstellbare Kind, das mein Vater war, auf den Schoß und erzählte ihm von der Wüste. Und ich sah die Wäsche, die im Flüßchen gewaschen worden war, ich sah Hunderte von Schürzen, Röcken und Hosen, die auf den Wiesen gebleicht und getrocknet worden waren, und ich sah meinen Großvater, aufrecht auf einer Bank vor dem Hof, eine Pfeife im Mund, die langen, feinen Finger ausgestreckt auf den Knien.

Wie oft hatte ich meinen Vater dorthin begleitet, jeden Sommer waren wir beinahe täglich zum Elternhaus meines Vaters gegangen, und ich hatte in dem kleinen Flüßchen gebadet. Und ich erinnerte mich genau, wie ich das erste Mal mit dem Vater nur einige hundert Meter oberhalb des gefährlichen Wehrs in das kühle, schnell fließende Wasser gestiegen war, mein Vater hatte sich einige Schritte entfernt und mir zugerufen, nun schwimm, so wie Gott zu den Menschen und Tieren gesagt haben mochte, flieg, und sie flogen, schwimm, und sie schwammen, und ich hatte mich mutig ins Wasser geworfen, das meinen dürren, schmächtigen Leib sofort zu fassen bekommen und ihn herumgewirbelt hatte, einmal, mehrmals, so daß ich mit den Armen um mich geschlagen hatte, mich im Schilf verfangend, Schilfrohre ausreißend, Schilfrohre, die keinen Halt mehr hatten bieten können, sondern mitgerissen worden waren von meinen panischen Bewegungen, Schilfrohre, die sich an mich geschmiegt hatten, während ich immer schneller davongetrieben war, dem reißenden Wehr entgegen. Plötzlich aber hatte ich den Griff meines Vaters gespürt, laut lachend hatte er mich aus dem Wasser gezogen, schallend hatte mein Vater über meinen Schwimmversuch gelacht, das ganze Tal hatte sein Lachen erbrochen, gut, hatte er gerufen, ganz glänzend!

Später, als ich längst ein guter Schwimmer war, hatte ich die steilen Waldhänge am anderen Ufer des Flüßchens erklettert und war von den schmalen Felsvorsprüngen ins Wasser gesprungen. Zwischen den Felsen befanden sich tiefe, weit in den Berg eindringende Höhlen, die von großen Gesteinsfalten herrührten, große, unbewachsene Schiefer- und Grauwackenbänke türmten sich daneben, und ich war mit meinem schmalen, vor Kälte zitternden Körper in die Höhlen gestiegen und hatte meinem Vater später genau davon erzählt.

Auch mein Vater hatte sich daran erinnert, wie er als Kind in diese Höhlen geklettert war, denn meine Berichte hatten seinen Erinnerungen aufgeholfen, und schließlich hatten wir von den Höhlen am anderen Ufer des Flüßchens wie von Höhlen erzählt, die wir gemeinsam betreten und erforscht hatten, als hätten diese Erlebnisse nie zu verschiedenen Zeiten stattgefunden, als sei zwischen diesen Erlebnissen keine Zeit vergangen, ja als handle es sich um ein und dasselbe Erlebnis.

Mit den Wochen verlor ich jedoch auf der Bank, von der aus ich den Blick auf das Elternhaus meines Vaters warf, jede Regung, starr saß ich auf der Bank und versuchte, dem toten Körper meines Vaters ein neues, halluzinatorisches Leben zu geben. Lange saß ich dort, so lange, bis ich schließlich das Zeitgefühl verloren hatte, ich saß dort wie ein Stein, den keine Kraft mehr bewegen konnte, ein schwerer, finsterer Brocken. Und ich saß dort so lange, bis mich endlich die rasende, pochende Unruhe wieder erfaßte, das war wie ein scharfer, bitterer Schrecken. Und mich packte die Angst, auf dieser Bank weiter und weiter zu sitzen, mich packte die Angst, nicht mehr zu sein, und ich dachte nur eins: Weg! Fort! Du mußt fort! So weit wie möglich mußt Du jetzt fort! Du mußt Dich von dieser Gegend hier trennen, losreißen mußt Du Dich, sonst wirst Du in Deiner Trauer versinken! Du mußt weit reisen, weit, wie es

Dein Vater Dir vorgemacht hat, und irgendwann wirst Du es schaffen, zurückzukommen. Niemand wird Dich dann wiedererkennen, ja, Du selbst wirst Dich nicht mehr kennen, Du wirst »fort« gewesen sein, wie man hier sagt, so endgültig, wie Du es jetzt nicht einmal ahnst!

Bei diesen harschen Gedanken hatte ich jedoch schon eine Idee, denn ich hatte den Brief meines Schulfreundes Fred vor Augen, den ich vor einigen Tagen erhalten hatte. Fred war mit seiner Tochter Marie für ein Jahr in die Staaten gegangen, er absolvierte eine Ausbildung am Medical Center in St. Louis, und er hatte mich eingeladen, ihn, wie er schrieb, »jederzeit« in St. Louis zu besuchen. Zunächst hatte ich ein solches Angebot gar nicht in Erwägung gezogen, was veranlaßte mich, so plötzlich nach St. Louis zu gehen, nichts verband mich mit dieser Stadt, ich konnte nicht einmal ahnen, wie es dort aussehen mochte, dann aber war mir Freds Brief immer häufiger in den Sinn gekommen. Ich hatte mit Fred viele Jahre gemeinsam die Schulbank gedrückt, wir waren gute Freunde gewesen, schon früh hatte er sich für Medizin und Chemie interessiert, bereits während der Schulzeit hatte er ein Praktikum bei einem großen chemischen Konzern hinter sich gebracht und damit den Neid vieler Mitschüler auf sich gezogen. Ich hatte ihn nie beneidet, meine Interessen lagen ganz woanders, es hatte mich für ihn gefreut, daß er so gut vorangekommen war, denn Fred war ehrgeizig, und sein Ehrgeiz vertrug keine Rückschläge.

Seiner impulsiven, raschen Art hatte es völlig entsprochen, daß er früh geheiratet hatte, wie es andererseits beinahe natürlich gewesen war, daß er sich schon nach zwei Jahren wieder von seiner Frau getrennt hatte, eigentlich hätte er es wissen müssen, doch Fred hatte in solchen privaten Dingen kaum ein Gespür, nichts beschäftigte ihn so sehr wie sein Beruf, für den er drei Viertel der Tageszeit opferte.

Ich hatte ihm eine kurze Nachricht geschickt, ich hatte ihm

vom Tod meines Vaters geschrieben, ein paar Sätze hatten genügt, es würde ihn sowieso nicht sehr beeindrucken, obwohl er meinen Vater gekannt hatte. Vor vielen Jahren hatten mein Vater und ich Fred einmal auf eine Reise mitgenommen, aber die Reise war nicht besonders gut verlaufen, denn Fred hatte mich für sich haben wollen, mit ihm hatte ich mich vor allem unterhalten sollen, was meinem Vater auch sehr recht gewesen war, mir aber nicht gepaßt hatte, denn ich hatte vor allem mit meinem Vater reisen wollen, nicht aber vor allem mit Fred. Fred hatte sich jedoch nicht als bloß ruhiger Begleiter geeignet, immer wieder hatte er mich von meinem Vater getrennt, so daß es eine ganz verzettelte, aufgeregte Reise geworden war.

Doch das war längst vergessen, Fred war jetzt eine sportliche, wache Erscheinung, neugierig auf alles, was sein Metier betraf, und ich konnte mir vorstellen, daß er einmal eine echte Kapazität werden würde. Schwer vorstellen konnte ich mir aber, wie er mit seiner Tochter umgehen mochte, sie mußte jetzt etwas mehr als acht Jahre alt sein, und er hatte sie in zähen Gerichtsstreitereien ihrer ebenfalls berufstätigen Mutter entrissen.

Egal, dachte ich, was kümmert Dich schon seine Tochter, um so jemanden brauchst Du Dich überhaupt nicht zu kümmern, Dich lockt weder Fred noch die Tochter, Dich lockt nicht einmal St. Louis, Dich lockt nur der Mississippi, denn St. Louis liegt ja, wie jeder weiß, am Mississippi, und Du wirst Dich einen Teufel um St. Louis scheren, statt dessen wird der Mississippi Dich hypnotisieren, der Mississippi ist ein bekannter Hypnotiseur. Was würde Dein Vater sagen, wenn Du ihm vom Mississippi erzählen würdest, seine Augen würden glänzen, aufgeregt würde er sich durchs Haar streichen, jedes Wort würde er Dir von den Lippen ablesen, und hinjagen würde er Dich an den Mississippi!

So hatte ich mich allmählich an den Gedanken gewöhnt, Freds Einladung nach St. Louis zu folgen, ich hatte mich nach Direktflügen erkundigt, ich hatte mir eine Kreditkarte beschafft, und ich hatte mich, wie ich es vor den Reisen mit Vater getan hatte, mit Kartenmaterial eingedeckt.

Schließlich hatte ich nur noch eine Gelegenheit finden müssen, meine Mutter mit meinen Absichten vertraut zu machen, es mochte schwer sein, mich gerade jetzt von ihr zu trennen, ich konnte mir auch kaum vorstellen, daß sie es allein in dem großen Haus unterhalb des trigonometrischen Punktes aushalten würde. Nie hatte ich mit ihr bisher darüber gesprochen, daß sie Nacht für Nacht wie gewohnt im Bett neben dem früheren Bett meines Vaters schlief, sie hatte das Bett, in dem mein Vater gestorben war, keineswegs wegschaffen lassen, lediglich zugedeckt war das Bett, aber mein Vater hätte jederzeit wieder erscheinen können, um sich in sein Bett zu legen. Die Gedanken an meinen Abschied brachten mir seltsamerweise immer wieder dieses leere Bett in Erinnerung, ich durfte nicht lange daran denken, so sehr versank ich bei diesen Grübeleien wieder in haltloser Trauer. Doch was sollte denn werden? Ich konnte nicht monatelang in meinem Elternhaus bleiben, unmöglich konnte ich das leere Bett meines Vaters belegen, für lange Zeit würde dieses Bett nun leer sein und eine dauernde schmerzliche Erinnerung an meinen Vater.

Endlich nahm ich mir aber doch ein Herz und sagte meiner Mutter, daß ich vorhatte, meinen Freund Fred in St. Louis zu besuchen, und ganz gegen meine Erwartung hatte sie nichts dagegen einzuwenden, sie hatte mich sogar darin bestärkt, auf Reisen zu gehen. Bestimmt war auch ihr nicht entgangen, daß wir nicht länger miteinander auskommen würden, der Tod meines Vaters stand zwischen uns, und keiner von uns hatte schon Kraft genug, sich mit diesem Tod zu arrangieren. Statt dessen standen wir uns nur im Weg, jeder erkannte im anderen einen Trauernden, und jeder versuchte, den anderen aus seiner Trauer herauszureißen, was doch meist nur mißlang. Fahr nur, sagte meine Mutter, ich komm schon zurecht, mach Dir keine Gedanken, das ist das Beste für uns, und erst in diesem Augenblick hatte ich sie zum ersten Mal seit langem wieder umarmt.

Auch kurz vor meinem Abschied hatte ich sie noch einmal umarmt, es war ein verteufelter, schlimmer Abschied, denn ich mußte mich nicht nur von meiner Mutter losreißen, sondern mehr noch von dem Haus, in dem mein Vater gestorben war, ja, ich hatte sogar das Gefühl, ich müßte mich von der noch immer allgegenwärtigen Anwesenheit meines Vaters losreißen. Ich hatte die schwarzen Kartons mit den vielen Fotografien in mein Reisegepäck gesteckt, und auch die kleine Kladde, in die ich in den letzten Wochen so vieles notiert hatte, sollte mich nach St. Louis begleiten. Und so nahm ich auf den langen Flug in die Staaten, an den fernen Mississippi, die Erinnerungen an meinen Vater mit, und ich hoffte, daß mein Vater ganz zufrieden gewesen wäre, sich so vertreten zu sehen.

Als ich aus dem Flughafengebäude von St. Louis ins Freie trat, war es viel wärmer, als ich erwartet hatte. Es war kurz nach Mittag, ein kräftiger, aber nicht unangenehmer Wind fuhr durch die wartenden Wagenkolonnen, und ich beeilte mich, ein Taxi zu bekommen. Ich hatte noch am vorigen Tag mit Fred telefoniert, er hatte bedauert, mich nicht abholen zu können, bis in den Abend wurde er im Medical Center aufgehalten, so sollte ich mich mit dem Taxi geradewegs zu dem Haus bringen lassen, das er sich gemietet hatte, Mary würde zur Stelle sein. Ich hatte erst nicht begriffen, daß er mit Mary natürlich seine Tochter Marie meinte, zunächst hatte ich ein neues Verhältnis vermutet, dann aber hatte er mich mit Schilderungen über Marys Fortschritte im Englischen auf die richtige Fährte gebracht.

Rasch hatte ich ein Taxi belegt, der schwarze Fahrer hatte mich freundlich angeredet, und so hörte ich mir auf dem Rücksitz seine Fragen und Kommentare an, die er mit seitwärts gerichtetem Kopf nach hinten warf, während er das Steuer nur mit der Linken hielt. Der Fahrer wollte sofort wissen, woher ich komme, und ich bemühte mich, ihm möglichst fehlerfrei zu antworten, obwohl mir blitzartig aufging, wie lückenhaft meine Englischkenntnisse waren. Der Fahrer schien das aber nicht zu bemerken, er begann gleich von Deutschland zu erzählen, seine Tochter hatte vor einem Jahr Deutschland besucht, und Deutschland war ein sauberes, schönes Land mit lauter gut erzogenen Menschen. Er sprach so schnell und vor allem so undeutlich, daß ich ihn kaum verstand, die schweren, dunklen Laute purzelten nur so durch den Wagen, und ich mußte mich immer wieder weit nach vorne beugen, um ja den Zusammenhang nicht zu verlieren. Meist aber verstand ich nur wenige Wörter eines Satzes, gerade noch rechtzeitig setzte ich mir den Sinn eines Satzes zusammen, längst würgte der Fahrer schon den nächsten heraus, und ich geriet vor lauter Anstrengung, den Faden nicht zu verlieren, ins Schwitzen.

Der Fahrer fragte mich auch, was mich nach St. Louis verschlagen habe, und ich antwortete, daß ich hier einen Freund besuchen wollte, der am Medical Center arbeite. Das Medical Center, sagte der Fahrer, sei eine ausgezeichnete Klinik, eine ganz ausgezeichnete Herzklinik sei das Medical Center, überall in den Staaten sei St. Louis für sein ausgezeichnetes Medical Center bekannt. Dann fragte er mich weiter, was ich in den nächsten Tagen vorhätte, und ich sagte ihm, das werde sich schon ergeben, ich hätte mir darüber noch keine Gedanken gemacht.

Er war mit dieser Antwort gar nicht zufrieden, sondern begann gleich, mir Vorschläge zu machen, downtown sollte ich fahren, an der Riverfront sollte ich mich umsehen, außerdem habe gerade die Baseballsaison begonnen. Und während ich versprach, mir diese Vorschläge zu merken, reichte er mir mit der Rechten seine Karte, ich sollte ihn am nächsten Tag anrufen, und er werde mich zu einem Extrapreis herumfahren. Er wollte auch gleich wissen, ob ich einverstanden sei, und ich entgegnete nur hinhaltend, daß ich erst mit meinem Freund sprechen müsse. Diese Antwort aber brachte ihn nur noch mehr in Fahrt, immer weitere Vorschläge sprudelten aus ihm heraus, bald konnte ich den langen Listen nicht mehr folgen, es waren Listen von Sehenswürdigkeiten und Restaurants, und jeder Name wurde mit einem kurzen Kommentar versehen.

So war ich froh, als wir endlich das Haus meines Freundes erreichten, ich gab dem Fahrer ein ordentliches Trinkgeld, und er klopfte mir auf die rechte Schulter, als wollte er mir Mut machen. Als der Wagen gehalten hatte, war auf dem Bürgersteig schon Mary erschienen, ich erkannte sie kaum wieder, ich hatte sie zum letzten Mal vor vier Jahren gesehen. Sie begrüßte mich und sprang aufgeregt um mich herum, sie wollte unbedingt meinen Koffer tragen, aber ich ließ es nicht zu, und so lief sie mir voraus auf das kleine Holzhaus zu.

Es war ein Haus mit winzigen Zimmern, große Gesellschaften würde man hier nicht unterbringen können, Fred hatte da ganz praktisch gedacht. Mary zog mich am Arm gleich hinauf in den ersten Stock, das ist Dein Zimmer, sagte sie, es ist kein riesiges Zimmer, aber Du wohnst gleich neben mir. Dann fragte sie mich, ob ich nun auch ihr Zimmer sehen wollte, und natürlich mußte ich nun auch mit in ihr Zimmer, um alles mit der gebührenden Ausführlichkeit zu bewundern.

Wider Erwarten hielt sie sich damit gar nicht lange auf, sie hatte, wie ich gleich bemerkte, etwas von Freds trockener Art, jedenfalls verlegte sie sich nicht auf lange Erklärungen, sondern zeigte mir in Windeseile das ganze Haus, als wollte sie möglichst schnell damit fertig werden.

– Was machen wir nun, fragte sie mich, als ich mich gewaschen und umgezogen hatte. Brechen wir sofort auf oder bist Du zu müde? Fred hat gesagt, ich soll erst dafür sorgen, daß Du Dich ausruhst, aber Du siehst gar nicht müde aus.

– Nein, sagte ich, ich bin auch nicht müde, ziehen wir los! Was schlägst Du vor?

– Zuerst schaut man sich hier den Arch an, sagte sie.

– Ich möchte lieber zuerst zum Mississippi, antwortete ich.

– Aber der Arch steht ja am Mississippi, stöhnte sie auf.

– Gut, sagte ich, dann gehen wir!

– Meinst Du das im Ernst? fragte sie.

– Spricht etwas dagegen?

– Wir werden ein Taxi nehmen, sagte sie ganz entschieden.

– Nein, sagte ich, ich bin schon lange genug Taxi gefahren, wir gehen zu Fuß zum Mississippi.

– Du bist krank, sagte sie, wir werden den halben Tag dafür brauchen.

Da ich keine Lust hatte, mit ihr zu streiten, kramte ich einen Stadtplan hervor. Es ist ganz einfach, sagte ich, man geht immer nach Osten, in einer Stunde sind wir da. Sie sträubte sich ganz energisch dagegen, zu Fuß zu gehen, ich aber wollte um keinen Preis nachgeben, und so sagte ich ihr, daß ich dann eben allein gehen werde, ich sei es eben gewohnt, zu Fuß zu gehen.

– Gut, meinetwegen, dann gehen wir eben, sagte sie und stieß mich gereizt in die Seite.

Ja, wir gehen, dachte ich, als wir aufbrachen, Du Göre wirst mich nicht davon abhalten! Mit Vater bin ich immer zu Fuß gegangen, höchstens Eisenbahnfahrten waren, wenn es denn nicht anders ging, noch erlaubt, niemals hätten wir uns in ein Auto gesetzt, und an gemeinsame Taxifahrten kann ich mich überhaupt nicht erinnern!

Mary schien den kleinen Streit auch bald vergessen zu haben, sie versuchte, mit mir Schritt zu halten, und so gingen wir recht zügig ostwärts. Ich hatte den Stadtplan in meine Gesäßtasche gesteckt, niemand sollte mich hier mit einem Stadtplan sehen, mit einem Stadtplan machte man sich nur lächerlich, und außerdem würde ich den Weg sogar blind finden, da war ich ganz sicher. Und so gingen wir eine lange, schnurgerade Straße entlang, rechts und links befand sich immer dasselbe winzige Holzhaus mit dem dazugehörenden Vorgarten und einer bunten Box für die Post.

– Bleibst Du lange? fragte Mary.

– Mal sehen, antwortete ich, mal sehen, wie es mir hier gefällt.

– O Gott, es ist langweilig hier, sagte Mary, es ist ganz entsetzlich langweilig. Ich habe niemanden, mit dem ich spielen könnte, ich verstehe ja so schlecht Englisch, und in der Schule langweile ich mich den ganzen Vormittag. Alles ist langweilig hier, einfach alles!

– Du übertreibst, sagte ich, der Mississippi wird schon nicht langweilig sein.

– Der Mississippi ist das Langweiligste überhaupt, entgegnete Mary, der Rhein ist viel schöner.

– Das glaube ich nicht, sagte ich.

– Du hast ja keine Ahnung, sagte Mary, aber Du wirst schon noch sehen. Hast Du Ferien?

– Ja, so ungefähr, sagte ich.

– Hast Du Ferien oder nicht?

– Ich weiß noch nicht, vielleicht werde ich hier etwas arbeiten, antwortete ich.

– Bist Du auch ein Arzt? wollte sie wissen.

– Nein, sagte ich, ich bin ein Schriftsteller.

– Ein Schriftsteller? Was arbeitest Du denn als Schriftsteller?

– Ich erzähle Geschichten, antwortete ich.

– Erfundene Geschichten oder wahre?

– Meistens erfundene, sagte ich, aber manchmal erzähle ich auch wahre mit ein wenig Erfundenem.

– Verstehe ich nicht, sagte Mary.

– Wenn ich zum Beispiel von uns erzählen würde, wie wir hier zusammen zum Mississippi gehen, dann wäre das eine wahre Geschichte, sagte ich. Aber wenn ich Dich nun ein paar Jahre älter machen würde, ich würde Dich, sagen wir, um sechs, sieben Jahre älter machen, dann wäre das eine wahre Geschichte mit ein bißchen Erfundenem.

– Nein, sagte Mary, dann wäre es keine wahre, sondern eine andere Geschichte.

– Wieso? fragte ich.

– Dann wäre es vielleicht eine Liebesgeschichte, sagte Mary.

– Glaub ich nicht, versuchte ich das Thema abzublocken.

– Warum nicht?

– Ich bin nicht in der Stimmung, mich zu verlieben, sagte ich.

– Könnte ja noch kommen, sagte Mary.

– Nein, sagte ich, jetzt nicht, ganz bestimmt nicht.

– Verliebst Du Dich selten?

– Ganz selten, sagte ich und dachte nach, wie wir das Thema loswerden könnten.

– Schade, sagte sie, Männern, die sich nur selten verlieben, fehlt etwas. Fred verliebt sich überhaupt nicht mehr, ich habe schon alles versucht.

– Was hast Du versucht? fragte ich und biß mir gleich auf die Zunge.

– Na, es laufen doch genug Frauen herum, sagte Mary.
– Reden wir von etwas anderem, sagte ich.
– Du bist ja verlegen, grinste Mary.
– Nein, sagte ich, nicht verlegen, nur genervt.

»Genervt« tat sofort seine Wirkung, ich hatte das dumme Wort ganz absichtlich gebraucht, denn ich wollte das Kind für eine Zeitlang zum Schweigen bringen. Es hat wirklich ganz Freds zu-packende Art, dachte ich, wahrscheinlich hat es nur darauf gewartet, daß ich erscheine, wahrscheinlich wird es sich in den nächsten Tagen an mich klammern. Bin ich hierher gekommen, um meine Tage mit diesem Kind zu verbringen? Nein, dachte ich weiter, gehen wir etwas schneller, sie soll sich verausgaben, damit sie gleich erkennt, daß es kein Spaß sein wird, mich auf Spaziergängen zu begleiten.

Die Strecke ostwärts zog sich aber mit der Zeit immer mehr in die Länge, noch immer liefen wir auf der schnurgeraden Straße, die Holzhäuschen waren verschwunden, die Straße durchschnitt einen Park, der zum Teil auch als Golfplatz genutzt wurde. Ich holte den Stadtplan hervor und warf einen Blick hinein. Verdammt, es waren doch nur ein paar Zentimeter, ein paar lächerliche Zentimeter, welcher Maßstab, dachte ich ärgerlich, welcher Maßstab? Es war aber kein Maßstab zu erkennen. Typisch, dachte ich, die reinste Stümperei, eine Karte ohne Maßstab ist überhaupt keine Karte. Was hätte Vater gesagt, wenn ich eine Karte ohne Maßstab in Händen gehalten hätte? Er hätte die Karte zerrissen und sie in den nächstbesten Papierkorb geschmissen!

Dann aber erkannte ich am unteren rechten Rand der Karte eine leicht zu übersehende Angabe: ein Zentimeter entsprach einer Meile. Richtig, dachte ich, sie rechnen hier ja in Meilen. Macht nichts, auch mit Meilen werde ich fertig, spielend werde ich mit Meilen fertig. Es werden vielleicht zehn Zentimeter sein, das macht zehn Meilen, eine Meile entspricht, sagen wir einmal, anderthalb Kilometer, macht im ganzen fünfzehn Kilometer. Gut gemacht, dachte ich weiter, ich habe die Sache im Griff.

– Hast Du's nun begriffen? fragte Mary.

– Es gibt nichts zu begreifen, antwortete ich, wir sind genau auf Kurs.

– Dann hast Du nichts begriffen, sagte das Kind. Ich schätze, wir laufen noch vier Stunden.

– Vier Stunden? Das ist lächerlich, entgegnete ich.

– Vier langweilige Stunden durch langweilige Gegenden, hast Du kapiert?

– Es sind vielleicht fünfzehn Kilometer, sagte ich, und erst jetzt wurde mir bewußt, wieviel das war. Das schaffen wir in zweieinhalb Stunden.

– Gut, sagte Mary, dann müssen wir schneller gehen, viel schneller!

Das Kind beschleunigte denn auch wirklich seine Schritte, es lief schon beinahe neben mir her, und auch ich hatte mir einen Ruck gegeben. Welches Spiel zum Teufel spielten wir hier? Ich schaute starr geradeaus, die leicht hügelige Straße verlor sich am Horizont. Es war eine breite Autostraße, aber der Verkehr floß mäßig, man hätte die vorbeifahrenden Wagen zählen können, ohne den Überblick zu verlieren. Es ergab keinen Sinn, diese Straße entlangzugehen, ich lief mit dem jetzt neben mir herrennenden Kind eine für Fußgänger völlig ungeeignete Straße entlang. Weit und breit waren keine Fußgänger zu sehen, selbst die Golfspieler fuhren mit kleinen zweisitzigen Elektroautos über das Grün. Ich aber hatte mich nicht davon abbringen lassen wollen, zu Fuß zu gehen, ich hatte mich völlig borniert den guten Argumenten des Kindes entgegengestemmt! Die alten Erinnerungen, die Erinnerungen an die Reisen mit meinem Vater, hatten mich ganz gefangen genommen. Wider besseres Wissen war ich losgelaufen, nur darauf bedacht, mich um jeden Preis an die alten Riten zu halten.

So konnte es nicht weitergehen. Das Kind keuchte bereits neben mir her, und ich selbst war längst ins Schwitzen geraten. Eine ferne, unsichtbare Macht steuerte uns, wir zappelten uns ab wie Puppen, die nur zu gehorchen gelernt hatten. War ich hier, um zu gehorchen? Hatte ich etwa einen Pakt mit meinem Vater geschlossen, durch den ich mich verpflichtet hatte, nur in seinem Sinn zu leben?

Ja, gewiß, mein Vater wäre diese Straße entlanggelaufen, nichts hätte ihn davon abbringen können, diese Straße entlangzulaufen. Er hätte die Umgebung einfach ignoriert, oder er hätte über das satte Grün, das frische, satte Grün des Golfgeländes gesprochen. Irgend etwas wäre ihm immer aufgefallen, sogar hier, in dieser eintönigen Gegend. Richtig, die Mandelbäume blühten schon, das wäre ein Thema gewesen, blühende Mandelbäume entlockten meinem Vater immer ein lautes »Sieh einmal an«.

Ich aber war jetzt viel zu erschöpft, den Frühling in der Natur zu entdecken, obwohl mir der Frühling, einmal genauer betrachtet, von allen Seiten geradezu entgegensprang. Überall Frühling, dazu der starke, warme Wind, mein Vater hätte ihn für einen Beschleunigungswind gehalten und rasant, ohne ein einziges Mal zu verweilen, hätten wir den Mississippi erreicht.

– Stop, sagte ich, und hielt Mary am Arm. Du überanstrengst Dich ja. So macht das doch keinen Sinn.

– Sag ich ja, antwortete Mary und schwieg.

– Mach einen Vorschlag, munterte ich sie auf.

– Wir gehen jetzt langsam, ganz normal, noch ein paar hundert Meter. Dann kommen wir zu einem Stadtviertel, das West End heißt. Und da trinken wir was, sagte Mary.

– Gut, sagte ich, Du kennst Dich hier aus.

Nach einer Viertelstunde hatten wir das West End erreicht. Es war eine ruhige Gegend mit vielen Lokalen und niedrigen Geschäftshäusern. Vor einigen Kneipen standen Tische und Stühle in der Sonne, die Atmosphäre erschien mir völlig entspannt, niemand lief sich die Seele aus dem Leib, und die Autos fielen nicht weiter auf, so langsam bogen die schweren Limousinen in die schmalen Seitenstraßen ein.

– Es ist europäisch hier, sagte Mary, als wir uns gesetzt hatten.

– Das dachte ich auch gerade, antwortete ich.

– Jeder, der hierherkommt und noch nie hier war, sagt, daß es hier europäisch ist, sagte Mary.

– Dann warst Du schon oft hier? fragte ich.

– Das Medical Center ist nicht weit, sagte Mary. Fred ißt hier manchmal zu Mittag, und dann treffen wir uns.

– Macht es Dir Spaß, mit Fred zusammen zu sein? fragte ich.

– Nein, antwortete Mary.

– Warum nicht?

– Fred ist ein Arsch, sagte Mary.

– Das ist nicht Dein Ernst, sagte ich.

– O verdammt, es *ist* mein Ernst, schrie das Kind ganz plötzlich. Er ist ein Arsch, er ist ein Arsch. Du glaubst mir kein Wort, was?! Ich weiß genau, was ich sage, aber Du hörst einfach drüber weg! Glaubst Du, ich rede nur Unsinn?!

Sie hatte sich auf ihrem Stuhl zurückgeworfen und wippte nervös auf und ab. Gut, ich hatte einen Fehler begangen, aber das hier ging zuweit. Ich konnte Menschen mit einer theatralischen Ader nicht ausstehen, ich schwieg und blätterte in der Getränkekarte.

– Willst Du ein Roast Beef Sandwich? fragte das Kind, aber ich antwortete nicht. Willst Du ein Roast Beef Sandwich oder ein Chicken Sandwich oder einen Bacon Cheeseburger?

– Nichts will ich, rief ich viel zu laut, Du wirst Dich jetzt benehmen und nicht so grob daherreden! Ich kann diesen Quatsch nicht ausstehen, merk Dir das!

– Gut, sagte Mary plötzlich viel leiser, gut, dann erkläre ich Dir, warum Fred nicht mein Freund ist.

– Das hört sich besser an, sagte ich.

– Nicht in meinen Ohren, sagte das Kind.

– Also erklär es!

– Fred ist nicht mein Freund, weil er sich überhaupt keine Gedanken um mich macht. Er läßt mich einfach zu Hause sitzen. Am Morgen bringt er mich in die Schule, nach Hause kann ich alleine finden. Er kümmert sich nur um seine Arbeit. Er muffelt den ganzen Tag in seinem Laberabor vor sich hin. Das ist zum Kotzen. Selbst an den Wochenenden hat er oft noch zu tun. Ist das schön? Soll ich ihm dafür dankbar sein?

Ich legte die Getränkekarte fort und schaute das Kind an. Tränen standen ihm in den Augen. Ich hatte mich nicht gut benommen, sofort tat es mir leid. Mary hatte ja recht, auch ich kannte Fred als eine wahre Ochsennatur. Aber es fiel mir schwer, dem Kind zuzustimmen. Ich konnte nicht gegen Fred auftreten, am liebsten wäre es mir gewesen, ich hätte mich ganz heraushalten können aus all diesen Geschichten. Ich lebte in meinen eigenen Geschichten.

Ich bestellte etwas zu trinken und dachte nach. Vielleicht hatte das Kind sich auf mein Kommen gefreut, vielleicht hatte es mich die ganze Zeit erwartet. Es war nicht richtig, das Kind gleich so zu enttäuschen. Ich wollte freundlicher zu ihm sein, aber ich mußte mich hüten, in seine Fallen zu laufen.

– Ich telefoniere jetzt mit Fred, sagte ich.

– Und was soll das? fragte Mary.

– Na, er soll herkommen, sagte ich. Wenn es nicht weit ist bis zum Medical Center, dann kann er doch kommen. Gehört sich doch, einen alten Freund zu begrüßen, kann man doch verlangen, daß er einen alten Freund herzlich begrüßt.

– Kann man verlangen, sagte Mary, *muß* man sogar. Und wir stießen mit unseren Gläsern an und tranken.

Mir war es denn auch wirklich gelungen, Fred zum Kommen zu bewegen. Schon wenige Minuten, nachdem ich mit ihm gesprochen hatte, erschien er, er wirkte sehr munter und beinahe leichtfüßig, als glitte er wie ein professioneller Tänzer über das amerikanische Parkett. Er umarmte mich fest, all seine Gesten strahlten Entschiedenheit aus, ich wußte gleich, er fühlte sich völlig sicher, bestimmt kam er in seiner Arbeit gut voran.

Wir saßen lange draußen vor dem kleinen Café, Fred gönnte sich ein paar müßiggängerische Allüren und zog mich mit Redensarten wie der, daß ein Schriftsteller ein »prima Leben« habe, auf. Er äußerte sich oft so über mein Schreiben, und doch wußte ich, daß er mein Schreiben ernst nahm. Er konnte sich meine Arbeit nicht konkret vorstellen, wie alle Nichteingeweihten glaubte er, es komme darauf an, kunstvoll in Phantasien zu wühlen oder auf hohe Momente der Inspiration zu warten. Auch lebte er noch ganz mit dem kitschigen Bild vom Schriftsteller, der sich an seinen bloß privaten Launen abarbeitete; andererseits hatte er meine Bücher immer mit einer gewissen Ehrfurcht, als seien darin besondere Weisheiten verborgen, zur Hand genommen. Sicher hatte er sie nie ganz gelesen, er hatte nur einen Blick hineingeworfen und sich an der Vorstellung, daß er einen Schriftsteller zum Freund habe, delektiert. Ruhiges Lesen fiel ihm schwer, er wartete viel zu sehr auf Pointen und, wie er es einmal genannt hatte, »knackige Momente«. Mich störte das nicht, ich konnte mir sowieso kaum vorstellen, daß irgendein Leser meine Bücher las, nicht einmal in den trübsten Phantasien.

Und so sprachen wir denn auch rasch wieder von etwas anderem, Fred berichtete von seiner Arbeit, er konnte so etwas ganz anschaulich erklären, und seine Berichte waren voller komischer Stellen, so daß man hätte glauben können, die Tätigkeit im Medical Center sei eine Farce. Auf diese Weise spielte er gern seinen Arbeitseifer herunter, jeder wußte, er lebte für nichts anderes, aber er tat so, als hätte man ihn für ein Jahr zur Zwangsarbeit abkommandiert.

Mary hörte seinen Berichten nicht zu. Sie war aufgestanden und streunte in der Umgebung herum, nur ab und zu kam sie wieder zu uns zurück und trank einen Schluck. Ich bemerkte, daß sie Fred und mich musterte, sie schaute sich ein Bild von zwei Männern an, die sich seit fast zwanzig Jahren kannten und jede Anspielung des anderen verstanden. Wir gingen denn auch die ganze Palette unserer gemeinsamen Erinnerungen durch, wir berührten noch einmal die wenigen »unvergeßlichen Erlebnisse«, durch deren Vergegenwärtigung wir wieder auf gemeinsames Terrain gerieten. Das war ein unvergeßliches Erlebnis, sagte Fred mehrmals, der naive Appetit auf das Ausmalen solcher kleinen Momente stand ihm ganz gut zu Gesicht.

Schließlich schlenderten wir zum Medical Center, wo er seinen Wagen geparkt hatte. Er forderte mich auf, den Wagen, wann immer ich wollte, zu benutzen, er selbst brauche ihn eigentlich gar nicht, höchstens für ein paar Fahrten mit Mary, die er für den Sommer geplant hatte.

– Versteht Ihr Euch? fragte er Mary und mich.

– Na klar, antwortete Mary.

– Das ist gut, sagte Fred und schaute mich an.

– Wir wollten eigentlich zum Mississippi, sagte ich.

– Da könnt Ihr morgen noch hin, sagte Fred. Jetzt fahren wir erst mal nach Haus, und ich koche uns was.

– Pfui Deibel! sagte Mary.

– Ich koche gar nicht so schlecht, sagte Fred viel zu ernst, sie will mich einfach nicht loben.

– Du wirst schon genug gelobt, sagte Mary.

– Streitet Euch nicht, sagte ich, und dann fuhren wir mit dem Wagen nach Haus.

Ich hatte lange geschlafen, erst gegen Mittag, als Mary von der Schule nach Haus gekommen war, war ich aus einem diffusen Schlummern erwacht, die Flugszenen hatten noch in meinem Kopf gespukt, Szenen mit grellen Sonnenbildern auf fluoreszierendem Blau, Szenen mit Cocktailgläsern, in denen amöbenähnliche Wesen schwammen.

Nach einer kleinen Mahlzeit – Fred hatte den Kühlschrank in ein Ausstellungsobjekt funkelnder, dubioser Waren verwandelt – packte ich meine Siebensachen aus. Ich versteckte die schwarzen Kartons und meine Kladde auf dem Fußboden eines Schranks und türmte ein paar zerknautschte Kleidungsstücke darüber. Schon als ich die Kartons wieder in die Hand genommen hatte, war mir mein Aufenthalt in den Staaten ganz unwirklich vorgekommen. Ich befand mich in St. Louis, und doch liefen die Ereignisse vorläufig nur wie ein gespenstischer Reigen vor mir ab, das Gegenwartsempfinden war brüchig, als könnte das Eis, auf dem ich meine Schnörkel drehte, jederzeit zerbrechen. Denn unter dem Eis, in der Tiefe des Sees, trudelten fette Fische hin und her. Ohne sich anzustrengen, fingen sie die dicksten Brocken auf, der ganze See war voller nachtaktiver Wesen, die in leuchtenden Schwärmen die Zuflüsse abfischten.

Während ich meinen Koffer auspackte, war Mary wieder dauernd um mich herum. Sie schaute sich mein Gepäck an und erzählte von ihrer Sprachlehrerin, die jeden zweiten Tag für zwei Stunden am Nachmittag komme.

– Es ist eine Wienerin, sagte sie und prüfte, wie ich reagierte.

– Na so was, sagte ich und packte weiter aus.

– Und sie ist Schriftstellerin, sagte Mary. Sie spricht aber fließend Englisch, nicht so schlecht wie Du.

– Wie lange lebt sie schon hier? fragte ich.

– Sie lebt überhaupt nicht hier, sie unterrichtet nur zwei Monate an der Universität.

– Und was unterrichtet sie?

– Sie spricht über ihre Bücher.

– Sie unterrichtet über ihre eigenen Bücher?

– Ja, sagte Mary, was ist denn daran so seltsam?

– Gar nichts, antwortete ich, sie muß ein Allround-Talent sein.

– Was ist ein Allround-Talent?

– Jemand, der alles kann, sagte ich.

– Ist ja widerlich, sagte Mary.

Ich war bald mit dem Auspacken fertig, wir wollten ein zweites Mal versuchen, an die Riverfront zu kommen, diesmal konnten wir Freds Wagen benutzen. Während wir die schnurgerade Straße, die wir am vergangenen Tag entlanggelaufen waren, langsam ostwärts fuhren, fragte ich Mary, ob sie sich mit Fred wieder versöhnt habe.

– Wir haben uns ja gar nicht gestritten, antwortete sie.

– Hast Du ihm nicht gesagt, wie wütend Du auf ihn bist?

– Nein, das hab ich nur Dir gesagt.

– Und warum sagst Du es ihm nicht selbst?

– Weil ich jetzt nicht mehr so wütend bin.

– Und warum nicht?

– Weil Du ja jetzt da bist.

Ich hatte es geahnt, sie hatte alle Hoffnung auf mich gesetzt, und jetzt war ich dafür verantwortlich, daß sie nicht enttäuscht wurde. Sie saß pfeifend neben mir, sie war guter Laune, doch ich wußte noch nicht so richtig, was ich davon halten sollte. Im Grunde konnte ich zufrieden sein, daß sie mich ablenkte. Ihre Fragen zogen mich immer wieder aus meiner stets drohenden Abwesenheit, hätte sie nicht neben mir gesessen, so wäre ich vielleicht endlos mit dem Wagen durch die Gegend gefahren, ohne einen Blick auf die Umgebung zu werfen, nur so, lustlos und ohne etwas dabei zu empfinden. Ich hätte mich einfach herumgetrieben, ich wäre ziellos gefahren und irgendwo ausgestiegen, um ein paar Meter zu gehen, dann hätte ich mich auf einem Highway in den angenehm langsam fließenden Verkehr eingefädelt und wäre den großen Ring, der das weitere Stadtgebiet zu umschließen schien, abgefahren.

– Siehst Du den Arch? weckte mich Mary.

– Meinst Du den schimmernden Bogen da vorne? fragte ich.

– Es soll ein Torbogen sein, sagte Mary, und das Tor ist das Tor zum Westen. Früher sind doch die Siedler immer nach Westen gezogen.

– Richtig, sagte ich, sie sind von St. Louis aus aufgebrochen, stimmt's?

– Stimmt, sagte Mary.

– Sie sind von St. Louis aus in den Westen aufgebrochen, mit Sack und Pack, sagte ich. Hunderte von Meilen haben sie zurückgelegt, bei Wind und Wetter.

– Der Bogen ist fast zweihundert Meter hoch, unterbrach mich Mary. Man kann in einem Aufzug hinauffahren.

– Das machen wir, sagte ich.

Wir kamen dem Arch immer näher, und als wir eine letzte kleine Erhebung der schnurgeraden Straße hinter uns gebracht hatten, sah ich plötzlich den Mississippi. Mein Gott, sagte ich, und ich hätte beinahe gebremst. Es war ein sonniger Tag, der Fluß lag wie ein fleckig glänzendes Tier in der Mulde. Wir parkten den Wagen und liefen hinunter zum Ufer.

Du Ungeheuer, dachte ich, als ich das Ufer erreicht hatte, Du schönes, mächtiges Ungeheuer! Mississippi-Ungeheuer! Mississippi, Vater der Wasser! Ich hab's also geschafft, ich stehe am Mississippi und sehe den Vater der Wasser mit eigenen Augen! Da gleitet er vor meinen Augen dahin, hineinspringen würde ich am liebsten, hinein in den Mississippi, hinüber ans andere Ufer, ich möchte den ganzen Fluß in seiner Breite durchschwimmen, den ganzen Fluß möchte ich für mich haben! Wie schön muß es sein, auf diesem Fluß stromabwärts zu schwimmen oder mit einem Dampfschiff stromabwärts zu fahren! Tagelang könnte ich es auf einem solchen Dampfschiff aushalten, wochenlang! Ich würde mich auf das Oberdeck setzen und die langsam vorbeiziehende Landschaft betrachten! Mississippi!

– Jetzt siehst Du, daß der Rhein viel schöner ist, sagte Mary.

– Ach, Unsinn, entgegnete ich. Der Rhein ist mit dem Mississippi überhaupt nicht zu vergleichen.

– Was ist denn so Besonderes dran an Deinem Mississippi? fragte Mary. Das hier ist doch ein richtig ödes Ufer, nicht mal richtig spazierengehen kann man hier, nur ein paar Autos und nachgebaute Dampfschiffe.

– Die Dampfschiffe da drüben sind nachgebaut? fragte ich.

– Sie sind erst ein paar Jahre alt, alte Dampfschiffe gibt es nicht mehr.

– Und sie fahren auch nicht stromabwärts? fragte ich weiter.

– Weiß ich nicht, sagte Mary. Meistens liegen sie nur herum. Es gibt Restaurants auf den Schiffen, und manchmal kreuzen sie ein bißchen flußauf und flußab.

Ich schaute mir eines der Schiffe genauer an. Es hieß »Tom Sawyer«, und ich fragte Mary, ob sie die Geschichten von Tom Sawyer gelesen hätte.

– Welche Geschichten? fragte sie.

– Du kennst Tom Sawyer nicht? fragte ich.

– Nein, sagte Mary. Wer ist Tom Sawyer?

– Wir werden ihn besuchen, sagte ich, das wär doch eine

Idee, wir fahren hinauf nach Hannibal und besuchen Tom Sawyer.

– Wo liegt Hannibal? fragte Mary.

– Etwas über hundert Meilen nördlich, sagte ich.

– Wann fahren wir hin? fragte Mary.

– Erst mußt Du die Geschichten von Tom Sawyer gelesen haben, sagte ich.

– Muß das sein? fragte Mary.

– Es sind sehr gute Geschichten, sagte ich.

– Kannst Du sie mir nicht erzählen? fragte Mary.

– Wäre Dir das lieber?

– Viel lieber, sagte Mary, lesen tu ich in der Schule schon genug.

Ich forderte Mary auf, mit mir auf die »Tom Sawyer« zu gehen, von dort würden wir einen guten Blick auf die Skyline von St. Louis haben, doch Mary entgegnete, von oben, von den Aussichtsfenstern des Arch, hätten wir einen viel besseren Blick. Ich bestand aber darauf, daß wir auf die »Tom Sawyer« gingen, in Wahrheit ging es mir natürlich gar nicht um den Blick auf ein paar Wolkenkratzer, ich wollte nur in der Sonne auf einem Schiff sitzen, das am Ufer des Mississippi angelegt hatte.

Ich wollte mir vorstellen, das ganze Ufer wäre voller Schiffe, eins neben dem anderen, ganze Reihen von Schiffen sollten das Ufer beleben. Ich wollte mir vorstellen, es gäbe am Ufer lauter billige Kneipen, aus den billigen Kneipen würde die Musik bis zum Ufer dringen, und in den Kneipen würde Billard gespielt, und ein paar Lotsen würden sich das Bier gut schmecken lassen. Das Ufer aber wäre voll von Menschen, eine kaum übersehbare Menschenmenge würde das Ufer bevölkern, Karren mit Waren würden hin und her geschoben, überall würde die Fracht sich stapeln, und wegen des ohrenbetäubenden Lärms würde man sein eigenes Wort nicht verstehen.

Wir saßen dann auf der »Tom Sawyer«, und es war völlig still, nur ein paar Gäste hatten sich auf das Schiff verloren. Mary trank eine Limonade, und ich bestellte mir ein Bier.

– Du bist sehr traurig, nicht wahr? fragte Mary plötzlich, während sie mit den Beinen zappelte.

– Wie kommst Du denn darauf? fragte ich.

– Man sieht es Dir an, daß Du traurig bist, sagte Mary.

– Ja, sagte ich, Du hast recht, ich bin traurig.

– Bist Du traurig, weil Dein Vater gestorben ist?

– Ja, sagte ich.

– Wann ist er gestorben?

– Vor ein paar Wochen, sagte ich.

– Warst Du dabei, als er starb?

– Nein, sagte ich, meine Mutter war dabei.

– Hast Du ihn noch einmal gesehen, bevor er beerdigt wurde?

– Ja, sagte ich, ich habe ihn noch ein paarmal gesehen.

– Wo?

– Ich habe seine Leiche in der Leichenhalle gesehen, sagte ich.

– Hast Du Deinen Vater sehr gern gehabt? fragte Mary.

– Ja, sagte ich, sehr.

Marys Fragen hatten mich ganz aus der Fassung gebracht. Ich kam gerade noch damit zurecht, sie möglichst ruhig zu beantworten, in Wahrheit aber stürzte ich von Frage zu Frage in eine immer tiefere Ohnmacht. Es war, als pumpte mir jemand das Blut aus dem Körper, die ganze Kulisse ringsum löste sich in undeutliche Schemen auf, die ganze Mississippikulisse verschwamm vor meinen Augen. Ich fühlte mich elend und kalt, und plötzlich war auch die mir unerklärliche Sehnsucht da, jetzt, gerade jetzt vor dem Grab meines Vaters zu stehen. Warum war ich vor meinem Abschied nicht noch einmal an das Grab gegangen? Wie sah es dort jetzt aus? Die Blumen und Kränze würden längst verwelkt sein, man hatte sie bestimmt schon seit Wochen fortgeräumt. Ich konnte mir das Grab ohne Blumen und Kränze jedoch kaum vorstellen, vielleicht hatte meine Mutter es schon bepflanzen lassen, bepflanzen, aber womit?

– He, sagte Mary, Du brauchst nicht so traurig zu sein, ich bin doch bei Dir.

– Danke, sagte ich, es ist wirklich gut, daß Du bei mir bist.

– Hab ich mir gleich gedacht, daß Du jemanden brauchst, sagte Mary, Fred denkt ja nie an so etwas.

– Fred soll auch nicht an so etwas denken, sagte ich.

– Er soll nicht wissen, daß Du traurig bist, stimmt's? fragte Mary.

– Stimmt, sagte ich.

– Wie alt ist Dein Vater geworden?

– Etwas älter als achtzig Jahre.

– Dann ist er ein sehr alter Mann geworden, sagte Mary ruhig.

– Ich habe ihn nicht für einen sehr alten Mann gehalten, sagte ich.

Merkwürdig, dachte ich weiter, ich habe ihn wirklich nie für einen sehr alten Mann gehalten. Ich hatte ihn immer so vor Augen, wie ich ihn schon als Kind vor Augen hatte. Als Kind aber dachte ich immer, Du hast einen alten Vater, jedenfalls bemerkte ich genau, daß mein Vater viel älter war als die Väter meiner Freunde. Kein Wunder, ich war ja um genau zehn Jahre zu spät zur Welt gekommen, um meinen Vater noch als jungen Vater zu erleben. Für meine Brüder war mein Vater ein junger Vater gewesen, bestimmt hätte er ganz anders mit ihnen gespielt als mit mir. Als ich zur Welt gekommen war, war Vater schon Mitte Vierzig gewesen, das war kein Alter für einen Vater. Er hatte sich zwar Mühe gegeben, sein Alter herunterzuspielen, aber ich hatte ihm doch oft die Anstrengung angemerkt. Vor allem auf unseren Reisen hatte ich oft bemerkt, wie sehr ihn steile Anstiege angestrengt hatten, nur das Schwimmen war ihm jederzeit leicht gefallen, er war ein glänzender, kräftiger Schwimmer gewesen. Vielleicht hatte ich, weil ich ihn schon immer für einen alten Vater gehalten hatte, sein weiteres Altern nicht mitbekommen. Vielleicht hatte ich mir jedoch auch das frühere Bild meines Vaters erhalten wollen, so wie ich ihn aus den Kindertagen in Erinnerung hatte. Ja, ich hatte mir dieses frühere Bild erhalten wollen, um nicht an den Tod meines Vaters denken zu müssen. Ich hatte den Tod meines Vaters weit in die Ferne einer unvorstellbaren Zukunft geschoben, und jetzt hatte diese Ferne mich eingeholt und drückte mich nieder.

– Komm, sagte ich zu Mary, wir tun jetzt so, als gebe es das eintönige Ufer nicht, wir tun so, als sei hier richtig was los.

– Du willst Dich doch nicht etwa betrinken? fragte Mary.

– Hättest Du was dagegen? fragte ich.

– Kommt drauf an, wie Du Dich dann benimmst. Fred ist nicht zu ertragen, wenn er was getrunken hat, er will mich dann immer umarmen.

– Ich verspreche Dir, daß das bei mir nicht vorkommt, sagte ich.

– Ich glaub's Dir, sagte Mary.

Wir verließen das Schiff und gingen am Ufer entlang ein wenig stromaufwärts. Bald stießen wir auf einige anscheinend frisch renovierte Backsteinhäuser, man hätte sie für alte Stapelhäuser halten können, jetzt aber waren darin moderne Läden, Galerien und Lokale untergebracht.

– Sieht ja merkwürdig aus hier, sagte Mary, wie im Spielzeugland.

– Wir werden uns einmal umsehen, sagte ich, wir werden etwas Stimmung in diese Buden bringen.

– Gib nicht so an, sagte Mary.

Wir gingen in eine Kneipe, sie war beinahe menschenleer. Sofort verfolgte uns ein Kellner, der uns einen Platz zuweisen wollte. Ich fragte ihn, ob wir uns an das Fenster mit Blick auf den Fluß setzen könnten, und er sagte, das sei eine gute Idee.

– Chicken, Steak, Seafood, sagte Mary in litaneihaftem Ton, Seafood, Chicken, Steak. Oder auch: Soups, Salads, Sandwiches und Salads, Sandwiches, Soups.

– Was soll das? fragte ich.

– Das ist die ganze Speisekarte, ich wette, sagte Mary.

– Ah, sagte ich, war eine lange Reise, nicht wahr, war eine verdammt lange Reise. Wir hatten eine Menge Kram an Bord, und wir haben das Zeug hier gut unter die Leute gebracht. Da dürfen wir uns ein gutes Kühles erlauben.

– Was spielst Du denn jetzt? fragte Mary.

– Ich spiele den Lotsen, sagte ich, ich habe unser voll beladenes Dampfschiff den halben Mississippi hinabgelotst, ich kenne jede Krümmung, jede Untiefe, blind könnte ich den Flußlauf hier auf die Speisekarte malen.

– Donnerwetter! sagte Mary. Gibt es noch Indianer am Mississippi?

– Aber ja, antwortete ich.

– Und was machen sie so?

– Sie ernten Reis, sagte ich, sie ernten den wilden Reis für die Luxusrestaurants in St. Louis.

– Wie langweilig! sagte Mary.

– Das Schönste sind die vielen Inseln im Mississippi, fuhr ich unbeirrt fort, die vielen unbewohnten Inseln mit seltenen Vögeln.

– Die haben mir auch am besten gefallen, sagte Mary.

Und so phantasierten wir eine Zeitlang. Mary machte gut

mit, als sie sich erst einmal auf meine Redensarten eingestimmt hatte, fing auch sie an, sich eine Reise stromabwärts auszumalen, sie geriet richtig in Fahrt, ihre Augen glänzten, und sie unterbrach mich immer wieder, um meine Geschichten neu und anders, ganz von vorne oder noch einmal zu erzählen.

Es war langsam dunkel geworden, ich hatte drei, vier Bier getrunken, noch immer hatte ich kaum Appetit. Ich schlug Mary vor, auf die Aussichtsplattform des Arch hinaufzufahren, und obwohl sie müde war, stimmte sie sofort zu.

Der Arch hatte mir sofort gefallen, es war eine verblüffend einfache, geometrisch klare Konstruktion, eine Art ovaler Halbbogen, der aus der Ferne wie ein federleichter, zerbrochener Reif aussah. Der Mantel des Reifs bestand aus polierten Stahlplatten, silbern und fleckenlos glänzten sie in der Sonne. Das, dachte ich, hätte auch Vater gefallen, eine Konstruktion ohne sichtbare Stützen, ganz pur. Ein kleiner Wagenzug mit einigen fensterlosen Kapseln, in denen jeweils nur ein paar Besucher Platz fanden, brachte einen nach oben.

Wir ließen uns hinauffahren, es dauerte nur wenige Minuten, dann standen wir in dem schmalen Aussichtsraum und schauten auf den Banken- und Geschäftsbezirk von St. Louis. Das von Scheinwerfern hell erleuchtete Baseballstadion war gut zu erkennen, es sah aus wie ein ausgebleichtes Skelett, das vom Meer an den Strand gespült worden war. Die schnurgeraden Straßen, streng parallel und zum Fluß hin leicht abschüssig, schienen sich in einem fernen Fluchtpunkt zu treffen, es war ein Punkt irgendwo in der massigen Dunkelheit der Wälder und Parks, die den Horizont unsichtbar werden ließ. Für die Wolkenkratzer in Flußnähe hatte man rigoros Platz geschafft, vereinzelt und leblos standen sie zwischen baumlosen, verwüsteten Grundstücken, die als Parkplätze genutzt wurden. Niedrige Wohnhäuser aber waren nicht zu erkennen, wer downtown arbeitete, wohnte weit draußen, in den stillen Arealen des West End oder noch weiter, in den unübersichtlich zersiedelten Peripherien.

Je länger ich auf das nächtliche Bild der Stadt schaute, desto fremder erschien es mir, es war eine beunruhigende, verstörende Fremdheit, als seien Menschen aus diesem Stadtbild ausgeschlossen, als seien all diese Planquadrate am Fluß Aufenthaltsräume anderer Wesen, die sich durch einen monströsen Code miteinander verständigten. Erst jetzt spürte ich, wie weit ich mich von zu Hause entfernt hatte, Deutschland, dachte ich, besteht aus vielerlei Dörfern, aus lauter zerbombten, durcheinandergeratenen, wieder zusammengesetzten Dörfern. Dieses Deutschland aber hatte ich hinter mir lassen wollen, und jetzt stand ich in einer Fremde, in der niemand mir helfen konnte und in der es nur auf mich selbst ankam. Diese Gedanken verwirrten und beflügelten mich zugleich, so als sei ich losgezogen, ein verborgenes Land zu entdecken, und als drohten mir auf meiner Reise viele unbekannte Gefahren, für die ich gar nicht gerüstet war. Der Blick auf den nächtlichen Downtown District von St. Louis machte mir mein eigenes, zwiespältiges Erleben erst deutlich, es war eine Mischung aus Stolz, Eigensinn und blanker, gemeiner Furcht.

– Faszinierend, was? fragte Mary.

– Es gefällt mir nicht besonders, sagte ich.

– Dann bist Du der erste, der es nicht faszinierend findet. Alle anderen, mit denen ich hier hoch gefahren bin, fanden es ganz faszinierend.

– Wie oft warst Du denn schon hier oben, um Himmels willen?

– Dreimal, einmal mit Fred, einmal mit Nora und einmal allein.

– Wer ist Nora? fragte ich.

– Nora ist das Allround-Talent, antwortete Mary.

Wir hielten uns nicht länger im Aussichtsraum auf, ich hatte genug gesehen, und Mary wollte jetzt unbedingt rasch nach Haus. Unten, in den Fundamenten des Arch, war ein kleines Museum untergebracht. Es handelte sich nur um ein paar winzige Räume, wo auf Schautafeln die Erforschung des Westens, Stationen des großen Epos vom Zug der Siedler und Trecks, erzählt wurde. Ich hätte mir diese Räume noch gerne angesehen, aber Mary protestierte energisch. Sie behauptete, all die leblosen Dinge, ausgestopfte Bisons und blankgewienerte Cowboy-Stiefel, Mokassins und Indianerfedern, Lagerfeuer und Jagdgeräte gingen ihr nur auf die Nerven.

So hatte ich nur einen flüchtigen Blick auf die Ausstellung werfen können. Auf jeder Etappe donnerte einem das begeisterte »Westwärts« der Entdecker und Siedler entgegen, und man schaute in lauter furchtlose, wagemutige Gesichter, die zu allem entschlossen waren. Als erste waren zu Beginn des vorigen Jahrhunderts William Clarke und Meriwether Lewis von St. Louis aus den Missouri stromaufwärts aufgebrochen, um auf Präsident Jeffersons Befehl den Wilden Westen zu erforschen. Sie hatten über ihre Forschungsreise ein Tagebuch geführt.

Ich besorgte mir das Buch an einem der bunt dekorierten Verkaufsstände, laufend ging mir das aufdringliche »Westwärts« durch den Kopf, noch als wir bereits im Auto saßen und den Heimweg ansteuerten, dachte ich beinahe reflexhaft nur »westwärts«. Meine Reflexe aber täuschten nicht: das Haus, das Fred sich gemietet hatte, lag westwärts, schnurgerade westwärts.

An den folgenden Tagen hatte ich Mary in der Frühe zur Schule gebracht und war dann allein in die Stadt gefahren. Ich war meist erst am späten Nachmittag wieder zurückgekommen, zu einer Zeit, als Mary ihre Sprachlektionen erhielt oder noch über ihren Aufgaben saß. So hatte ich auch Nora kennengelernt, sie war etwa in meinem Alter, eine großgewachsene, dunkelhaarige Frau, die das Englische so mühelos beherrschte, daß sie in manchen Sätzen ganz bruchlos, und ohne die Grammatik zu verbiegen, von einer Sprache in die andere wechselte. Sie machte sich aus solchen sprachlichen Galoppsprüngen geradezu ein Vergnügen, immer schneller wechselte sie Sprache und Rhythmus, daß Mary und mir ganz schwindlig wurde. Wir hatten vereinbart, zu dritt nach Hannibal zu fahren, zuvor wollte ich jedoch Mary noch all die Geschichten von Tom Sawyer erzählen, die mir wieder einfielen.

Vorerst aber dachte ich nicht an Tom Sawyer. Hatte ich mich am Morgen von Mary verabschiedet, fuhr ich hinunter zum Mississippi, jeden Tag fuhr ich denselben Weg, jeden Tag stellte ich den Wagen in der Nähe des Arch ab und verschwand in der Tiefe, um mich in dem kleinen Museum weiter umzusehen. Anfangs war mir gar nicht klar gewesen, daß ich von den nostalgischen, eine bunte Exotik heraufbeschwörenden Gegenständen gefangen genommen worden war, doch mit den Tagen ging mir auf, daß mich nichts anderes anzog als die bilderreiche Theatralik des »Westwärts«, eine fast naive Freude an all den umtriebigen, zähen Gestalten, die auf Bildern und Fotografien abgebildet waren, darunter launige Kerle mit kräftigen Schauther-Gebärden, darunter Grizzlyjäger und schlaue Händler, die aus allem Geld zu schlagen wußten.

Ich hatte begonnen, in den Aufzeichnungen von Clarke und Lewis zu lesen, es waren trockene, aber präzise Notate, die der Phantasie Raum genug ließen. Die Geschichte der beiden begeisterte mich, weil sie lauter unverbrauchten, frischen Eindrücken ausgesetzt gewesen waren, für viele Gegenstände hatten sie erst eine Benennung finden müssen, und so waren ihre Aufzeichnungen nicht frei von einer gewissen Sprachakrobatik, einem beinahe kindlichen Suchen nach dem richtigen, treffenden Ausdruck.

Schon bald nach dem Beginn meiner Lektüre hatte ich daran gedacht, ein Stück des Missouri hinaufzufahren, irgendeiner Spur wollte ich in all dieser Fremde doch folgen, schließlich war die Spur von William Clarke und Merewith Lewis die Spur eines folgenreichen Traums gewesen.

Im Hintergrund meiner Überlegungen aber, in der zunächst noch dunklen Ferne der Erinnerungen, arbeiteten all meine Beobachtungen und Museumsbesuche an einem ganz anderen Text. Das rauhe »Westwärts! Westwärts!« war mir zur fixen Idee geworden, und ich hatte dieser fixen Idee zuviel Raum gegeben, um noch Herr über sie zu sein. Und so schoben sich andere Bilder nach vorn, es waren Bilder aus dem Leben meines Vaters, die auf das lockende »Westwärts« gehorchten, denn nach und nach hatte ich begriffen, warum mein Vater mit mir immer nur westwärts gereist war und warum das Leben meines Vaters auf geradezu aufreizende Art mit Wegen nach Westen zu tun gehabt hatte.

Ja, hatte ich plötzlich bemerkt, Vater und ich sind wahrhaftig ausschließlich nach Westen gereist, es war ganz unmöglich, Vater dazu zu bewegen, auch einmal in den Osten zu fahren. Schon nach Berlin, wo er doch viele Jahre verbracht hatte, hatte er mit mir selbst auf mein Drängen hin nicht reisen wollen, und selbst Wien, eine ganz unverdächtige Stadt, was ihre Geographie betrifft, lag für ihn zu weit östlich. Auch als wir unsere große Schiffsreise angetreten hatten, waren wir in Antwerpen zugestiegen, wir waren westwärts gefahren, um zuzusteigen, und nur für diese Anreise war Vater zu haben gewesen, nicht für eine Reise nach Norden, etwa nach Hamburg, oder nach Süden, etwa nach Genua. Wir waren von Antwerpen aus mit einem Frachtschiff um halb Europa gefahren, vierzehn Tage nur die See, vierzehn Tage Warten auf die Meerenge von Gibraltar und zwanzig Tage Warten auf den ersten Hafen, den Hafen von Genua. Dort hätten wir zusteigen können, aber nein, Vater hatte es sich in den Kopf gesetzt, in Antwerpen zuzusteigen, denn nach Antwerpen gelangte man leicht vom Rhein und von Köln aus, und Vater hatte den Rhein und Köln und die ganze Region des Kölner Raumes für seine Heimat gehalten. Nur in Köln, am Rhein und in der Kölner Region hatte Vater sich zu Hause gefühlt, immer wieder war er in diese Region zurückgekehrt, und immer wieder hatte er um jeden Preis versucht, in dieser Region zu leben.

Vater hatte einen erbitterten Kampf um sein Bleiben in dieser Region geführt, und Vaters Gegner war der Krieg gewesen, der Krieg hatte Vater auf zunächst unauffällige, kaum merkliche Weise, dann immer offener und brutaler nach Osten verschlagen, immer wieder war Vater zurückgeworfen worden in den Osten, und immer wieder hatte er sich aufgerappelt, um in den Westen zu fliehen.

Erst jetzt wurde mir dieser jahrelange Kampf ganz bewußt, erst jetzt fügten sich die vielen mir zuvor unverständlichen oder auch einfach überlesenen Notizen in meiner Kladde zu einem Sinn. Denn in Vaters Unterlagen befanden sich zahllose Gesuche an seine wechselnden Arbeitgeber, ihn zurück in den Westen zu versetzen, viele Male hatte er darum gebeten, in Köln, am Rhein oder zumindest in der Nähe des Rheins eingesetzt zu werden. Schon nach der zweiten Staatsprüfung hatte Vater dem Antrag an die Deutsche Reichsbahn, ihn als Vermessungsassessor in ihre Dienste aufzunehmen, die Bitte hinzugefügt, ihn im Raum der Direktion Köln zu beschäftigen, und so war es dann in den folgenden Jahren immer wieder vorgekommen, ein einziges Betteln um die Nähe zu Köln, als hätte mein Vater ohne die Nähe dieser Stadt gar nicht leben können.

Sicher war ihm das Leben anderswo auch sehr schwer gefallen, ich konnte mir meinen Vater nirgendwo anders als im rheinischen Raum vorstellen, es war ganz undenkbar, daß er sich etwa im Norden, an der See, oder gar im Süden, in der Nähe der Alpen, wohlgefühlt hätte. Und so begann ich, die Notizen, die ich in meine Kladde gemacht hatte, auf Vaters geographischen Tick hin zu überprüfen, und ich las die einzelnen Stationen seines Lebens von neuem.

Wider Erwarten hatte die Deutsche Reichsbahn Vaters Bitte, ihn als Assessor an der Reichsbahndirektion Köln zu beschäftigen, auch entsprochen, und so hatte mein Vater mit Vermessungsarbeiten am Rhein begonnen, er hatte weite Teile der Rheinstrecken vermessen, Tunneldurchstiche waren sein besonderes Metier geworden, und bald hatte er jeden Bahnhof entlang des Rheins bis hinauf nach Koblenz gekannt und in vielen Dörfern direkt am Rhein während der Außenarbeiten übernachtet.

Schon nach einem Jahr aber war er nach Berlin versetzt worden, er hatte sich mit allen Kräften gegen diese Versetzung gewehrt, aber es gab keine Möglichkeit, einer solchen Versetzung zu entgehen, und so war mein Vater schweren Herzens nach Berlin gegangen. Das war wenige Monate vor seiner Heirat gewesen, und er hatte sich dann zusammen mit meiner Mutter, deren Elternhaus kaum eine halbe Stunde vom Elternhaus meines Vaters entfernt gestanden hatte, in Berlin eine Wohnung gesucht. Frisch verheiratet waren meine Eltern nach Berlin gezogen, aber es war kein glücklicher Umzug gewesen, denn meine Eltern hatten kurz vor Kriegsbeginn geheiratet, schon so früh hatte der Krieg sich hineingedrängt in das Leben meiner Eltern, schon so früh hatte der Krieg begonnen, das Leben meiner Eltern zu vernichten.

Meine Eltern hatten aber in Berlin eine sehr schöne Wohnung gefunden, sie hatten eine neue, geräumige Wohnung im

Bezirk Lichterfelde bezogen, und meine Mutter, der die große Stadt Berlin nichts als ein einziges Rätsel gewesen war, hatte begonnen, sich in Berlin einzuleben. Es war meiner Mutter wie meinem Vater jedoch schwer gefallen, sich in Berlin einzuleben, sie war eine schüchterne und etwas ängstliche Frau, in Städten wie Berlin fühlte sie sich nicht sicher, schließlich hatte sie all ihre Jugendjahre beinahe ununterbrochen auf dem Land verbracht.

So plötzlich nach Berlin versetzt und auf sich selbst gestellt, hatte meine Mutter versucht, ihre ländliche Schüchternheit abzulegen, sie hatte sich richtiggehend dazu gezwungen, forsch und entschieden aufzutreten, um nicht als eine Ahnungslose aufzufallen oder als eine, die man leicht hinters Licht führen konnte. Schon nach einigen Monaten in Berlin hatte meine Mutter sich eine neue Art des Redens angewöhnt, es war ein melodisches, rasches Reden mit leicht rheinischem Akzent. Mit ihrem rheinischen Akzent hatte sie von nun an in den Berliner Geschäften aufzutrumpfen versucht, und sie hatte schnell herausbekommen, wer sie dieses Akzents wegen mochte. Und so war meine Mutter vor allem in jene Läden und Geschäfte gegangen, in denen ihre rheinischen Sprachmelodien gern gehört wurden und in denen sie sogar aufgefordert wurde, manche Sätze zu wiederholen, so sonderbar und verblüffend hatte sich das Rheinische angehört.

Anders als meine Mutter hatte mein Vater es nicht verstanden, mit seinen Pfunden zu wuchern, und so hatte er in Berlin immer wieder »rheinische Stuben« aufgesucht, vor allem in solchen Stuben hatte er bevorzugt verkehrt, um zumindest durch irgendeine Kleinigkeit wieder an die Heimat erinnert zu werden. Doch es war für meinen Vater noch viel schlimmer gekommen, denn kaum ein halbes Jahr, nachdem meine Eltern nach Berlin umgezogen waren, war mein Vater, der inzwischen zum Reichsbahnrat befördert worden war, nach Kattowitz versetzt worden, um in Kattowitz für die Reichsbahndirektion Oppeln zu arbeiten.

Auch diese Versetzung hatte mit dem Krieg zu tun, denn in der Gegend von Kattowitz waren Bahnstrecken zu vermessen, die für den militärischen Transport gebraucht wurden, und wiederum hatte mein Vater gegen diese Versetzung entschieden Einspruch erhoben, der Einspruch jedoch war durch die Reichsbahndirektion Berlin in einem harschen Schreiben mit einem einzigen Satz vom Tisch gefegt worden.

Und so war mein Vater nach Schlesien in die Stadt Kattowitz gezogen und hatte sich dort ein Zimmer genommen, meine Mutter aber war in der gemeinsamen Wohnung meiner Eltern in Berlin geblieben, und jedes Wochenende hatte mein Vater versucht, nach Berlin zu kommen, um meine Mutter wenigstens für ein paar Stunden in der Woche zu sehen. Meine Mutter hatte unter der Trennung gelitten, sie hatte damals ein Kind erwartet, doch gerade die Gedanken an das Kind hatten ihr geholfen, diese Trennung zu überstehen und ihre rheinischen Melodien noch energischer gegen den Lärm der großen Stadt Berlin einzusetzen.

Auch meinem Vater hatten die Gedanken an das Kind sehr geholfen, mein Vater hatte sich – zunächst im Scherz, später wurde dieser Scherz bitterer Ernst – fünf Söhne gewünscht, nun war doch immerhin ein Anfang gemacht, und die Gedanken an das Kind ließen ihn manches nicht so ernst nehmen, was ihm sonst sehr nahe gegangen wäre. Und so hielten meine Eltern sich während ihrer Trennung ganz an das Kind, und wenn sie für ein paar Stunden während des Wochenendes in Berlin zusammen gewesen waren, hatten sie vor allem von dem Kind gesprochen, und es war meinem Vater sogar gelungen, für einige Zeit die Heimat nicht zu erwähnen.

Dann hatte er aber an einem Morgen Nachricht erhalten, daß meine Mutter in ein Berliner Krankenhaus eingeliefert worden sei und daß die Geburt des erhofften ersten Sohnes bevorstehe. Mein Vater hatte sich sofort auf den Zug gesetzt und war nach Berlin gefahren. Unterwegs hatte er noch Blumen gekauft, mit einem Strauß Blumen auf seinen Knien war er das letzte Stück nach Berlin gefahren.

Meine Mutter war jedoch während eines Fliegerangriffs ins Krankenhaus gefahren worden, sie hatte sich wegen des Angriffs sehr aufgeregt, hatte sie doch befürchtet, es könnte ihr oder dem Kind etwas zustoßen. Vielleicht aber war die Kriegsangst auch schon in den letzten Wochen vor der Geburt in ihren Körper gekrochen, denn sie hatte in diesen Wochen viele solcher Angriffe im Keller des Mietshauses erlebt. Meine Mutter hatte jedenfalls kein lebendes, sondern ein totes Kind geboren, und als mein Vater im Krankenhaus eingetroffen war, hatte man ihm gleich mitgeteilt, er könne meine Mutter nicht sehen, denn es sei eine lebensgefährliche Geburt gewesen, die Mutter lebe noch, das Kind aber sei tot, denn das Herz des Kindes habe noch während der Geburt aufgehört zu schlagen.

Das hatte meinen Vater vielleicht noch mehr als meine Mutter völlig niedergeschmettert, und mein Vater hatte den Krieg verflucht und das, was der Krieg anrichtete unter den Menschen, nichts als Tod und Verzweiflung. Und doch hatte mein Vater wieder nach Osten aufbrechen müssen, er hatte weiter in Kattowitz wohnen müssen, während meine Mutter in Berlin ganz von vorne hatte beginnen müssen, denn sie hatte nun ihre rheinischen Melodien verloren und war so hilflos und ängstlich geworden, wie sie es sehr viel früher gewesen war, damals, bei ihrer Ankunft in Berlin.

Mein Vater hatte sich aber in Kattowitz nichts von seinem Leid anmerken lassen dürfen, er hatte sein Fluchen auf den Krieg und jene, die Verantwortung trugen für die Führung und Ausbreitung des Krieges, unterdrücken müssen, denn in dem Haus, in dem er wohnte, hatte ein SS-Mann Quartier bezogen, und dieser Mann hatte meinen Vater mit seinen Blicken verfolgt. Da war mein Vater unter einem Vorwand aus dem Haus, in dem er zusammen mit einem SS-Mann gewohnt hatte, ausgezogen, er hatte sich woanders ein Quartier genommen, und er hatte versucht, den Blicken des SS-Manns, den er zudem noch aus seiner Heimat gekannt hatte, ganz zu entgehen.

Meine Mutter aber hatte sich seit ihrer Totgeburt in Berlin immer schlechter zurechtgefunden, sie hatte sich Mühe gegeben, ihre frühere Unbekümmertheit wiederzuerlangen, aber es war vorbei gewesen mit der Unbekümmertheit und mit den Freundlichkeiten von vielen Seiten. Und so hatte meine Mutter an nichts anderes gedacht als daran, die Totgeburt durch die Geburt eines zweiten Kindes zu verdrängen, um durch die Geburt des zweiten Kindes nicht mehr an das erste Kind erinnert zu werden.

Und wahrhaftig hatten meine Eltern nach einiger Zeit ein zweites Kind erwartet, und diesmal hatte meine Mutter klüger sein wollen und sich vorgenommen, einige Wochen vor der Geburt zu ihren Eltern zu fahren. Mein Vater hatte damals keinen ausgedehnten Wochenendurlaub mehr erhalten, und so hatte meine Mutter meinen Vater dann und wann in Kattowitz besucht. Sie hatten mit dem schlesischen Kattowitz wenig anfangen können, und so waren sie in die Berge gefahren, in die Beskiden, südlich von Kattowitz, oder auch in die Hohe Tatra. In den kleinen Bergdörfern der Beskiden hatte sie die Natur wieder an die Heimat erinnert, überall hatte mein Vater nach solchen Parallelen gesucht, und er war von Kattowitz, sooft es ging, in die freie Natur hinausgefahren, um sich in der freien Natur in die Heimat fortzuphantasieren.

Auch nach Krakau war mein Vater von Kattowitz aus gefahren, und in Krakau hatte es überall geheißen, Krakau sei eine deutsche, eine ganz und gar deutsche Stadt, Krakau sei nach deutschem Recht gegründet worden, und nur unter deutscher Herrschaft habe es in Krakau so etwas wie eine Kultur gegeben. Unter deutscher Herrschaft, hatte es weiter geheißen, sei in Krakau der Pulsschlag des deutschen Volkes machtvoll zu spüren gewesen, und es sei derselbe Pulsschlag gewesen wie zum Beispiel in Nürnberg oder in Wien.

Solche Reden hatte mein Vater in Krakau gehört, und er hatte nicht eine Silbe dieser Reden geglaubt, und doch war er immer wieder hingefahren nach Krakau, weil ihm die Stadt mehr als alle anderen Städte der Umgebung gefallen hatte.

In Krakau aber hatten sehr viele Juden gelebt, und nach dem Einmarsch der Wehrmacht in Polen hatten SS-Verbände schon bald damit begonnen, die Juden aus ihren Wohnungen in der Stadt und im alten Judenviertel zu vertreiben. Die alte Synagoge war bis auf die Grundmauern niedergebrannt worden, in Krakau hatten Pogrome stattgefunden, doch diese Pogrome waren in den offiziellen Reden über Krakau nicht erwähnt worden.

Es war aber doch ganz unmöglich gewesen, daß man von diesen Pogromen und der Vertreibung der Juden nichts erfahren hatte, ich hatte mir nie vorstellen können, daß eine solche Unerfahrenheit möglich gewesen war, und ich hatte mir erst recht nicht vorstellen können, daß man nichts von dem Lager Auschwitz erfahren hatte, das sich etwa in der Mitte des Weges von Kattowitz nach Krakau befand.

Wie oft hatte ich meinen Vater nach dem Lager Auschwitz, nahe bei Kattowitz, nahe bei Krakau, gefragt, und wie oft waren wir über seine Antworten in Streit geraten! Denn auf meine Fragen hin hatte mein Vater immer wieder etwas anderes geantwortet, einmal, daß er von dem Lager Auschwitz gar nichts gewußt, dann, daß er das Lager Auschwitz für ein Arbeitslager, dann, daß er das Lager Auschwitz für ein Arbeitslager wie andere Arbeitslager gehalten habe. Diese Antworten aber hatte mein Vater nur auf mein heftiges Drängen hin gegeben, und meist war er nach diesen Antworten in jene schweigsame, trotzige Abwesenheit verfallen, die viele immer für Träumerei gehalten hatten.

Ich hatte aus meinem Vater jedoch ein genaues Wissen über das Lager Auschwitz heraushören, ja, ich hatte ihn zwingen wollen, dieses Wissen zuzugeben, so als sei mein Vater mitschuldig an dem, was in Auschwitz geschehen war, und als sei ich der Richter, der über diese Schuld das Urteil zu sprechen hätte. Und so hatten wir uns wie der Angeklagte und der Richter gegenübergesessen, und doch war ich mir in meiner richterlichen Rolle ganz fehl am Platz vorgekommen. Das wiederum aber hatte ich nicht zugeben wollen, ich hatte mich in aller Starrheit immer wieder als Richter aufgeführt und meinen Vater zwingen wollen, den unterlegenen Angeklagten zu spielen.

So hatte ich auch immer weitere Beweise dafür aufgeboten, daß mein Vater von dem Lager Auschwitz und von der Ermordung der Juden gewußt haben mußte, ich hatte mich mit der Topographie der besetzten polnischen Gebiete bis in alle Details beschäftigt und laufend neue Beweise dafür aufgetischt, daß mein Vater mehr gewußt haben mußte, als er hatte zugeben wollen.

Diese Themen waren zu den dominanten Themen jener Jahre geworden, in denen ich meinen Vater nicht mehr auf Reisen begleitet hatte, ich war damals etwa sechzehn Jahre alt gewesen und hatte von nun an allein auf Reisen gehen wollen. Der tiefere Grund für diesen Entschluß war aber keineswegs der gewesen, daß ich als Sechzehnjähriger auf Reisen nicht mehr auf meinen Vater hatte angewiesen sein wollen, der tiefere Grund war das Mißtrauen gewesen, das ich den Antworten meines Vaters entgegengebracht hatte. Diese Antworten hatten uns für einige Jahre entzweit, erst später war diese Wunde geheilt.

Schon zu der Zeit, in der ich versucht hatte, meinen Vater zu stellen, hatte ich meine Fragen zwar als unausweichlich und notwendig, andererseits aber auch als schwer erträgliche Zumutung empfunden. Ich hatte meinen Vater drängen wollen, sich zur Verfolgung der Juden zu äußern, je mehr ich ihm aber zugesetzt hatte, um so mehr hatte er sich mir verweigert. Ich hatte selbst gespürt, daß das Gerichtsverfahren, das sich zwischen uns angebahnt hatte, auf sehr schwankender Grundlage stand, das einzig Richtige wäre gewesen, mein Vater hätte – auch ohne mein Fragen, aus eigenem Antrieb – von der Zeit in Kattowitz und der Umgebung von Kattowitz erzählt. Mein Vater war kein Erzähler gewesen, er hatte es nie verstanden, sich durch Erzählungen von Erlebtem zu befreien, sondern er hatte das Erlebte in sich weiterleben lassen und immer wieder über das Erlebte nachgegrübelt. Das Grübeln war so mit den Jahren eine wahre Manie meines Vaters geworden, und ich glaube, durch dieses Grübeln hat er sich sein Leben unzählige Male neu zusammengesetzt.

Die Fragen nach den Judenverfolgungen jedoch waren die Fragen gewesen, über die ich nachgegrübelt hatte, ich hatte mich, seit ich von diesen Verfolgungen gehört und gelesen hatte, darüber nie beruhigen können, ja, in schlimmen Augenblicken war es mir sogar so vorgekommen, als sei die menschliche Geschichte mit diesen Verfolgungen an ein Ende gelangt. So hatte ich einen Neubeginn des Lebens nach diesen Verfolgungen und Morden oft für etwas nicht nur Verlogenes, sondern für etwas Unmögliches gehalten, ich hatte nicht einmal verstehen können, wie man mit dem Bewußtsein, daß so etwas einmal geschehen war, noch einmal Mut hatte fassen können, noch einmal von vorne zu beginnen. In schlimmen Augenblicken hatte ich daran geglaubt, daß sich die Geschichte des Landes, in dem ich nach dem Krieg geboren worden war, ein für allemal erledigt hatte, während doch andererseits meine Geburt ein sichtbares Zeichen dafür gewesen war, daß die Geschichte nun einmal weiterging. Ich selbst konnte doch nicht Tag für Tag, Woche für Woche in Gedanken an die an ein Ende gelangte Geschichte leben, doch ich konnte mich auch nicht von dieser Geschichte befreien, indem ich so tat, als wäre nichts Nennenswertes geschehen.

Und so war der Haß auf meinen Vater, der mich immer wieder befallen hatte, ein Haß auf die Zeitzeugenschaft meines Vaters gewesen, ich hatte ihm keine persönliche Schuld unterstellen können, und doch hatte ich ihn als einen noch lebenden Zeitzeugen und als lebendes Überbleibsel der Vergangenheit gehaßt. Denn ich hatte mir meinen Vater als tapferen Menschen und, wenn es die Judenverfolgungen betraf, sogar als Helden vorstellen wollen, ich hatte hören wollen, daß mein Vater auf der Seite der Verfolgten gestanden, etlichen von ihnen das Leben gerettet oder sonstige Heldentaten vollbracht hätte. Mein Vater aber hatte sich – ich habe nie erfahren, ob aus Unwissenheit, Lethargie oder Angst, nicht einmal das habe ich erfahren – nicht um das Schicksal der Juden gekümmert, und genau das, diese mangelnde Zuwendung oder Stellungnahme, hatte ich ihm vorgeworfen.

Für meinen Vater jedoch hatte es immer festgestanden, daß er in die Judenverfolgungen nicht verstrickt gewesen war, er hatte behauptet, sich nicht erinnern zu können, in den Kriegsjahren auf Juden getroffen zu sein, für ihn waren ganz andere Erlebnisse von Bedeutung gewesen, und er hatte es nicht fertiggebracht, diese persönlichen Erlebnisse im Rückblick auf die Vergangenheit hinter den viel grausameren Ereignissen der Judenverfolgung verschwinden zu lassen. Denn mein Vater hatte sich ja mit der Zeit selbst als ein Opfer des Krieges verstanden, und er hatte mir leicht vorhalten können, daß er ein Recht gehabt hatte, sich als ein solches Opfer zu verstehen. Und so war unser Gerichtsverfahren ein ewiges Verfahren in der Schwebe geblieben, manchmal hatte schon ein einziges Wort genügt, das ganze Verfahren wieder in Gang zu setzen, und dann hatten wir uns wochenlang nicht anschauen können, so erbittert hatten wir an unseren Positionen festgehalten.

Damals jedenfalls, als meine Mutter ihr zweites Kind erwartet und meinen Vater in Kattowitz besucht hatte, hatten meine Eltern, wie sie später immer glaubwürdig beteuert hatten, nicht von den Judenverfolgungen gesprochen, sie waren in die Beskiden gefahren und hatten sich dort in der Vorfreude auf die Geburt des zweiten Kindes umgesehen. Wenige Wochen vor der Geburt war meine Mutter dann auch, wie sie es sich vorgenommen hatte, zu ihren Eltern in die Heimat gefahren, und sie hatte dann in ihrem Elternhaus an einem Vormittag wahrhaftig auch einen Sohn geboren.

Mein Vater, der sich nicht mehr getraut hatte, schon auf die Nachricht von der bevorstehenden Geburt hin nach Westen zu fahren, hatte erst die Nachricht von der glücklichen Geburt abgewartet, dann aber war er Richtung Köln gefahren und hatte meine Mutter und seinen Sohn in der Heimat besucht. Die Geburt des Sohnes hatte meinen Vater ganz aus der Fassung gebracht, er hatte sehr lange befürchtet, er könnte auch dieses Kind verlieren, leichten Herzens und ohne zu murren, war er diesmal wieder zurück nach Kattowitz gefahren, und er hatte geglaubt, in den Gedanken an seinen Sohn einen Halt zu finden.

Wenig später war mein Vater dann aus Kattowitz abberufen und als Soldat zur Wehrmacht eingezogen worden. Er hatte seine Rekrutenzeit bei einem Eisenbahnpionierbataillon in Berlin absolviert. Da die Bombenangriffe auf Berlin aber immer zahlreicher geworden waren, hatten meine Eltern sich entschlossen, ihre Möbel aus der Berliner Wohnung zurück in die Heimat zu schaffen, schließlich war es meiner Mutter, die nach der Geburt des Sohnes wieder neuen Mut gefaßt hatte, auch gelungen, ein Transportunternehmen zu finden, das diese nicht ungefährliche Aufgabe übernommen hatte. Und so hatte mein Vater in seinen freien Stunden manchmal in einer fast leeren Wohnung gesessen, nur ein Zimmer war noch möbliert gewesen, und in diesem Zimmer hatte mein Vater sich aufgehalten, um sich wenigstens die Illusion eines Heims zu erhalten.

Beim Eisenbahnpionierbataillon hatte mein Vater gelernt, Brücken und Flöße zu bauen, er hatte gelernt, wie man Sprengladungen an Schienensträngen anbrachte, indem man die Munition an den Schienenkopf legte, und wie man Schienenstränge mit Sauzähnen aufriß. Die Ausbildung hatte in den Wäldern rings um Berlin stattgefunden, und die Fotografien aus dieser Zeit, die ich im Keller meines Elternhauses zu Gesicht bekommen hatte, hatten meinen Vater mit schmalem, eingefallenem Gesicht gezeigt, den Mund meist geöffnet, die Augen viel zu weit aufgerissen, den Kopf mit der breiten slavischen Stirn unter dem lächerlichen Helm, die Fotografien hatten meinen Vater als einen Menschen gezeigt, der sich der täglichen Handlangerei und der Rekrutenausbildung wie ein verschreckter Hinterwäldler gestellt hatte. Das Bild eines solchen Hinterwäldlers war er dann auch unter seinen Kameraden nicht losgeworden, mein Vater hatte sein Hinterwäldlerdasein nach allen Seiten hin demonstriert, und man hatte lange keinen Schützen gesehen, der sich an der Waffe derart hinterwäldlerisch aufgeführt hatte, und lange hatte man keinen Rekruten gesehen, der beim Geländelauf derart steif und unbeholfen über die künstlichen Hindernisse gesetzt war.

Mein Vater hatte den fälligen Spott, ohne sich dadurch gekränkt zu fühlen, ertragen, das Hinterwäldlerdasein hatte ihm schließlich nicht nur Spott eingetragen, sondern auch viele Sympathien verschafft, denn ein Hinterwäldler sorgte durch seine weltfremde Art für eine unbeabsichtigte Komik, und gerade auf Komik hatten selbst Eisenbahnpioniere im Kampf für den Führer nicht verzichten wollen. Wenn ihm der Spott aber einmal zuviel geworden war, hatte mein Vater sich an einen Freund gehalten, denn mein Vater hatte das große Glück gehabt, einen seiner besten Freunde, einen alten Jugendfreund aus der Heimat, als Kameraden zu haben. Mit diesem Kameraden hatte mein Vater sich immer wieder von der Truppe abgesetzt, die beiden waren unzertrennlich gewesen, und viele Fotografien zeigten die beiden in dem noch möblierten Zimmer der Berliner Wohnung, ernst und gespannt, als könnten sie jede Minute den Befehl zum Aufbruch an die Front erhalten.

Dieser Befehl hatte denn auch nicht lange auf sich warten lassen, sofort nach dem Ende der Rekrutenzeit waren mein Vater und der Freund meines Vaters an die Ostfront, nach Lettland, abkommandiert worden, und so war mein Vater durch den Krieg noch einmal nach Osten geschleudert worden, weit nach Osten, dorthin, wo er nie einen Fuß hatte hinsetzen wollen. In Lettland aber, längs der Ufer der Düna, waren damals bereits die Rückzugsgefechte im Gang gewesen, und die deutschen Truppen hatten mit den sowjetischen Verbänden erbitterte Kämpfe um jeden Meter geführt. Laufend war man vor und dann wieder zurückmarschiert, vor und zurück, vor und zurück, und die Eisenbahnpioniere hatten Schienen ausbessern, Schienen legen und Weichen instandsetzen müssen, doch schon am nächsten Tag hatten sie dieselben Schienen wieder aufreißen, dieselben Weichen sprengen müssen.

Da hatte mein Vater endgültig verstanden, daß es mit dem Krieg aus und vorbei gewesen war, daß nichts mehr helfen könnte, das schreckliche Ende des Krieges zu verhindern, sondern nur dazu beitrug, dieses schreckliche Ende hinauszuzögern. Und er hatte sich vorgenommen, während des Krieges keinen Schuß abzugeben, nicht einen einzigen Schuß hatte er abgeben wollen, und wenn er doch gezwungen gewesen wäre, einen Schuß abzugeben, hatte er irgendwohin und nicht auf ein Ziel schießen wollen.

Der Einsatz an der Front war ein sehr gefährlicher Einsatz gewesen, denn zu den Aufgaben der Eisenbahnpioniere hatte es gehört, das feindliche Gelände zu erkunden, und so hatte der Trupp meines Vaters immer wieder aufbrechen müssen, das feindliche Gelände nach versteckten Minen und Sprengsätzen zu sondieren. Bei einem dieser gefährlichen Erkundungsgänge hatte mein Vater auch wahrhaftig das Hochgehen einer feindlichen Mine erlebt, die hochgehenden Splitter und Eisenteile waren ihm in den Schenkel geschlagen, und so war er mit schweren Verwundungen abtransportiert worden, westwärts, in ein Lazarett in der Nähe von Bad Pyrmont. Im Lazarett hatte sich sein Befinden von Tag zu Tag verschlechtert, er hatte hohes Fieber bekommen und in wirren Phantasien den Einsatz an der Front immer von neuem durchphantasiert.

Meine Mutter aber hatte in der Heimat lange kein Lebenszeichen meines Vaters erhalten, wochenlang hatte sie auf Post gewartet, doch die Post war ausgeblieben, bis sie schließlich von der schweren Verwundung meines Vaters erfahren hatte. Sie hatte sich mit dem Kind sofort auf den Weg nach Bad Pyrmont gemacht, und sie hatte meinen Vater in dem Truppenlazarett besucht und Tag und Nacht an seinem Bett verbracht. Mein Vater war dann auch durch die Anwesenheit meiner Mutter, vor allem aber auch durch die Anwesenheit des nun fast zweijährigen munteren Kindes in seinem Lebenswillen aufgerichtet worden, und schließlich hatte es meine Mutter sogar fertiggebracht, ihn in die Heimat zu holen. Und so war mein Vater mit seiner Frau und dem munteren, lebendigen

Kind in die Heimat gefahren, und er hatte dann noch einige Wochen im Lazarett des Heimatdorfes gelegen, ein langsam Genesender, der sich nichts sehnlicher erhofft hatte, als nie mehr in den Osten zu müssen.

Nach seiner Genesung hatte mein Vater jedoch wieder nach Osten aufbrechen müssen, er hatte sich bei seinem Bataillon in Berlin gemeldet und war dann in Berlin zum Einsatz gekommen. Noch immer nicht vollständig gesund, hatte er in Berlin helfen müssen, die schweren Zerstörungen in der Stadt dort zu beseitigen, wo sie den Verkehr behinderten oder jeden Verkehr zum Erliegen brachten. Und so hatte mein Vater wieder damit begonnen, Schienen zu legen, Brücken instandzusetzen und Gleise freizuräumen, und glücklicherweise war ihm dabei sein Freund zur Hand gegangen, denn auch der Freund meines Vaters war in Lettland, beim Hochgehen der feindlichen Mine, schwer verwundet und später, kaum genesen, wieder nach Berlin abkommandiert worden.

Sie hatten sich jedoch nicht mehr in der Berliner Wohnung aufhalten können, denn das Mietshaus, in das meine Eltern zu Beginn des Krieges gezogen waren, war bei mehreren Bombenangriffen schwer getroffen worden, so daß niemand mehr in diesem Haus hatte wohnen können.

Und so hatte mein Vater in Berlin das Ende des Krieges herbeigesehnt, doch dann hatte ihn der Krieg noch einmal ereilt, denn bei einer Sprengung waren ihm erneut Splitter und Eisenteile in den Körper geschlagen. Diesmal war mein Vater sofort in die Heimat transportiert worden, zum zweiten Mal hatte er wochenlang im Lazarett des Heimatdorfes gelegen, und wieder waren meine Mutter und der Junge zur Stelle gewesen, um ihm über die schwere Zeit hinwegzuhelfen.

Nicht einmal zwei Monate vor dem endgültigen Ende des Krieges hatte mein Vater dann erneut nach Berlin aufbrechen müssen, noch einmal hatte er sich bei seinem Bataillon zur Stelle melden müssen, und diesmal war er nicht mehr bei Aufräumungs- und Instandsetzungsarbeiten zum Einsatz, diesmal war er mit der Waffe in der Hand beim Endkampf um Berlin zum Einsatz gekommen. Diese Tage und Wochen waren zum Fürchterlichsten geworden, was mein Vater je erlebt hatte, denn der Endkampf in Berlin hätte ihn beinahe das Leben gekostet.

Noch wenige Tage, bevor die sowjetischen Verbände die ganze Stadt endgültig in ihre Gewalt gebracht hatten, hatte mein Vater im Bezirk Mariendorf in einem Schützengraben gelegen, kaum mehr als zwanzig Meter von den feindlichen Truppen entfernt. Neben ihm hatte sein Freund gelegen, und ein letztes Mal hatte mein Vater sich vorgenommen, nicht auf Menschen zu schießen, sondern nur irgendwohin in die Luft, ziellos irgendwohin in die Luft zu schießen. Zwei Tage lang hatten mein Vater und der Freund meines Vaters in diesem Schützengraben gelegen, und nach zwei Tagen hatten sie nicht einmal mehr sicher gewußt, ob die feindlichen Truppen noch immer ihnen gerade gegenüber, kaum zwanzig Meter entfernt, in ihren Schützengräben lagen.

Um das aber festzustellen, hatte der Freund meines Vaters noch früh am Morgen ein wenig den Kopf gehoben, er hatte nach den feindlichen Truppen, kaum zwanzig Meter entfernt, Ausschau gehalten, war jedoch gleich in den Schützengraben zurück, schräg auf meinen Vater zugesunken. Die feindlichen Truppen hatten, kaum daß sie den Kopf des Freundes meines Vaters zu Gesicht bekommen hatten, mit Maschinengewehren gefeuert, und diese Maschinengewehrsalven hatten kein anderes Ziel gehabt als den Kopf des Freundes meines Vaters, und so war der Freund meines Vaters tot, mit völlig zerschlagenem Schädel, im Schützengraben zusammengesunken.

Mein Vater hatte seinem Freund nicht mehr helfen können, nicht einmal laut aufschreien hatte er dürfen, keinen Laut hatte er abgeben dürfen, um die feindlichen Truppen nicht auf sich selbst aufmerksam zu machen. Noch einen Tag hatte mein Vater reglos im Schützengraben, gerade neben seinem toten Freund, gelegen, dann hatte er in der Nacht seinen toten Freund zurücklassen müssen und war, so geräuschlos er konnte, aus dem Schützengraben herausgeklettert, um, von einigen wenigen Kameraden begleitet, den Rückzug anzutreten. Einige hundert Meter waren sie so über die Erde gekrochen, langsam waren sie vorwärts gekrochen, als die feindlichen Truppen anscheinend durch ein plötzliches Geräusch aufgeschreckt worden waren. Jedenfalls hatten die feindlichen Truppen mit Granaten geschossen, eine nach der anderen war neben dem Trupp meines Vaters niedergegangen, und die Granatsplitter, Hunderte von Granatsplittern, waren meinem Vater in die Arme und Beine geschlagen. Die Kameraden, die meinen Vater beim Rückzug begleitet hatten, hatten ganz nahe gelegen, allesamt tot.

Und so hatte auch mein Vater regungslos daliegen müssen, schwer blutend, dem Tode nah, hatte mein Vater an einer Straße gelegen, in dem festen Glauben, den nächsten Tag nicht mehr zu erleben. Stundenlang hatte er so regungslos auf dem Boden gelegen, immer kraftloser war er geworden, als er begriffen hatte, daß auch die feindlichen Truppen sich nicht mehr in dem nahen, feindlichen Schützengraben hatten aufhalten können, anscheinend hatten auch sie das Weite gesucht. Mein Vater hatte sich aufgerichtet, und da hatte er einen Lastwagen erkannt, der auf der Straße, an dessen Rand er zusammengesunken gelegen hatte, geradewegs auf ihn zugekommen war. Der Lastwagen war überfüllt gewesen mit Verwundeten, und mein Vater hatte es wahrhaftig geschafft, den Lastwagen anzuhalten, der Fahrer hatte ihn kurz gemustert, dann aber entschieden, sofort weiterzufahren, als er gesehen hatte, wie schwer verwundet mein Vater gewesen war.

Da hatte mein Vater mit seinen letzten Kräften geschrien, und er hatte so furchterregend und erbärmlich geschrien, daß die Verwundeten auf dem Lastwagen den Fahrer, der das Fahrzeug schon wieder in Gang gesetzt hatte, gezwungen hatten, meinen Vater noch auf den Wagen zu lassen. Und sie hatten meinem Vater Platz gemacht und hatten seinen kraftlosen, blutenden Körper hinauf auf den Wagen gezogen, wodurch sie meinem Vater das Leben gerettet hatten, denn hätten sie meinen Vater am Straßenrand liegengelassen wie ein Stück Vieh, so wäre mein Vater verblutet.

Der Lastwagen mit all den Verwundeten war zu einem Krankenhaus im Bezirk Charlottenburg gefahren, und das Krankenhaus war völlig überfüllt gewesen mit Schwerverletzten, mit Soldaten, Frauen und Kindern, und es hatte lange gedauert, bis die Ärzte auch meinem Vater hatten helfen und seine Blutungen stillen können. Bald aber hatte es geheißen, daß die sowjetischen Truppen nicht mehr weit seien, und schon zwei Tage, nachdem mein Vater in das überfüllte Krankenhaus gelangt war, war das Krankenhaus von den sowjetischen Truppen eingenommen worden. Die Uniformen der verwundeten Soldaten waren zuvor im Keller des Krankenhauses verbrannt worden, so daß die sowjetischen Truppen bei ihren ersten Kontrollen nicht hatten feststellen können, welchen Dienst die verwundeten Männer getan hatten.

Mein Vater war durch die schwere Verwundung noch geschwächt gewesen, doch er hatte alles darangesetzt, das Krankenhaus so bald wie möglich zu verlassen, und so war er, nachdem die Stadt Berlin endgültig von den feindlichen Truppen besetzt und damit dem Krieg ein Ende gemacht worden war, gegen den Rat der Ärzte mit zwei Krücken nach Westen aufgebrochen. Mein Vater hatte sich den Weg in die Heimat suchen müssen, allein, ganz auf sich gestellt, war er losgehumpelt auf seinen zwei Krücken, und er hatte nur noch eine Uhr, den Ehering und ein Taschenmesser bei sich gehabt.

Tagelang war er nach Westen gehumpelt, nachts hatte er in den Wäldern geschlafen, hier und da hatten ihm die Bauern eine warme Mahlzeit gegeben, und schließlich war er an die Elbe gelangt, wo er auf ein Gewühl von flüchtenden Menschen und Tieren gestoßen war, die vergeblich versucht hatten, den Fluß zu überqueren. Es hatte aber an Schiffen und Booten gefehlt, und so hatten die flüchtenden Menschen am Ufer der Elbe inmitten ihres letzten Hab und Guts gesessen. Meinem Vater war es jedoch gelungen, auf einem französischen Schlepper über die Elbe zu setzen, er hatte mit der Besatzung Französisch gesprochen, und die Besatzung hatte sich meines humpelnden Vaters erbarmt.

Weiter und weiter war mein Vater auf seinen zwei Krücken nach Westen gehumpelt, in der Nähe eines Bauernhofes war er von amerikanischen Soldaten aufgegriffen worden und hatte zusammen mit anderen Kameraden, von den Soldaten verhöhnt und verlacht, auf einem Misthaufen schlafen müssen. Am nächsten Morgen hatte er jedoch die Soldaten bewegen können, ihn weiterziehen zu lassen, er hatte ihnen seine Uhr, den Ring und das Messer gegeben, und sie hatten ihn laufenlassen und ihm ein höhnisches »Kaputt! Kaputt!« hinterhergerufen.

Fast einen Monat war mein Vater auf seinen zwei Krücken die vielen hundert Kilometer unterwegs gewesen, wie durch ein Wunder war er dem Krieg doch noch entkommen. Oft war er an zerstörten Eisenbahnstrecken entlanggegangen, und er hatte sich an all die sinnlosen Arbeiten während der letzten Jahre erinnert, an das Schienenverlegen und Schienenaufreißen, an das Sprengen und Flicken. In all den Tagen hatte mein

Vater sich niemals verlaufen, sein alter Instinkt hatte sich in all diesen Tagen bewährt, auch ohne alle Hilfsmittel war mein Vater beinahe schnurgerade nach Westen gehumpelt, auf sein Heimatdorf zu.

Kaum zwanzig Kilometer von seinem Heimatdorf entfernt war er dann auf einen entfernten Bekannten gestoßen, und er hatte diesen Bekannten gebeten, meiner Mutter Nachricht zu geben, daß er nicht weit entfernt sei und darauf warte, mit einem Fahrzeug nach Hause gebracht zu werden. Und dann hatte mein Vater sich an den Straßenrand gesetzt, er hatte die beiden Krücken zur Seite gelegt, und so am Straßenrand sitzend, an einem schönen Mainachmittag an der Straße sitzend, die geradewegs in sein Heimatdorf führte, hatte mein Vater auf meine Mutter und meinen Bruder gewartet.

Am frühen Abend dieses Tages hatte sich dann ein Traktor genähert, und auf dem Traktor hatten der Vater meiner Mutter und zwei Brüder meines Vaters gesessen. Der Vater meiner Mutter und die beiden Brüder meines Vaters hatten meinen Vater am Straßenrand aufgelesen, und mein Vater hatte seine beiden Brüder und den Vater meiner Mutter umarmt. Dann aber hatte er sich nach meiner Mutter und nach meinem Bruder erkundigt, doch die drei Männer hatten ihm keine Antwort geben können, denn die drei Männer hatten weinend auf dem Traktor gesessen und hatten der Tränen wegen nicht antworten können.

Mein Vater hatte sofort bemerkt, daß die drei weinenden Männer etwas verheimlicht hatten, er hatte sie immer aufs neue nach meiner Mutter und nach meinem Bruder gefragt, doch die drei Männer hatten sich erst ausweinen müssen. Nach einer langen Weile hatte der Vater meiner Mutter meinem Vater gesagt, daß mein Bruder nicht mehr am Leben sei. Mein Vater hatte die Nachricht anfangs nicht fassen können, wie versteinert hatte er auf dem Traktor gesessen, und der Vater meiner Mutter hatte ihm weiter gesagt, daß mein Bruder in den letzten Kriegstagen bei einem feindlichen Angriff durch eine Granate ums Leben gekommen sei.

Mein Vater hatte daraufhin still auf dem Traktor gesessen, und dann hatten die drei Männer meinen Vater nach Hause gefahren. Vor dem Haus der Eltern meiner Mutter war mein Vater dann meiner Mutter wieder begegnet, und er hatte noch einmal gefragt, wo mein Bruder sei, und meine weinende Mutter hatte nur mit dem Kopf geschüttelt, denn meine Mutter hatte nicht reden können, weil sie nach dem Tod meines Bruders stumm geworden war. Durch den Tod meines Bruders hatte meine Mutter ihre Sprache verloren, und so war sie meinem Vater nur noch als ein sprachloses, weinendes Bündel begegnet, und mein Vater hatte sie in seine Arme genommen und versucht, meine weinende Mutter zu beruhigen. Er hatte meine Mutter ins Haus geführt, und dann hatte er die anderen Verwandten begrüßt, denn die anderen Verwandten hatten sich nicht aus dem Haus getraut, sondern lieber im Haus darauf gewartet, meinen Vater zu Gesicht zu bekommen.

Erst nach und nach hatte mein Vater die genaueren Umstände vom Tod meines Bruders erfahren, an den folgenden Tagen hatte er schließlich die ganze Geschichte erzählt bekommen, immer wieder hatte sich ein anderer Verwandter zu ihm gesetzt, um ihm einen Teil der Geschichte zu erzählen, denn keiner der Anwesenden hatte die ganze Geschichte erzählen können. Mein Vater hatte versucht, meine Mutter zu trösten, aber er hatte sich kaum mit meiner Mutter verständigen können, denn meine Mutter war verstört gewesen und stumm. Er hatte sie jedoch immer wieder zu trösten versucht, er hatte ihr gut zugeredet und ihr Mut zu machen versucht, doch meine Mutter hatte ihn gar nicht verstanden, sondern für eine Art Erscheinung gehalten. Meine Mutter hatte meinen Vater die ganze Zeit lang abgetastet, so als hätte sie herausbekommen müssen, ob er wirklich lebendig sei, aber sie hatte das nicht nur mit meinem Vater gemacht, sondern auch mit anderen Menschen, sogar mit Gegenständen, denn manchmal hatten Gegenstände auf sie den Eindruck von etwas Lebendem, Menschen aber auf sie den Eindruck von etwas Totem gemacht.

Ein paar Tage später hatte mein Vater sich dann auf den Weg in sein Elternhaus gemacht, er hatte die beiden Krücken hervorgeholt und war den alten Weg, den er als Schulbub immer gelaufen war, zurück zu seinem Elternhaus gegangen. Er hatte es abgelehnt, mit dem Traktor zum Elternhaus gefahren zu werden, er hatte auch das letzte, kleine Stück noch zu Fuß gehen wollen, allein hatte er es gehen wollen, und so war er noch einmal allein losgehumpelt, auf sein Elternhaus zu.

Erst da aber, auf dem Weg in sein Elternhaus, war meinem Vater alles zu Bewußtsein gekommen, erst jetzt hatte er auf all die Ereignisse der letzten Wochen geantwortet, und so hatte man meinen schreienden Vater in der Nähe seines Elternhauses gefunden und hatte den Schreienden, verzweifelt um sich Schlagenden mit Gewalt in sein Elternhaus gebracht.

Im Elternhaus war mein Vater wieder gesund gepflegt worden, und dort hatte er einmal gesagt, daß er dem Krieg nicht, wie gedacht, entkommen sei, sondern daß der Krieg ihn eingeholt und endlich doch noch zu fassen bekommen habe. Und dann hatte mein Vater sich geschworen, den Osten von nun an zu meiden, nie mehr wollte er in den Osten, schon die Umgebung der Elbe hatte er für unbetretbares Terrain gehalten, erst recht aber die Stadt Berlin.

Daran hatte sich mein Vater ein Leben lang gehalten, nach dem Krieg war er wieder bei seiner ersten, der Kölner Direktion vorstellig geworden, und von dieser Direktion war er wieder eingestellt worden und hatte wieder mit Vermessungsarbeiten begonnen. Meine Eltern waren wieder nach Köln gezogen, und allmählich hatte sich auch der Zustand meiner Mutter gebessert, obwohl meine Mutter noch immer nicht flüssig hatte reden können und Anfälle des Stummseins sie immer wieder überwältigt hatten.

Und so hatte mein Vater wieder am Rhein gearbeitet, und er war dann immer in der Nähe des Rheins geblieben, höchstens fünfzig Kilometer hatten mein Vater und meine Mutter sich vom Rhein entfernt. Und als meinem Vater Jahre später Stellen in Hannover und Hamburg, und wiederum Jahre später Stellen in Kassel und Berlin angeboten worden waren, hatte er diese Stellen ausgeschlagen. Mein Vater hatte alle möglichen Stellen, selbst die besten Beförderungsposten, ausgeschlagen, und er hatte mit meiner Mutter nahe am Rhein gewohnt.

In Köln war ich viele Jahre später geboren worden, und von Köln aus hatte mein Vater mit mir seine ersten Reisen gemacht, westwärts, immer nur westwärts.

So hatte ich mir einige Stationen im Leben meines Vaters zusammengesetzt, eher zufällig war ich auf diese Spur geraten, doch dann war ich der Spur unermüdlich gefolgt, tagelang mit meinen Notizen und dem Studium der Fotografien beschäftigt. Längst hatte es des Museums nicht mehr bedurft, ich war am Morgen mit dem Wagen in die menschenleere Landschaft gefahren, irgendwohin, an einen See oder ein wenig stromabwärts. Dort war ich ausgestiegen, um meine Geschichten zu ordnen und um zu versuchen, sie zu beherrschen, denn ich hatte manchmal befürchtet, meine Geschichten gewännen auf furchtbare Weise an Macht. In den Nächten hatte ich dieses Wirken gespürt, an meinem unruhigen Schlaf, an meinen Gängen durch das dunkle Haus. Weit entfernt von der Heimat war ich auf die Geschichte meines Vaters gestoßen, und diese Geschichte hatte der Trauer einen reichen Stoff verschafft. Ich wußte nicht, ob es richtig war, sich dieser Trauer hinzugeben, entziehen konnte ich mich ihr jedoch nicht länger, und vielleicht war es am besten, ich konnte sie mit Bildern und Ereignissen ausfüllen, anstatt sie ins Leere ausufern zu lassen.

Jedenfalls hatte ich deutlich bemerkt, daß die Trauerempfindungen immer stärker geworden waren, schon am Morgen lauerten sie mir auf und ließen mich kaum aus dem Bett finden. Ich redete mir immer häufiger ein, schläfrig und müde zu sein, meine Bewegungen waren verlangsamt, als hingen mir Gewichte am Leib. Hinzu kam das Gefühl, an ein scheinhaftes, unwirkliches Dasein gebunden zu sein, besonders dieses Gefühl erschwerte es mir, die notwendigsten Handgriffe zu tun. Ich fühlte mich abwesend, zu nichts verpflichtet, durch nichts herausgefordert, einzig an ein fernes, undeutliches Wesen gekettet, in das ich einmal hineinschlüpfen sollte. Doch ich wußte nichts von diesem Wesen, wie ein blasser Schemen umgab es mich, eine verzerrte Zukunftsgestalt.

– Träumst Du mal wieder? fragte mich Mary.

– Ja, sagte ich, es ist wohl nicht zum Aushalten mit mir?

– Nein, sagte Mary, es ist nicht zum Aushalten, immer, wenn man Dir begegnet, sitzt Du regungslos herum und träumst vor Dich hin. Soll ich das gut finden?

– Ich bin ein schlechter Unterhalter, was?

– Nein, bist Du gar nicht, aber Du strengst Dich nicht mehr an, Du hast aufgegeben.

– Nein, sagte ich, neinnein, es geht mir nur so viel durch den Kopf, verstehst Du?

– Macht ja nichts, antwortete Mary, macht überhaupt nichts, aber deswegen brauchst Du doch nicht so zu tun, als gebe es niemanden mehr außer Dir.

– Nein, sagte ich, hast ja recht, es tut mir auch leid.

– Quatsch, sagte Mary, alles Quatsch! Wir fahren jetzt nach Hannibal, dann kannst Du beweisen, wie leid es Dir tut.

Ich hatte keine Lust, nach Hannibal zu fahren, die Tom-Sawyer-Geschichten hatten für mich all ihren Zauber verloren, einige Episoden hatte ich Mary erzählt, doch ich war oft steckengeblieben, so daß die Pointen verpufft waren. Viel lieber hatte ich in meinem Zimmer gelegen und hatte Nora und Mary zugehört, wie sie versucht hatten, sich Englisch zu unterhalten. Der stete Rhythmus der ausgetauschten Formeln, das kontinuierliche Fragen und Antworten hatte mich sehr beruhigt, wenigstens irgend etwas nahm den erwarteten Verlauf, problemlos und ohne Reibungen.

Ich hatte Mary ihre Bitte jedoch nicht abschlagen können, und so waren wir an einem Morgen zu dritt nach Hannibal gefahren. Ich hatte nichts Besonderes von Hannibal erwartet, den Vorschlag, die Stadt zu besuchen, hatte ich nur aus einer Laune heraus gemacht, doch dann unterbot Hannibal so sehr meine schlimmsten Erwartungen, daß ich beinahe sofort kehrtgemacht hätte.

Denn Hannibal war ein Nichts, eine peinliche Ansammlung verkitschter Tom-Sawyer-Stätten, ein zusammengewürfeltes Arsenal von falschen Erinnerungen, die an jeder Ecke lauthals angepriesen wurden. Man konnte keinen Schritt tun, ohne Mark Twain zu begegnen, schon draußen, vor der Stadt, lauerten die Mark-Twain-Höhlen, später waren wir auf die Mark Twain Avenue geraten und waren, nachdem wir den Mark Twain Motor Inn passiert hatten, zum Mark Twain Home & Museum gefahren.

Ich hatte mir jedoch verkneifen müssen, etwas Böses zu sagen, denn ich hatte gleich bemerkt, daß Mary an Hannibal nichts auszusetzen fand, aufgeregt unterhielt sie sich mit Nora, die die Welt um uns herum nicht wie ein Panoptikum, sondern wie ein Zauberreich kommentierte.

– Jetzt sind wir da, sagte sie, jetzt wird es spannend, Mary, und übereifrig war das Kind aus dem Wagen gesprungen, als winke irgendwo in einer der unscheinbaren Bretterbuden, die sich als Museum ausgaben, ein besonderer Lohn.

– Das ist fad hier, sagte ich leise zu Nora.

– Für Dich vielleicht, antwortete sie, aber bestimmt nicht für Mary.

– Ich geh ein wenig spazieren, sagte ich.

– Das würde sie sehr enttäuschen, sagte Nora.

– Du meinst, ich muß mit? fragte ich.

– Ihr zuliebe, sagte Nora. Wir gehen jetzt mit ihr ins Museum, und Du wirst Dich hüten, ihre Illusionen zu zerstören.

Das Museum befand sich neben dem Haus, in dem der junge Mark Twain gelebt haben sollte, es war voller finsterer, verstaubter Gegenstände, doch Mary zog uns von Vitrine zu Vitrine, unersättlich darauf bedacht, diesen Dingen ihr letztes Geheimnis zu entlocken.

– Das ist der Tisch, an dem das Buch von Tom Sawyer geschrieben wurde, sagte Nora, und Mary trat ganz dicht heran, als sei aus der Nähe noch mehr zu erkennen als ein armseliger Tisch, den irgendein Spaßvogel zum Arbeitstisch Mark Twains erklärt haben mochte.

– Ich glaube, das reicht, sagte ich leise, doch Nora warf mir einen strengen Blick zu.

Und so begleiteten wir Mary von Stube zu Stube, wir standen minutenlang vor einer liebevoll alten Küchen nachempfundenen Küche, und wir verharrten vor einem Schlafzimmer, in dem nie jemand geschlafen hatte. Die Zimmer waren überladen mit Gegenständen, jedes Bügeleisen der Stadt, das Patina angesetzt hatte, schien man hier untergebracht zu haben, genau genommen waren es sechs.

Als wir aber Wohnhaus und Museum verlassen hatten, hatte mich Mary an der Hand genommen und mir gesagt, daß sie es wunderschön gefunden habe. Sie hatte sich bei mir bedankt, sie hatte von einem Erlebnis gesprochen, immer wieder hatte sie gesagt, das war ein Erlebnis, ein ganz besonderes Erlebnis.

Wir hatten im hellen Frühlingssonnenschein draußen auf der Straße gestanden, und plötzlich hatte ich mich vor Mary geschämt.

Irgend etwas war mit mir nicht in Ordnung, ich war eine übel gelaunte, träge Erscheinung, ich war eine einzige Trauererscheinung. Ja, dachte ich, Du läßt Dich gehen, nicht einmal vor diesen beiden lebensfrohen Menschen nimmst Du Dich zusammen, hinabgesunken bist Du in Deine Trauer, und nun verstörst Du noch die anderen damit! Gott, bist Du kraftlos! Hinschleifen sollte man Dich zum Vater der Wasser und hineinschmeißen sollte man Dich, daß Du stromabwärts treibst, Du schwache Erscheinung!

So hatte ich mit mir gehadert und alles versucht, mich ins Leben zurückzuschimpfen. Ich hatte Nora und Mary vorgeschlagen, auf einem Felsen oberhalb der Stadt ein Picknick zu machen, Mary hatte sich wieder an mich geklammert, und dann hatten wir in einem Supermarkt eingekauft, es sollte ein schönes Picknick werden, verdammt!

Von dem hochgelegenen Felsplateau nahe am Fluß hatte man eine gute Aussicht. Hannibal wirkte von hier noch verlorener und unscheinbarer, ein Dorf, das sich nur noch an eine ferne Vergangenheit klammerte und an den Rändern längst aufgegeben hatte. Dort standen nur ein paar hilflose Bretterbuden, man hatte sich erst gar nicht mehr die Mühe gemacht, hier noch Häuser zu bauen.

Ich wollte jedoch nicht, daß Mary den wahren Zustand des Dorfes bemerkte, und so begann ich, vor mich hin zu phantasieren, auf dem Rücken liegend, mit dem Blick in den Himmel, phantasierte ich leise vor mich hin, während Mary auf das Dorf starrte, als begännen dort meine Phantasien zu leben.

– Bald wird das Paketboot aus St. Louis kommen, sagte ich, aber noch dösen die Menschen dort unten vor ihren Häusern. Ein Hund schnüffelt langsam die Hauptstraße hinauf, wenn er den Männern, die draußen, vor den Häusern, sitzen, zu nahe kommt, schieben sie ihn mit einer matten Fußbewegung beiseite. Vor dem Hotel Clemens steht ein Fremder, unruhig schaut er immer wieder auf seine Uhr, denn er wartet seit Tagen auf Post. Er ist Vertreter für Miederwaren, aber jetzt kümmern ihn seine Miederwaren nicht, denn er weiß, daß seine Tochter zu Hause erkrankt ist, deshalb macht er sich Sorgen. Am Landungssteg lungern ein paar Jungen herum, sie wollen die ersten sein, die das Paketboot erkennen, ihre Füße baumeln im Wasser. Auch der Vater der Wasser scheint ganz still geworden zu sein, man erkennt seine Bewegung nur, wenn man ganz genau hinschaut. Einer der Jungen schaut ganz genau hin, er ist mit Tom Sawyer befreundet, aber Tom Sawyer ist nicht da.

– Wo ist denn Tom Sawyer? fragte Mary ganz leise, als könnte lauteres Sprechen die Szene zusammenstürzen lassen.

– Tante Polly hat ihm aufgetragen, einen Zaun zu streichen, und nun steht er mit dem Eimer vor dem Zaun und überlegt, wie er sich um die Arbeit drücken kann.

– Ah ja, ich weiß, sagte Mary und begann, sich an meine Erzählungen zu erinnern, er soll den Zaun streichen, aber der Zaun ist viel zu lang, und er wird nicht damit fertig werden, auch nicht, wenn er den ganzen Tag lang streicht.

– Nein, sagte ich, er wird niemals damit fertig werden.

– Er steht da und flucht auf die Tante, fuhr Mary leise fort, viel lieber will er zum Schwimmen gehen.

– He, sagte ich, schau einmal an, da kommen seine Freunde vorbei.

– Ja, flüsterte Mary, die Freunde gehen zum Schwimmen, und sie machen sich über Tom lustig, weil der den Zaun streichen muß.

– Tom streicht ganz langsam, und er pfeift vor sich hin, sagte ich.

– Die Freunde sind stehengeblieben und schauen Tom zu, sagte Mary.

– Tom streicht immer langsamer, sagte ich, er tut so, als sei es eine schöne, verantwortungsvolle Arbeit, mit der man nur einen wie ihn beauftragen dürfte.

– Die Freunde starren jetzt auf den Zaun, sie finden richtig Gefallen an diesem Zaun.

– Schöner, langer Zaun, säuselte Mary, nichts Schöneres auf der Welt als so ein Zaun!

– Jetzt bittet einer der Freunde Tom, ihn ein wenig streichen zu lassen.

– Ja, sagte Mary, und Tom sagt nein, er schüttelt nur stumm den Kopf.

– Jetzt bitten ihn auch die anderen Freunde, sagte ich, jeder will einmal streichen.

– Und Tom scheint es sich zu überlegen, sagte Mary, er läßt einen nach dem anderen ran, jeder darf ein wenig streichen, und von jedem, der streicht, nimmt er ein kleines Geschenk.

– Raffiniert, sagte ich, durchtriebener Tom!

– Kluger Tom, sagte Mary, jetzt ist der Zaun ganz gestrichen.

– Noch nicht, sagte ich, es dauert schon eine Weile.

– Aber jetzt! sagte Mary, mit etwas mehr Nachdruck. Und jetzt rennt er mit dem leeren Eimer ins Haus und sagt Tante Polly, daß er den Zaun gestrichen hat.

– Ach was, sagt Tante Polly, unmöglich, sagt Tante Polly, sagte ich.

– Doch dann läuft sie nach draußen, jetzt sieht sie, daß Tom nicht gelogen hat. Wie schön ist doch der Zaun gestrichen! Ganz sorgfältig, mit schöner, dicker Farbe!

– Durchtriebener Tom! sagte ich.

– Und jetzt bekommt Tom von Tante Polly einen Apfel zur Belohnung, sagte Mary.

– Richtig, sagte ich, ganz genau, willst Du auch einen Apfel? Ich holte einen Apfel aus der großen, braunen Einkaufstüte und reichte ihn Mary. Sie hatte aber ihre Augen geschlossen und schob meine Hand mit einigen fahrigen, raschen Bewegungen beiseite.

– Nein, sagte sie laut, nicht, nicht! Wir wollen schauen, wie es weitergeht! Bitte!

Sie war wie in Trance, niemand hätte es fertiggebracht, sie jetzt zum Essen zu zwingen. Ich schaute Nora an, sie lächelte mir zu, und ich dachte, es geht Dir viel besser als noch vor einer Stunde.

– He, verflucht, rief ich, fast hätten wir die Ankunft des Paketboots verpaßt!

– Verflucht, verflucht! schrie Mary, fast, aber wir sind gerade noch rechtzeitig.

– Dunkle Rauchschwaden liegen über dem Mississippi, sagte ich, Rauchschwaden, dort, wo das Paketboot herkommt. Man sieht schon die beiden steil aufragenden Schornsteine.

– Aufgewacht, das Paketboot kommt! schrie Mary weiter. Sie war aufgesprungen und tanzte auf der Stelle.

– Jetzt haben uns die Männer gehört, sagte ich, jetzt erheben sie sich langsam, bügeln ihre Hutkrempen glatt und setzen die Hüte auf.

– Einer spuckt noch mal aus, sagte Mary schnell.

– Und jetzt gehen sie breitbeinig und steif die Straße hinunter.

– Tom Sawyer ist auch zum Fluß gelaufen, sagte Mary. Da steht er mit seinen Freunden.

– Sie machen große Augen, sagte ich, sie träumen davon, einmal ein ordentlicher Käptn auf einem Dampfschiff zu sein. Jetzt ist das Paketboot schon ganz nah, noch hundert, noch fünfzig Meter, jetzt legt es an. Von überall her sind die Menschen zum Steg gelaufen, mit Karren und Wägen, auch die wenigen Verkaufsstände am Fluß sind jetzt belebt. Jetzt kommen die Passagiere von Deck, und jetzt werden die Postsäcke an Land geworfen.

– Und der Mann, sagte Mary, der eben noch vor dem Hotel gestanden hat, wegen seiner kranken Tochter, der bekommt jetzt seine Post.

– Ja, sagte ich, gleich wird die Post verteilt, und der Mann bekommt den Brief, auf den er so lange gewartet hat.

– Lieber Mann, steht drin, sagte Mary, lieber Mann, mach Dir bloß keine Sorgen, unsere Tochter ist wieder gesund und spielt wieder mit den anderen Kindern.

– Gott sei Dank, sagte ich, sie ist wieder gesund.

– Jetzt klettert Tom Sawyer an Deck, aber ganz heimlich, flüsterte Mary weiter.

– Er läuft hinauf auf das Oberdeck, und von dort kann er das ganze Dorf sehen, wie sich die Menschen unten um die neuesten Zeitungen balgen, wie sie gierig nach den frischen Waren greifen, jetzt werden Bierfässer an Land gerollt.

– Und Fässer mit Limonade, sagte Mary.

– Aber rasch muß es gehen, ganz rasch, sagte ich, das Paketboot hält hier nicht lang.

– Höchstens eine Stunde, sagte Mary.

– Höchstens zehn Minuten, sagte ich.

– Macht doch schneller, sagte Mary, beeilt Euch. Ich kann Tom Sawyer nicht mehr erkennen.

– Doch, doch, sagte ich, ich seh ihn genau, er bimmelt die große Glocke, und der Käptn ist hinter ihm her, weil es verboten ist, die große Glocke zu bimmeln.

– Frecher Tom! sagte Mary bewundernd.

– Jetzt muß er sich aber beeilen, sagte ich, der Käptn gibt das Kommando zum Ablegen.

– Jetzt springt er ans Land, sagte Mary erschöpft.

– Und das Paketboot fährt weiter stromaufwärts.

Das Kind schaute mich an, als sei es aus einem Traum erwacht. Ich hielt ihm ein Sandwich hin, und erst jetzt griff es zu.

– Frisch, sagte ich, ganz frisch, kühle Limonade, frisch von Bord.

– Ich würde so gerne mal mit einem solchen Dampfschiff fahren, sagte Mary.

– Ich habe auch schon dran gedacht, sagte ich.

– Aber nicht eine dieser dämlichen Fahrten für eine Stunde, sagte Mary. Ich meine eine richtige Fahrt, mit richtigen Menschen.

– Du meinst mit Passagieren, sagte ich.

– Genau damit, sagte Mary, mit lauter Passagieren, die sich fein gemacht haben, an Deck stehen und sich unterhalten.

– Nicht schlecht, sagte ich, gar nicht schlecht die Idee.

Wir hatten noch eine Weile auf dem Aussichtsplateau gesessen, ich hatte mich mit Nora unterhalten, und sie hatte mir erzählt, daß manchmal noch Raddampfer den Mississippi stromabwärts bis New Orleans führen. Seit einigen Jahren waren solche Fahrten wieder gefragt, die Raddampfer brauchten für die Strecke einige Tage.

– Ich überleg's mir, sagte ich zu Nora, als Mary etwas entfernt von uns spielte.

– Willst Du das Kind wirklich mitnehmen? fragte Nora.

– Weiß ich noch nicht, sagte ich. Zunächst fahre ich mit ihr ein paar Tage den Missouri hinauf, dann werden wir ja sehen, wie wir miteinander auskommen.

– Da habe ich keine Bedenken, sagte Nora. Sie hängt doch an Dir.

– Kein Wunder, sie ist zuviel allein, sagte ich. Seit ich hier bin, habe ich Fred insgesamt höchstens ein paar Stunden gesehen.

– Fred zählt nicht, sagte Nora, Du zählst. Danke, daß Du Dir solche Mühe gegeben hast.

– Mühe? Ach was! sagte ich.

Es war mir peinlich, auf meine Stimmungen angesprochen zu werden, und so packte ich die Tüten zusammen und verstaute sie im Kofferraum. Wir hatten viel zuviel eingekauft, Mary hatte es so gewollt. Sie setzte sich auf den Rücksitz, und wenige Minuten später war sie bereits eingeschlafen.

– Wie lange bleibst Du noch in den Staaten? fragte ich Nora.

– Noch fast einen Monat, sagte sie.

– Wie steht's mit dem Unterricht?

– Gut, sagte Nora, ich plaudere über Werkstattgeheimnisse.

– Über Geheimnisse plaudert man doch nicht, sagte ich.

– Ich deute sie nur an, lachte Nora.

– Hatte ich mir fast gedacht, antwortete ich.

Dann lehnte auch Nora sich auf ihrem Sitz zurück. Ich schaltete das Autoradio ein, langsam fuhren wir nach St. Louis zurück, und ich dachte, jetzt ist ein Anfang gemacht.

Und wirklich, der Ausflug nach Hannibal hatte mich aus meiner Lethargie gerissen. Warum ging ich nicht weiter auf Reisen? Was suchte ich noch in St. Louis? Ich hatte Zeit genug, mich überall umzusehen, und statt dessen vergrübelte ich meine Tage, ohne mich weit von der Stelle zu entfernen. Ich war in die Staaten gefahren, um auf andere Gedanken zu kommen, und nun kreisten die alten Heimatgedanken in mir verwirrender als je zuvor.

Auf! redete ich mir zu, Du sollst nicht Dich, sondern diesen Kontinent erforschen! Mary wird Dir eine Hilfe sein, in ihrer Begleitung wirst Du Deine trüben Gedanken los!

Ich erkundigte mich nach einer Schiffahrt den Mississippi stromabwärts, und man sagte mir, daß die »Delta Queen«, ein erst kürzlich überholter Raddampfer mit geräumigen Kabinen, bald zu ihrer ersten Frühjahrsfahrt ablege. Ich fragte Fred, ob er etwas dagegen einzuwenden habe, daß ich mit Mary nach New Orleans fuhr, Fred stimmte ohne Zögern zu, anscheinend war er froh, seine Ruhe zu haben. Mary gegenüber hatte ich nichts von der Schiffahrt erwähnt, ich besorgte zwei Karten, wir würden eine Doppelkabine bewohnen.

Bis das Schiff ablegte, war noch etwas Zeit. Da ich nicht länger untätig bleiben wollte, lud ich Mary zu einer Fahrt den Missouri entlang ein. Die Fahrt sollte ein Test sein, ich wollte herausbekommen, ob wir uns auch auf längeren Touren verstanden.

Und so verließen wir St. Louis und fuhren auf kleinen Straßen westwärts, auf der Spur der Entdecker William Clarke und Meriwether Lewis. Ich hatte ihre Aufzeichnungen mitgenommen, ich wollte Mary daraus vorlesen, doch schon bald stellte sich heraus, daß sie viel besser zuhörte, wenn ich den Inhalt der Notate mit meinen eigenen Worten wiedergab. Ich hatte ihr ein Zeichenheft geschenkt und dazu einen Kasten mit Buntstiften, sie sollte malen, was ihr in den Sinn kam.

Auf ihren ersten Zeichnungen beschäftigte sie sich noch mit uns beiden. Sie malte mich, wie ich am Steuer saß, sie zeichnete das Auto auf einem Rastplatz nahe am Fluß. Je länger ich ihr jedoch von der Entdeckungsreise der beiden Forscher erzählte, um so häufiger malte sie Szenen, die sie niemals gesehen, sondern nur meinen Erzählungen entnommen hatte.

Ihre Phantasie arbeitete immer reger, und gerade das hatte ich erreichen wollen. Denn ich hatte bemerkt, daß die Phantasien auch mir halfen, mich von der Gegenwart abzulenken. Die Phantasien zerstreuten die Trauergedanken, sie breiteten sich aus wie ein dämpfender Teppich, leicht und gefühllos glitt ich dahin.

So fuhren wir zwei Tage. Nachts übernachteten wir in Motels, die Reise strengte kaum an, und ich bemerkte, daß das Kind immer lebendiger wurde. Immer wieder mußte ich ihm von Clarke und Lewis erzählen, am liebsten waren ihm Geschichten, die vom Zusammentreffen der beiden mit Indianern handelten.

– Ich glaube, wir werden verfolgt, sagte ich zu Mary.

– Ja, antwortete sie, ich habe auch etwas bemerkt.

– Was hast Du bemerkt?

– Am anderen Ufer, zwischen den Bäumen, da treibt sich einer herum.

– Richtig, sagte ich, ich glaube, es ist ein Indianer zu Pferd.

– Ich denke, es sind zwei, sagte Mary.

– Sollen wir einen Trupp ausschicken? fragte ich.

– Nein, antwortete Mary, ich werde mich selbst darum kümmern.

Sie begann, Mokkasins und Tierhäute zu zeichnen, dann malte sie einen Indianer mit großem Federschmuck, der über den Boden schleifte. Er hatte sich hinter einem Baum versteckt, doch der Baum konnte ihn nicht verdecken, so massig und breit war der Indianer geraten.

– Der sieht aus wie ein Häuptling, sagte ich.

– Er ist aber kein Häuptling, antwortete Mary.

– Wieso nicht?

– Weil er allein ist, Häuptlinge sind nie allein.

– Richtig, sagte ich, hätte ich fast vergessen, Häuptlinge sind nie allein. Aber wer ist er dann?

– Er ist ein Späher, sagte Mary entschieden.

– Meinst Du, uns droht Gefahr? fragte ich.

– Neinnein, sagte sie schnell, wir fahren weiter, als hätten wir gar nichts bemerkt. Friedlichen Menschen tun sie nichts.

Mit der Zeit wurde die Sache beinahe unheimlich. Mary phantasierte drauflos, als spiele unsere Fahrt in einer fernen Zeit und als sei es unmöglich, das Spiel zu unterbrechen.

Machte ich einige Bemerkungen über das Wetter, schien sie meine Sätze einfach zu überhören, alles, was die Realität betraf, ging sie nichts an, sie tat so, als existierten die kleinen Orte, die wir passierten, gar nicht. Hielten wir an einem Supermarkt, um uns mit Getränken zu versorgen, blieb sie im Auto sitzen. Auf meine Bitte hin, mir beim Einkauf zu helfen, sträubte sie sich ganz entschieden, einmal hatte ich sogar bemerkt, daß sie die Augen schloß, als wollte sie nicht mehr mitbekommen, was um uns geschah.

– He, sagte ich, strengt es Dich nicht zu sehr an?

– Was soll mich denn anstrengen? fragte sie.

– Du bist oft so schweigsam, bist Du erschöpft?

– Unsinn! Ich laß mir nur nichts entgehen.

– Was läßt Du Dir nicht entgehen?

– Mann, der Indianer ist immer noch hinter uns her, stöhnte sie, Du merkst aber auch gar nichts.

– Hör mal zu, sagte ich, jetzt ist es genug, nun sei mal vernünftig.

– Sei still! sagte sie laut.

– Hör mal zu, sagte ich, es gibt keine Indianer, das ist doch klar, oder?

– Sei still! sagte sie, oder ich steige sofort aus.

– Mary, sagte ich ruhig, alles hat seine Grenzen, auch unser Spiel hat Grenzen.

– Du bist ja nicht ganz richtig im Kopf, antwortete sie.

– Gut, sagte ich leise, wenn es so ist, wenn ich nicht ganz richtig bin, dann kehren wir um.

– Nein! schrie sie auf, das nicht! Wir wollen weiterfahren, bitte!

– In Ordnung, sagte ich, aber beim nächsten Mal hilfst Du mir beim Einkaufen.

Wir setzten unsere Fahrt fort, doch Mary wurde immer stiller. Ich hatte beschlossen, für eine Weile nicht mehr auf das

Spiel einzugehen, und auch die Herren Clarke und Lewis wollte ich vorerst nicht mehr erwähnen. Mary verlangte auch nicht mehr, von der Expedition der Entdecker zu hören, irgend etwas beanspruchte ihre ganze Aufmerksamkeit, aber ich ahnte nicht, was.

Als sie während einer Rast für einige Minuten verschwand, kramte ich ihr Zeichenheft hervor. Die ersten Blätter waren noch voller Indianergestalten, dann aber tauchte immer wieder dieselbe Gestalt auf, wahrhaftig, es war ein Indianer zu Pferd. Auf ihren Zeichnungen ritt er hinter uns her, sein Oberkörper war rotbraun und anscheinend nackt, eine große Feder leuchtete aus dem langen, schwarzen Haar hervor, er schien nichts anderes zu tragen als ein Paar olivgrüner Hosen, manchmal hielt er auch ein Gewehr in der Hand.

Auf den letzten Blättern aber war diese Gestalt kaum noch zu erkennen, nur Einzelheiten tauchten noch auf, das Gewehr, dann auch eine Lanze, die Feder, plötzlich aus großer Nähe gezeichnet, schließlich aber immer wieder ein Paar Augen, zwei leuchtende, riesige Augen, die über einer geraden Linie schwebten wie Feuerkörper am Horizont.

Als Mary zurückkam, fragte ich sie, warum sie mir nicht mehr ihre Zeichnungen zeige.

– Ich zeichne nicht mehr, sagte sie.

– Und warum nicht?

– Ich habe anderes zu tun.

– Du hast gar nichts zu tun, Du sitzt neben mir und schweigst.

– Das ist meine Sache, sagte sie.

– Willst Du mir nicht erklären, warum Du so schweigsam bist?

– Nein, antwortete sie.

Mit der Zeit aber wurde ihr Verhalten immer seltsamer. Ich beobachtete, daß sie in unseren Rastpausen davonschlich, das

Zeichenheft unter dem Pullover versteckt. Wenn sie wieder auftauchte, wirkte sie erschöpft, als sei sie meilenweit gelaufen. Sie rührte die Sandwiches, die ich ihr reichte, kaum an, statt dessen beäugte sie immer wieder unseren Wagen, als müßte sie ihn auf seine Fahrtüchtigkeit überprüfen.

Einmal kam sie mit stark verschmutzten Händen zum Wagen zurück. Sie versuchte, die Hände an einem Lappen abzuwischen, ohne daß ich etwas bemerken sollte, doch ich kam ihr zuvor.

– Wo warst Du? fragte ich.

– Ich bin hingefallen, antwortete sie, es ist nichts Schlimmes.

– Du bist nicht hingefallen, sagte ich, Du hast mit den Händen im Dreck gewühlt. Gib her!

Ich packte ihre Hände mit einem festen Griff, sie waren ganz heiß.

– Du hast Fieber, sagte ich, es ist klar, Du hast hohes Fieber.

– Ich habe mich angesteckt, sagte Mary.

– Bei wem?

– Das geht Dich nichts an, sagte sie.

Ich fuhr mit ihr in den nächsten Ort und erkundigte mich, wo ich ein fiebersenkendes Mittel bekommen könnte. Der Supermarkt, in dem es die Medikamente geben sollte, lag weit draußen, schon fast außerhalb des Ortes. Ich steuerte den klotzigen, niedrigen Bau an und wollte eilig hinein, als ich Mary aufschreien hörte. Ich schaute mich um und sah, daß sie zu einem Verkaufsstand neben der Einfahrt gelaufen war. Es gab dort Ansichtskarten der Gegend, und Mary stand wie erstarrt vor einem der Drehständer. Ich lief zu ihr, sie hatte eine Karte aus dem Ständer gezogen und begonnen, sie zu zerreißen.

– Was tust Du? rief ich, hör sofort damit auf!

– Schluß! schrie Mary vor sich hin, als hörte sie mich gar nicht. Schluß! Aus! Jetzt bist Du tot!

Ich nahm ihr die Karte aus der Hand. Auf der Rückseite war ein Indianer abgebildet, es handelte sich, wie ich mich schnell überzeugte, um ein Gemälde des Malers Frederic Remington. Öl auf Leinwand, sagte ich leise, neunzehnhundertneun.

Dann schaute ich mir das Bild genauer an. Es war ein einzelner Indianer auf einem stillstehenden Pferd, frontal gemalt, als habe er nur wenige Meter vom Betrachter entfernt haltgemacht. Der Indianer hatte ein breites Gesicht, die langen schwarzen Haare fielen ihm bis auf die Schultern. Sein Oberkörper war nackt, rostbraun, und er trug olivgrüne Hosen. In beiden Händen hielt er ein Gewehr, er hielt es ganz ruhig. In der Ferne aber, am Horizont, schien die Sonne gerade unterzugehen. Der gelbe, runde Ball stand über einem dunklen Strauch.

– Schluß! Aus! schrie Mary immer wieder und versuchte, sämtliche Karten mit dem Remingtonbild zu zerreißen.

Ich packte sie mit beiden Händen und trug sie zum Wagen. Sie schrie immer lauter und drehte sich nach dem Verkaufsstand um, sie ruderte mit beiden Armen, als verfolgte uns jemand. Ich setzte sie auf den Rücksitz und verriegelte den Wagen. Dann rannte ich in den Supermarkt, das Medikament zu besorgen.

Nachdem sie das Mittel geschluckt hatte, schlief sie. Ich hatte sofort kehrtgemacht und den Rückweg nach St. Louis eingeschlagen. Es war früher Abend, wir würden es noch schaffen, die Stadt zu erreichen. Wenige Meilen vor unserer Ankunft erwachte Mary.

– Wie fühlst Du Dich? fragte ich sie.

– Besser, sagte sie leise.

– Was macht das Fieber?

– Viel besser, sagte sie.

– Du hast mir vielleicht Angst eingejagt, sagte ich.

– Entschuldige, sagte sie, aber der Indianer war nicht zu

vertreiben. Du Dummkopf hast ja gar nichts bemerkt, doch ich habe ihn immer gesehen. Er hat uns beschattet, er ist immer hinter uns hergeritten.

– War er die ganze Zeit allein? fragte ich.

– Er war immer allein, und ich wußte nicht, was das zu bedeuten hatte.

– Und was hatte es zu bedeuten?

– Ich habe mich mit ihm unterhalten, sagte Mary, wenn wir Rast machten, habe ich mich mit ihm verständigt, durch Zeichen.

– Und was hat er gesagt?

– Er hat gesagt, er sei krank und habe Fieber. Der Stamm habe ihn ausgestoßen, er sei ein Gesetzloser.

– Das war es also, sagte ich.

– Meinst Du, ich hätte ihm geglaubt? fragte Mary.

– Nein, sagte ich, so etwas glaubt man nicht.

– Eben, sagte Mary, kein Wort hab ich ihm geglaubt. Er wollte uns beiseite schaffen, er war hinter unserem Geld her.

– Wahrscheinlich, sagte ich.

– Gut, daß er tot ist, sagte Mary.

– Gott sei Dank! sagte ich.

Als wir St. Louis erreichten, war sie ganz ruhig. Ich sagte ihr, wir sollten unser Geheimnis für uns behalten.

– Na klar, sagte sie, Fred geht das alles nichts an.

In den nächsten Tagen hatte ich mir Gedanken gemacht, ob es richtig wäre, Mary mit auf die Fahrt nach New Orleans zu nehmen. Sie hatte sich schnell wieder erholt, das Fieber war schon bald wieder gesunken. Sie sprach nicht mehr von unserem Erlebnis, sie tat so, als hätten wir ein paar lustige Tage verbracht. Das Kind mag Dich sehr, sagte Fred und bestärkte mich darin, an nichts Böses zu denken.

Schließlich sagte ich ihr, daß wir, vorausgesetzt, sie habe

Lust, zusammen mit dem Raddampfer in den Süden fahren würden. Erst glaubte sie mir nicht, dann zeigte ich ihr die beiden Fahrkarten.

– O, wie schön! jubelte sie, das ist eine schöne Belohnung!

– Eine Belohnung wofür? fragte ich.

– Na, Du weißt schon, sagte sie und schaute mich geheimnistuerisch an.

Ich tat, als hätte ich sie nicht verstanden.

Drei Tage später legte die »Delta Queen« gegen Mittag in St. Louis ab.

Das Schiff war eine Attraktion, überall, wo es haltmachte, liefen die Menschen zusammen, um das schwimmende Fossil zu bestaunen. Vor Jahren bereits ausgemustert, war es von ein paar findigen Geschäftsleuten wiederentdeckt worden; die Nachfrage nach nostalgischen Fahrten stromabwärts war sprunghaft gestiegen, und so hatte man den alten Dampfer frisch aufpoliert. Die Schwaden dunklen Rauchs, die manchmal aus seinem ovalen Schornstein aufstiegen, wurden extra für das Publikum erzeugt, Dampfkessel wurden längst nicht mehr benutzt, doch an Bord diente alles der Illusion, von der verspielten Schrift auf den Speisekarten bis hin zu den samtbezogenen Stühlchen in den Kabinen.

Gleich zu Beginn unserer Fahrt hatte ich mit Mary einen Rundgang gemacht, sie sollte sich wohlfühlen unter all den fremden Menschen, die in kleinen Gruppen herumpromenierten und schon bald den großen, verspiegelten Speisesaal füllten. Mary gab sich munter und frisch, nichts erinnerte an die Verstörungen des Ausflugs, sie zog mich an der Hand, und wir spionierten den langsam dahinbrummenden Dampfer aus. Manche Passagiere grüßten uns wie alte Bekannte, anscheinend waren wir ein vertrauenerweckendes Paar, Mary tat, als bemerke sie die Sympathien nicht, die uns entgegengebracht wurden, sie lächelte verlegen zur Seite und zog mich weiter, denn es galt herauszufinden, von wo man den besten Ausblick hatte, wo es frisch gepreßte Säfte und Gebäck gab und wo sich die anderen Kinder zum Spielen einfanden.

Schließlich hatte sie ihre ersten Bekanntschaften geschlossen, insgeheim staunte ich, welche Fortschritte sie im Englischen gemacht hatte, sie sprach flott und ohne zu überlegen, es war guter Standard, durchsetzt mit ein paar kaum verständlichen Brocken. So ließ ich sie für eine Weile allein, ich hatte einen Schlüssel unserer Kabine an einer Kette befestigt und ihr um den Hals gehängt. Ohne sich nach mir umzuschauen, ließ sie mich ziehen, ich atmete tief durch, denn die Reise ließ sich gut an, ganz bequem und mühelos, wie in den Tagen von Hannibal.

Ich zog mich in die enge Doppelkabine zurück; ich begann, die Koffer auszupacken, ich verstaute unsere Kleidung und die wichtigsten Utensilien in den winzigen Schubladen und Schränken, alles sollte zur Hand sein, wenn ich es brauchte. Dann legte ich mich auf das Bett, draußen vor unserer Tür unterhielt man sich angeregt, Gläser klirrten, dann nur noch ein Murmeln und das tiefe, gleichmäßige Geräusch der Maschinen.

Ich erwachte, als Mary die Kabinentür aufriß und forsch hereinstürmte.

– Mein Gott, sind das Dummköpfe! rief sie und warf sich auf das leere zweite Bett.

– Wen meinst Du? fragte ich.

– Die Jungs oben an Deck wissen nicht mal, wo Hannibal liegt, sagte sie.

– Du weißt es ja auch erst seit kurzem, sagte ich.

– Sie wissen aber fast gar nichts, machte Mary weiter, es sind richtige Hohlköpfe. Ich begreife nicht, wie man so alt sein kann und dabei so wenig wissen.

– Du hast Dich gleich mit ihnen angelegt, ja? fragte ich.

– Unsinn! entgegnete Mary, ich habe mir meinen Teil gedacht.

– Das ist klug, sagte ich, wir müssen eine Weile mit ihnen auskommen, weißt Du, wir sind hier auf engem Raum mit vielen Menschen zusammen, damit muß man sich abfinden.

– Ich finde mich nie mit etwas ab, sagte Mary.

– Dann tu wenigstens so, sagte ich, ich habe keine Lust, Streitereien zu schlichten.

– Wer sagt denn, daß ich mich streiten will? fragte Mary. Ich bin ein gescheites, gut erzogenes Kind.

– »Gescheit« ist in Ordnung, sagte ich, »gut erzogen« verlange ich nicht einmal.

– Was verlangst Du denn? fragte Mary und richtete sich auf.

– Ich verlange, daß Du Dich mit allen verträgst, sagte ich. Bestimmt sind ein paar interessante Leute an Bord, mit denen werden wir uns schon verstehen.

– Das ist keine schlechte Idee, sagte Mary, ich finde schon raus, wer interessant ist und wer nicht. Ich glaube, ich finde das ganz schnell raus.

– Sei nicht voreilig, sagte ich, wir haben schließlich Zeit.

– Ich mach das schon, antwortete Mary, laß mich nur machen. Und Du kannst noch eine Weile dösen und träumen.

– Danke! sagte ich. Besten Dank!

Sie ließ sich einen Apfel geben, sie polierte ihn mit beiden Händen und schaute mich dabei aufmerksam an. Dann verschwand sie wieder, ich hörte sie leise vor sich hin singen, während sie an der langen Flucht der Kabinentüren entlangschlenderte.

Später hatte auch ich die Kabine verlassen, unbeweglich hatte ich draußen an der Reling gestanden, begierig darauf, den Uferkulissen etwas abzugewinnen. Doch das Ufer war kaum zu erkennen, es war ein dunstiger, kühler Tag, leichte Nebel verteilten sich hier und dort über dem Wasser, und so starrte ich auf die graudunkle Ruhe zu Seiten des Flusses, dichte Laubwälder anscheinend, viel niedriges Buschwerk, seit Urzeiten ineinander verwachsen. Der Fluß bewegte sich langsam, wie ein federleichtes Schiff aus Papier trieb der Dampfer dahin, die Stille ringsum war angenehm, als hielte man sich in einer Schutzzone auf, in der es niemals Eindringlinge geben würde.

Ich wollte mich gerade von der Reling lösen, als ich eine Hand auf meiner Schulter spürte.

– Hallo, Sie sprechen Deutsch?

Ich drehte mich erschrocken um, vor mir stand ein Mann mittleren Alters, er trug einen bequemen, dunklen Baumwollpullover, ein weißer, breiter Hemdkragen strahlte aus dem Ausschnitt hervor.

– Ja, sagte ich, ich bin Deutscher. Woher wissen Sie das?

– Mein Name ist Brandel, sagte der Mann. Ihre Tochter hat mir von Ihnen erzählt.

– Meine Tochter? fragte ich noch, doch mein Gegenüber redete gleich weiter, als müßte er in einem Zug loswerden, was er erfahren hatte.

– Ich weiß alles, lachte er freundlich, Sie sind Arzt, und Sie sind mit Ihrer Tochter auf Reisen.

– Moment mal! sagte ich hilflos, als ich Mary erkannte, die auf uns zukam. Ich entschuldigte mich bei meinem Gesprächspartner und entfernte mich ein paar Schritte, um mit Mary zu reden.

– Was erzählst Du den Leuten? fuhr ich sie an. Du lügst ihnen was vor, stimmt's? Sie halten mich für Deinen Vater, sie denken, ich bin Arzt von Beruf, kannst Du mir erzählen, was das soll?

– Sei nicht so pingelig, antwortete Mary, soll ich ihnen sagen, daß Du Schriftsteller bist? Schriftsteller ist kein anständiger Beruf, das weißt Du doch selbst.

– Ich bin nicht Dein Vater, fuhr ich unbeirrt fort.

– Natürlich bist Du es nicht, sagte Mary, Du bist es, und Du bist es nicht, ist doch völlig egal.

– Ich bin es nicht, sagte ich heftig, das wollen wir klarstellen.

– Ich stelle nichts klar, sagte Mary, Du kannst ihnen erzählen, was Du willst. Außerdem hab ich zu tun, es gibt eine Menge interessanter Leute an Bord, Du hattest recht.

Sie machte sich von mir los, ich wollte sie an der Hand halten, doch ich bemerkte, daß Mr. Brandel die Szene beobachtete.

– Nimm Dich in acht, sagte ich zu Mary, ich habe keine Lust, Deine Lügen zu korrigieren.

– Du wirst gar nichts korrigieren, antwortete sie und lief auch schon davon.

Ich ging unruhig zu Mr. Brandel zurück, es machte keinen Sinn, Marys Worte zu korrigieren, solche Korrekturen hätten uns nur in ein falsches Licht gerückt.

– Tja, sagte ich resigniert, ich glaube, sie muß sich erst an alles gewöhnen.

– Sie haben eine reizende Tochter, sagte Mr. Brandel, sie ist so aufgeschlossen und freundlich. Sie hat uns alle wunderbar unterhalten.

– Wen hat sie unterhalten? fragte ich rasch.

– Kommen Sie doch mit! sagte Mr. Brandel, meine Leute sitzen oben im Salon, da können Sie alle gleich kennenlernen.

Ich hatte nicht die geringste Lust, die Bekanntschaft von reisenden Gruppen zu machen, doch ich konnte mich der Aufforderung nicht entziehen, ohne unfreundlich zu wirken. Wir gingen zusammen in den Salon, und Mr. Brandel erzählte, daß seine Vorfahren aus Deutschland stammten. Seit zwei Generationen wohnte der Brandelsche Zweig in St. Louis, und noch immer pflegte man die Traditionen der Väter und Großväter.

– Kennen Sie das? fragte Mr. Brandel, ich weiß, Sie kennen es: Es schienen so golden die Sterne / Am Fenster ich einsam stand / Und hörte aus weiter Ferne / Ein Posthorn im stillen Land.

– Nein, sagte ich, oder doch, ich glaube, ich kenne es.

– Natürlich kennen Sie es, sagte Mr. Brandel, es ist von Joseph von Eichendorff.

– Natürlich, sagte ich, Eichendorff.

Im Salon stellte mir Mr. Brandel seine Freunde vor, sie waren allesamt deutscher Herkunft und befanden sich auf ihrem Jahresausflug nach New Orleans, wo sie mit Mitgliedern des dortigen deutschen Traditionsvereins zusammentreffen wollten.

– Sprechen Sie Englisch? fragte Mr. Brandel.

– Es tut mir leid, sagte ich, ich spreche nicht gut. Aber wir wollen es versuchen.

– Nein, nein, beschied Mr. Brandel ganz rasch, wir freuen uns alle, daß wir Deutsch sprechen können. Wir haben sonst kaum noch Gelegenheit dazu.

Ich lernte sie alle kennen, sie nahmen mich herzlich auf, und ich saß in ihrer Mitte wie ein lang erwarteter Gast, den man mit vielen kleinen Aufmerksamkeiten verwöhnen mußte. Es war nicht zu vermeiden, daß ich ihre Einladung zum gemeinsamem Abendessen annahm, sie hatten mir einen Platz an ihrem langen Tisch reserviert, während Mary an einem der kleinen Kindertische nahe beim Fenster sitzen sollte.

Ich hatte vor der Reise nicht an solche Zeremonien gedacht, ein winziger Tisch für zwei Personen, an dem wir unauffällig eine einfache Mahlzeit zu uns genommen hätten, wäre das Richtige für mich gewesen, jetzt aber war alles anders, ich mußte mich umziehen, auch Mary konnte ich nicht in Jeans an die funkelnde Tafel schicken.

– Das hat mir gerade noch gefehlt, sagte ich zu ihr, als wir uns in der Kabine überlegten, was wir anziehen sollten.

– Stimmt, sagte sie, das hat Dir gefehlt, jetzt kommst Du wenigstens mal unter Leute.

Mir paßte ihre vorlaute Art überhaupt nicht, auf geschickte Art hatte sie mich mitten in eine Schar fremder Menschen dirigiert, wenige Stunden hatten ihr gereicht, das Kommando zu übernehmen. Ich dachte darüber nach, wie ich sie zurechtweisen könnte, doch es fiel mir nichts ein.

– Mach nicht so ein mürrisches Gesicht, sagte sie, das Essen ist sicher nicht schlecht.

Sie war mir in allen Belangen voraus, fast jeder zweite schien sie bereits zu kennen, übermütig hatte sie sich an einem der Kindertische postiert und auch dort gleich begonnen, alles nach ihrem Willen zu ordnen. Ich aber hatte damit zu tun, mir all die fremden und doch ganz vertraut wirkenden Namen der Schneiders, Finks und Wolfs zu merken, die mir in ihrem stark akzentuierten, makellosen, aber doch altertümlich wirkenden Deutsch ihre Familiengeschichten erzählten.

– Es ist eine große Freude, Sie unter uns zu haben, sagte Mr. Schneider und schenkte mir ein Glas Wein ein, kennen Sie die Firma Schneider & Schild? Wir sind jetzt seit mehr als hundert Jahren in St. Louis ansässig, schon mein Großvater hatte ein Geschäft in der Olive Street.

– Die kenne ich, sagte ich, die bin ich schon einmal entlanggelaufen.

– Olive Street, Ecke Dritte Straße, fuhr Mr. Schneider fort, da hatte mein Großvater eine Gastwirtschaft. Es muß eine schöne Zeit gewesen sein, damals in der Olive Street, lauter elegante Wohnhäuser und Geschäfte, nicht so heruntergekommen wie heute. Ich erinnere mich noch, wie ich als Bub meinem Vater geholfen habe, die Wirtschaft hatte den ganzen Tag geöffnet, mittags kamen die Angestellten vom Telegraphenbüro und abends die Zeitungsleute. Da ging es hoch her, da ging es hoch her!

Wir stießen mit unseren Gläsern auf die Wirtschaft an, und Mr. Schneider tat, als erwecke er die alte Zeit zum Leben.

– In der Main Street gab es eine Rheinische Weinhalle, erzählte er, da war nie ein Platz frei. Früher tagte dort auch der Germania Club, den unterhielten vor allem die Frauen. Und Hochberger, haben Sie von Hochberger gehört? Der hatte sein Hotel nahe der Washington Avenue, der kutschierte mit den rassigsten Vollblütern herum, und bei dem gingen die Künstler aus und ein. Champagner gab's da, da flogen die Korken, können Sie es sich vorstellen?

– O ja, sagte ich, ich kann es mir vorstellen.

– Und Fink? fragte er weiter, als hätten wir die Zeit gemeinsam erlebt, all die Frühschoppen bei Fink? Da wurde ein Bier nach dem andern getrunken und lebhaft politisiert. Jeden Abend tauchte der Doktor Lingen auf, der war Sozialist, trank roten Assmannshäuser und bestellte sich jeden Abend ein Sardellenbrötchen. »Viel Brot, viel Butter, viel Sardellen!« brüllte er nur, es war seine stehende Wendung ... Und all die alten Brauereien, man müßte mal nachforschen, wie viele Brauereien es gab, unsere Altvorderen, die vertrugen schon was!

Ich konnte ihm nur beipflichten, ich nickte bestätigend zu seinen Sätzen, und doch widerstrebte es mir, all diese Geschichten zu hören. Seine »Altvorderen« waren längst unter der Erde, und doch tat er so, als kämen sie gleich zur Tür hereinspaziert. Mehr noch als dieser übergriffige Zeitensprung störten mich die deutschen Elemente seiner Berichte, die Szenen, die er auferstehen ließ, waren ja geradezu aufdringlich deutsch, nichts deutete auf die weite Entfernung, vielmehr hatte die Macht der Erinnerung das ganze heimatliche Inventar einfach über den Atlantik gezaubert.

Er schien mein bestätigendes Nicken ganz falsch zu verstehen, es beflügelte ihn in seinem Erzähldrang, und so spazierten wir durch das alte St. Louis, besuchten Lokale mit Skatspielern, ließen uns den guten Moselwein schmecken und verloren uns immer mehr in einer Traumkulisse, in der außer den Straßennamen nichts Amerikanisches vorkam.

Wir hatten schon einige Gläser zusammen geleert, als mich Mary am Arm berührte.

– Ich gehe ins Bett, Dad, sagte sie leise, als fielen ihr im nächsten Moment die Augen zu. Es ist schon spät.

– Eine liebe Tochter haben Sie da, sagte Mr. Schneider und strich Mary sanft über das Haar.

Gute Nacht, Dad, flüsterte Mary beinahe, und sei bitte leise, wenn Du ins Bett kommst.

Die Unverschämtheit, mit der sie ihre Rolle spielte, machte mich sprachlos. Nichts war wahr: ich war nicht ihr Vater, und in den Erzählungen, die man mir auftischte, waren die Kulissen gefälscht. Statt mich zu wehren, saß ich nur hilflos herum, und als könnte ich wahrhaftig nichts auf ihre Lügen entgegnen, zuckte ich nur mit den Achseln. Warum sollte man uns nicht für Vater und Tochter halten? Es machte zu viele Umstände, sich jetzt noch zu erklären.

Die langen Geschichten, mit denen mich die Tischgesellschaft unterhielt, betäubten mich mit der Zeit immer mehr. Dem zu entkommen, erschien mir kaum möglich, wie festgenagelt saß ich auf meinem Stuhl, nickte und trank, eine steif gewordene Puppe mit Gliederschmerzen, die sich alles gefallen ließ. In meinem Kopf schoben sich die zeitversetzten Berichte übereinander, die Gegenwart schien nicht zu existieren, nur der unaufhörliche Strudel des Gewesenen, in dem all die Schneiders und Finks wieselflink herumeilten, als seien sie einem Stummfilm entlaufen. Ich klammerte mich mit beiden Händen am Tisch fest, nein, ich wollte nichts mehr trinken, ich wollte hinaus an die Luft!

Ich mußte mir diesen Wunsch erst einreden, heftig und streng redete ich im stillen auf mich ein, bis es mir endlich gelang, ein paar freundliche Abschiedsworte in die Runde zu streuen und den Tisch zu verlassen.

Draußen an Deck war es sehr kühl, der Dampfer hatte haltgemacht, nachts war an eine Weiterfahrt nicht zu denken, noch immer waren die Untiefen und Sandbänke des Stromes gefürchtet.

Eine starke Unruhe hatte mich befallen, von Schlaf war keine Rede, so entschloß ich mich, mir einen dicken Pullover aus der Kabine zu holen, um noch eine Weile im Freien zu bleiben. Als ich die Kabine betrat, sah ich beruhigt, daß Mary tief schlief. Die Decke war ein wenig zur Seite gerutscht, Mary lag auf dem Bauch, mit seitwärts verdrehtem Kopf, sie atmete ganz regelmäßig. Ich hob die Decke vorsichtig auf und breitete sie über ihr aus, dann griff ich nach meinem Pullover. Während ich jedoch noch in der Dunkelheit herumfingerte, bekam ich einen Gegenstand zu fassen, er lag neben den Hemden, ich wußte sofort, daß es Vaters altes Fernglas war. Vater hatte das Fernglas immer »Feldstecher« genannt, auf unseren Reisen hatten wir diesen Feldstecher benutzt, jetzt hielt ich ihn in Händen, als sollte ich in der Dunkelheit der Nacht noch etwas mit ihm anfangen.

Leise streifte ich den Pullover über, dann nahm ich das Glas und ging wieder nach draußen. An Deck war niemand zu sehen; die meisten Fahrgäste waren bereits zu Bett gegangen, nur aus dem fernen Salon hörte man noch ein paar muntere Stimmen. Ich ging hinauf auf das Oberdeck, dort standen ein paar bequeme Korbsessel herum. Ich setzte mich, das Fernglas hielt ich mit beiden Händen, nein, ich konnte es jetzt gar nicht gebrauchen, unsinnigerweise hatte ich es mit nach draußen genommen, ich saß mit dem alten, in diesem Moment aber unbrauchbaren Fernglas meines Vaters in der Dunkelheit und schaute regungslos zu den fernen Uferstreifen hinüber. Kein einziges Licht, nur das tiefschwarze Zickzack der Baumkronen.

Die Stimmen aus dem Salon waren noch immer deutlich zu hören, es waren überlaute, aufgedrehte Stimmen, die oft abstürzten und von neuem ansetzten, ein Wirrwarr von Ausrufen und Deklamationen, ein dauerndes Sich-Überbieten. Ich wollte diese Stimmen nicht hören, sie ließen mich nicht zur Ruhe kommen, und so hielt ich das alte Fernglas noch angestrengter, als könnte ich durch diesen Zugriff die Stimmen besänftigen und endlich betäuben. Unermüdlich drehte ich an dem winzigen Rädchen des Glases, es machte keinen Sinn, an diesem Rädchen zu drehen, doch ich drehte und drehte, als ließen durch diese manische Anstrengung die Stimmen von mir ab. Still! flüsterte ich vor mich hin, gebt endlich Ruhe, gebt Ruhe, ich kann ja nichts sehen! Ich wußte, daß dieses Reden nichts taugte, es war ein unausstehliches Brabbeln, haltlos und töricht brabbelte ich vor mich hin. Plötzlich aber schien ich mich von diesem Brabbeln zu lösen, ich redete weiter, ich murmelte nur so vor mich hin, und doch empfand ich mich abseits, als sei ich meinem Körper entkommen. Ja, ich saß nicht nur hier, nicht nur in diesem Sessel, ich saß auch dort, dort und dort, das ganze Oberdeck war mit meinen Gestalten bevölkert. Diese Gestalten aber schrien vor sich hin. In sich gekrümmt, wie von starken Schmerzen gepeinigt, beschrien sie die Abwesenheit meines Vaters.

Und so murmelte ich Vater ..., Vater ..., und Vaateer ..., es war ein katastrophales Gemurmel, als sei diesem Murmeln ein schreckliches Ereignis vorausgegangen, als sei ich aus Trümmern geborgen und als suchte ich nun nichts als den gegenwärtigen, körperlich zu fassenden Leib meines Vaters. Ja, dachte ich rasch, ich suche den Leib meines Vaters, man hat mir meinen Vater gestohlen, ich bin auf der Suche nach meinem Vater. Diese Sätze erregten mich so sehr, daß ich kaum stillsitzen konnte, stillsitzen, ruhig sitzen, sagte ich mir, und ich drehte weiter an dem winzigen Rädchen des Glases. He, sagte ich leise, wie lange soll ich noch suchen? Jetzt ist es genug, lange genug habe ich nach Dir gesucht, ich habe Dich eine lange Weile gesucht, jetzt ist es genug. Genug, genug!

Und ich stand auf und wollte das Oberdeck wieder verlassen, als könnte ich irgendwo sonst, unten im Salon oder in der Nähe der Kabinen, meinem Vater begegnen. Mitten in der Nacht! sagte ich nur und begriff nicht, was ich sagte, mitten in der Nacht! Und ich machte kehrt kurz vor der Treppe, die nach unten führte. Ich ging zurück zu dem Stuhl, in dem ich gesessen hatte, ich setzte mich wieder, ich hielt das Glas wieder mit beiden Händen, und ich nahm mir vor, endlich zu Besinnung zu kommen.

Abschied und Wiedersehen, dachte ich, Abschied und Wiedersehen ... Die halbe Kindheit war eine Folge von Abschied und Wiedersehen. Am Morgen erwachte ich, wenn Du ins Badezimmer gingst, ich hörte genau, wie Du die beiden Wasserhähne aufdrehtest, ein wenig Heißes, viel Kaltes, schnell einmal durchgerührt! Ich konnte mir vorstellen, wie Du Dein Gesicht verzogst vor dem großen Spiegel, wie Du mit dem Rasierpinsel den Schaum auftrugst, und dann die ulkigen Verzerrungen der Gesichtshälften, als ginge es Dir an den Kragen! Ich lag still und wartete auf Dein Kommen, still lag ich in meinem Bett, während Du im Bad weiter schnaubtest, jetzt folgte die Dusche mit kaltem Wasser, den Kopf tief hinunter unter den Hahn, dann das Aufstöhnen und Durchatmen, schließlich – mit einem Ruck – das Fenster geöffnet!

Ich wartete weiter, denn Du gingst noch einmal ins Schlafzimmer, jeden Tag ein frisches Hemd, ein weißes, gestärktes, frisches Hemd, dann rasch in die Hose, dann die Krawatte, ich kannte genau Deinen letzten Blick in den Spiegel, ernst, sehr ernst, als empfinge Dich gleich eine hohe Gesellschaft.

Kurz danach aber öffnete sich die Tür, und gleich strömte es herein, lauter Rasierwasseraromen, eine beizende Morgenfrische, und dann Deine laute Stimme, als stehe schon fest, daß ich längst wach sei. Im weißen, gestärkten Hemd, viel zu ernst, hast Du auf meiner Bettkante gesessen, und ich habe Dich gefragt, wohin es heute geht, und Du hast gesagt: wir sind heute im Außendienst, als hinge von Dir die Ordnung der Welt ab.

Und wo im Außendienst? habe ich Dich hundertmal gefragt, und immer war es ein anderer Ort, Neviges oder Opladen, Solingen oder Remscheid, Overath oder Hückeswagen. In meiner Phantasie waren all diese Orte gleich, es waren winzige Dörfer, mit einem alten, verwitterten Bahnhof, mit großen, rotweißen Schranken, und mit Menschen, die auf Dich warteten, auf Deine Ankunft, Dein Lachen und auf die Besichtigung irgendeines Stück Landes, das vermessen werden sollte. Hinter Dir lief ein Trupp von Meßgehilfen, junge Burschen, die die Ausrüstung schleppten, die Meßlatten, den Theodoliten und Rollen feinsten Millimeterpapiers. Später standest Du neben dem Theodoliten, Zahlenkolonnen wurden notiert, Winkel berechnet, und dann schautest Du später noch einmal durchs Glas, und irgendwo in der Ferne stand ein Gehilfe, kerzengerade, die Latte in der Rechten.

Du nahmst mich an der Hand, und wir gingen zusammen in die Küche, und dann frühstückten wir, während Mutter Dir den Tagesproviant zurechtmachte. Es gab meist nicht viel zu reden beim Frühstück, es waren ruhige, stille Momente, alle Augenblicke schautest Du zur Uhr, und dann schellte es, und vor der Tür stand der Fahrer mit dem Wagen, der Dich aufs Land fahren würde. Aha! Aha! hast Du meist gerufen, es war ein alberner, lauter Ruf, wir zuckten richtiggehend zusammen, denn jeder hatte doch das Klingeln gehört. Du aber riefst noch einmal Aha!, als hättest Du zum ersten Mal so ein Klingeln gehört, und dann mußte alles ganz schnell gehen, den Proviant in die Tasche, der Mutter ein Kuß und mir eine Umarmung.

Abschied und das Wiedersehen am Abend, wenn ich mich draußen herumtrieb. Als ich noch nicht zur Schule mußte, trieb ich mich von morgens bis abends draußen herum. Wir spielten unten im großen Garten, der Garten war umzäunt, und es war verboten, den Garten zu verlassen. Beinahe jede Stunde schaute Mutter aus dem Fenster nach mir, und ich gab ihr ein kleines Zeichen, hier bin ich, ich bin ja noch da. Auf diese Stundenzeichen kam alles an, ich weiß nicht, was geschehen wäre, hätten wir uns einmal verfehlt, nein, das kam nicht vor, es kam niemals vor.

Mutter hatte nämlich immer eine entsetzliche Angst, in meinen ersten Jahren bestand sie beinahe nur noch aus Angst, ich habe Angst um ihn, stotterte sie, ich habe ja solche Angst, viele von diesen Wendungen, die Du nicht hören mochtest, und Du hast sie oft deswegen gerügt. Das Kind wird ja verrückt, hast Du gesagt, Du machst das Kind nur verrückt, aber ich glaube, Du hast Dir nur selbst Mut gemacht, denn auch Du hattest Angst, mich zu verlieren, mich, Deinen fünften und letzten und einzigen Sohn.

Verdammt, ich habe die Namen meiner Brüder immer durcheinandergebracht, warum habt Ihr ihnen allen denn auch Doppelnamen gegeben, ich konnte mir diese Namen nie richtig merken, Klaus-Dieter und Karl-Josef, und wie sie alle hießen. Ich konnte ihre Leben nicht auseinanderhalten, dazu war ich zu jung, und wie ich ihre Namen durcheinanderbrachte, so brachte ich ihre Leben durcheinander. Nie konnte ich trennen, was von dem ersten und zweiten, nie, was von dem dritten und vierten erzählt worden war, jeder sollte seine Geschichte haben, sein eigenes, unvergleichbares Schicksal, doch für mich waren sie eins, ein Mensch, ein riesiger, einzelner Mensch, der zu mir sagte: sei still, Du Hanswurst!

Ja, allesamt bildeten sie nur einen Menschen, es war ein Mensch mit ganz verschiedenen Gesichtern, mal ganz jung, so, wie ich, mal um ein erhebliches älter, ein Mann auf Reisen, eine Gestalt in einem fernen Kontinent. Wo sind sie denn bloß? hatte ich noch als Kind nach meinen Brüdern gefragt, und Du hattest immer diese dunkle Wendung gebraucht: in einem fernen Kontinent. »Ferner Kontinent« war aber doch nichts zum Begreifen, viel eher hätte ich begriffen, wenn Du gesagt hättest: in Opladen! oder in Hückeswagen!

Jede Stunde also rief Mutter nach mir, jede Stunde der Blick aus dem Fenster, und ich reckte die Hand und brüllte: Hier bin ich! Ich spielte im großen Garten mit meinen Freunden, wir spielten sehr wild, stundenlange Läufe zwischen den hohen Pappeln, ich erinnere acht hohe Pappeln, zig Meter hohe, schöne, mächtige Stämme, zwischen denen man Sprungseile aufspannen konnte. Die Freunde hatten mich oft wegen meiner Mutter gehänselt, denn niemand hatte begriffen, warum sie sich jede Stunde zeigte, doch ich hatte ihnen dann einmal erklärt, daß sie Angst habe und daß es wegen meiner Brüder sei. Deine Brüder? Wo sind Deine Brüder? hatten meine Freunde gefragt, und ich hatte ihnen erklärt, daß sie tot seien und daß ich auch nicht viel über sie wisse. Meine Freunde hatten danach nicht mehr gewagt, mich zu hänseln, ja, sie hatten mir sogar geholfen, und wenn Mutter das Fenster geöffnet hatte, um nach mir zu sehen, hatten sie wie im Chor gebrüllt: Da ist er! Hier ist er!

Wenn es aber auf den Abend zuging und es bereits dunkelte zwischen den Pappeln, dachte ich schon an unser Wiedersehen, und ich wartete insgeheim, während ich noch mit den Freunden spielte, auf Dein Erscheinen. Der Wagen hielt immer neben dem Gartentor, der Fahrer sprang heraus, dann öffnete sich Deine Tür, und Du hattest den Hut in der Rechten und die Aktentasche in der Linken. Danke, Herr Schweizer, und bis morgen! hast Du zu dem Fahrer gesagt, und dann habt Ihr Euch die Hände geschüttelt, wieder ganz ernst, als sei während des Tages Gewaltiges geschehen.

Dann kamst Du durch das Tor, und ich lief zu Dir hin, und auch die Freunde liefen zu Dir, und Du hast gefragt, was wir während des Tages gespielt hätten. Wir haben alles aufgezählt, alles noch einmal von vorn, Federball, Hockey mit krummen, schartigen Stöcken, Springen und Laufen, die ganze Reihe noch einmal von vorn. Und dann hast Du gelacht über unsere plappernde Meute, und Du wolltest ins Haus, und ich bin mit Dir gegangen, weil es nun spät war und ich keine Lust mehr hatte, noch länger zu spielen.

Oben haben wir zusammen zu Abend gegessen, und dann saßen wir lange Zeit in der Küche, es waren die schönsten Stunden des Tages, diese Stunden am Abend, wenn ich bereits auf der Couch lag, sehr schläfrig, ganz müde und ausgebrannt vom Spielen während des Tages. Und Du hast Mutter die ganze Geschichte des Tages erzählt, stundenlang hast Du in Deiner holprigen, unbeholfenen Weise von den Protesten der Bauern gegen Gleisverlegungen und Landaufkäufe, von Mittagessen in Dorfgasthöfen, von Streitereien unter Meßgehilfen erzählt. Mutter hat dazu nicht viel zu sagen gewußt, erst mußte ja Deine ganze Geschichte heraus, dann kam Mutter dran, aber diese Geschichten waren sehr schwierig, Du weißt ja, warum.

Ich habe mir aber sehnlichst gewünscht, Dich zu begleiten, hinaus wollte ich aus dem Garten, endlich den Garten verlassen, endlich hinaus, aber das dauerte noch eine Weile, denn Du wolltest erst mit mir verreisen, als ich zur Schule ging. Ich hatte mich so auf die Schule gefreut, die Schule, dachte ich, bringt Dich heraus aus dem Garten, die Schule, das ist etwas ganz Neues, doch am Morgen des ersten Schultages kam dann alles ganz anders. Ich stand in der Tür unserer Wohnung, doch ich konnte nicht gehen. Ich stand unbeweglich und steif, die Verkrampfung wollte sich nicht lösen, nein! schrie ich nur, nein, niemals, nie!

Ich hatte eine so große Angst, noch nie hatte ich eine solche Angst gehabt, niemand konnte mich bewegen, ein paar Schritte zu tun, und obwohl die Freunde mich doch begleiten wollten, lehnte ich ab, an einen gemeinsamen Schulweg war überhaupt nicht zu denken. Du hast nur mit dem Kopf geschüttelt, ich glaube, Du warst plötzlich zu Tode erschrocken, doch dann kam der Fahrer, Dein Wagen, und Du hast zu meiner Mutter gesagt: Dann bleibt er eben daheim!

Dieses »Daheim« war aber doch keine Lösung, Mutter stand nun allein mit mir da, die Freunde hatten sich längst auf den Schulweg gemacht. Da hat Mutter sich ein Herz gefaßt und ist mit mir zur Schule gegangen, und sie hat draußen vor dem Schultor gewartet, und später sind wir wieder nach Hause gegangen. Zur Schule, nach Hause, nach Hause, zur Schule ... so ging das dann Tage und Wochen, jeden Morgen wollte ich nicht in die Schule, jeden Morgen der fremde Weg, alles fremd, die völlige Fremde des Weges.

Mutter aber verlor so jeden Tag einen Morgen, jeden Tag wartete sie vor der Schule, jeden Tag zweimal den langen Weg an meiner Seite, den Berg hinab, den Berg hinauf, es war zum Verzweifeln. Und dann die spöttischen Rufe der Freunde, nicht einmal allein kann der gehen, schaut Euch den an, sie hatten ja recht, es war ein unwürdiges Schauspiel, aber mich hatte seit jenem Morgen die Angst gepackt, und niemals wäre ich allein in die Schule gegangen.

Als es aber nicht mehr so weiterging, hast Du mich an einem Morgen an der Hand genommen und hast gesagt, heute würdest Du mit mir zur Schule gehen, denn Mutter wäre es nicht mehr zuzumuten, mit mir in die Schule zu gehen. Ich habe mich in diese Begleitung gefügt, doch wir sind einen anderen Weg gegangen als sonst, nicht geradeaus, den Berg hinab, sondern abseits, abseits vom Weg, wir sind in den großen Wald zur Linken gegangen, hinaus auf die weite Wiese, dort, wo man im Winter Skilaufen konnte. Und dann haben wir uns in die Wiese gesetzt, und ich habe Dich gefragt, ob Du nicht zur Arbeit müßtest, und Du hast nein gesagt. Und ich habe Dich gefragt, ob wir uns nicht verspäten würden, gleich würde die Schule beginnen, und Du hast gesagt: Du gehst heute nicht zur Schule.

Ich hatte Dich nicht verstanden, es war mir peinlich, so mit Dir in der Wiese zu sitzen, doch ich hatte nicht gewagt, Dich noch einmal etwas zu fragen, denn ich hatte Dich noch nie so ernst gesehen, noch nie. Du trugst Deinen alten Hut, den grauen, mit der winzigen, kleinen Häherfeder versteckt hinter dem Band, und ich starrte nur auf das Graublau der Feder und dachte: jetzt ist alles zu Ende, nie mehr werde ich zur Schule gehen.

Dann hast Du gesagt, ich machte Mutter seit Wochen unnötige Angst, und wenn ich ihr weiter solche Angst machte, dann würde sie sterben. Du hast gesagt, ich müßte wissen, daß Mutter immer schon Angst gehabt habe, das hätte ich doch seit Jahren gewußt, es sei eben so, und es sei nicht zu ändern. Mutter, hast Du gesagt, habe Angst, weil sie meine Brüder verloren habe, das sei der Grund, und ich müsse wissen, daß meine Brüder mir jetzt zuschauen würden und nicht zufrieden wären mit mir. Aus einem fernen Kontinent würden, hast Du gesagt, meine Brüder mir zuschauen, wie ich am Rockzipfel der Mutter hinge und ihr Angst machte. Mutter müsse mich jeden Morgen in die Schule schleifen, und jeden Morgen schüttelten meine Brüder den Kopf über mich, so wenig wäre zu begreifen, warum ich Mutter zumutete, mit mir in die Schule zu gehen. Meine Brüder, hast Du gesagt, seien meine Freunde, jetzt aber ließe ich meine Brüder im Stich, denn meine Brüder warteten jeden Morgen vor der Schule auf mich, auf mich allein, nicht auf mich in der Begleitung der Mutter. Wenn ich meine Brüder nicht verärgern wollte, hast Du gesagt, müßte ich es schaffen, allein zur Schule zu gehen, nur dann seien meine Brüder stolz auf mich, so wie sie es seit Jahren seien, ja, meine Brüder seien immer stolz auf mich gewesen.

Ich habe mir angehört, was Du gesagt hast, ich habe Dir nichts zu entgegnen gewußt, ich habe mich nur geschämt, daß es soweit gekommen war mit uns allen. Wir sind dann in die Stadt gegangen, ich habe die Schule geschwänzt diesen Tag, und am Mittag sind wir wieder zu Hause gewesen, und Du hast zu Mutter gesagt: Morgen geht er allein in die Schule, er hat es versprochen!

Verdammt, ich hatte es Dir nicht versprochen, das war eine Lüge, ich hatte gar nichts gesagt, ich hatte mir nicht einmal vorstellen können, was meinen Brüdern erlaubte, von mir einen Schulweg ohne jede Begleitung zu verlangen.

Am nächsten Morgen kam dann aber wieder die Versteifung, schon am Frühstückstisch geriet ich ins Zittern, ich wollte ja fort, ja, auch allein, aber es ging nicht. Und so stand ich mit meinem Ranzen in der Tür, und ich wollte, aber es ging nicht. So, hast Du gesagt und Dir nichts anmerken lassen, so, jetzt gehst Du allein in die Schule. Es ist ganz leicht, allein in die Schule zu gehen, denn Deine Brüder gehen mit Dir zur Schule.

Da habe ich den Schritt hinaus, den ersten Schritt allein und hinaus gewagt, und ich habe die Tür hinter mir zugezogen, die Tür, hinter der Ihr mich verabschiedet hattet, und bin die Treppe hinuntergegangen, zitternd bin ich die Treppe hinuntergegangen, ja, ich weiß es bis heute, jedes Detail. Es war, als sollte ich auf Eis gehen, so vorsichtig bin ich gegangen, als könnte ich ausgleiten, hinstürzen, dabei war ich doch schon so oft die Treppen hinuntergegangen.

Aber das Zittern machte alles so schwer, ich tappte und stolperte die Treppe hinunter, und ich hatte ein schiefes, zerflossenes Gesicht. Die Tränen liefen mir über die Backen, verdammt, ich wollte nicht, daß man sah, wie ich weinte, und so preßte ich die Lippen zusammen und ging zitternd weiter die Treppe hinunter. Draußen bin ich dann ganz ruhig weiter gegangen, die ersten Schritte bin ich wie eine Puppe gegangen, nicht umdrehen, dachte ich nur. Jetzt seid Ihr dran, dachte ich weiter, also los, jetzt seid Ihr dran, Karl, Josef, Dieter und Hans, jetzt los, jetzt seid Ihr dran. Seht Ihr, ich gehe allein, ganz allein gehe ich zur Schule, alles allein, ich gehe für Euch allein in die Schule, ich gehe mit Euch allein in die Schule!

Und so habe ich den ganzen Schulweg mit mir geredet, den ganzen Schulweg habe ich mit meinen Brüdern geredet, und von diesem Tag an hat das Reden mit meinen Brüdern nicht mehr aufgehört. Manchmal bin ich allein gegangen, manchmal zu mehreren, manchmal zu zweit und manchmal zu dritt, aber immer wenn ich es wollte, waren meine Brüder dabei, und so machte es mir schließlich auch nichts mehr aus, alleine zu gehen, im Notfall hätte ich einen oder zwei von ihnen gerufen. Es war aber nie nötig, sie eigens zu rufen, ich schaffte es auch ohne sie, bald dachte ich auch gar nicht mehr an ihre Begleitung, denn es war selbstverständlich, daß sie mit mir waren, wir waren zu fünft, und in Notfällen wäre das ein einziger, riesiger Mann ...

In diesem Augenblick hörte ich einige laute Stimmen, anscheinend verließen die letzten Gäste den Salon, spät, sehr spät mochte es sein, die Kälte hatte mich steif werden lassen. Während ich mich noch einmal zurücklehnte, hörte ich, wie einer der Gäste die Treppe hinaufkam, es war Mr. Schneider, und als er mich erkannte, winkte er mir. Ich stand auf, ich reckte mich, Mr. Schneider kam, leicht schwankend, näher.

– Hier sind Sie, sagte er in gedämpftem Ton, Ihre Tochter steht unten, sie steht barfuß vor dem Salon und sucht Sie.

– Gut, sagte ich, ich komme mit Ihnen.

Wir stolperten die Treppe hinab, und ich erkannte Mary, die fröstelnd in ihrem Nachthemd vor dem Salon stand.

– Das arme Kind, sagte Mr. Schneider, es hat Angst, es hat sich Sorgen gemacht.

– Hören Sie, Mr. Schneider, sagte ich laut, es gibt hier ein paar Mißverständnisse. Mary ist nicht meine Tochter, das heißt, ich bin nicht ihr Vater ...

– Sie sind nicht ihr Vater? tat Mr. Schneider erstaunt.

– Ich bin nicht ihr leiblicher Vater, sagte ich, ich bin so etwas wie ihr Ersatz-Vater, vorübergehend, verstehen Sie, für eine bestimmte Zeit?

– Ich verstehe, sagte Mr. Schneider.

– Und außerdem bin ich kein Arzt, Mr. Schneider, sagte ich, ich bin Schriftsteller.

– Ah, Sie sind Schriftsteller, sagte Mr. Schneider, aber ich sah, daß er sich darunter nichts vorstellen konnte.

– Es ist ganz einfach, Mr. Schneider, wiederholte ich, ich bin nicht der leibliche Vater, und ich bin kein Arzt, ich bin ihr Ersatz-Vater, und ich bin Schriftsteller.

– Okay, sagte Mr. Schneider, dann haben wir da irgend etwas verwechselt.

– Genau, sagte ich, wir haben da irgend etwas durcheinandergebracht.

– Wird nicht wieder vorkommen, sagte Mr. Schneider.

– Nein, sagte ich, sollte nicht wieder vorkommen. Und nun, gute Nacht, Mr. Schneider!

– Gute Nacht! Gute Nacht!

Mary hatte jedes Wort genau verstanden, ich hatte bemerkt, wie sie unser Gespräch verfolgt hatte. Ich hob sie hoch und trug sie zurück in die Kabine.

– Du wirst Dich erkälten, sagte ich leise, warum bist Du bloß nicht im Bett geblieben?

– Ich habe so lange auf Dich gewartet, sagte Mary.

– Du hast nicht geschlafen?

– Kein bißchen, sagte Mary.

– Dann haben wir viel nachzuholen, sagte ich.

Ich legte sie ins Bett, ich deckte sie wieder zu, dann zog ich mich aus und legte mich ebenfalls hin.

Nein, dachte ich, ich bin nicht ihr Vater, es ist eine große Verlockung, ihren Vater zu mimen, für mich ist es eine große Verlockung. Fred ist kein richtiger Vater, er ist ein Arsch, das Kind hatte ganz recht. Aber ich bin nicht ihr Vater, das Kind darf sich nicht an mich gewöhnen, außerdem wäre ich mit der Zeit ein sehr schlechter Vater, wahrscheinlich wäre ich ein miserabler Vater. Schon habe ich ja begonnen, mit dem Kind zu verreisen, ich habe begonnen, das Kind an mich zu binden. So wie mein Vater mit mir verreist ist, habe ich begonnen, mit dem Kind zu verreisen, und so wie er mir alles erklärt hat, werde ich beginnen, dem Kind alles zu erklären. Aber so wird es nicht kommen! Und so darf es nicht kommen! Ich bin nicht frei, ich bin nicht frei für das Kind! Meine Gedanken sind verworren, im Grunde bin ich mit nichts anderem als mit meinem Vater beschäftigt. Ich werde aber nicht dulden, daß ich das Kind mit meinen Gedanken belästige. Ich bin ein Gefangener, diese verdammten, alten, maroden Geschichten halten mich noch immer gefangen. Fast kommt es mir vor, als sei Vater gar nicht beerdigt, als schleppte ich ihn hier durch die Wildnis! Ich werde von nun an nichts mehr durcheinanderbringen, und ich werde dafür sorgen, daß das Kind nichts mehr durcheinanderbringt. In

New Orleans werde ich mich, sobald es geht, von dem Kind trennen, ja, ich werde mich trennen, trennen werde ich mich!

Seit dieser Nacht war die Beziehung zwischen Mary und mir spürbar verändert. Ich versuchte, mir nichts anmerken zu lassen, für Mary sollte alles so sein wie zuvor, doch ich fühlte selbst, daß irgend etwas nicht stimmte. Denn obwohl wir so miteinander sprachen wie sonst und obwohl wir den halben Tag zusammen verbrachten, ergaben sich die früheren Szenen des gegenseitigen Verstehens nicht mehr von selbst. Es war, als seien wir beide blockiert, als schlichen wir mißtrauisch umeinander herum, oder als verheimlichten wir einander etwas.

Mary gab sich nicht selten gereizt, sie quittierte manche Fragen mit Spott, sie wich aus, oder sie spielte das alberne Ding, das sich den Bauch hielt vor Lachen. Dieses Verhalten war neu, noch nie hatte sie vor meinen Augen den Kasper gespielt, doch ich verschluckte meinen Ärger und tat, als schaute ich nicht hin. Dabei scharwenzelte sie nur meinetwegen durch den Salon, dabei wackelte sie nur in meiner Gegenwart wie eine drittklassige Tänzerin mit den Hüften. Mit einem Mal hatte sie diese billigen Bilder entdeckt, es war ein Spiel wie in Trance, ein dauerndes Wechseln der Rollen, deren Sinn ich nicht mehr verstand.

– He, versuchte ich es einmal, muß das sein? Was spielst Du denn nun wieder?

– Das geht Dich nichts an, sagte sie.

– Und warum spielst Du es dann vor mir?

– Weil Du ein guter Zuschauer bist.

– Das bin ich nicht, sagte ich, da suchst Du Dir besser einen andren dafür.

– Du bist schlecht gelaunt, sagte sie.

– Überhaupt nicht, sagte ich, die schlechte Laune kommt von Deinen Possen.

– Also bist Du doch schlecht gelaunt, sagte sie.

– Müssen wir uns jetzt streiten? fragte ich.

– Nein, sagte sie, streiten brauchen wir nicht. Aber Du bist nicht mein Vater, und deshalb hast Du mir auch nichts zu befehlen.

Ich überlegte, daß es das Beste wäre, von ihr nichts mehr zu verlangen, und so zog ich mich häufiger in die Kabine zurück. Manchmal klopfte es, und eine der nächtlichen Spukgestalten stand vor der Tür. Jede Nacht zechten sie im Salon, es waren erfahrene, trinkfeste Gesellen, doch ich vertröstete sie meist mit einer Ausrede. Ich wollte von Eichendorffs Versen nichts hören, von Posthörnern und ihrem unentwegten »Leb wohl!« hatte ich seit langem genug.

Dann wurde es wärmer, langsam gerieten wir in die südlicheren Zonen, und unmerklich verwandelten sich auch die Ufer zu beiden Seiten. Das dichte Unterholz verschwand mehr und mehr, Nebelschwaden waren nur noch selten zu sehen, kaum noch Laubwälder, statt dessen Durchblicke ins Land, Blicke auf weite Felder und verlassene Grundstücke mit zusammengebrochenen Zäunen. Der Fluß wurde träger, gelbbraune Tonfarben grundierten jetzt häufig das Grau, ausgewaschene Baumstämme hatten sich an den Ufern verkeilt. Wenn der Dampfer sich näherte, erhoben sich plötzlich Schwärme von Vögeln und kreisten für Minuten landeinwärts. Es fiel immer schwerer zu atmen, die Luft war stickig und feucht, eine tropische Fäulnis schien das Schiff zu umgeben, wie eine Ursuppe aus Himmel, Erde und Wasser.

Dann einzelne Farmhäuser, der ehemals weiße Anstrich war längst verblichen, ergraut, abgeblättert wie eine rissige Haut, die in breiten Streifen vom Holz sprang. Neben verwesten Anlegestellen standen runde, vom Rost zerfressene Silos, der Fluß uferte aus, in den toten, stillstehenden Seitenarmen dominierten ganz andere Farben, dunkles, schimmerndes Grün, durchsetzt von einem bunten Gemenge von Blüten.

Immer wieder morsche, zerfallene Häuser, die Fenster wie von wilden, ziehenden Horden zerschlagen, menschenleere Landstriche, aufgegeben schon seit langer Zeit, um so mächtiger wirkten die exotisch wuchernden Bäume, viele Riesengestalten darunter, Bäume wie Skulpturen einer fremden Phantastik. Endlose, in sich verworrene Fäden umschlossen ihre Windungen, ich hörte, es sei Spanisches Moos, hier und da tropfte es in feinen, zerrissenen Schleiern von den weit über den Fluß ragenden Ästen.

Die letzten Industrieanlagen lagen längst hinter uns, in diesen Breiten hätte die Natur sie zerfressen und aufgelöst in mulchigen Brei, Geistersiedlungen zogen vorbei, schließlich die weiten Plantagen des Südens, Zucker, Baumwolle, Tabak, endlose, geordnete Felder, die Grundlagen des früheren Reichtums.

Mit der aufkommenden Wärme änderte sich auch das Leben an Deck. Ich saß viele Stunden fast reglos herum, die Hitze betäubte die Sinne, ein feiner Schweißfilm lag auf der Haut. Auch die anderen Passagiere schienen unter dem Klima zu leiden, morgens erschienen sie mit großer Verspätung an Deck, die Erzählungen waren dürftiger und leiser geworden, nur der späte Abend brachte manchmal noch etwas Kühle.

In den Kabinen kreisten nun die Ventilatoren, manche Fahrgäste waren in einer tiefen Lethargie versunken und wagten sich kaum noch hinaus, jeden Morgen erschien zur Linken die Sonne, eine verhangene, sich den Tag über ausbrütende Glut, die alles Leben erstickte. Die Lautsprecheransagen wurden spärlicher, früher hatte man uns noch zu unterhalten versucht und hier und da die Umgebung erklärt, jetzt war das vorbei, kaum einer hörte noch zu, das Schiff glitt dahin wie ein willenloses Stück Holz, das seinen Weg durch die Strömung erhielt.

Häufig saß ich mit dem Fernglas an Deck. Ich war vernarrt in die Farben des Ufers, all diese wahnwitzig überdeutlichen Details summierten sich zu einem mich erregenden Film, der aus lauter abstrakten Skizzen bestand. Ich wollte nichts Fertiges sehen, keine Bilder, keine Porträts, daß so wenig Menschen vorkamen, war mir gerade recht, ich suchte das Stecken- und Stehengebliebene, Wurzeln, die aus dem sumpfigen Wasser ragten, ausgeschwemmte Uferabbrüche, eingesackte Fährstege, dazwischen ein längst nutzlos gewordener Strömungsweiser.

In den Nächten hatte ich diese Graphik vor Augen, feine, dunkle, raumlose Linien, die sich manchmal mit den starken Strichen des Ufers kreuzten, später dann die Ölfarbensattheit der Hintergründe, ein paar verklebte Kleckse aus Dunkelgrün, Braun und gedecktem Gelb. Ich hatte solche Naturkompositionen noch niemals gesehen, das stundenlange Sitzen an Deck brannte sie mir ein, sie bildeten Serien mit immer wiederkehrenden, leicht veränderten Details, nicht benennbar, von irritierender Klarheit. Es war eine andere Klarheit als die der europäischen Naturordnungen, sie ergab sich durch die undurchdringliche Dichte des Materials; was ich bisher kannte, war dagegen porös, luftige, von Atmosphäre durchwirkte Räume, wie auf den Bildhintergründen italienischer Maler. Dies alles hier aber war Fläche, pastos angedeutete Fläche, ein kräftiger Teppich mit deutlichen, unübersehbaren Akzenten.

So ließ das Schauen mich nicht los, mit der Zeit schuf es eine angenehme Erleichterung, und während viele Passagiere schon klagten, die Eintönigkeit kaum noch zu ertragen, saß ich weiter ganz still, musterte die mikroskopischen Varianten der Ufer durch und empfand dabei so etwas wie Glück. Ja, das Schauen half mir, mich selbst zu vergessen, und so wäre ich vielleicht immer mehr in dieser passiven Stimmung versunken, hätte ich nicht Mary an meiner Seite gehabt.

Mary ließ mich nicht los, je länger die Fahrt dauerte, um so rücksichtsloser trieb sie ihre Spiele, ich war nicht ihr Vater, und ich hatte zu spüren, daß ich es nicht war.

Sie hatte es darauf angelegt, mir zu mißfallen, aus der Beobachtung meiner Reaktionen schien sie ihre Kräfte zu beziehen. So wechselte sie blitzschnell die Rolle, wenn sie ein Einverständnis erkannte. Mal saß sie still da, wie ein Abbild einer älteren, nachdenklichen Frau, die ich aufmuntern mußte; mal gab sie sich verspielt und kokett, als ginge es um einen dämlichen Flirt; mal stapfte sie mit ihren kurzen, festen Kinderschritten eine Leiter hinauf, als habe sie der Übermut nun endgültig gepackt. Es waren aber allesamt schnell zu durchschauende Gesten, vielleicht hatte sie sich geschworen, nicht mehr ehrlich zu sein.

Außerdem aber hatte sie sich mit den anderen Passagieren verbündet, lange saß sie, ohne ihr geckenhaftes Verhalten weiter zu pflegen, in ihrer Gesellschaft, tuschelnd, mit dem Kopf auf mich deutend, als sei ich ein armer, bemitleidenswerter Kranker. Man hatte mich denn auch bald mit weiteren Angeboten zu Zechgelagen und Traditionsumzügen verschont, insgeheim dankte ich Mary dafür, wobei ich doch andererseits mißtrauisch blieb, mit welchen Schreckensgeschichten sie die Gesellschaft versorgte.

So hatte Mary alles daran gesetzt, mich zum Außenseiter zu stempeln, geschickt schirmte sie mich ab und beantwortete meine Fragen, worüber sie sich denn so angeregt mit der lachenden Sippschaft unterhalte, mit ein paar nichtssagenden, schnippischen Bemerkungen.

Im Grunde war ich von uns beiden enttäuscht, ich hatte mir die Reise ganz anders vorgestellt, jetzt bekam ich zu spüren, daß ich Mary erst seit kurzer Zeit kannte. Unsere Kontakte blieben verkrampft, zu genau beobachtete der eine den andern, hilflos grübelte ich darüber nach, wie man zu dem alten Zustand zurückfinden könnte.

Am vorletzten Abend der Tour fragte sie mich kurz vor dem Essen, was wir in New Orleans unternehmen würden.

– Wir werden gar nichts mehr zusammen unternehmen, antwortete ich.

– Was soll das heißen?

– Das soll heißen, daß ich Dir einen Flug besorgen werde. Du wirst nach St. Louis zurückfliegen.

– Das ist nicht Dein Ernst, sagte sie.

– O doch, sagte ich entschieden, das ist mein voller Ernst.

– Du bist gemein, sagte sie, Du bist sehr gemein.

– Mary, sagte ich ruhig, Du hast es nicht anders gewollt. Glaubst Du, ich sehe nicht, wie Du Deine Zeit damit vertust, mich zu ärgern? Am Morgen bist du mürrisch und gelangweilt, kaum sind wir an Deck, hänselst Du an mir herum, bei Tisch spielst Du die kleine Chaotin, die kein Marmeladenglas ausläßt, ohne mit den Fingern darin zu pulen, kichernd und wild, ganz außer Dir springst Du dann über Deck, die anderen Kinder hinter Dir drein, Du hast sie ja mühelos im Griff, Du kommandierst sie herum, wie Du am liebsten auch mich herumkommandieren würdest …

– Das ist alles nicht wahr, unterbrach sie mich.

– Sei still! fuhr ich sie an, sei endlich still! Unerträglich ist es, ja ganz unerträglich! Wie oft haben sich die anderen Passagiere bei mir beschwert, wie oft habe ich Dir nachlaufen müssen, um Schlimmeres zu verhüten! Mal hast Du irgendeinen Lausebengel geohrfeigt, mal warst Du heimlich in der Küche, in der Küche …, mal treibst Du Dich in der Küche herum, zu keinem anderen Zweck als dem, einen Kochtopf vom Herd herunterzulupfen! Einen Kochtopf vom Herd! Ich bin nicht Dein Aufseher, verstehst Du, ich bin nicht Dein Aufseher, und ich bin nicht Dein Vater, aber ich hätte Dein Freund werden können. Ich habe Dich mit auf diese Tour genommen, weil wir Freunde werden sollten, das hast Du keinen Moment kapiert, nichts hast Du kapiert, Du dummes Ding!

Sie starrte mich ungläubig an, ich hatte gar nicht so in Fahrt kommen wollen, doch nun war es nicht zu vermeiden, es mußte heraus, mein ganzer, in den letzten Tagen angestauter Ärger mußte heraus, es war richtiggehend befreiend, diesen Ärger herauszubrüllen, ja, ich wollte mich nicht mehr zügeln, brüllen wollte ich, schreien, alles herausschreien!

– Eine Frechheit! schrie ich, wie von Sinnen, eine verdammte, unwürdige Frechheit, das alles! Wäre ich doch allein auf diese Reise gegangen, ich hätte es bequemer gehabt! Erst hetzt Du die halbe Reisegesellschaft auf mich, mitten auf dem Mississippi soll ich mir anhören, wie Mr. Schneider und Mr. Brandel den Mumienkult ihrer Großväter begehen, deutsch, deutscher, völlig durchgemottetes Deutsch! Nicht wenig hätte gefehlt, und ich wäre ein blonddeutscher Sänger geworden, O Täler weit, o Höhen, igitt, Täler und Höhen, igitt, davon möchte ich nie wieder was hören, nie wieder, nie wieder! Doch ich mache gute Miene zum bösen Spiel, yes, Mr. Schneider, nicke ich brav, viel zu brav, ich ertrage all diese alten Geschichten, ich höre mir an, wie Doktor Lingen seine Sardellenbrötchen bestellt, kannst Du mir sagen, was mich das angeht, was mich Doktor Lingens Sardellenbrötchen angehen und der rote Assmannshäuser und die Skatrunden im Hotel Dabbeldidooo?!

– Dabbeldidooo? sagte Mary und schaute mich prüfend an.

– Ja, Dabbeldidooo ..., sagte ich erschöpft und wischte mir über die Stirn.

– Was ist denn das, dieses Dabbeldidooo? fragte Mary und grinste.

– Typisches St. Louis, sagte ich, das alte St. Louis mit seinen verdammten alten Wohnvierteln und seinen verdammten alten Wirtschaften bestand aus lauter Dabbeldidooos.

– Ist ja interessant, grinste Mary weiter.

– Allerdings, sagte ich, davon hast Du natürlich keine Ahnung. Du hast ja auch nicht mit Mr. Schneider bei Tisch gesessen, und Du hast nicht jeden Nachmittag mit Mr. Brandel ein Schwätzchen halten müssen. Du hast Dich überhaupt herausgehalten, und die Gesellschaft mit anderen Pikanterien unterhalten.

– Mit was habe ich sie unterhalten? fragte Mary und grinste noch immer.

– Ach, was weiß ich! sagte ich.

– Dabbeldidooo, wiederholte Mary, schönes, altes Dabbeldidooo! Gibt es noch viele von diesen Dabbeldidooos in St. Louis?

– Ein paar, antwortete ich.

– Das nächste Mal gehen wir hin, ja? fragte Mary.

– Gut, sagte ich, das nächste Mal lade ich Dich ein.

– Danke! sagte Mary, ganz vielen Dank!

Ich schaute sie an, auf einmal tat mir mein Ausbruch leid. Es war gut, daß er ein komisches Ende gefunden hatte.

– Weißt Du, Mary ..., setzte ich noch einmal an.

– Ja, Dad, was ist? unterbrach sie mich schnell.

– Weißt Du, fuhr ich fort, als hätte ich nichts bemerkt, ich gebe ja zu, daß es nicht immer einfach mit mir sein mag. Mir geht viel durch den Kopf, besser gesagt, ich kann mich an vieles noch nicht gewöhnen ..., ich bin überhaupt nicht daran gewöhnt ..., mir fällt diese Gewöhnung schwer. Ich habe mir ja vorgenommen, nicht so häufig daran zu denken, weißt Du, ich will auch gar nicht daran denken ..., ich will nicht, aber dann sitze ich da, und es kommt von allein. Von irgendwoher, weiß der Teufel von wo …, von irgendwoher überfallen mich die Erinnerungen, ich will mich nicht erinnern, ich wehre mich sogar häufig dagegen, aber die Erinnerungen gehen mit einem durch …, sie packen einen und gehen mit einem durch. Schon steige ich ein, schon bin ich aufgesprungen auf das Karussell, und ab geht die Post, schneller und schneller, mittendurch, mittenhinein …

– Mittenhinein ins Dabbeldidooo, sagte Mary und grinste wieder.

– Genau, sagte ich, Du hast es verstanden. Wir gingen in die Richtung des Salons. Kurz bevor wir eintraten, hielt sie mich noch einmal zurück.

– Jetzt sag mal, ist das Dein wirklicher, richtiger Ernst mit New Orleans?

– Ja, sagte ich, ich besorge Dir einen Flug, Du fliegst nach St. Louis zurück.

– Wann fliege ich zurück? fragte Mary.

– Übermorgen kommen wir an, sagte ich, den Tag darauf fliegst Du zurück.

– Dann werde ich New Orleans nicht kennenlernen, sagte Mary.

– Eine Nacht wirst Du dort verbringen, sagte ich.

– Eine Nacht ist sehr wenig, sagte Mary.

– Gut, sagte ich, vielleicht bekommen wir nicht sofort einen Flug, vielleicht müssen wir noch etwas warten.

– Vielleicht müssen wir noch zwei, drei Tage warten, ja? fragte Mary.

– Zwei, drei Tage? Du fängst an zu handeln, sagte ich.

– Okay, sagte Mary, zwei Tage.

– Einverstanden, sagte ich.

Am nächsten Tag begann das Packen und Aufräumen schon in der Frühe. Für den Abend war ein großes Bordfest geplant, noch einmal sollten die Korken springen, wie Mr. Schneider mir versicherte.

Mary war mir behilflich, sie blieb den ganzen Tag in meiner Nähe, plötzlich schienen die anderen Fahrgäste für sie kaum noch zu existieren. Wir hatten wieder zusammengefunden, ganz unerwartet war uns das Kunststück gelungen, es hatte nur eines kurzen Donners bedurft.

Langsam näherte sich das Schiff den Peripherien der Stadt, die Vogelschwärme blieben zurück, der Strom verengte sich, an den Ufern das dichte Gewirr der Mangroven, kleine Inseln mit breiten Sandbänken ringsum, dann die ersten Zeichen des Umbruchs, graue, niedrige Hütten, Schrotthalden mit aufeinander gestapelten, zusammengepreßten Autowracks, ein ausgefranstes, unübersichtliches Terrain.

Das Bordfest am Abend beschwor noch einmal die flüchtige Zusammengehörigkeit der Passagiere. Man tauschte Adressen aus, man versicherte einander, wie sehr es einen gefreut habe, mit so unterhaltsamer Gesellschaft zu reisen, die Küche hatte besondere Anstrengungen gemacht, den Höhepunkt möglichst farbenprächtig zu gestalten.

Ich hatte Mary schon früh zu Bett gebracht, sie hatte sich ohne besondere Kapriolen von allen verabschiedet, ich selbst saß noch bis tief in die Nacht mit den anderen Fahrgästen im Salon, mochten sie auch noch so sehr die alten Relikte beschwören.

Schließlich verabschiedete auch ich mich, ich umarmte die Schneiders, Finks und Wolfs, ein letztes Mal schäumte die Herzlichkeit auf, dann wollte ich allein zur Kabine zurück. Doch Mr. Brandel schloß sich mir an.

– Wir werden Sie vermissen, sagte er ernst.

– Tja, sagte ich ausweichend, so ist das nun einmal.

– Sie sind ein feiner Mensch, sagte er plötzlich und packte mich am Arm.

– Danke, sagte ich.

– Nein, im Ernst, sagte er mit Nachdruck, Sie sind ein sehr feiner, ein guter Mensch! Ich habe lange keinen solchen Menschen mehr getroffen!

– Ich bitte Sie, sagte ich, jetzt übertreiben Sie.

– Nein, nein, sagte Mr. Brandel, Sie sind ein durch und durch feiner, edler Mensch!

Eigentlich war ich ein Freund von Steigerungen, doch das hier war zuviel. Was wollte er bloß? Hatte er zuviel getrunken, oder steckte etwas anderes dahinter?

– Sie überschätzen mich, sagte ich.

– Nein, nein, wiederholte Mr. Brandel erneut, Sie sind ein edler Mensch! Wir wissen genau, wieviel Gutes Sie tun.

– Ich? Ich tue Gutes?

– Seien Sie nicht so bescheiden. Sie tun sehr, sehr viel Gutes. Sie haben sich des armen Kindes erbarmt, Gott wird es Ihnen lohnen.

– Was habe ich? fragte ich. Des Kindes erbarmt? Was hat es Ihnen erzählt?

– Wir wissen alles, tat Mr. Brandel trostreich, das Kind hängt sehr an Ihnen. Kein Wunder, nach all diesen schlimmen Ereignissen!

– Wovon sprechen Sie? fragte ich.

– Mary hat uns erzählt, wie Sie sich eingesetzt haben. Sie haben Mary zu sich genommen, direkt nach dem Unfall.

– Nach welchem Unfall? fragte ich.

– Das Kind ist jetzt eine Waise, sagte Mr. Brandel, als müßte er mir etwas erklären, das Kind wird es sehr schwer haben. Mutter und Vater zu verlieren …, das ist schlimm. Es muß ein furchtbares Unglück gewesen sein, dieser Autounfall damals. Aber Sie werden das Kind adoptieren, nicht wahr? Mary hat uns erzählt, Sie hätten sich zur Adoption entschlossen. Sie sind ein feiner, ein guter Mensch! Wir danken Ihnen für diese Bekanntschaft, meine Freunde und ich danken Ihnen! Aber wir wollen auch etwas tun, Ihre Probleme zu lösen.

– Welche Probleme? fragte ich fast tonlos.

– Es ist mir etwas peinlich, sagte Mr. Brandel, aber wir werden die Probleme schon lösen. Mary hat uns gestanden, daß Sie ..., wie soll ich es sagen, daß Sie, sagen wir es einmal so, daß Sie nicht gerade ein reicher Mann sind. Im Gegenteil, Sie verdienen nicht gut. Es ist nicht leicht, heute vom Schreiben zu leben, nicht wahr? Nun gut, wir kennen und wir verstehen Ihre Probleme. Und deshalb erlauben wir uns ...

Er hatte ein Briefkuvert in der Hand, es war ein dickes, braunes Kuvert.

– Was meinen Sie? fragte ich entgeistert.

– Wir erlauben uns, Sie ... und vor allem das Kind ... hiermit ein wenig zu unterstützen. Sie sind ein guter Mensch, und das soll belohnt werden!

– Ist das Ihr Ernst? fragte ich noch.

– Ich spaße nicht mit Ihnen, sagte er bestimmt.

– Das ist sehr freundlich, sagte ich ruhig, ich danke Ihnen sehr. Ich danke Ihnen und allen anderen, ich danke Ihnen. Sie sind wirklich gute, edle und feine Menschen, das muß ich nun auch sagen. Aber ich kann Ihre Gabe nicht annehmen, nein, das ist unmöglich. Das Kind ..., Mary ist in dem Glauben, ich sei bettelarm, das ist richtig, und ich habe sie in diesem Glauben gelassen. Es ist nicht gut, wenn Kinder im Luxus groß werden, für Kinder ist das ganz falsch. Ihnen aber kann ich es sagen, Ihnen kann ich sagen, daß ich der alleinige Erbe bin, ja, ich bin der alleinige, der einzige Erbe. Niemand außer mir ist noch da, überhaupt niemand, ich, hören Sie, ich bin der Erbe! Sicher, der Tod ist sehr grausam, aber ich bin der Erbe, ich stehe ein für das Erbe, verstehen Sie, ich allein stehe ein!

– Sie wollen sagen, Sie verwalten das Erbe des Kindes? fragte er umständlich.

– Nein, sagte ich, das nicht! Ich verwalte nichts für das Kind, ich bin der alleinige Erbe, und ich kann mit dem Erbe anfangen, was immer ich will. Ich kann das Erbe verplempern, oder ich kann damit wuchern, ich kann es anlegen oder auch in Raten verbrauchen. Nur ich bin zuständig!

– Ich begreife, sagte Mr. Brandel. Ich begreife, und es erleichtert mich sehr.

– Gut, sagte ich, das freut mich, daß Sie mein Erbe erleichtert. Mich beschwert es im Grunde, doch das tut nichts zur Sache. Hauptsache, Sie wissen jetzt, ich bin der Erbe!

– Ja, sagte Mr. Brandel, ich habe es verstanden.

– Ich danke Ihnen nochmals für alles, sagte ich.

– Sie werden schon richtig umgehen mit dem Erbe, sagte Mr. Brandel, da habe ich überhaupt keine Bedenken.

– Wir werden sehen! sagte ich, das wird die Zukunft entscheiden.

Wir umarmten uns noch einmal, dann ließ er mich endlich allein.

In New Orleans quartierten wir uns in einem Hotel nahe am Hafen ein. Ich erkundigte mich nach einem Flug, und wir bekamen ein Ticket für den übernächsten Tag. Ich machte mit Mary noch eine mehrstündige Rundfahrt durch den Hafen und weiter südlich, aber der Zauber der Schiffahrt war anscheinend fürs erste dahin.

Mary tat, als könnte sie New Orleans nicht ausstehen. Sie telefonierte mit Fred und mit Nora und erklärte beiden, sie freue sich auf zu Haus. Obwohl ihr die Stadt nicht zu gefallen schien, verstanden wir uns weiter gut. Ich hatte ihr nicht von Mr. Brandels Offerte erzählt, ein kleines Geheimnis wollte auch ich für mich behalten.

Wir trieben uns noch einen Tag ziellos herum, es war nichts als ein Warten auf den Abschied. Am Abend gingen wir früh zu Bett, es hatte begonnen, sehr heftig zu regnen. Das Hotel war laut, die halbe Nacht hörte man die Geräusche des Hafens, erst spät schlief ich ein.

Am nächsten Morgen brachte ich Mary zum Flughafen. Ich hatte befürchtet, der Abschied würde uns schwerfallen, doch Mary ließ sich nichts anmerken. Sie gab mir einen Kuß, dann drückte sie mich einen Augenblick ganz fest.

– Hey, sagte sie, das war eine sehr schöne Reise. Machen wir das irgendwann wieder?

– Ja, sicher, sagte ich, machen wir, ich verspreche es Dir.

– Und versprichst Du mir auch, nicht mehr so traurig zu sein?

– Es wird schon gehen, sagte ich.

– Hoffentlich, sagte sie. Ich glaube, wenn Du mich los bist, wirst Du sehr traurig.

– Ich werde mir Mühe geben, sagte ich.

– Ich drücke Dir die Daumen, sagte sie.

– Gut, sagte ich, doch jetzt ist es höchste Zeit, jetzt mußt Du gehen.

Ich übergab ihr den kleinen Reisekoffer, sie griff fest zu und stolperte, etwas seitwärts verbogen, davon. Sie schaute sich nicht mehr um. Einen Moment dachte ich, ich müßte ihr nachlaufen und sie zurückhalten, einen kurzen, eisigen Augenblick lang dachte ich, es sei ein Fehler, sie gehen zu lassen. Aber ich rührte mich nicht. Ich stand still und rührte mich nicht. Es war ein gräßliches Gefühl, es war ein gräßlich beißender Schmerz.

Dann drehte ich mich um und verließ das Flughafengebäude. Jetzt bist Du allein, dachte ich, jetzt bist Du da, wo Du ankommen wolltest. Du bist allein, Du wolltest es so. Du hast eine weite Reise gemacht, Du hast eine Extra-Tour eingeschoben, Du hast alles versucht, die Sache aufzuhalten, doch jetzt bist Du allein. Jetzt werden schwierige Tage kommen, und niemand ist mehr da, Dir zu helfen. Stück für Stück hast Du Dich von allem getrennt, in Trennungen kennst Du Dich aus. Verdammte Trennungen, verdammtes Gefühl! Verdammtes, verfluchtes Gefühl! Jetzt bist Du allein, jetzt, hörst Du, bist Du ..., ja, jetzt bin ich mit Dir allein!

Ich fuhr in die Hafengegend zurück, noch immer regnete es stark. Ich hatte mir vorgenommen, mir ein anderes Hotel zu suchen, es sollte ein einfaches, kleines Hotel im French Quarter, dem alten Stadtbezirk an der Krümmung des Flusses, sein. Ich dachte an ein Hotel an einer ruhigen Ecke, ich wollte ein hohes Zimmer mit einer Glastür nach draußen auf die Galerie; ich würde einen Schaukelstuhl auf die Galerie stellen, selbst bei Regen würde ich es so im Freien aushalten, denn es war angenehm warm, beinahe schwül. Ich würde im Schaukelstuhl sitzen und durch die schmiedeeisernen Gitter der Galerie auf die Straße schauen, ich würde die vorbeiziehenden Touristenpulks beobachten und die herumlungernden Gestalten vor den Wirtschaften, ich würde mich in diese Stadt, die mir sofort gefallen hatte, hineinträumen, ohne mir viel vorzunehmen. Ich würde mich in irgendeine Lektüre flüchten, irgendein passendes Buch würde ich schon auftreiben, aber es sollte kein deutsches Buch sein, nein, mit Deutschland, mit Europa sollte das Buch nichts zu tun haben. Am besten wäre irgendein dicker Roman, ich würde in meinem Schaukelstuhl sitzen und einen dicken amerikanischen Roman lesen, ich würde mich langsam wieder an die fremde Sprache gewöhnen, all die längst verlernten Wendungen würde ich mir so wieder beibringen, allmählich würde ich wieder hineinwachsen in das Englische, und dann würde ich mich unten mit den Einheimischen unterhalten, ich würde mich in die Lokale setzen, ein Lokal nach dem andern würde ich kennenlernen, dazu die Geschäfte und Läden, ich würde eins werden mit der Stadt, und ich würde mir viel Zeit nehmen dafür.

So streifte ich den Nachmittag herum, der heftig prasselnde Regen machte mir nichts aus, ich ging in die kleinen Hotels und ließ mir von den Portiers eine Karte geben, auf der die Zimmerpreise notiert waren. Ich wollte erst das ganze Viertel durchlaufen, das war an einem halben Tag zu schaffen, es war ein völlig übersichtliches Viertel mit geraden, im rechten Winkel aufeinander stoßenden Straßen, mal belebter, mal völlig heruntergekommen. Ich brauchte mich nur daran zu halten, die laute Bourbon Street zu meiden, die Bourbon Street war eine übervölkerte Straße mit ein paar lächerlichen Striptease-Lokalen; alle paar Meter wurde man von einem Aufreißer angehalten, um jeden Preis wollten sie einen hineinschleifen in die dunklen, schäbigen Quartiere, doch schon ein einziger Blick sagte einem, daß das alles nichts taugte. Es war eine miefige Attrappenwelt, etwas verschroben und ein wenig karnevalesk, ich konnte mir genau vorstellen, wie es drinnen zugehen würde, deshalb lockte mich nichts.

In der Gegend der Bourbon Street war es zu laut, an den Rändern des Viertels dagegen, in der Nähe der breiten Autostraßen, war zu wenig Leben, ich suchte ein Hotel im Zwischenbezirk, ein kleines Hotel mit einer gewundenen Treppe hinauf in den ersten Stock. Es sollte nur ein paar Zimmer haben, ich suchte ein Hotel für Gäste, die sich längere Zeit hier aufhielten, Dauergäste wären nicht schlecht. Vielleicht würde ich einige kennenlernen, wir würden uns auf der Galerie begegnen, wir würden auf der Galerie in unseren Schaukelstühlen sitzen und uns gegenseitig zu einem Drink einladen.

Richtig, ja, ich wollte mir auch gleich etwas zu trinken besorgen, ich wollte mir eine Flasche Whisky kaufen, plötzlich hatte ich ein nicht zu unterdrückendes Verlangen nach Whisky, Whisky, Whisky, dachte ich, drei, vier Gläser Whisky in einem Schaukelstuhl auf der Galerie eines kleinen Hotels.

Dann traf ich auf einen Book-Shop, eine Kiste mit alten, zerlesenen Büchern stand noch draußen im Regen, ich kramte eilig darin herum und angelte schließlich zwei Bücher heraus. Das eine war ein zerfleddertes Dictionary, »Oxford American Dictionary«, ein fetter, über tausendseitiger Taschenbuchschinken für vier Dollar. Gut, das konnte ich brauchen, in so einem Dictionary zu blättern würde mir Spaß machen, von »A« …, »the first letter of the alphabet« …, bis »Zwieback« …, »a kind of bread thickly sliced and toasted until it is very dry«.

Jetzt noch der dicke Roman, irgendein richtiger Südstaaten-Roman, eine lange, ausufernde Geschichte mit vielen Mississippi-Charakteren, irgendein düsteres Epos, irgendeine wunde Geschichte mit vielen wunden Punkten, irgendein … Da hielt ich Faulkners »Light in August« in Händen, fünfhundertdreiundsechzig Seiten. Ich schlug den Roman auf und las: »Sitting beside the road, watching the wagon mount the hill toward her, Lena thinks, ›I have come from Alabama: a fur piece. All the way from Alabama awalking. A fur piece.‹«

Das ist es, dachte ich, als hätte ich einen ganz seltenen Schatz gehoben, »sitting beside the road …«, ein wunderbarer Anfang! Ich ging schnell in den Laden und kaufte die beiden Bücher. Die Verkäuferin packte sie in eine braune Einkaufstüte, man hätte denken können, ich trüge Konserven mit mir herum, ja, dachte ich, Lesekonserven, zwei gute, exquisite Lesekonserven mit scharfer Sauce und sehr viel Fleisch!

Dieser Kauf hatte mich so übermütig gemacht, daß ich gleich nach weiterem Ausschau hielt, Whisky, dachte ich, Whisky ist als nächstes dran! Es kam mir vor, als ginge es um ganz rare, nirgends zu ergatternde Dinge, dabei konnte man eine Flasche Whisky doch an jeder Ecke bekommen. Ich aber wollte mir die Illusion erhalten, einen besonderen Fischzug zu landen, die Kombination gerade dieser beiden Bücher mit einer Flasche Whisky erschien mir wie eine beachtliche Leistung.

Ich fand rasch, was ich suchte, auch der Whisky wurde in einer braunen Papiertüte verstaut, und so zog ich mit den beiden Tüten in den Händen weiter durch den Regen, geduckt, immer eng an den Häusern entlang.

Niedrige Häuser, dachte ich, alles sehr übersichtlich, dieses alte Viertel ist so übersichtlich wie ein Schachbrett, jetzt fehlt nur noch der Eröffnungszug, mit irgendeinem klaren, markanten Zug muß ich beginnen, irgendwo muß ein Anfang gemacht werden. Der Regen klatschte mir aber weiter so scharf ins Gesicht, daß es mich aus dem Freien wegdrängte, die braunen Einkaufstüten waren schon aufgeweicht vom Wasser und an einigen Stellen leicht aufgerissen. Eine Dusche für Mr. Faulkner, dachte ich weiter, eine Dusche für das »American Dictionary« !

Dann stand ich vor den bunten Fensterauslagen eines kleinen Lokals, ich sah eine üppige, reiche Palette von Fischen, von Krebsen, Austern und Hummern, eine rosarote Barockkomposition. Drinnen standen einige Männer in blauen Schürzen hinter dem Tresen, es war ein meterlanger, die ganze Flucht des schmalen Raumes durchschneidender Tresen. Die Männer waren dabei, Austern zu öffnen, ganz flink und geschickt stießen sie den groben und fast handflächengroßen Gebilden das spitze Austernmesser in die Seite.

Auf, dachte ich, hinein, bevor Dich der Regen verschlingt, und schon war ich durch die Schwingtür eingetreten. Ich erkundigte mich nach den Austernsorten, doch ich verstand kaum ein Wort, und so nickte ich nur, als man mir ein Dutzend der besten Ware empfahl, sofort wären sie bereit, ein rundes Dutzend. Man stellte mir auch gleich ein eiskaltes Bier hin, und ein Kellner nahm mir den Mantel ab und verstaute meine Tüten mit einem breiten, sich ordinär aufspielenden Grinsen.

Ich hatte das Bier nicht bestellt, aber das kalte, beschlagene Glas erschien mir wie eine Versuchung.

Ich trank das Glas in einem Zug leer, sofort war das nächste Glas da, es klappt, dachte ich nur, sie verstehen Dich blind. Dann waren die Austern bereit, der große Teller mit den auseinandergebrochenen Schalen sah wie ein Stilleben aus, ich rückte den hohen Hocker näher heran an den Tresen und nickte nur kurz zum dritten Glas Bier.

Man aß die Austern mit einer winzigen, silbernen Gabel, ein Kellner stellte eine Flasche Tabasco neben den Teller, doch ich nahm vorläufig nur zwei große halbe Zitronen. Ich drückte die Zitronen aus, Fruchtfetzen rutschten hier und da in die Schalen, dann löste ich das Austernfleisch von der muskelhaften Verdickung, hob die Schale an die Lippen und ließ es in den Mund gleiten.

Ich schloß die Augen, einen Augenblick war ich eins mit dem Meer, Meer, dachte ich, das Meer ist ganz nahe! Ich schluckte die Auster herunter, noch immer hatte ich die Augen geschlossen, blind griff ich nach meinem Glas Bier und nahm einen kräftigen Schluck.

Ein Kellner stand dicht vor mir auf der anderen Seite des Tresens, er grinste und fragte, ob ich zufrieden sei. Ich nickte, er schien mit nichts anderem gerechnet zu haben und begann eine lange Erläuterung über die Unterschiede der verschiedenen Sorten. Außer mir war zu dieser Stunde niemand im Lokal, draußen eilten die Menschen mit schnellen Schritten vorbei. Die Scheiben des Lokals waren dunstig beschlagen, und ich dachte, Du befindest Dich zwischen Wärme und Kälte, irgendwo in einer schmalen Zone zwischen Himmel und Kälte. Der Kellner setzte seine Erläuterungen fort, er schleppte Körbe mit Austern heran, ich verstand ihn noch immer sehr schlecht, doch er schien anzunehmen, ich könnte ihm in allen Einzelheiten gut folgen.

Für das Dutzend Austern brauchte ich kaum eine Viertelstunde, noch nie hatte ich Austern von solcher Qualität gegessen und noch nie solche Mengen gesehen. Selbst die besten Sorten waren noch preiswert, Dutzendware, dachte ich nur, sie verkaufen es, als handelte es sich um etwas Gewöhnliches. Gewöhnliche Austern, dachte ich weiter, Austern sind hier ganz gewöhnlich, daran wirst Du Dich bald gewöhnen!

Der Kellner schien in mir einen idealen, wenn auch stummen Partner gefunden zu haben, er ließ nicht von mir ab, ich sollte das ganze Austernalphabet kennenlernen, vielleicht hielt er mich für einen erfahrenen Gourmet, eine dieser entsetzlichen Freßgestalten, die sich durch die Spitzenküchen des Landes fraßen und sie mit Sternchen und Kochmützen auszeichneten. Nein, dachte ich, im Gegenteil, er sieht, daß Du ein Anfänger bist, ein wenig kennst Du Dich aus, das reicht gerade, um eine interessierte Miene zu machen.

Er hatte sich ebenfalls ein Glas Bier gezapft, seine langen Erklärungen hatten ihn durstig gemacht, und so stießen wir an, wobei er mich drängte, mich noch an einem weiteren Dutzend zu versuchen. Ich lehnte ab, doch er wollte mich um jeden Preis unterhalten, und so begann er, aus den verschiedensten Körben eine Auster zu angeln, von allen sollte ich kosten. Nur eine Probe, verstand ich, es handle sich nur um eine Probe, nicht einmal zahlen sollte ich dafür.

Die Aufmerksamkeit, mit der er mich bediente, schmeichelte mir, ich konnte nicht ablehnen, er gab sich richtiggehend Mühe, mich in die Austernmysterien einzuweihen. Und so versuchte ich auch noch das zweite Dutzend, jedes einzelne Stück wurde weitschweifig kommentiert, als hätten wir es mit Raritäten zu tun. Dann wieder Bier, die Zeit ging dahin, längst hatte ich das Gefühl für meine Umgebung verloren. Ich kam mir vor, als absolvierte ich einen strengen Kurs mit vielen Lektionen, am Ende gäbe es eine Prüfung, ich mußte sie bestehen.

Mit der Zeit hatte ich auch zu sprechen begonnen, langsam und vorsichtig begann ich zu sprechen, der Alkohol tat seine Wirkung, und ich dachte, die Worte fliegen Dir zu. Jetzt, dachte ich, ist es geschafft, Du beginnst, leicht und gelöst zu sprechen, Du probierst schon einige Wendungen aus, lange Phrasen ersparst Du Dir, darauf kommt es nicht an. Überlege Dir genau, was Du sagst, Du bist ein wortkarger, aber freundlicher Kunde, so einen wie Dich finden sie nicht alle Tage, so einen, der so begeistert jede Auster verschlingt.

Das Lokal hatte sich allmählich gefüllt, der Kellner hatte nun reichlich zu tun, doch zwischendurch kam er immer wieder zu mir, wir stießen an, er tat, als sei ich sein bevorzugter Gast. Ich dachte daran, bald aufzubrechen, draußen dunkelte es schon, noch immer hatte ich nicht das passende Hotel gefunden. Ich kramte die winzigen Kärtchen hervor, die ich während des Tages gesammelt hatte, ich ging sie noch einmal durch, mischte sie und versuchte mich zu erinnern.

Als der Kellner mein Spiel bemerkte, ließ er sich erklären, was ich suchte. Ich schilderte ihm, worauf ich es abgesehen hatte, ich holte aus und lieferte eine gründliche, präzise Erklärung, ich schuf ein Hotel aus meiner Phantasie, ein kleines Hotel an irgendeiner Ecke, ruhig, mit einer Galerie im ersten Stock, mit wenigen Zimmern, ein ideales Versteck.

Er begriff schnell, er nickte, und er sagte, daß er sich darum kümmern werde, ich sollte noch ein Bier nehmen, er werde sich darum kümmern. Er kümmert sich um alles, dachte ich blöde, er kümmert sich, er ist die reinste Kümmerkummernatur. Was für ein Zufall, was für ein Glück, so jemandem zu begegnen! Er hat gleich kapiert, was Du suchst, er tut so, als sprächest Du das reinste, klassische Oxford-Dictionary-Englisch, Zwieback, dachte ich nur, sitting beside the road.

Nach einer Weile kam er zurück und gab mir einen Zettel mit einer Anschrift. Das ist es, sagte er entschieden, als habe er einen Volltreffer gelandet, das ist genau das, was Sie suchen. Ich schaute ihn an, wahrhaftig hatte ich inzwischen damit gerechnet, daß meine Phantasien Wirklichkeit wurden, ja, dachte ich, hier werden Deine Phantasien Wirklichkeit, es ist eine Stadt im Zwischenbereich zwischen Phantasie und Wirklichkeit, es wird Dich hin und her ziehen hier, paß nur auf!

Wir wollten ein letztes Mal anstoßen, ich wollte mich bei ihm bedanken, als er mir ein Zeichen gab. Er wollte mir etwas zeigen, das verstand ich, irgend etwas wollte er mir zeigen. Jetzt kommt die Prüfung, dachte ich, er zeigt Dir eine Auster, die Du noch nie gesehen hast, irgendein Fabelwesen, so etwas wie die Mauritius der Austern, eine phantastische Kreuzung, die nur hier an den Küsten des Golfs gedeiht.

Er hob den Zeigefinger, als käme nun ein besonderer Tusch, dann setzte er das Glas an, schloß die Augen und trank das Glas leer. Er lachte, er deutete auf mich, und er nahm noch einmal das Glas, schloß die Augen und tat, als leerte er das Glas ein zweites Mal.

Plötzlich begriff ich, daß er mich imitierte, er hatte mich beim Trinken beobachtet, es stimmte, beim Leeren der Gläser, beim Kosten der Austern hatte ich die Augen geschlossen. Mein Gott, dachte ich sofort, Du trinkst mit geschlossenen Augen, Du schließt die Augen beim Trinken. Es ist nicht zu fassen, Du hast angefangen, die Gewohnheiten eines anderen zu übernehmen, Du schließt die Augen beim Trinken. Was soll das? Hüte Dich, hüte Dich! Nein, das hier ist keine Buttermilch, keine eiskalte Buttermilch, nein, verdammt, es ist Bier, eiskaltes Bier. Du sitzt in New Orleans und nicht in der Gegend von Köln, der Rhein ist weit weg, an Deutschland sollst Du nicht einmal denken! Wie Dein Vater getrunken hat, so hast nun auch Du getrunken, Du hast Dich unterstanden, ihm nachzutrinken, Du trinkst Deinem Vater nach, paß auf!

Die Gesten des Kellners hatten mich so erschreckt, daß

man mir den Schrecken ansehen mußte. Er fragte mich, ob es mir nicht gut gehe, doch ich schüttelte nur den Kopf. Es geht Dir gut, dachte ich, Du hast Dich nur gehenlassen, Du bist etwas lässig gewesen, dieses Zwischenreich hier hat Dich verführt, und so hast Du der Phantasie zu sehr Raum gegeben. Wird nicht wieder vorkommen, dachte ich, gut, daß er Dir gezeigt hat, wo Du gelandet bist, Du bist auf einem fremden Kontinent gelandet, fremder Kontinent, jawohl, irgendein fremder Kontinent!

Dieses Chaos von Gedanken machte mir zu schaffen, ich brachte keine Ordnung mehr hinein, und so stand ich auf, um das Lokal auf schnellstem Weg zu verlassen. Der Kellner verließ denn auch seine Position hinter dem Tresen, wir haben uns ein gutes Match geliefert, dachte ich, ohne ganz zu begreifen, um welchen Einsatz wir gespielt hatten. Ich sagte ihm dann auch, es sei ein gutes Match gewesen, diese Worte ließen sich nicht mehr vermeiden, doch er schlug mir nur auf die Schulter, deutete noch einmal auf den Zettel mit der Anschrift des Hotels, führte mich nach draußen und erklärte mir, wie ich das Hotel finden könne.

Ich verabschiedete mich, ich klemmte mir die beiden Einkaufstüten unter die Achseln, Whisky, dachte ich nur, auf gar keinen Fall, heute ist es genug, Du schwankst ja bereits. Kaum daß Du die Leuchtreklamen noch entziffern kannst, all diese Signale flattern an Dir vorbei, ein verteufelter Hokuspokus! Gut, daß es aufgehört hat zu regnen, angenehm ist es jetzt, kurz nach einem so schweren Regen. Die Straßen glänzen, die Luft ist klar, Du bist auf dem Weg zu Deinem Hotel!

Ich hatte mich noch ein paarmal erkundigen müssen, überall hatte man mir freundlich Auskunft gegeben, dann stand ich an einer ruhigen Straßenecke, und vor mir das kleine, einfache Hotel. Genau, dachte ich, alles ist für Dich reserviert, ich wette, es ist bereits reserviert.

Ich ging hinein, der schwarze Portier hinter der Rezeption stand auf und begrüßte mich. Ich brachte nur ein paar verquere Sätze hervor, plötzlich verhedderte ich mich, ich sprach von den Austern, der Austernbar, den ausgezeichneten Austern, und daß der Kellner mir diese Anschrift gegeben habe. Der Portier grinste nur und nahm einen Schlüssel vom Bord. Er nannte mir die Zimmernummer und deutete nach oben. Gehen Sie hinauf, sagte er, schauen Sie sich alles an!

Genau, dachte ich, genau, geh nur hinauf, schau Dir alles an, es ist für Dich reserviert. Ich schlurfte die Treppe hinauf, das Zimmer lag gleich zur Linken, es war ein Raum, wie ich ihn mir vorgestellt hatte, ein großer, hoher Raum, nur die notwendigsten Möbel, dazu eine breite Tür zur Galerie. Neben dem Bett stand ein mächtiger, samtüberzogener Ohrensessel, das ist der Schaukelstuhl, dachte ich sofort, den schaffst Du an den Abenden nach draußen.

Ich stellte die Tüten auf einen Tisch, ich zog den Mantel aus und ging noch einmal nach unten. Das ist es, sagte ich, und der Portier grinste wieder. Ich bleibe einige Tage, sagte ich, geht das klar? Geht klar, antwortete der Portier und setzte sich wieder.

Dann ging ich nach oben, legte mich auf das Bett und schaute an die Decke. Ich war müde und schläfrig, die Stimmen aus der Austernbar beschäftigten mich noch, aber ich war zufrieden, auf diese leichte Weise etwas gefunden zu haben.

»Sitting beside the road«, dachte ich, na siehst Du, hier kommen wir gut unter. Ein großes, hohes Zimmer, sehr bequem. Wenn wir zusammen auf Reisen gingen, war es Deine Aufgabe, uns am Abend ein Zimmer zu finden. Weißt Du noch, ich muß so ungefähr sieben, acht Jahre gewesen sein, da sind wir das erste Mal zusammen losgezogen. Wir hatten nichts als zwei Rucksäcke dabei, und wir sind die Mosel stromaufwärts gewandert. Von Koblenz aus sind wir die Mosel stromaufwärts gewandert bis Trier. Wir haben uns Zeit gelassen, wir sind nicht schnell gegangen, manchmal ging es über die Höhen, dann wieder hinunter ins Tal, direkt am Fluß entlang. Am Abend hast Du uns ein Quartier besorgt, Du hattest einen untrüglichen Instinkt für so etwas, Du brauchtest nur einen kurzen Blick auf ein Hotel zu werfen, und schon wußtest Du, ob es das passende sei. Meist haben wir ja auch gar nicht in Hotels geschlafen, Du hattest einen Widerwillen gegen Hotelzimmer, sie erschienen Dir zu steril, Du wolltest in Zimmern schlafen, in denen man hätte wohnen können, Schlafzimmer mußten immer auch Wohnzimmer sein. Und so hast Du meist ein paar Runden durch die kleinen Dörfer gedreht, ich mußte irgendwo warten, in einem Lokal oder im Schwimmbad des Dorfes, denn wir sind, so oft wie wir nur konnten, schwimmen gegangen. Ich habe gewartet, und Du hast heimlich Ausschau gehalten, man sah es Dir nicht einmal an, Du bist einfach durch das Dorf geschlendert, und dann trafst Du häufig irgendwo einen Menschen, der ein Zimmer zu vermieten hatte. Du hattest ein ganz unerklärliches Geschick, mit solchen Leuten umzugehen, manchmal hatten sie jahrelang nichts vermietet oder nicht einmal an das Vermieten gedacht, Du aber fragtest sie nur kurz, ob sie ein Zimmer frei hätten, und plötzlich fiel ihnen ein, ja, sie hatten ein Zimmer frei. Dann sind wir irgendwo in einer Wohnung untergekommen, oft waren die Zimmer vollgestellt mit allerlei Kram, und das mußte erst rausgeräumt werden. Dir war das gleichgültig, wir packen an, hast Du zu den Vermietern gesagt, und dann haben wir es uns in dem Zimmer bequem gemacht. So hast Du viele Kontakte geknüpft, das fiel Dir ganz leicht, Du hast mit den Leuten wie ein alter Bekannter gesprochen, sie verstanden sofort, was Du wolltest, und sie vertrauten Dir. Erst später habe ich begriffen, daß Du keine Unterschiede machtest zwischen den Regionen, für Dich bestanden sie alle aus ein und demselben Dorf, Du warst in ihnen zu Hause, Du kanntest die Mentalität, es war die bäurische, einfache und umständliche Deiner Heimat. Mir aber waren diese Dörfer ganz fremd, ich unterschied sie alle, ich lief neben Dir her und bemerkte genau, wie verschieden sie waren von denen unserer Heimat.

Jetzt habe ich uns ein Quartier besorgt, es ging ganz leicht, ich habe mir Deine Erfahrungen zunutze gemacht, einige Runden durch den alten Bezirk, dann ein Gespräch, der Kellner hat mir gleich vertraut, und sein Vorschlag war gut. Wir werden uns hier einrichten, fürs erste haben wir hier unseren festen Platz, ich werde den Sessel hinausstellen. Irgendwann werden die Regenschauer aufhören, die Luft wird sich erwärmen, wir werden in der feuchten Schwüle auf der Galerie sitzen, und ich werde Dir Faulkner vorlesen. Faulkner, glaube ich, nein, Faulkner, weiß ich, hast Du niemals gelesen, Du hast nur Prosa gelten lassen mit vielen Naturschilderungen, ja, gut, wir wollen darüber nicht streiten. Ich weiß noch genau, wie Du mit mir telefoniertest, nachdem mein erster Roman erschienen war. Du sagtest, Du habest einen Blick hineingeworfen, es sei ein ordentliches Buch, mit einigen guten Naturschilderungen, die Naturschilderungen seien das Beste, da hätte ich viel gelernt, das könnte ich, das hätte ich trainiert, das andere aber, den ganzen Rest hätte ich fortlassen sollen.

Solche Lakonie paßte zu Dir, ein paar knappe, abschließende Bemerkungen, gegen die man nichts einwenden konnte, rauh manchmal, aber ganz klar und direkt. Ich habe genau verstanden, was Du sagen wolltest, insgeheim warst Du stolz, daß so vieles von unseren Reisen in das Buch eingegangen war, lange Passagen, trancehaft-traumartige Passagen voller Naturbilder, deren Häufigkeit ich mir selbst nicht erklären konnte.

Dabei war es doch klar, warum ich so schrieb, Du hattest

schon auf der ersten Reise von mir verlangt, daß ich jeden Abend den Tageslauf festhielt, die kleinsten, unbedeutendsten Details hatten es Dir besonders angetan, und ich habe mitgemacht, es machte mir Spaß, mit meiner unbeholfenen Kinderschrift habe ich Seite um Seite gefüllt, lange Berichte sind so entstanden, das Schreiben wurde mir zur zweiten Natur. Ich weiß nicht, ob Du voraussehen konntest, was dadurch entstand, es zog mich schließlich am Abend zum Schreiben, das Schreiben wurde ein Sog, ich schrieb, als ginge es darum, jedes Detail zu bewahren. Du hast mir gesagt, der Bericht sei für Mutter, wir hatten Mutter zurückgelassen, noch konnte sie uns nicht begleiten, Du weißt ja warum.

Als wir zurückkamen, habe ich Mutter den Bericht vorgelesen, langsam habe ich gelesen, und Du hast dabeigesessen und hier und da eine Stelle verbessert. Zu dritt haben wir in der Küche gesessen, und ich war der Vorleser, und manchmal mußte ich noch eine Stelle eigens für Dich wiederholen, und Du hattest Dein Vergnügen an irgendeinem Begriff. Mutter aber konnte so unsere Reise verfolgen, meine Berichte ließen die Reise auch in ihr entstehen, und so machten wir die ganze Reise noch einmal, von Koblenz bis Trier, die Mosel stromaufwärts, jetzt zu dritt, in Gedanken.

Erinnerst Du Dich, damals hast Du mich lachend »einen großen Meister« genannt, »er ist ein großer Meister«, hast Du gesagt und Dir dabei auf die Schenkel geschlagen. Ich wußte nicht, was Dich so amüsierte, es war kein Spott, es war nicht höhnisch, es war naive Freude, aber ich rannte aus dem Zimmer, weil ich mich verlacht glaubte. Später wollte ich meinen Bericht zerreißen, ich glaubte, er habe Dir nicht gefallen, Du aber hast gesagt, es sei ein guter und klarer Bericht, die Naturschilderungen seien das Beste, irgendwann einmal werde ich »ein großer Meister« sein, das stehe fest.

Gut, lassen wir das, immerhin habe ich die erste Prüfung

bestanden, ich habe uns ein Zimmer besorgt, »sitting beside the road ...«

Es klopfte, und ich schreckte aus meinem Dämmern auf. Der Portier stand in der Tür.

– Sir, Sie haben kein Gepäck, ist das richtig?

– Gepäck? Doch natürlich, ich habe Gepäck.

– Kann ich Ihnen irgendwie helfen?

– Nein, sagte ich, danke! Ich hole das Gepäck allein. Ich mache mich gleich auf, das Gepäck zu holen. Ich habe nur leichtes Gepäck, kaum der Rede wert, mit dem Gepäck werde ich spielend fertig.

– Dann gute Nacht, Sir!

– Gute Nacht!

In dieser Nacht träumte ich das erste Mal seit der Beerdigung von meinem Vater. Ich betrat einen dunklen, weiten Raum, es war ein leerer Raum, und in der Mitte saß auf einem schweren quadratischen Steinblock mein Vater. Mein Vater saß dort stumm und ohne das Gesicht zu verziehen, regungslos saß Vater auf dem schmucklosen Block. Er schaute geradeaus, irgendwohin in die Ferne, sein Gesicht wirkte entspannt, aber ohne besonderen Ausdruck, die Hände hatte er auf die Knie gelegt, und ich bemerkte die langen, feingliedrigen Finger, die Finger meines Vaters und meines Großvaters.

Die Finger bewegten sich nicht, sie berührten die Knie, ganz sacht und leicht berührten sie die spitzen Knie, ich mußte auf diese Knie starren, denn es waren nicht nur die Knie meines Vaters, sondern auch meine, auch ich hatte diese Knie, spitz zulaufende Knie. Die Beine standen parallel nebeneinander, zu den Füßen hin wurden sie schmal und beinahe zerbrechlich, Storchenbeine, dachte ich nur, die Waden sind kaum entwickelt.

Am Oberschenkel des rechten Beines aber war eine alte Wunde zu erkennen, irgendein Geschoß hatte dort das Fleisch heruntergerissen und war tief eingedrungen in die Hüfte. Auch die Waden waren voll von solchen Wunden, doch sie waren kleiner, ein winziger Teppich von Splitternarben.

So saß mein Vater, beinahe nackt, nur mit einem dünnen Tuch um die Hüften, das zu den Seiten hin offen war, auf dem quadratischen Block, stumm und regungslos wie eine ägyptische Statue, das Abbild eines mir fernen Menschen, der auf die Zaubersprüche wartete, die ihn beleben sollten.

Ich aber saß viele Schritte entfernt von meinem Vater, das war der vorgeschriebene Abstand, ich saß auf einem flachen, rechteckigen Stein, mit untergeschlagenen Beinen, regungslos wie mein Vater. Ich spürte die Versuchung, ihn anzusprechen, aber es gehörte sich nicht, in diesem Raum ein Gespräch anzuknüpfen, außerdem erschien mir mein Vater ganz in sich versunken, als kümmerte ihn nicht im geringsten, daß ich in seiner Nähe war.

Ich hatte ein dickes Buch auf den Knien, es war ein schwerer, kompakter Foliant, ein Buch mit Tausenden von Seiten, die eng beschrieben waren und aus denen ich vorzulesen hatte. Und ich begann, meinem Vater vorzulesen, ich las in den dunklen Raum hinein, und meine Worte waren kaum hörbar, nur ich selbst schien diese Worte zu hören, doch ich verstand sie nicht, es waren fremde Worte, Worte einer mir unbekannten Sprache, die ich dennoch ganz leicht zu beherrschen schien. Und so murmelte ich immer weiter, ein Wort nach dem andern, es war gleichgültig, womit ich begann, ich würde nie an ein Ende kommen, Worte gab es in Fülle, und ich sagte sie auf vor dem Abbild meines Vaters, der stillsaß und schwieg.

Nach einer Weile aber hob er die Hand, es war ein kurzes Zeichen, das meinen Lesefluß unterbrach, ich stand auf und entfernte mich von der flachen, eiskalten Platte, irgendwo in den hinteren Zonen des Raumes war ein Tisch aufgebaut, und der Tisch war voll mit Früchten und Speisen, unzählige Teller waren mit den farbenreichsten Speisen bedeckt, und ich hatte nichts anderes zu tun, als die Teller vor meinen Vater zu tragen. Ich wählte denn auch einige Teller aus, und ich trug sie vor meinen Vater und stellte sie rings um den quadratischen Block und verneigte mich, als gehörte all das zu der Zeremonie.

Mein Vater schien aber damit nicht zufrieden, ich sah ihm an, daß ihn etwas verstörte, irgend etwas hatte ich falsch gemacht, ja, ich hatte die Reihenfolge verwechselt, ich hatte vergessen, ihn zu waschen, erst hatte ich seinen Oberkörper zu waschen, auch die Knie, jeden Finger hatte ich einzeln zu waschen, auch die Füße. Und ich lief zurück zu dem in den hinteren Zonen abgestellten Tisch, um ein feuchtes Tuch oder einen Lappen zu holen, doch es gab kein Tuch, es gab nur den Tisch, und die Speisen auf dem Tisch begannen schon zu verwesen. Einige Früchte waren bereits von dem Tisch heruntergekollert, ich trat zwischen sie, nirgends fand ich die Gegenstände, die ich brauchte, meinen Vater zu waschen.

Es eilte aber, irgend jemand schien mich zu drängen, schon faulten die Speisen, sie strömten einen bitteren Gestank aus, in wenigen Sekunden brachen die Früchte auf und warfen ein dunkles Gespei aus, ein molluskenhaft dunkles Gespei, das sich über den ganzen Boden verschleimte.

Und so eilte ich zurück zu meinem Vater und leckte meine Hände, und ich wollte meine Hände feucht lecken, um meinen Vater mit meinen feuchten Händen zu waschen, doch als ich ihn berühren wollte, begann das Abbild zu schwanken, es zitterte stark, das Schwanken wurde immer bedrohlicher, daher ließ ich davon ab, meinen Vater mit meinen feuchten Händen zu waschen.

Die schleimige Masse der Früchte und die verquollenen Reste der Speisen breiteten sich in dem dunklen Raum aus, der Raum wurde enger, die Luft war kaum noch zu ertragen, ein einziger Dunst, Schwaden von feuchten Dämpfen, die sich mir auf die Brust legten und mir das Atmen erschwerten. Die flache Platte, auf der ich gesessen hatte, war von diesem Schleim schon zerfressen, die Seiten des Buches zerfleddert, doch ich fand kein Mittel, dem zu entgehen, und so stand ich hilflos vor meinem Vater und wurde der Dinge nicht Herr.

Dann rief mich eine Stimme beiseite, ich lief einige Schritte fort von dem Abbild, eine Tür öffnete sich, und hinter der Tür öffneten sich weitere Räume, und in diesen Räumen saßen die Schreiber vor den schweren Folianten, sie bedeckten die Seiten mit winzigen Buchstaben, und jedes Wort, das sie geschrieben hatten, sprachen sie laut vor sich hin, und es war ein einziges Gewirr von Stimmen. Da verwies man mich in die hintersten Räume, dort saßen Schreiber, die noch nicht erfahren waren im Schreiben, sie übten den Umgang mit Stiften und Griffeln, sie ritzten die Buchstaben umständlich in Holz, und ich hatte mich zu diesen Schreibern zu setzen, um ganz von vorne zu beginnen.

Ich wollte aber noch einmal zurück zu meinem Vater, längst waren jedoch die Türen verschlossen, die lange Flucht der Räume war einem undurchdringlichen Dunkel gewichen, und so setzte ich mich, senkte den Kopf und schaute auf das fremde Alphabet vor meinen Augen, ein Alphabet aus kryptischen Zeichen, die ich einzutragen hatte in einen Folianten mit dünnen, durchsichtigen Seiten. Und ich hatte begonnen zu schreiben, ich schrieb, ja, ich schrieb.

Der nächtliche Traum hatte mich so verstört, daß ich am folgenden Tag beschloß, meine Mutter anzurufen. Ich hatte seit Wochen nichts von mir hören lassen, in St. Louis hatte ich versucht, ihr zu schreiben, aber es war ein völlig mißlungener, verkrampfter Brief geworden, den ich schließlich doch nicht abgeschickt hatte. Ich ahnte, daß das Telefonat schwierig werden würde, ich hatte kein gutes Gefühl bei dieser Sache, doch ich wollte irgend etwas tun, meine Unruhe in den Griff zu bekommen.

Ich ließ mich verbinden, dann hörte ich ein starkes Rauschen und Knacken, und ganz plötzlich, ohne daß ich zuvor die Läuttöne gehört hätte, war die Stimme meiner Mutter da.

– Hallo, sagte ich laut, ich bin es, kannst Du mich gut verstehen?

– Du bist es, sagte meine Mutter, wo bist Du denn jetzt?

– In New Orleans, sagte ich, ich bin in New Orleans.

– In New Orleans? fragte meine Mutter, was machst Du denn in New Orleans?

– Das kann ich Dir nicht erklären, sagte ich und fragte schnell nach, wie geht es Dir?

– Es geht mir nicht gut, sagte sie, es ist sehr schwer für mich.

Sie machte eine Pause, ich hörte angestrengt in das Rauschen hinein, verdammt, warum hatte ich sie angerufen?

– Was ist los? sagte ich, erzähl doch, wie es Dir geht.

– Es ist sehr schwer für mich, wiederholte sie stockend, ich komme einfach nicht darüber hinweg.

– Erzähl mir, was los ist, sagte ich.

– Ich habe mich um das Grab gekümmert, sagte sie, es war nicht leicht. Ich habe das Grab bepflanzen lassen und einen Stein ausgesucht. Ich wollte Dich erst fragen, welchen Stein Du nehmen würdest, aber Du warst nicht zu erreichen.

– Ich war zu erreichen, sagte ich trotzig, Du hattest doch Freds Telefonnummer.

– Ich wollte nicht stören, sagte meine Mutter.

– Na bitte, sagte ich nervös, ich war also doch zu erreichen, Du hättest nur anrufen müssen.

– Nein, sagte meine Mutter, ich wollte nicht stören.

– Also, was ist mit dem Stein? fragte ich ungeduldig.

– Ich habe einen großen, massiven Felsstein ausgewählt, sagte meine Mutter, einen Stein aus den Tauern. Ist Dir das recht?

– Warum soll mir das denn nicht recht sein? fragte ich.

– Ich weiß es doch nicht, sagte meine Mutter, ich wußte doch nicht, ob es Dir recht sein würde.

– Es ist mir recht, sagte ich, es wird schon in Ordnung sein, ich kann es mir einfach nicht vorstellen.

– Es ist Granit, sagte meine Mutter, hellgrauer Granit mit einigen hellgrünen Äderchen, groß und massiv.

– In Ordnung, sagte ich, Granit finde ich gut.

– Hättest Du auch Granit genommen? fragte meine Mutter.

– Ja, sagte ich entnervt, wahrscheinlich, Granit ist gut, was gibt es da noch zu überlegen?

– Es gibt soviel zu überlegen, sagte sie, ich werde gar nicht fertig damit.

– Was denn noch? fragte ich.

– Du hast keine Ahnung, sagte sie, Du kannst es Dir nicht vorstellen. Du solltest hier sein, dann könntest Du Dir selbst ein Bild machen.

– Wovon? fragte ich, wovon soll ich mir ein Bild machen? Nun erzähl doch einmal vernünftig, nicht so in Bruchstücken, ich kann Dir ja gar nicht folgen.

– Das kannst Du auch nicht, sagte meine Mutter, man muß hier sein, um sich ein Bild machen zu können. Es gibt soviel zu tun.

– Aber was denn, was gibt es zu tun? fragte ich.

– Was soll ich denn mit Vaters Sachen anfangen?

– Mit welchen Sachen? fragte ich.

– Du hast keine Ahnung, sagte sie, Du kannst es Dir nicht vorstellen.

– Welche Sachen? fragte ich lauter.

– Seine Hemden, sagte sie, wo soll ich nur mit all den weißen Hemden hin? Vater hat doch jeden Tag ein frisches, gestärktes Hemd getragen, jeden Tag.

– Ja, ich weiß, sagte ich.

– Meinst Du, Du kannst die Hemden noch tragen? fragte sie.

– Nein, sagte ich, sie passen mir nicht.

– Ich könnte sie umnähen, sagte sie.

– Nein, sagte ich, ich ziehe Vaters Hemden nicht an.

– Aber warum denn nicht? fragte meine Mutter, es sind gute Hemden, sehr gute sogar.

– Ja, ich weiß, sagte ich, weiß und gestärkt.

– Du ziehst sie wirklich nicht an? fragte sie.

– Herrgott, nein, rief ich, ein für allemal, ich ziehe sie nicht an.

– Ist ja gut, sagte meine Mutter enttäuscht, ich darf doch wenigstens fragen.

– Du kannst ruhig fragen, sagte ich, aber frag mich nicht dreimal, einmal reicht doch.

– Du kannst es Dir eben nicht vorstellen, sagte meine Mutter.

– Verschenk die Hemden, sagte ich, das ist doch ganz einfach.

– Ich kann Vaters Hemden nicht verschenken, sagte meine Mutter, ich kann die Hemden doch nicht wildfremden Leuten schenken.

– Dann schenk sie irgend jemandem aus der Verwandtschaft, sagte ich, Du wirst schon jemanden finden.

– Aber wen? fragte meine Mutter.

– Das ist Deine Sache, sagte ich, ich kann mir über so etwas nicht den Kopf zerbrechen.

– Siehst Du, sagte sie, Du willst Dich nicht damit beschäftigen. Es gibt soviel zu tun.

– Was denn noch? fragte ich.

– Vaters Mäntel, die Wintermäntel, weißt Du, und die Hüte, und die Krawatten, wirst Du wenigstens Vaters Krawatten tragen?

– Nein, sagte ich, kommt gar nicht in Frage.

– Die Krawatten auch nicht? fragte meine Mutter, es sind gute Krawatten, beste Qualität, vielleicht trägst Du wenigstens die dunklen, dunkle Krawatten kann man doch immer gebrauchen.

– Jetzt hör mal zu, sagte ich scharf, ich werde überhaupt nichts von Vaters Kleidungsstücken tragen, keine Hüte, keine Mäntel, keine Krawatten, und erst recht nicht die Unterhosen, denn die sind wohl als nächstes dran. Pack all die Sachen zusammen und verschenk sie an irgendeine caritative Vereinigung, an irgendeine Stiftung, an irgendwen, was weiß ich.

– So leicht ist das nicht, sagte meine Mutter.

– Aber warum nicht? fragte ich, warum denn bloß nicht?

– Es ist nicht leicht, sich von den Sachen zu trennen, sagte sie.

Es war wieder still in der Leitung. Verdammt, dachte ich wieder, ich hätte mich gar nicht erst auf so ein Gespräch einlassen dürfen. Wir drehen uns ja nur im Kreis. Natürlich ist es nicht leicht für sie, sich von den Sachen zu trennen, ich selbst könnte mich auch nicht von den Sachen trennen, was rede ich denn da von caritativen Vereinigungen? Schon das Wort »caritativ« ist eine Schande, »caritativ« ist ein Blödsinn, warum rede ich bloß solchen Blödsinn? Und was würde ich mit den Sachen machen? Ich würde sie ordnen, die Sachen, ich säße zu Hause vor dem riesigen Berg weißer Hemden und brächte es nicht fertig, sie irgend jemandem zu schenken. Und jetzt tue ich so, als fiele mir das alles leicht, ich tue so, als ginge mich das alles nichts an.

– Bitte, sagte ich, hör einmal zu! Ich werde es mir noch einmal überlegen. Kannst Du nicht warten, bis ich zurück bin?

– Worauf soll ich warten? fragte meine Mutter.

– Ich werde die Sachen noch einmal durchsehen, sagte ich, vielleicht ist ja doch noch etwas darunter, was sich verwenden läßt.

– Wenigstens die Krawatten, sagte meine Mutter, wenigstens die dunklen.

– Zum Beispiel, sagte ich.

– Gut, sagte meine Mutter, dann werde ich mit dem Verschenken noch warten. Du kannst Dir selbst ein Bild machen.

– Ich werde Dir schon helfen, sagte ich.

– Ich kann Hilfe brauchen, sagte meine Mutter.

– Was denn noch? fragte ich, gibt es noch andere Dinge zu regeln?

– Ja, sagte meine Mutter, das ganze Haus …

– Was ist mit dem Haus? fragte ich.

– Das Haus, sagte sie, das Haus muß von unten bis oben aufgeräumt werden.

– Ach was! sagte ich, was gibt es denn da aufzuräumen?

– All die Aktenstöße und die Fachzeitschriften und die vielen amtlichen Unterlagen und die Briefe, betete meine Mutter herunter.

– Das meiste habe ich ja schon durchgesehen, sagte ich.

– Aber Du hast es einfach liegengelassen, sagte sie.

– Nein, sagte ich entschieden, nein, ich habe es sehr genau durchgesehen. Ich habe das Wichtigste herausgelesen, das Wichtigste ist in meinen Händen.

– Und der Rest? fragte meine Mutter, was mache ich denn mit dem ganzen Rest?

– Ich werde mich auch darum kümmern, sagte ich.

– Das ganze Haus muß von unten bis oben umgeräumt werden, wiederholte meine Mutter.

– Ich habe einen vollständigen Überblick, sagte ich, ich weiß genau, was sich im Keller befindet.

– Dann hättest Du es gleich wegschaffen sollen, sagte sie.

– Ich wollte es mir noch einmal durch den Kopf gehen lassen, sagte ich, ich wollte noch einmal drüber nachdenken.

– Dann soll alles so bleiben, wie es jetzt ist? fragte meine Mutter.

– Nein, sagte ich, ich sagte Dir doch, ich werde mich darum kümmern.

– Ach, Du wirst Dich um gar nichts kümmern, sagte sie.

– So ein Unsinn! rief ich, was redest Du bloß für einen Unsinn? Hab ich mich nicht immer um alles gekümmert, hab ich mich nicht um die kleinste Kleinigkeit gekümmert? Was redest Du denn?

Wieder war es still. Nein, ich konnte nicht mehr länger mit ihr reden. So, wie wir jetzt miteinander sprachen, hatten wir auch in den Tagen nach der Beerdigung miteinander gesprochen. Es war ein verzweifeltes Sich-auf-der-Stelle-Drehen, wir kamen keinen Schritt voran.

– Entschuldige, sagte ich, ich bin etwas unruhig. Ich verspreche Dir, ich werde mich um alles kümmern.

– Geht es Dir nicht gut? fragte sie.

– Doch, doch, sagte ich schnell, es geht mir gut.

– Wirklich? Geht es Dir wirklich gut? fragte sie.

– Es geht gut, sagte ich.

– Wie lange willst Du noch bleiben? fragte sie.

– Ich weiß es noch nicht, sagte ich, ich habe hier noch zu tun.

– Arbeitest Du denn? fragte sie.

– Ja, sagte ich, ich versuche zu arbeiten.

– Kommst Du voran? fragte sie.

– Nein, sagte ich und wußte gleich, daß es ein Fehler war, oder ja, ja, schon, mal sehen.

– Das ganze Haus wächst mir über den Kopf, wiederholte sie, da aber machte ich der Sache ein Ende. Ich gab ihr meine Telefonnummer, ich sagte ihr, sie könne mich jederzeit unter dieser Nummer erreichen, wenn ich New Orleans verließe, würde ich sie wieder anrufen. Dann verabschiedete ich mich und hängte ein.

Das Gespräch hatte mich beruhigen sollen, doch es hatte eine ganz gegenteilige Wirkung, ja es hatte meine Unruhe noch verstärkt. Eilig verließ ich das Hotel und ging hinunter zum Fluß. Das Haus, dachte ich, das schöne Haus in den Wäldern, ich wäre jetzt gern dort, ich würde wieder das obere Stockwerk bewohnen, und ich würde Vaters Sachen hinausschaffen, alles würde ich hinausschaffen, das wäre doch gelacht! Ich kann mich genau an den Hausbau erinnern, ich weiß noch genau, wie ich eines Tages mit Vater auf der Hügelkuppe spazierenging, wir waren schon ein paar Stunden gelaufen, und wir erreichten den höchsten Punkt des kleinen Hügels, den trigonometrischen Punkt, eine lange Holzstange stand dort, mit einer aus Holz geschnitzten Windrose ganz oben an der Spitze. Und Vater erklärte mir, was ein trigonometrischer Punkt sei, er erklärte es mir in allen Einzelheiten, und wir setzten uns unter die Holzstange und schauten in die Weite, ja, wir schauten in den Rachen der Weite.

Wir waren beide von diesem Ausblick begeistert, das ist einmalig, sagte Vater, ein einmaliger Ausblick, so etwas habe ich hier in der Nähe noch nicht gesehen, man sieht bis zum Rothaargebirge, einmalig! Und ich hatte beinahe ehrfürchtig neben ihm gesessen und das Rothaargebirge zu erkennen versucht, ich hatte meine Augen zu einem schmalen Schlitz zusammengekniffen, und dann hatte ich die fernen Bergrücken entdeckt, ein feiner Saum am Horizont. Vater war vor lauter Begeisterung aufgestanden und hatte sich immer wieder um die eigene Achse gedreht, nicht zu fassen, hatte er sich wiederholt, nicht zu fassen, und ich hatte gedacht, gleich fliegen wir fort, gleich packt uns der heftige Wind, und dann fliegen wir fort, wir fliegen bis zum Rothaargebirge, und dort liegt Schnee, und wir werden uns erkälten.

Dann hatte Vater mich an der Hand genommen, und wir hatten den trigonometrischen Punkt umkreist, in immer größeren Kreisen hatten wir den trigonometrischen Punkt umrundet, und plötzlich war Vater stehengeblieben, wie ein Blitz hatte ihn der Gedanke getroffen, ich hatte nichts verstanden, denn er hatte mich nur zu einem kleinen Wäldchen gezogen und mir aufgetragen, dort, vor einem Dreigestirn hoher Buchen, gerade zwischen den Buchen, stehenzubleiben. Dann hatte er sich wieder entfernt, Hunderte von Metern hatte er abgeschritten, mit diesen exakten Vermessungsschritten, beinahe auf den Zentimeter jeweils ein Meter, ganz genau. Und es hatte in ihm zu rechnen begonnen, und er hatte mich aus der Ferne angepeilt, und er hatte Winkel berechnet und sein Notizbuch herausgenommen, und er hatte die Spitze seines Bleistifts geleckt, immer wieder hatte er diese Spitze geleckt und laufend notiert.

Er war das ganze Rechteck unterhalb des trigonometrischen Punktes abgelaufen, den ganzen Nachmittag hatte er damit verbracht, und an Stelle der rotweißen Meßlatten hatte ich mich postieren müssen, alle paar Minuten hatte ich eine neue Position einnehmen müssen, und ich war ganz durcheinandergeraten während dieser imaginären Vermessung.

Dann aber war alles entschieden gewesen, die kleinen Wäldchen unterhalb des trigonometrischen Punktes wurden noch mit schnellen Schritten durchmessen, die muß man ausforsten, hatte Vater gesagt, aber das ist kein Problem. Ich hatte noch immer nicht begriffen, was er vorgehabt hatte, doch dann waren wir wieder ganz hinaufgeklettert, und wir hatten noch einmal den weiten Ausblick genossen, und Vater hatte mich gefragt: Was meinst Du, wie wäre es, wenn wir uns hier ein Haus bauten?

Mich hatte die Frage völlig überrascht, vor allem aber hatte mich getroffen, daß er von »uns« gesprochen hatte, er spricht von »uns beiden« hatte ich nur gedacht, ich darf ihm helfen, ich bin jetzt einer seiner Gehilfen, ja, ich bin der oberste Meßgehilfe. Stolz und feierlich hatte ich zugestimmt, ja, hatte ich gesagt, ich werde Dir helfen, es ist eine wunderbare Idee, wir werden von den Fenstern des Hauses aus das Rothaargebirge sehen können.

Schon wenige Tage später hatte Vater Erkundigungen eingezogen, wem die Grundstücke gehörten, es waren mehrere große Parzellen gewesen, die einer verwitweten Bäuerin gehört hatten. Mein Vater hatte die alte Frau aufgesucht und ihr einen Preis für die Parzellen genannt, die Frau aber hatte nicht alle Parzellen verkaufen wollen, nur wenige, kleine, und sie hatte Vater gefragt, was er um Himmels willen denn mit soviel Land anfangen wolle. Vater hatte ihr erklärt, daß er ein Haus darauf bauen wolle, und sie hatte gesagt, das Haus könne er auch auf den wenigen, kleinen Parzellen bauen. Nein, hatte Vater gesagt, entweder bekomme ich alle oder ich kaufe nicht, ich baue ein Haus und keinen Geräteschuppen, das Haus braucht Raum, viel Raum, das Haus braucht die Wälder ringsum. Die Frau hatte ihn nicht verstanden, sie hatte gedacht, Vater wolle ein gewaltiges Haus bauen, Vater aber hatte all die Grundstücke nur als ein einziges Grundstück betrachtet, besser gesagt, er hatte sie sich zu einem einzigen Grundstück zurechtphantasiert.

Schließlich hatte die Frau doch alle Parzellen verkauft, Vater hatte sie immer wieder gedrängt, und dann hatten wir mit dem Hausbau begonnen, oder vielmehr wir hatten damit begonnen, die Wäldchen zu durchforsten, mit großen Raupen einen Weg zu ebnen, den Bauplatz abzustecken, das Fundament auszuheben. Vater hatte mich an diesen Arbeiten beteiligt, ich war oft an seiner Seite, wenn wir am Morgen den Bauplatz aufsuchten und mit den Arbeitern sprachen. Vater war Ingenieur und Architekt, und ich war Gehilfe, ja, ich war der oberste Meßgehilfe. Ich schleppte seine Akten und Zeichnungen hinter ihm her, ich stieg mit ihm auf die Leiter, hinab ins Fundament, ich war immer zur Stelle, wenn er mich brauchte.

Ich war so eifrig, weil ich daran dachte, daß meine Brüder nicht mittun konnten, mit ihnen hatte mein Vater kein Haus gebaut, nein, sie hatten so etwas nie erlebt, nicht einmal auf diesen Gedanken war mein Vater in früheren Zeiten gekommen. Mit mir will er ein Haus bauen, dachte ich, nicht mit Euch, nicht mit Karl, Josef, Dieter und Hans, sondern allein mit mir!

Ich hatte nachgerechnet, und plötzlich war mir klar geworden, daß ich inzwischen älter war als all meine Brüder je geworden waren, der älteste von ihnen hatte ja kaum das dritte Jahr überlebt, ja, ich war inzwischen der älteste von uns fünfen, daher stand es mir zu, mit meinem Vater das Haus zu bauen. Ja, dachte ich damals, zum ersten Mal habe ich meinen Brüdern etwas voraus, ich arbeite mit meinem Vater zusammen, meine Brüder aber haben nie mit meinem Vater zusammengearbeitet.

Diese Gedanken verliehen mir jene merkwürdige Ausdauer, die mein Vater dann an mir bewundert hatte. Er hatte vielleicht nur im Scherz von »unserem« Haus und »unserer« Arbeit gesprochen, bald hatte er jedoch einsehen müssen, wie ernst ich die Sache nahm. Übertreib es nicht, hatte er zu mir gesagt, Du bringst Dich ja noch um! Ja, ich hatte mich für diesen Hausbau umbringen wollen, denn in diesem Haus hatte ich mit meinen Eltern allein leben wollen, ich hatte meinen Brüdern den Zutritt verwehren wollen, draußen vor der Tür sollten sie bleiben, in ihren alten Behausungen.

Ich hatte darüber nicht mit meinem Vater gesprochen, natürlich nicht, nur im stillen hatte ich oft daran gedacht, wir bauen ein Haus, hatte ich gedacht, ein Haus, das wir den Brüdern voraus haben, niemand von den Brüdern wird dort heimisch werden.

Zwei Jahre hatte alles gedauert, und dann hatte es noch viele Jahre gebraucht, die Umgebung des Hauses mit den Wäldchen, Wiesen und steilen Abhängen zu gestalten, und auch dabei hatte ich meinem Vater geholfen. Am schönsten war es gewesen, wenn ich Vater beim Sensen hatte zuschauen dürfen, ich war ganz in seiner Nähe gewesen und hatte genau beobachtet, wie er mit der Sense das hohe Gras fortgefegt hatte, ratschratsch, dann lagen die Garben da, ein kurzer Schnitt, und er hatte das hohe Gras fortgemäht. Später hatte ich das Heu zusammengelesen und in großen Körben fortgeschafft, solche Arbeiten hatten mir Spaß gemacht, während es meinen Vater gewundert hatte, daß ich für solche Arbeiten zu haben war.

Einmal hatte er mich gefragt, wieso es mir Spaß mache, das Heu zusammenzulesen, und ich hatte ihm geantwortet, weil ich Dein ältester Sohn bin, mein Vater hatte lange gestutzt und erst nach einer Weile nachgefragt, wie ich darauf komme, daß ich sein ältester Sohn sei. Und ich hatte ihm meine heimlichen Rechnungen erklärt, ich hatte mich zu seinem ältesten Sohn erklärt, und endlich hatte er genickt und bestätigt, ja, da hast Du recht, jetzt bist Du mein ältester Sohn.

Der älteste Sohn, hatte ich aber gleich weitergemacht, der älteste Sohn muß mehr tun als die anderen, jüngeren Söhne, der älteste Sohn hat viel mehr zu tun. Und mein Vater hatte mich auch darin bestätigt und mich noch einmal ausdrücklich gelobt.

Am Abend dieses Tages waren wir bei Tisch noch einmal darauf zurückgekommen, mein Vater mußte meiner Mutter erzählt haben, was ich gesagt hatte, denn meine Mutter hatte damit anfangen wollen, mir zu erklären, daß ich nicht der älteste Sohn sei, sondern der Sohn, der inzwischen älter sei als alle anderen Söhne je gewesen seien. Im Grunde aber sei ich doch noch immer der jüngste Sohn, schließlich seien all meine Brüder vor mir geboren und deshalb älter.

Diese Sätze hatten in mir aber wieder den Verdacht geweckt, meine Brüder seien auf eine mir unzugängliche Weise doch noch am Leben, daher war ich aufgesprungen und hatte meine Mutter angeschrien, ich bin der älteste Sohn, niemand anderes. Meine Mutter war über meinen Ausbruch erschrokken gewesen, sie hatte ihn sich nicht erklären können, mein Vater aber hatte gleich eingelenkt und mir erneut bestätigt, ja, ich sei der älteste Sohn.

Manchmal hatte ich selbst an meine Zählung geglaubt, manchmal hatte ich im stillen wieder meiner Mutter recht geben müssen, das Haus jedenfalls hatte ich ganz zu meinem eigen erklärt, es war mein Haus und das Haus meiner Eltern, und meine Brüder hatten ihre Räume in der Umgebung, in den Wäldchen oder noch weiter entfernt, hinter den Bergkuppen.

Das Haus und Deine Brüder verfolgen Dich bis New Orleans, großer Meister, dachte ich, von Deinem Vater ganz zu schweigen. Kaum bist Du allein, machst Du einen Fehler nach dem andern. Du rufst Deine Mutter an, Du machst Versprechungen, von denen Du nicht weißt, ob Du sie halten kannst, nein, so wächst Du nicht mit der Fremde zusammen. New Orleans ist Deine Fremde, streng Dich an, ihr zu gefallen, nichts sonst!

Ich verließ das Hotel, nachdem ich meine Koffer ausgepackt hatte, der schwarze Portier grüßte mich flüchtig, dann machte ich mich auf den Weg zum Fluß, ich wollte auf dem Markt einen Strauß Blumen kaufen und Obst, die Blumen wollte ich nahe ans Fenster stellen, damit ich einen Blickfang hatte in meinem Zimmer.

Es regnete nicht mehr, doch der Regen mochte erst vor kurzem aufgehört haben, denn es tropfte noch überall von den Galerien, so daß man am besten mitten auf der Straße ging. Die Türen der Lokale standen weit geöffnet, die Stühle auf den Tischen, der Boden wurde gefegt und gesäubert, hier und da ein paar Rhythmen.

Ich fand den Markt auf Anhieb, man konnte sich in diesem Terrain nicht verlaufen, das alte Viertel des French Quarter war ein begrenzter und beinahe idiotisch einheitlicher Bezirk, man merkte sofort, wenn man draußen war, schon nach ein paar Schritten spürte man die Veränderung wie einen plötzlichen, unerwarteten Rausschmiß.

Ich hatte nicht vor, das Viertel zu verlassen, nein, dachte ich, ist schon recht, das Viertel soll Deine Höhle sein, in diesem Viertel fühlst Du Dich vorerst geborgen, alles andere geht Dich nichts an. Dann kaufte ich mir einen Strauß Blumen, ich kaufte Äpfel, Birnen und Trauben, und ich setzte mich in ein Café nahe am Markt, es hieß »Café du Monde«, und es gab dort einen guten Milchkaffee, stark, wie ich ihn brauchte.

Später schlenderte ich noch etwas durch die Hafengegend, die »Natchez« lief gerade wieder zu einer Hafenrundfahrt aus, einen Moment hatte ich daran gedacht, die Rundfahrt noch einmal mitzumachen, doch dann hatte ich mir die Wiederholung strikt verboten. Du hast Dich von Mary verabschiedet, dachte ich, wir betreiben hier keine Spurensuche. Ich hatte eine Weile auf den Fluß gestarrt und die Ausfahrt der »Natchez« beobachtet, dann hatte mich ein Mann angesprochen und mich gefragt, ob ich Lust hätte, mit dem Motorboot in die Bayous zu fahren.

Ich hatte von den Bayous gehört, Bayous nannte man das Labyrinth der Seitenarme des Mississippi, schmale, unübersichtliche Wasserwege im weiten Delta des Stroms. Der Mann ließ nicht locker, er pries die Schönheit des Deltas, und er zeigte mir sein Boot, zu zweit sollten wir hinausfahren, ein paar Stunden lang, er würde mir alles erklären. Ich vertröstete ihn auf den nächsten Tag, heute, sagte ich, hätte ich keine Zeit, doch er ließ sich nicht abschütteln und folgte mir, um weiter auf mich einzureden. Je weiter wir uns vom Hafen entfernten, desto niedriger veranschlagte er den Preis für die Fahrt, schließlich war es ein kaum nennenswerter Betrag, doch ich blieb eisern und sagte ihm, am nächsten Tag sei ich bereit.

Als er merkte, daß alles nichts half, fluchte er kurz, dann machte er kehrt, und ich ging zum Hotel zurück. Ich ließ mir vom Portier eine Vase geben und stellte die Blumen, wie ich es mir ausgemalt hatte, vor ein Fenster; das Obst legte ich in eine Schale und stellte sie neben das Bett. Dann rückte ich den schweren Sessel hinaus auf die Galerie, goß ein Glas halbvoll mit Whisky und nahm Faulkners Roman mit nach draußen. Ich setzte mich erleichtert, ich hatte schon genug von der Stadt gesehen, das Buch lockte mich mehr. Ich nahm einen Schluck, gut, dachte ich, das richtige Heilmittel! Dann begann ich zu lesen, »sitting beside the road ...«

Es war das letzte Stück Text, das ich später deutlich erinnerte, denn an diesem Nachmittag hatte ich damit begonnen, meine Erinnerungen zu löschen. Ich hatte gelesen, ich hatte getrunken, und ich war immer wieder in das Zimmer gegangen, um den Blumenstrauß zu betrachten und die Schale mit Obst. Irgendwann war ich wohl auch hinausgegangen, irgendwann mußte ich hinausgegangen sein, aber später erinnerte ich nicht mehr, was im einzelnen geschehen war, ich hatte mich in einem langen, ununterbrochenen Film verloren, in einer Flut verwackelter und zeitlupenhaft verzerrter Bilder, die sich grell abgehoben hatten vom tiefen Dunkelrahmen der Umgebungen.

Ich war in vielen Lokalen gewesen, ich hatte mit Menschen gesprochen, ich hatte mit Menschen an kleinen, runden Tischen zusammengesessen und mich mühelos unterhalten, ich hatte Adressen ausgetauscht und war mit einigen Trinkwütigen durch die Straßen gezogen, nächtelang. Später konnte ich nicht mehr unterscheiden, was in den einzelnen Nächten passiert war, ich hatte getanzt, das auch, ich hatte mich auf einer überfüllten Tanzfläche eng umschlungen mit einer Frau bewegt, und doch hatte ich die Frau nie wieder gesehen, wie ich auch die anderen nie wieder getroffen hatte.

Ich hatte Tag und Nacht getauscht, ich hatte an den Morgenden lange geschlafen, vielleicht waren es auch die Nachmittage gewesen, ich hatte nichts auseinandergehalten, es war ein einziges Fluten intensiv nachwirkender Eindrücke gewesen, eine mich immer ohnmächtiger machende Fahrt in das Vergessen.

Ich hatte das Telefon läuten hören, und ich hatte neben dem läutenden Telefon auf dem Bett gelegen und es nicht geschafft, den Hörer abzuheben. Ich hatte mich von allem verabschiedet, von der Zeit, den Verabredungen, auch von den anderen Menschen, denn daß ich überhaupt noch mit ihnen zusammengetroffen war, hatte nur noch mit alten Reflexen zu tun gehabt, mit antrainierten Reflexen aus ruhigen Tagen.

Ich hatte mir immer wieder Whisky gekauft, schon morgens hatte ich begonnen, Whisky zu trinken, und schon morgens hatte ich die Kneipen aufgesucht und hatte irgendwo an einem Tresen gesessen, um darauf zu warten, daß irgend jemand erschien, der sich mit mir unterhielt. Es hatten immer wieder Menschen an meiner Seite gesessen, später kam es mir vor, sie hätten ganz dicht an meiner Seite gesessen, beinahe halb in mich verwachsen. Jedenfalls hatte ich ihren Duft wahrgenommen, den warmen Schweißdunst der älteren Männer, die in ihren verschwitzten Hemden neben mir ausgehalten hatten, das scharf-süße Parfüm einer leicht zitternden Frau, die mich mit ihren Geschichten beschäftigt hatte, ich wußte nicht, wie viele Stunden.

Der Whisky hatte die Zeit ausgeblendet, und mit der Zeit auch die Erinnerungen, nichts hatte ich mehr in eine Folge bringen können, ich hatte keine Absichten und keine Vorsätze mehr gehabt, es hatte festgestanden, daß ich am Morgen mit dem Trinken begonnen hatte, geradezu süchtig war ich auf dieses Trinken gewesen, erst durch das Trinken hatte ich überhaupt in den Tag hineingefunden und mich aus dem Zimmer getraut.

Manchmal war aber auch ein Teil von mir im Zimmer geblieben, ein fauler und willenloser Teil war in dem Zimmer sitzengeblieben oder auch draußen auf der Galerie, er hatte stundenlang in dem schweren Sessel gesessen, er hatte geraucht und getrunken und durch das schmiedeeiserne Gitter auf die Straßen des Viertels gestarrt. Der andere Teil aber hatte sich auf den Weg gemacht, er hatte das Viertel durchstreift und sich von Austern ernährt, immer wieder war er in der kleinen Austernbar eingekehrt und hatte sich dem langen Zeremoniell hingegeben, dem umständlichen Öffnen der Schalen, dem Ausschlürfen und Kosten.

Und so hatten sich mit der Zeit der eine und der andere Teil voneinander getrennt, der eine hatte sich an das Zimmer gewöhnt und hatte das Zimmer nicht mehr verlassen wollen, und der andere Teil hatte sich wenigstens noch aufgeschwungen, ein paar Schritte zu tun.

Manchmal aber hatten die beiden Teile ihre Wesen getauscht, oder sie hatten Brüderschaft miteinander getrunken, oder sie waren sich in einem schäbigen Ladenlokal begegnet, wenn der eine wieder auf der Suche war nach einer Flasche, und der andere hatte Zigarren verlangt. Ja, ich hatte handgerollte, schwere Zigarren geraucht, irgendwer hatte sie mir nahe dem Markt angeboten, ein schnelles, glänzendes Gesicht hatte mir ein Bündel Zigarren vor die Augen gehalten, und ich hatte das Bündel genommen wie ein Bündel Lauch und einen hohen Preis dafür gezahlt.

Häufig war ich wohl auch irgendwo eingeschlafen, der eine Teil hatte irgendwo im Freien geschlafen, auf einer Bank im Hafenviertel hatte er am frühen Morgen gelegen und sich mit zitternden Fingern den Schweiß von der Stirn gewischt. Ein andermal war er anscheinend an einem Tisch des »Café du Monde« weggetreten, denn er hatte sich später an ein Paar fester Hände erinnert, das ihn vom Stuhl gezogen hatte und fortgeschafft, irgendwohin.

Dann aber hatten die beiden Teile wieder vereint gelegen, sie hatten Schritte gehört vor der Tür, und der schwarze Portier hatte angeklopft und mit leiser Stimme ein paar Fragen gestellt.

– Sir, Sie bleiben noch, ist das richtig?

– Ja, ich bleibe noch.

– Wie lange werden Sie noch bleiben, Sir?

– Ich weiß es nicht, mindestens noch eine Woche.

– Gut, dann weiß ich Bescheid, Sir.

Und ich hatte mich durch die Bayous fahren lassen, denn ich war dem aufdringlichen Menschen im Hafen immer wieder in die Fänge gelaufen. Mehrmals war ich mit diesem Mann in die Bayous gefahren, er hatte mich auf sein Motorboot geladen, und dann waren wir stundenlang durch die schmalen Rinnen und Kanäle gefahren. Wir hatten irgendwo angelegt, es mußte ein winziger Fischerhafen gewesen sein, aber ich hatte mich nur noch an ein paar Boote und die großen Netze erinnert, dazu an viele Körbe mit Krabben und hellen, fast durchsichtigen Garnelen.

Ich hatte den Mann nach den Tieren des Deltas gefragt, und

er hatte mir viele gezeigt, ich hatte Schwärme dunkelblauer Vögel gesehen, irgendwo verteilt auf den Marschinseln des Deltas, ich hatte feiste, schwere Biberratten gesehen, faul in der Sonne durch das versumpfte Wasser treibend, ich hatte Alligatoren gesehen, müde, fast unbewegliche Tiere in den schlickigen, hellgrünen Zonen, in denen es nach Entengrütze stank.

Aber ich hatte auch diese Bilder durcheinandergebracht, ich hatte sie nicht mehr in einer Folge ordnen können, mehrere Male mußte ich mit dem immer ruhiger werdenden Menschen hinausgefahren sein. Irgendwann hatte ich ihn zu einem Bier eingeladen, aber er hatte die Einladung ausgeschlagen, nein, er hatte an Land nicht mit einer solchen Gestalt zusammen gesehen werden wollen, ich hatte begonnen, einen schlechten Eindruck zu machen, ich hatte ungewaschenes, unsauberes Zeug getragen, Hemden, die ich mehrere Tage am Leib gehabt hatte, selbst nachts hatte ich sie nicht ausgezogen, Strümpfe mit wächsern verklebten Schweißbeulen, mit denen ich mich ins Bett gelegt hatte.

Außer Austern und Whisky hatte ich keine Nahrung mehr zu mir genommen, am Anfang hatte ich es wohl noch versucht, ich hatte mich später an dicke Suppen erinnert, an dicke, angebrannte Suppen mit einem seltsamen Rauchgeschmack, glänzende Speckwürfel waren obenauf geschwommen und winzige Fischbrocken. Fisch, ja Fisch hatte ich noch mehrmals versucht, anfangs, als meine Kräfte noch ausgereicht hatten, die guten Lokale zu besuchen, schöne Lokale mit intimen Zimmern, Räume mit Rosenholzverkleidungen und schweren Leuchtern. Aber ich hatte mich mit den Getränken schwergetan, der Wein war mir immer dürftig vorgekommen, ein seichtes Gesöff, selbst die besseren Sorten hatten mich nur enttäuscht. Ich hatte den Wein nicht vertragen, und erst recht hatte ich nicht die vielen Mixturen vertragen, die man mir angeboten hatte, Cocktails mit exotischen Namen,

Drinks, die mich das Essen wieder ausspeien ließen in Sekunden, nachdem ich schweißnaß und mit klopfendem Herzen in die Toiletten gehetzt war.

Oft hatte ich die Toiletten vertauscht, ich war auf die Damentoiletten geraten und hatte dort regungslos und mit feuchtem Gesicht vor einem Spiegel gestanden. Anscheinend aber hatte man sich nie über mich beschwert, nein, daran hatte ich mich später nicht erinnern können, ganz andere, beinahe liebevolle Szenen waren mir nur noch geblieben, Szenen mit lächelnden Frauen, die mir ein Taschentuch gereicht und Parfüm an meiner Schläfe verrieben hatten, Frauen, die mich am Arm genommen und mich zum Tisch zurückgeführt hatten, Frauen, die sich nach meinem Befinden erkundigt und mich später begleitet hatten.

Ich hatte aber den genauen Text zu all diesen Szenen verloren, manchmal hatte ich den einen Teil ein paar Späße machen lassen, richtiggehend in Fahrt war der eine Teil geraten, während ich den anderen heimgeschickt hatte, sich ins Bett zu legen und sich auszuschlafen. Und der andere hatte auf den einen gewartet, er hatte in eine Decke gehüllt auf der Galerie gesessen, mal schlafend, dann wieder aufgeweckt von den herumziehenden Scharen, Menschen, die nach ihm gerufen hatten und denen er eine halbleere Flasche hinuntergeworfen hatte, so daß sie ihn aufgefordert hatten, mit ihnen zu ziehen. Und dann hatte auch der andere sein Zimmer wieder verlassen, und der eine hatte ihn später nicht mehr angetroffen, als er in der feuchten Morgenfrühe zurückgekommen war, dumpf, lauter vermischte Stimmen im Kopf.

Manchmal hatten sich beide am Morgen noch an Faulkner gehalten, ja, Faulkner war der einzige Halt in all diesen Szenen gewesen, aber Faulkner hatte alles nur noch schlimmer gemacht, denn die Lektüre war ein einziger Höllenspaziergang gewesen, als wären beide Teile in ein höllisches Land aufgebrochen, wo es niemals Ruhe gab und wo einer dem anderen die Lebensluft raubte. Ja, es war eine unruhige, verwirrende Lektüre gewesen, wahrscheinlich hatte ich die gelesenen Szenen auch mit den erlebten verkettet, irgendwo hatte ich so etwas ausgesondert wie Dialoge von Faulkner, schläfrige, gelangweilte Dialoge, die viel Ungeheuerliches verbargen.

In meinem Zimmer aber war ich immer wieder in mir zusammengesunken, ich war aus dem Bett gefallen auf den dikken Velourstеppich, den ich mit den Brandlöchern der Zigarrenreste verunstaltet hatte, ich hatte mir das Knie aufgeschlagen bei dem Versuch, das Bett näher ans Fenster zu rücken, Kratzspuren hatte ich an meinen Armen entdeckt.

In den Nächten hatte man manchmal an meine Türe geklopft, manchmal hatte ich auch laute Schläge gehört, ein regelmäßiges Trommeln, und Stimmen, die etwas von mir verlangt hatten, es waren bettelnde, wimmernde Stimmen gewesen, sie hatten lange um irgend etwas gebeten, zunächst hatte es sich angehört wie Käuzchenrufe, dann wie ein gluckerndes Unken, es waren wortlose, jammernde Geräusche gewesen, ein Potpourri von finsteren Lauten, die mir irgend etwas zu erkennen hatten geben wollen, die sich mir aufgedrängt hatten, ganz schamlos, nächtelang hatte es manchmal vor meinem Zimmer gefleht und getrommelt, dazu der Duft von Haschisch, der Duft dünner Zigaretten, ein Duft, der mich noch im Bett benebelt hatte, durch alle Ritzen war er in das Zimmer eingedrungen, ein lästiger Dunst.

Ich hatte aber niemals geöffnet, ich wäre nicht einmal dazu in der Lage gewesen, außerdem hatte ich mich vor den Stimmen gefürchtet, denn ich hatte ihre Signale nicht zu deuten gewußt, ich hatte diese Signale nur wie eine Plage empfunden, ein zudringliches Betteln um Alkohol oder Sex, ich hatte es nicht unterscheiden können.

Mit der Zeit hatten die Früchte zu faulen begonnen, langsam hatten sie von innen her gefault, so daß ich zunächst nichts bemerkt hatte, schließlich waren die Äpfel braunflekkig geworden, dann hatte der Schimmel sie allmählich zersetzt, die Trauben waren eingefallen, als habe die Fäulnis sie ausgepreßt und zusammengequetscht, nur die Birnen hatten sich noch etwas gehalten. Dann aber war alles zu einem faulen Kompott versuppt, auf dem sich die Mücken und Fliegen niedergelassen hatten, die Fliegen, die schon lange die stinkende Blumenvase umkreist hatten, süchtig nach all diesem Friedhofsgestank.

Friedhof, hatte ich oft gedacht, Friied-hoof, ein einziges blödes Gelalle, doch dann hatte ich selbst diese Dünste eingesogen, ich hatte ja nie daran gedacht, diese Früchte zu essen oder die Blumen auszuwechseln, nein, ich hatte sie irgendeines Mysteriums wegen aufgestellt, gehorsam, so wie man gehorsam opferte und nicht fragte nach Ursachen und Gründen.

Ich hatte auf meinem Bett gelegen und den Gestank eingesogen, es war ein makabres Duftmahl gewesen, ein Taxieren von Duftnoten und Aromen, tief hatte ich eingeatmet, mit geschlossenen Augen hatte ich die hefige Würze genossen.

Und wieder war der Portier erschienen, an einem dunklen Nachmittag oder vielleicht auch schon am Abend, er hatte sich mir in einer aufwendigen Livree präsentiert, als habe er eigens für mich diese Uniform aufgeboten.

– Sir, ich darf noch einmal fragen, wie lange Sie bleiben.

– Ich bleibe noch.

– Sie haben vor, noch einige Tage zu bleiben?

– Ja, sicher, noch einige Tage.

Doch in diesen Tagen hatten die Phantasien begonnen, sich ganz zu verwirren, ich hatte mit wildfremden Menschen telefoniert, ich hatte Briefe gekritzelt in einer unleserlichen Schrift, eine kraklige Schrift wie die einer verschlüsselten Stenographie, ja, ich hatte zu schreiben begonnen, ich hatte Seiten mit Ziffernkolonnen gefüllt, ich hatte Verse geschrieben, chaotische Poesie, eine trunkene, gereizte Musik voller Lautmalerei.

Und ich hatte auf der Galerie gestanden und die Texte von der Galerie herabrezitiert, ich hatte verquere Reden gehalten, ein Spaß hatte es werden sollen, doch es war etwas Heftiges, Finsteres geworden, manchmal hatte ich auch getobt, ich hatte mit meinen Fäusten gedroht und versucht, mich von den beiden Ich zu befreien.

Das Schreiben und Kritzeln hatte mich von nun an verfolgt, ich hatte auch außerhalb des Zimmers, etwa an den Tischen des »Café du Monde« geschrieben, und ich hatte bemerkt, wie man mir zugeschaut hatte, man hatte mir über die Schulter geschaut und gesehen, wie ich Blatt für Blatt mit meinen wirren Zeichen gefüllt hatte, doch niemand hatte sich eingemischt in mein Schreiben, niemand hatte mich unterbrochen, nein, ich war nicht zu stören gewesen, und so hatten mich die meisten für einen Irren gehalten.

Die Blätter aber hatte ich mit Hingabe bewacht, ich hatte sie unter meine Fittiche genommen, ich hatte sie unter meinem Mantel versteckt oder eigens in einer Einkaufstüte verstaut. Meist hatte ich den ganzen beschriebenen Stapel mit mir getragen, ich hatte sie sogar mitgenommen auf eine Fahrt in die Bayous, und ich hatte sie über dem Wasser geschwenkt und darauf gewartet, daß die Seeluft sie durchfeuchtete.

Ich hatte die Blätter für einen Schatz gehalten, manchmal hatte ich gedacht, sie seien mein letzter Besitz, ich hatte sie für den letzten und alleinigen Rest meines Daseins gehalten, verbrannt und zusammengeschrumpft war ich zu diesem Rest, zu einem labyrinthischen Refugium von Zeichen und Lauten. Ich hatte geglaubt, ich sei einem ungeheuren Text auf der Spur, wie ein Spurensucher und Jäger hatte ich über den sich an den Rändern immer mehr aufrollenden Blättern gesessen, ich hatte sie immer wieder von neuem sortiert, denn ich hatte gehofft, in diesen Ordnungen verberge sich die geheime Ordnung des Alls.

Diese Ordnung aber hatte ich mir als eine Ordnung der Sprache gedacht, doch ich hatte verzweifelt nach der einen, ordnenden Sprache gesucht, ich hatte nichts als Fragmente gefunden, lauter Fetzen verschiedener Sprachen, und ich hatte versucht, mit diesen Sprachen zu handeln, ja, ich hatte versucht, mit all den Sprachen und Sprechern um mich herum einen gemeinsamen Laut zu finden, eine Art Klang, oder ein Tönen.

Natürlich war das nichts als eine Manie gewesen, manisch und unruhig hatte ich versucht, die schwierigen Laute um mich herum zu notieren, ich hatte kreolisch und spanisch, französisch und englisch gekritzelt, und natürlich waren es immer dieselben Zeichen gewesen, Runen und Chiffren, nur für mich lesbar. Manchmal hatte man mich gebeten, daraus zu zitieren, doch ich hatte mich mit der Komposition übernommen, »saint go«, hatte ich gemurmelt, und man hatte mich nach dem genauen Namen des Heiligen gefragt, nach seiner Herkunft und seinem Wirken, »do my way«, hatte ich weiter gelesen, doch darüber nur selbst den Kopf geschüttelt, »do my go«, »saint do«, »do mine« … hatte ich mich endlich völlig verwirrt.

Man hatte mir geduldig zugehört, ganz nah waren mir die schönsten Gesichter gekommen, Männer mit langem Haar und fein gepflegten Backenbärten, Schwarze mit Haarknoten und Zopffrisuren, ich hatte dichte Brauen gesehen und hoch gewölbte, beinahe halbkreisförmige Lider mit langen Wimpern, ich hatte auf Pupillen gestarrt und auf die leuchtenden Farben der Iris.

Doch dann war ich wieder weiter geflohen, den Stapel von Blättern unter dem Arm, ich hatte begonnen, die Jazzlokale aufzusuchen, am Anfang war mir der allgegenwärtige Jazz ganz zuwider gewesen, ich hatte die Jazzlokale gemieden, denn die lauten Klänge hatten mich nur noch mehr durcheinandergebracht, außerdem hatte der Jazz hier etwas sehr Penetrantes, kein guter Jazz, hatte ich immer wieder gedacht, und ich hatte den Jazz mit dem Dunst meines Zimmers verbunden, der Jazz war der Klang gewordene Dunst, ein Notengestank, eine Saxophonpest, die einzelnen Stimmen waren nicht mehr zu trennen, nur noch Blech, mattes, dürftiges Blech, ich hatte die Lokale verlassen, in denen die Bands mit ihren satten, wiegenden Rhythmen begonnen hatten, nein, ich hatte daran nicht teilnehmen wollen.

Doch dann hatte ich einen kleinen, dunklen Schuppen gefunden, ich hatte ihn nur die Scheune genannt, es war ein beinahe unbeleuchteter, düsterer Schuppen gewesen, und drinnen hatte es nach Vergorenem gestunken, nach gut Durchgegorenem, und ich hatte gedacht, hier ist es ehrlich, hier notieren sie richtig, hier sind die Instrumente gestimmt, hier ist es stimmig, und ich hatte mich neben die Tür auf den Boden gesetzt und hatte mir den Jazz angetan, ich hatte begonnen, mir den Jazz anzutun, und von diesem Abend an hatte ich immer wieder den Schuppen gesucht, um mir den Jazz einzuimpfen.

Ich hatte das Innere des Schuppens nicht überblicken können, mir zur Seite hatten immer viele Menschen gesessen, sie hatten in mehreren Reihen hintereinander gesessen, und irgendwo hatten auch ein paar Kerzen gebrannt, vielleicht waren es aber auch einige schwache Funzeln gewesen, bräunlich verfärbte Glühbirnen, jedenfalls hatte ich nie ein Gefühl für die Größe des Raums bekommen, mal hatte ich gedacht, es sei ein winziges Zimmer, dann wieder, es sei eine niedrige Halle, doch da mein Gesichtskreis verengt gewesen war, hatte ich nie Genaueres feststellen können, und so hatte ich auf meinem Stammplatz gesessen wie in einer mal schmäler werdenden, mal sich weiter ausdehnenden Kiste. Ja, ich hatte diese Veränderungen, dieses Sich-Ausdehnen und Sich-Zusammenziehen, fast körperlich empfunden, die Rhythmen hatten vielleicht ein übriges getan, und so hatte ich manchmal die Augen geschlossen, und dann war es einen steilen Hang bergabwärts gegangen, wie im Sturzflug war ich die abschüssige Fläche hinabgeglitten.

Um aber in diesen Geschwindigkeiten einen Halt zu finden, hatte ich mich an meinen Nächsten zu halten versucht, es war der Posaunist gewesen, denn der Posaunist hatte gerade neben mir auf dem Podium gesessen, ein kräftiger, beleibter Schwarzer mit einem strahlend weißen Hemd und muskulösen Oberarmen. In den kurzen Pausen zwischen den Stücken hatte er das Instrument ausgeschüttelt, er hatte den langen Zug nach oben gekehrt, so daß das Mundstück dünne Speichelfäden ausgeschieden hatte, und die langen, langsam wie Sirup austropfenden Fäden hatten sich vor mir auf dem Boden verteilt.

Ich hatte den Mann während des Spiels fest ins Auge gefaßt, ich hatte mir seine Gesichtszüge eingeprägt, ich hatte den Schweiß auf seiner hohen Stirn Tropfen bilden sehen, und ich hatte das Zucken der Sehnen am Arm gesehen, wenn er den Posaunenzug vor- und zurückschob. Inmitten des dunklen, schwach beleuchteten Raumes, in dem die Spielenden vor der dichten Menge der Zuschauer ihre kurzen Soli hinlegten, hatte ich nur einen Solisten gesehen, mehr hatte ich nicht aufnehmen können, und so hatte ich den Posaunisten zu einem Freund erklärt, ja, ich hatte gedacht, dieser Mann sei mein Verwandter in diesem Raum.

In den Pausen hatte ich ihn freilich nicht zu betrachten gewagt, in den Pausen hatte er um sich geschaut und gerade einmal die vordersten Reihen gemustert, sicherlich war ich ihm nicht entgangen, er hatte mich ja bemerken müssen, da ich den Raum nur betreten hatte, wenn mein Stammplatz frei gewesen war, ein abseitiger Kauerplatz auf dem Boden ganz links, links neben den Stühlen. In diesen Pausen aber hatte ich nur zur Seite geschaut, ich hatte ein Flackern und Flüstern bemerkt, eine ganz undeutliche Dämmerkulisse, und ich hatte nur darauf gewartet, daß die Rhythmen einsetzten, süchtig war ich nach diesen Rhythmen geworden.

Und so war es mir schwergefallen, mich tief in der Nacht von den Rhythmen zu trennen. Als die letzte Nummer gespielt worden war, hatte ich mich aus dem Schuppen gestohlen, ich hatte die Totenstille des Raums nicht ertragen können, und erst recht nicht das aufkommende Sprechen und Gestikulieren der Zuhörer, schließlich hatte ich mich ja in diesen Kultus vernarrt, weil es ein Kultus des Schweigens gewesen war, die Zuhörer hatten zu schweigen, und die Musiker hatten sich dem Schweigen zu stellen, außerdem grundierte das Schweigen die Rhythmen, alle Rhythmen arbeiteten nur auf dieser Basis.

Also war ich hinausgeschlichen, und ich hatte mich weiter durch das Viertel treiben lassen, denn die Rhythmen hatten mich aufgewühlt und den ganzen Körper zu einem nachhallenden Klangkörper gemacht. Ich hatte noch mehr Jazz haben wollen, ich hatte noch nach großen Portionen gegiert, doch in den Lokalen hatte ich nicht das Passende gefunden, denn in diesen Stunden hatten die Lokalgäste längst den Jazz verdrängt, und so hatten die Bands nur noch zum Schein in den Winkeln der Lokale gespielt. In manchen Lokalen hatten Gruppen getanzt, in anderen war es so voll gewesen, daß der Jazz nur noch die Folie des Lärms abgegeben hatte, diesen Jazz aber hatte ich nicht hören wollen, ich hatte ihn mir als Spiel mit dem Schweigen gewünscht und nichts anderes gelten lassen.

Doch ich war weiter in den Nächten durch das Viertel gezogen, auf der Suche nach Jazz, und die Bands in den Lokalen hatten nur verstümmelte Versionen geliefert, platten Hintergrundjazz, oder saftige Rhythmen für irgendeine ausgelassene Show. So war ich hungrig durch die Straßen gelaufen, ich hatte den Wind gespürt, den warmen, massig langsamen Wind, der durch die geöffneten Türen der Lokale fuhr und irgendwo steckenblieb in den Rauch- und Dunstschwaden des Innern. Und ich hatte mich in die Winkel gedrückt, um einige Augenblicke Luft zu schöpfen, hatte ich mich in irgendwelche Winkel geflüchtet und dann am Rücken den kalten Backstein der Häuserwände gespürt, ich hatte das helle Pinkeln der Hunde gehört und das dröhnende Schlagen eines Fensterladens irgendwo in meiner Nähe.

Manchmal war ich auch zum Hafen gegangen, tief in der Nacht hatte ich nach meinem Bootsmann gesucht, ich hatte ihn nur den Bootsmann genannt, und ich hatte mich tief in der Nacht hinausfahren lassen wollen ins Delta, dorthin, wo ich die Schlammassen des Stromes vermutete, ich hatte mich in das Gegurgel und Gewälze der Schlammassen fahren lassen wollen, dorthin, wo die Süßwasserfluten auf das Salzwasser trafen und sich weit ins Meer hinausschoben. Dort draußen, in diesem Zwischenreich zwischen Süßem und Bittrem, dort hatte ich die Zonen der Austern vermutet, weite Austernbänke mit seltenen Exemplaren, handgroße Skulpturen. Und ich hatte nach meinem Bootsmann gerufen, ich hatte mir den Jazz aus dem Leib gerufen, lange hatte ich in das Dunkel gerufen und war in den Hafenanlagen herumgestolpert, zwischen verrosteten Eisenbahnschienen und Schrott.

Irgendwann hatte ein Strolch mich gefunden, irgendein Strolch, eine lästige, herumlungernde, müde Erscheinung hatte sich meiner erbarmt, und ich hatte mich aus dem Dunkel des Hafens hinausführen lassen, und ich hatte den schmächtigen Menschen ins »Café du Monde« eingeladen, wo er mir eine fade Geschichte erzählt hatte, doch ich hatte ihm zugehört, das heißt, ich hatte ein paar Brocken Sprache verdaut.

So hatte ich lange am Rande gelebt, aber nur in den Nächten hatte ich noch so etwas wie Leben gespürt. Ich hatte versucht, die Erinnerungen zu löschen, ja, ich hatte versucht, ohne meinen Vater zu leben, und damit ich ohne ihn hatte leben können, hatte ich mein Hirn in einem Meer von Whisky gebadet, ich hatte mein Hirn bewußtlos treiben lassen in diesem Meer, und ich hatte versucht, die Gestalt meines Vaters auszuscheiden, sein Gehen, sein Lachen, seine Sprache und Gesten, denn ich hatte geglaubt, so meinen Vater verabschieden und sein Bild auskratzen zu können aus dem Reservoir meiner Bilder.

Deshalb hatte ich auch die Erinnerung an alles Deutsche betäubt, das Deutsche hatte ich mehr als alles andere gemieden, ich hatte versucht, nicht mehr in dieser Sprache zu denken, ja, ich hatte Faulkners Sätze vor mich hin buchstabiert, um mir die Sätze zu Leitsätzen zu machen. Jedes Kauderwelsch war mir recht gewesen, jede Mischung, ich hatte mich geradezu dreist in fremde Sprachschichten begeben, nur um das Deutsche umgehen zu können, nur nicht diese bekannten Laute, die mit jedem Wort alles heraufbeschwören würden.

Soweit war ich gekommen, als ich in einer Nacht wieder einmal in meinem Schuppen gesessen hatte, gerade neben der Tür, mit dem Blick auf meinen Freund. Ich hatte dort schon einige Stunden gesessen, als ich einen Wink der Posaune wahrgenommen hatte, zunächst war es nur ein flüchtiges Zeichen gewesen, doch ich hatte es als einen Wink zu mir hin gedeutet, dann hatte ich auch die für einen Moment weit geöffneten Augen meines Freundes bemerkt, ein kurzes Zucken, und ich hatte wieder geglaubt, das gelte mir. Ich hatte jedoch damit gerechnet, mich getäuscht zu haben, bis ich nach einer Nummer die deutliche Geste meines Freundes gesehen hatte, der mich aufgefordert hatte, ihm bei irgend etwas behilflich zu sein. Ich hatte mich zu ihm vorgereckt, und er hatte mich gebeten, die

Türe zu schließen, hey, hatte ich ihn sagen hören, hey, schließ bitte die Tür, und ich hatte die Tür geschlossen, und er hatte sich bedankt und hinzugefügt, hey, das zieht ganz schön, weißt Du, es zieht.

Diese Worte hatten mich völlig verschreckt, denn mein Freund hatte mich auf deutsch angeredet, er hatte in akzentfreiem, klarem Deutsch zu mir gesprochen, und so hatten mich diese Worte aufgestört und beunruhigt, denn es waren die ersten Worte seit langem gewesen, die mir so etwas wie Klarheit abverlangt hatten. Plötzlich hatten mich diese Worte getroffen, und ich hatte von einer Sekunde zur anderen gespürt, daß sie den Nebel wegreißen würden, ja, diese Worte hatten für einen Moment den Nebel der letzten Wochen beiseite gedrängt, und so hatte ich noch schutzloser als sonst auf dem Boden gekauert und beschlossen, mich nach der nächsten Nummer sofort ins Freie zu schleichen.

Ich war dann auch aufgestanden, schwankend hatte ich versucht, den Weg durch das Dunkel ins Freie zu finden, doch ich war über irgend etwas gestolpert, ich hatte zu Boden geschaut, und ich hatte den ausgestreckten, den lax und unscheinbar ausgestreckten Fuß meines Freundes gesehen. Und da hatte ich begriffen, daß mein Freund mich hatte aufhalten und mir ein Bein stellen wollen, und ich hatte mich erschreckt umgedreht zu meinem Freund, und zum ersten Mal hatte ich gewagt, ihn in einer Pause anzuschauen. Er hatte mir nur kurz die Hand gegeben, er hatte mich, wie ich es seit langem erwartet hatte, wie einen alten Bekannten begrüßt, und er hatte mich gefragt, ob es in Ordnung sei, daß er Deutsch mit mir rede, er habe viele Jahre in Hamburg gelebt und in Hamburg gespielt, und er freue sich darauf, mit mir Deutsch reden zu können.

Ich hatte antworten wollen, oh, es ist schon in Ordnung, diese Wendung hatte mir vorgeschwebt, doch ich hatte mich nach so langer Abstinenz von allem Deutschen nur verheddert und so etwas wie »oht's good in Ordnung« gesagt. Mein Freund hatte zu meiner Unbeholfenheit gegrinst, und dann hatte er mir angeboten, mit ihm später noch ein Glas zu trinken, »ein Glas Bier« hatte er ganz deutlich gesagt, als handelte es sich um eine Delikatesse. Ich hatte genickt und mich wieder auf meinen Stammplatz gekauert, ich hatte abgewartet bis zur letzten Nummer, doch seit er mit mir gesprochen hatte, hatte das Deutsche wieder begonnen, die künstlich errichteten Sprachdämme zu brechen, aufgestiegen war das Deutsche in mir, Wort für Wort hatte ich die Szene um mich ins Deutsche übersetzt, »ich sitze in New Orleans ...« und ähnliche Sätze in Übungs-Deutsch hatte ich laufend gedacht, und so hatten die alte Mechanik, der alte Zauber sich wieder Platz in mir verschafft.

In dieser Nacht hatte ich zum ersten Mal seit langem wieder eine Unterhaltung geführt, ja, ich hatte mich mit meinem Freund unterhalten, ich hatte ihm erzählt, warum ich Nacht für Nacht in seiner Nähe auf dem Boden gekauert hatte, ich hatte erzählt, wie ich dem Whisky verfallen war und wie ich versucht hatte, mich ganz im Fremden zu verlieren, und dann hatte auch er mir von seinen Jahren in Hamburg erzählt, von den Jazz-Sessions dort, von seinen Freunden, und wie er begonnen habe, die Deutschen zu mögen, weil die Deutschen ihm vorgekommen seien wie ernste, lernbegierige Kinder, immerzu, hatte er gesagt, hätten die Deutschen alles begreifen und lernen wollen, ganz Deutschland sei ihm vorgekommen wie eine große Schule, sogar den Jazz hätten sie lernen wollen und von Stilen, Trends und dergleichen gesprochen, sie seien geradezu vernarrt gewesen in diese abstrakten Begriffe.

Und dann hatte er mich auch nach dem Packen Papier gefragt, ich sei, hatte er gesagt, ihm vor allem wegen des Packens Papier aufgefallen, den ich immer mit mir herumgeschleppt hätte, und ich hatte den Stapel aus der braunen, fleckigen Einkaufstüte gezogen, es waren aber nur Hunderte von Seiten mit fahrigem, wildem Gekritzel gewesen, und ich hatte mich wegen dieses Gekritzels vor meinem Freund geschämt. Hey, hatte er gefragt, was steht da geschrieben, was ist das?, und er hatte mit dem Finger einige der wenigen leserlichen Stellen markiert, »saint go«, und »do my way« und dergleichen, und ich hatte ihm gesagt, ich sei einer fixen Idee auf der Spur gewesen, einer Art Losungswort, einem Wort, das ich aus all den fremden Sprachen hier hatte herausfiltern wollen, aber es sei mir nicht gelungen, das Wort zu finden. Ich hatte ihm gesagt, ich hätte es in Kreolisch, Französisch und Englisch versucht, doch er hatte mich am Arm genommen und ohne zu überlegen, ohne Zögern, wie durch traumwandlerisches Ahnen geführt, die Lösung geraten.

Ich hatte diese Lösung sofort bestätigt, Spanisch, nein, daran hatte ich nicht gedacht, das Lösungswort war ein spanisches Wort, ohne zu zögern, hatte ich das Lösungswort meines Freundes zu meinem eigenen Lösungswort gemacht. Und das Lösungswort hatte »Santo Domingo« gelautet.

Mit diesem Wort hatte sich für mich auch sofort eine Sehnsucht verbunden, ja, hatte ich gedacht, Du wirst nach Santo Domingo aufbrechen, aufbrechen in eine noch größere Fremde. Und ich hatte mich bei meinem Freund bedankt und ihm gesagt, daß ich nun nach Santo Domingo reisen würde, und er hatte mir eine Adresse empfohlen, wohin ich mich wegen preiswerter Tickets wenden sollte.

Spät in der Nacht hatten wir uns getrennt, wir hatten uns zum Abschied umarmt, denn ich hatte meinem Freund gesagt, daß ich nicht wieder zu seinen Auftritten kommen würde, nein, hatte ich gesagt, ich würde so bald wie möglich abreisen, denn ich hätte jetzt ein Ziel, die Stadt Santo Domingo in der Dominikanischen Republik.

Noch in dieser Nacht hatte ich an der Rezeption des Hotels mitgeteilt, daß ich in wenigen Tagen, sobald ich mein Ticket in Händen hielte, abreisen würde. Ich war nach oben gegangen und hatte in der gleichen Nacht begonnen, das wochenlang vernachlässigte Zimmer von meinem Unrat zu befreien. Ich hatte meinen Whiskyvorrat in den Abfluß gegossen und die leeren Flaschen vor die Türe gestellt, und ich hatte noch in der Nacht meine Mutter angerufen, um ihr zu melden, daß ich bald abreisen werde.

In Deutschland war es erst früher Abend gewesen, ich hatte an Deutschland am frühen Abend gedacht, als ich angerufen hatte, und ich hatte nach langer Zeit wieder die gedämpfte Stimme meiner Mutter gehört.

– Ich bin es, hatte ich gesagt, und es war mir vorgekommen, als sei ich von den Toten auferstanden.

– Du? Ich habe so oft versucht, Dich zu erreichen, hatte meine Mutter gesagt.

– Ja, ich war viel unterwegs. Wie geht es Dir?

– Schlecht, hatte meine Mutter wie erwartet gesagt, es geht mir noch immer sehr schlecht.

– Hör zu, hatte ich gesagt, ich breche jetzt auf nach Santo Domingo.

– Wohin?

– Nach Santo Domingo, hatte ich ganz deutlich gesagt.

– Warum denn dorthin?

– Ich habe dort etwas zu erledigen, hatte ich gesagt.

– Wirst Du Dich von dort einmal melden? hatte meine Mutter gefragt.

– Ja, ich werde es versuchen, hatte ich gesagt und gleich hinzugefügt, bist Du mit dem Grabstein jetzt endlich zufrieden?

– Ich weiß nicht, hatte meine Mutter gesagt, Du mußt Dir selbst ein Bild machen. Aber Du wirst nicht glauben, wie das

Grab jetzt aussieht, ich bin selbst erschrocken, als ich das Grab gestern sah.

– Was ist mit dem Grab? hatte ich gefragt.

– Es blüht, hatte meine Mutter gesagt.

– Das Grab blüht? hatte ich dumm gefragt.

– Ja, es blüht in allen Farben auf dem Grab, hatte meine Mutter gesagt, es hat auf dem Grab zu blühen begonnen, sogar der Enzian, der hier nirgends blüht, blüht auf dem Grab.

– Gut, ja, hatte ich nur herausgebracht, das ist gut, das blühende Grab . . ., doch dann hatte mich die Vorstellung des fernen, blühenden Grabes so irritiert, daß ich mich schnell verabschiedet hatte.

Am nächsten Morgen packte ich meine Sachen. Ich ging zu dem Reisebüro, das mir mein Freund genannt hatte, und versuchte, einen Flug nach Santo Domingo zu bekommen. Für die nächsten Tage gab es keine Direktflüge, wohl aber für den kommenden Tag einen Flug über Miami. Ich buchte sofort einen Platz, bezahlte mit meiner Scheckkarte und machte mich wieder auf den Weg in mein Hotel.

– Sir, Sie werden bald abreisen? fragte der Portier.

– Ja, sagte ich, jetzt ist es soweit, morgen reise ich ab.

– Das ist schade, Sir, sagte der Portier gelassen.

– Es ist das Beste, sagte ich und ging rasch hinauf in mein Zimmer.

Ich setzte mich auf die Galerie, den ganzen Nachmittag und Abend las ich Faulkners Roman zu Ende, aber diesmal kam ich ohne Whisky aus. »My, my«, las ich mir das Ende laut vor, »a body does get around. Here we aint been coming from Alabama but two months, and now it's already Tennessee.« Ich saß noch eine Weile in dem alten, verstaubten Sessel, ich ließ mir einen Tisch in einem Restaurant reservieren, später ging ich hinaus und aß in einem der ruhigen Lokale mit den kapriziös wirkenden Leuchtern und den glänzenden Rosenholzverkleidungen. Ich trank das seichte Gesöff, es schmeckte noch immer reichlich platt, doch ich machte mir nichts daraus. Dann suchte ich noch einmal die Austernbar auf und unterhielt mich eine Weile mit einem guten Bekannten.

Ich ging früh schlafen, ich schlief beinahe zwölf Stunden. Am Mittag des nächsten Tages duschte ich mich, rasierte mich gründlich, packte die letzten Kleinigkeiten zusammen und machte mich auf den Weg zum Flughafen. Den Packen Papier mit dem Gekritzel der letzten Wochen hatte ich in einem Papierkorb zurückgelassen; ich hatte Seite für Seite in Fetzen gerissen.

Auf dem Flug von New Orleans nach Miami hatte ich plötzlich an meinem Ziel gezweifelt, »Santo Domingo« hatte etwas Irreales, Phantastisches, und ich hatte nicht die geringste Vorstellung, was mich dort erwarten würde.

Der Flughafen von Miami hatte diese Zweifel nur noch weiter verstärkt. Überall warteten Reisegruppen mit eindeutigem Ziel, niemand schien hier bloßen Träumen zu folgen, doch als dann die Maschine von Miami aus gestartet war, hatten sich all diese Bedenken mit den ersten Sonnenstrahlen zerstreut.

In Miami war der Himmel noch düster gewesen, dunkelgrau, mit Übergängen in finstere Töne, doch schon wenige Minuten nach dem Abflug klarte es auf, die Sonne brach mächtig durch, der Himmel legte ein dunkles, in den Fernen stichiges Blau auf, und ich dachte, bitte, das ist es, Du hast genau richtig gehandelt. Ja, dachte ich weiter, Du wirst die eine Fremde gegen die andere, noch tiefere, tauschen, und vielleicht wirst Du in Santo Domingo finden, was Du in New Orleans nur geahnt hast.

Du wirst die alten Fehler nicht noch einmal machen, Du wirst Dich vor Faulkner hüten und vor dem Alkohol, Du wirst, was weiß ich, Du wirst schwimmen, ja, schwimmen im Meer,

Du wirst am Strand entlanglaufen, stundenlang, und Du wirst alles ein zweites Mal vergessen, aber diesmal bei klarem Verstand.

So dachte ich beinahe übermütig in mich hinein, seit Wochen hatte ich mich nicht mehr so wohl gefühlt, endlich gehorchte mein Körper mir wieder, nur manchmal spürte ich noch ein Zittern, die Hände flatterten, als ich mir einen Drink reichen ließ, und die Augen vertrugen die grellen Farben nicht, so daß ich eine Sonnenbrille benutzte.

Wenn ich durch die ovalen Fenster schaute, versetzten mich die grünen Inselgruppen im Meer in eine stille Begeisterung. Wie es dort unten wirklich aussehen mochte, war unvorstellbar, ich sah nur auf grüngelbe Flecken im azurenen Blau, Amöben, die sich rasch auflösten und wieder verschwammen, die sich zusammentaten, um eine Kette zu bilden, nichts deutete auf irgendeine Bewegung, selbst Wellen waren nicht zu erkennen, nur ein schmaler, weißer Saum an den Sandküsten der Inseln, in deren Nähe das dunklere Blau sich unmerklich abschwächte, hin zu helleren Tönen.

Ich konnte den Blick nicht abwenden von diesem Schauspiel, ich stierte benommen auf das Meer, der Himmel war jetzt ganz klar, nur in der Nähe der größeren Inseln waren ein paar Wolken zu erkennen, weißgraue Brocken, die einen deutlich erkennbaren Schatten auf den Untergrund warfen.

Das Flugzeug war nur schwach besetzt, der Platz neben mir war frei geblieben, ich war froh, daß es so still war, die meisten Fahrgäste dösten vor sich hin, wahrscheinlich waren es Geschäftsleute, denen das Schauspiel dort unten nichts mehr bedeutete.

Kaum zwei Stunden dauerte der Flug, dann landete das Flugzeug in Santo Domingo. Ich hatte mir in der Stadt ein Hotel suchen wollen, im einzelnen hatte ich mir die Sache nicht genau überlegt. Kaum stand ich auf dem Rollfeld, sah ich einen großen Pulk von Touristen, die einem ebenfalls gerade gelandeten Flugzeug entstiegen und rasch auf die Abfertigungshalle zueilten. Das ist nicht wahr, dachte ich, das soll nicht wahr sein, doch ich hatte mich nicht getäuscht, ja, es waren deutsche Touristen, ganz in der Nähe hörte ich die bekannten Laute, schon waren die einzelnen Dialekte zu unterscheiden, ich verstand jedes Wort, und ich hatte mich in diesen Pulk einzureihen, wollte ich nicht als letzter abgefertigt werden.

Gut, dachte ich, Du wirst sie einfach überhören, Du wirst sie nicht weiter beachten, was ist denn dabei, es sind Deine Landsleute, die sich auf ihren Urlaub freuen, sie verlangen nichts von Dir, Du bist nicht auf sie angewiesen, die Abfertigung wird rasch vor sich gehen, und dann wirst Du sie aus den Augen verlieren.

Und so reihte ich mich in die lange Schlange der Wartenden ein, die sich langsam auf einen kleinen Tisch zubewegten, an dem ein streng und überfordert dreinblickender Beamter ihnen einen Stempel in den Paß drückte und die Visagebühren kassierte. Es ging schneller voran, als ich erwartet hatte, die Haufen von Taschen und Koffern zu beiden Seiten wurden schweigend vorwärtsgeschoben, es war sehr heiß, nirgends war eine Wolke zu sehen.

Auch ich erhielt einen Stempel in meinen Paß, ich blätterte zwei Scheine auf den Tisch und steckte die Quittung ein, dann wollte ich mich zur Seite stehlen, als zwei junge Männer aus einer Horde von Kofferträgern sich meiner Koffer annahmen und sie, ohne mich weiter zu fragen, zum Ausgang schleppten. Ich wollte sie anhalten, ich wollte ihnen erklären, daß ich schon allein zurechtkommen würde, doch sie hatten mich längst der Touristengruppe zugerechnet und meine Koffer nach draußen, vor die Halle, gebracht.

Ich versuchte, ihnen rasch zu folgen, aber sie hatten die Koffer in großer Eile davongeschleppt, und so bahnte ich mir einen Weg durch die Einheimischen, die zu dieser Zeit die Halle bevölkerten, um den ankommenden Fremden ein Souvenir oder sonst eine Kleinigkeit zu verkaufen. Man sprach auf mich ein, Kinder hielten mich am Arm und boten mir Strohhüte an, zwei Frauen wollten mir die Vorzüge von Sonnenbrillen erklären, ich aber drängte nach draußen, unruhig darüber, was man mit meinen Koffern noch anstellen würde.

Draußen vor der Halle stand ein weißblauer Bus mit weit geöffneten Gepäckladen an beiden Seiten. Meine Träger bedeuteten mir, daß sie meine Koffer bereits in den Laden verstaut hätten, sie verlangten eine angemessene Belohnung, es war kein großer Betrag, für die paar hundert Meter, die sie zurückgelegt hatten, war es jedoch eine viel zu hohe Summe. Ich gab jedem einen Dollar, sie schauten einen Moment unschlüssig auf die Scheine, doch dann hasteten sie wieder davon, um ihre Dienste den nächsten anzubieten.

Ich ging um den Bus herum, um Ausschau nach meinen Koffern zu halten, die Gepäckladen waren jedoch mit Taschen und Koffern so zugestopft, daß ich erst die vorderste Reihe hätte beiseite räumen müssen, um mir einen Überblick zu verschaffen. Ich hatte auch schon damit begonnen, ich hatte schon einige Teile herausgezerrt, als mich eine energische Frau bei meinen Bemühungen ertappte und lautstark anfuhr, als hätte ich ein schweres Delikt begangen.

Es war eine Frau um die Vierzig in einem rosa Kostüm, sie war stark, aber unbeholfen geschminkt und hielt eine dicke Mappe mit Unterlagen in der Rechten. Ich wollte ihr sagen, daß es sich um eine Verwechslung handelte, nein, ich gehörte nicht dazu, doch sie verbat sich jeden Kommentar und herrschte mich an, sofort im Bus Platz zu nehmen. Sie war nervös und gereizt, wahrscheinlich hatte sie einen Blick für alle nur denkbaren Pannen, argwöhnisch umkreiste sie den

Bus, wies den Ankömmlingen den Weg und blickte ab und zu unruhig auf die Uhr.

– Fast eine Stunde Verspätung, murmelte sie, und ich kam gerade noch dazu, sie zu fragen, wohin der Bus fahre.

– Welche Kategorie? fragte sie harsch, doch als ich nicht sofort reagierte, stöhnte sie nur wieder auf und schickte mich in den Bus.

– Santo Domingo? fragte ich noch, doch diese Frage war hart an der Grenze und überforderte ihre Geduld.

Herrgott, wohin denn sonst? gab sie zurück, und da ließ ich allen Widerstand fallen.

Ich kletterte in den Bus und arbeitete mich zu den hinteren Reihen durch. Ich hatte die Abfahrt verzögert, ich spürte es an den Blicken der anderen, sie saßen stumm und erschöpft auf ihren Plätzen, die meisten litten bereits unter der Hitze, denn sie trugen noch dicke Winterkleidung.

Gut, dachte ich, sie hat es nicht anders gewollt, sie ist mit der Organisation überfordert, daran bin ich nicht schuld. Sie wirkt unfreundlich und hysterisch, es ist eine Schande, wie sie sich aufführt. Zur Strafe wird sie Dich mitnehmen müssen, ihr verdammter Bus wird Dich ins Stadtinnere kutschieren, keine Widerrede, aus!

Der Bus war schon losgefahren, auch der Fahrer schien es eilig zu haben, und so bogen wir auf eine breite Küstenstraße ein. Ich sah, wie die Kommandantin vorne neben dem Fahrer sich ein Mikrophon besorgte, sie strich sich noch einmal kurz durch das Haar, dann legte sie los.

– Guten Tag, meine Damen und Herren! Sie sind mit etwa einer Stunde Verspätung in Santo Domingo gelandet. Der Flughafen liegt östlich der Stadt, wir brauchen für den Weg zu den Quartieren etwa eine dreiviertel Stunde. Lassen Sie die Fenster des Busses geschlossen, sonst funktioniert die Klimaanlage nicht. Unser Fahrer heißt José, er wird Sie sicher zu

Ihren Hotels bringen. José erwartet an Ihrem Halt von Ihnen ein kleines Trinkgeld, denken Sie bitte rechtzeitig daran!

Santo Domingo liegt in den tropischen Breiten, das sind die Breitengrade zwischen Äquator und nördlichem oder südlichem Wendekreis. Das Klima ist hier sehr konstant. Sie sind zu Beginn der Regenzeit eingetroffen, die Regenzeit beginnt im April und reicht bis in den Sommer. Lassen Sie sich durch das Wetter nicht täuschen, Sie müssen mit kräftigen Regenschauern rechnen.

Sie besuchen eines der ärmsten Länder der Erde, stellen Sie sich darauf ein und schrauben Sie Ihre Ansprüche zurück. Auch in armen Ländern ist Respekt vor der Kultur des Gastlandes angebracht. Zeigen Sie sich also nicht überheblich, das könnte Ihnen hier schlecht bekommen.

Zur Begrüßung hören wir einige Takte Merengue, jedermann singt, hört und tanzt hier Merengue, es ist die Musik der Einheimischen, sie wird Ihnen gefallen!

Sie gab dem Fahrer ein Zeichen, und sofort dröhnte die Musik durch den Bus. Sie traf uns völlig unvorbereitet, es handelte sich um irgend etwas Heißblütiges, Schwärmerisches, ein Rhythmus von Trommeln und Rasseln, dazu eine aufgebrachte, juxende Stimme.

Ich will hier raus, dachte ich, ich will hier raus, bevor sie Dich weiter mit ihren Klugscheißereien bespeit, ich lasse mich so nicht behandeln, es war falsch, ihr nicht zu widersprechen! Sie wird eine Unverschämtheit an die andere reihen, sie hat es ja richtig darauf angelegt, unverschämt zu sein, sie spielt die Domina, sie knallt Dir die Musik in die Ohren, sie hat nichts als Kommandos im Kopf!

Es war aber ganz aussichtslos, gegen die laute Musik anzureden, die anderen Fahrgäste saßen weiter still und ergeben auf ihren Plätzen, als seien sie bereit, jede Folter hinzunehmen. Der Bus fuhr die schmale Küstenstraße entlang, nirgendwo eine Spur von Häusern oder menschlichem Leben, nein, es machte keinen Sinn, hier auszusteigen.

– Ich erkläre Ihnen nun den weiteren Ablauf, hob die Befehlshaberin von neuem an, und sofort drehte Jose die Musik zurück. Als erstes steigen die Reisenden der Kategorie A, A ist drei Sterne, aus. In etwa zwanzig Minuten sind Sie am Ziel. Sie bewohnen die Anlage »San Antonio«, die Anlage besteht aus mehr als fünfzig Bungalows mit über vierhundert Suiten und zehn Präsidenten-Suiten. Sie werden in der zentralen Rezeption in Empfang genommen, folgen Sie den Anweisungen des Personals, das Ihnen Ihren Bungalow zuweist. Die Anlage hat ein Buffet-Restaurant für mehr als vierhundert Personen, ein schwimmendes Restaurant für mehr als dreihundert Personen, dazu mehrere Bars, die Sie ganztägig bis zwei Uhr nachts bedienen. Die Barräume im Bereich der Bungalows sind schalldicht, in Ihren Schlafzimmern hören Sie keinen Ton.

Sie frühstücken morgens von sieben bis zehn, halten Sie sich an diese Zeiten. Vergessen Sie auch hier nicht das Trinkgeld, legen Sie die Scheine aber nicht offen auf den Tisch, damit füttern Sie nur unwillkommene Parasiten. Geben Sie das Geld direkt den Kellnern, das wird hier erwartet! Die Kellner sprechen Basic-Englisch, einige verstehen auch ein paar Brocken Deutsch. Es sind Einheimische, die meisten arbeiten bis zu sechzehn Stunden am Tag, seien Sie freundlich zu ihnen!

Die Anlage wird Tag und Nacht von einem Schutztrupp bewacht, Eindringlinge haben Sie also nicht zu befürchten. Verlassen Sie aber das Gelände nur, wenn es unbedingt sein muß. Sie erhalten von mir beim Aussteigen Ihre Tourist Identity Card, die tragen Sie bitte immer bei sich. Sie erhalten auf dem Gelände alles, was Sie brauchen, es ist also nicht zu empfehlen, ein Risiko einzugehen. Ich rate Ihnen davon ab, einen Mietwagen auszuleihen, die Straßen des Landes sind in schlechtem Zustand, Unfälle wegen zu hoher Geschwindigkeiten sind an der Tagesordnung.

Noch eins: Beschweren Sie sich nicht, wenn der Strom ausfallen sollte. Stromausfälle sind mehrmals am Tag zu erwarten. Die Anlage arbeitet mit Elektro-Generatoren, aber es kann zu Engpässen kommen. Und nun noch ein paar Takte Merengue!

Sie fahren zu ihrer eigenen Hinrichtung, dachte ich, sie sitzen stumm da und erwarten ihre Hinrichtung. Sie werden sich in die verrückte Anlage einsperren lassen, und sie werden es nicht wagen, einen Schritt hinaus zu tun. Sie werden Tag und Nacht wie in einem Gefängnis verbringen, und wenn sie eine Meile hinauswollen, müssen sie ihre Identity Card vorweisen. Wahrscheinlich werden sie in der Stadt nur in diesen Pulks auftreten, sie werden die ganze Stadt pulkweise durchstöbern, jeder Pulk mit einer eigenen Wachmannschaft! Ich werde ihnen überall begegnen, nein, sie werden mir keine Ruhe lassen, an jeder Ecke werde ich diesen Gefangenen begegnen!

– Gleich sind wir da! rief die Wärterin in das Mikrophon, richtig in Schwung geraten, lassen Sie nichts im Bus zurück, denken Sie an Ihre Habseligkeiten! Vor dem Hauptgebäude der Anlage stehen die Boys bereit, Sie zeigen auf Ihre Koffer, alles weitere erledigen die Boys. Vergessen Sie auch hier die Trinkgelder nicht! Muten Sie sich am Nachmittag nicht zuviel zu, ich warne Sie vor langem Sonnenbaden, auch Cremes mit hohem Lichtschutzfaktor sind hier beinahe wirkungslos. Morgen früh, Punkt zehn Uhr, erwarte ich Sie in der Lobby, dann können Sie mir Ihr Herz ausschütten! Erste Stadtführung ist um elf, Sie werden von einem Shuttle aufgegabelt und gegen drei wieder zurückgebracht! Das wär's vorläufig einmal!

Der Bus durchfuhr eine breite, pompöse Einfahrt, die ganze Anlage war von hohen Mauern umgeben. Einige Minuten rollten wir eine schmale, gut asphaltierte Straße entlang, die Bungalows waren anscheinend über das ganze Gelände verteilt, sogar ein Golfplatz war vorhanden.

– Kategorie A, A ist drei Sterne, rief das Biest, und sofort erhoben sich einige Fahrgäste von ihren Plätzen. Wahrhaftig waren draußen auch die Boys bereit, in Windeseile wurde das Gepäck ausgelesen, dann gab Jose wieder Gas.

– Kategorie B, mußte ich hören, Kategorie B ist zwei Sterne, das ist die Mehrheit! In etwa zehn Minuten halten wir vor dem Hotel Lima. Es ist ein Neubau aus dem letzten Jahrzehnt, die Zimmer sind groß und bequem, stellen Sie aber keine besonderen Ansprüche. Rechnen Sie mit häufigem Stromausfall, morgens ist auch das Wasser manchmal knapp! Wir sind in der Dritten Welt, vergessen Sie das nicht! Das Hotel liegt am Rande der Stadt, die Umgebung ist nicht ungefährlich! Busverbindungen gibt es nicht, es gibt auf der Insel kein Busnetz!

»Kein Busnetz« wirkte auf mich wie ein Signal, »kein Busnetz« ließ mich zusammenschrecken.

– Es gibt auf der ganzen Insel kein Busnetz? rief ich nach vorne.

– Nein, ich sagte es bereits, erhielt ich zur Antwort.

– Und wie soll man ins Landesinnere kommen? fragte ich nach.

– Überhaupt nicht, war die Antwort. Was wollen Sie denn im Landesinneren? Im Landesinneren gibt es nichts zu sehen. Wir bieten Ihnen eine Durchquerung der Insel an, zweimal die Woche, morgens um fünf geht es los, nachts gegen zehn sind wir wieder zurück. Aber ich sage Ihnen, es ist eine Tortur!

– Eisenbahnen! rief ich, gibt es keine Eisenbahnen?

– Hören Sie, unterbrach mich das Biest, ich kann hier keine Einzelauskünfte erteilen. Morgen mittag ist Sprechstunde, nicht jetzt! Und außerdem gibt es keine Eisenbahnen, wohin denken Sie denn?!

Oh, dachte ich voller Wut, Du wirst mich nicht unterkriegen, ich komme ins Landesinnere! Glaubst Du, ich werde mich in Deinen Sperrzonen herumtreiben, immer unter Deiner Fuchtel? Glaubst Du, ich werde mich an Deine Befehle halten und Dir zu Diensten sein? Wahrscheinlich erwartest Du noch, daß sie Dir die Hände küssen nach Deinen Führungen. Führungen! Ich kann mir vorstellen, wie so etwas aussieht! In Pulks, in Pulks wirst Du diese armen Gestalten durch die Stadt treiben, vorwärts, marsch, marsch! Du wirst ihnen Daten und Fakten um die Ohren schlagen, Du wirst sie drangsalieren mit Deiner Hochnäsigkeit.

– Sie sind wohl noch nicht lange auf Hispaniola? rief ich in den Bus.

Die meisten Fahrgäste drehten sich nach mir um. In mir habt Ihr einen Anführer, dachte ich, auf mich könnt Ihr zählen! »Hispaniola« tut seine Wirkung, da bin ich sicher! Schaut nicht so entrüstet, schließt Euch an!

– Ich lebe hier seit siebzehn Jahren, mein Herr!

– Und da haben Sie noch immer keinen Überblick über das Busnetz? hielt ich dagegen.

– Wollen Sie behaupten, Sie hätten einen Überblick?

– Und ob ich einen Überblick habe, rief ich, natürlich gibt es ein Busnetz, es gibt ein nichtöffentliches, verstecktes Busnetz, das sollten Sie wissen! Man muß ein bißchen dahinter schauen, dann findet man es, man muß die richtigen Leute fragen, dann erfährt man etwas über das Busnetz!

Niemand sagte etwas, einen Augenblick lang war es im Bus völlig still, alle warteten auf die Fortsetzung des Zweikampfs, ich nahm mir vor, um keinen Preis nachzugeben.

– Wenn Sie so sicher sind, sagte das Biest aufgebracht, warum benutzen Sie dann nicht das Busnetz? Und wenn Sie so sicher sind, warum fragen Sie dann überhaupt?

Richtig, ich hatte einen Fehler begangen. Ganz logisch erschien die Reihenfolge meiner Fragen nicht. Sofort meldeten sich denn auch die ersten willigen Parteigänger zu Wort, ja, warum fragen Sie dann, bekam ich zu hören, ja, warum?

– Weil ich beweisen wollte, wie vorschnell Sie sind, rief ich entschlossen, Sie reden vorschnell daher, Sie überschütten die Leute mit Ihren vorschnellen Bemerkungen. Am Ende trauen sie sich nicht mehr, nur einen einzigen Schritt zu tun!

– Das ist die Höhe, entgegnete das Biest, ich wollte Ihnen lediglich behilflich sein! Ich habe es nicht nötig, mir von Ihnen etwas beweisen zu lassen!

– Und ich habe es satt, mir von Ihnen etwas vormachen zu lassen! rief ich.

Ah, ich hatte dem Disput eine scharfe Wende gegeben, schon verzeichnete ich erste Erfolge, denn im Bus begann eine rege Debatte. Anscheinend waren die Fahrgäste in zwei Lager gespalten.

– Bitte! rief das Biest, ich darf doch sehr bitten! Kategorie B, Hotel Lima! Ich werde mich nicht länger mit dem Herrn streiten, der Herr weiß ja sowieso alles besser! Ich wiederhole nur: es gibt keine Busse vom Hotel in die Stadt.

– Aber es gibt Taxis! rief ein Fahrgast dazwischen, der anscheinend Mut gefaßt hatte.

– Es gibt hier und da Taxis, ließ eine schwächer werdende Stimme hören, ich rate Ihnen nicht, sich darauf zu verlassen.

– Es gibt Taxis zuhauf! rief ich bestimmt.

– Aber es muß doch Taxis hier geben! unterstützte man mich.

– Ich sagte, es gibt hier und da Taxis, sagte die Entnervte, Sie können mir glauben! Es gibt Sammeltaxis, es fahren immer mehrere Personen zusammen!

– Na bitte! rief ich und kostete meinen Triumph aus.

Der Bus hielt vor dem Hotel. Es war ein unübersichtlicher Kasten mit vielen Geschossen, es gab keine Boys, die Gäste mußten sich ihr Gepäck selbst herausfischen. Ich winkte ihnen zu, als wir weiterfuhren. Außer mir saßen nur noch zwei Paare im Bus, wir waren auf der untersten Stufe der Leiter angelangt.

– Kategorie C, C ist – ein Stern, hörte ich eine höhnische Stimme. Das Hotel Oriente liegt im Zentrum der Stadt, direkt an einer belebten Einkaufsstraße. Es ist einfach, sehr einfach, aber das brauche ich Ihnen nicht erst zu sagen. Dusche und WC nur auf dem Gang! Nur Frühstück, keine sonstigen Mahlzeiten! Ich empfehle Ihnen, kein Leitungswasser zu trinken, trinken Sie nur abgekochtes Wasser!

– Durst macht uns nichts aus, rief ich, längst übermütig geworden, Durst macht die Gefangenschaft erst zu einem Erlebnis! Wenn man durstig ist, halluziniert man so schön!

Ich hatte die Sache leicht überdreht, ich bemerkte es an der ausbleibenden Reaktion meiner Gefährten. Niemand lachte, niemand machte eine lose Bemerkung.

In Ordnung, dachte ich, ich habe mein Bestes gegeben, einen kleinen Aufstand habe ich immerhin angezettelt! Jetzt müßt Ihr ohne mich zurechtkommen auf Euren Schleichwegen durch die Innenstadt! Ich kann nichts mehr für Euch tun! Ihr müßt Euch allein durchschlagen! Entweder Ihr riskiert etwas, oder die Hysterische bringt Euch um!

– Haben Sie noch Fragen? hörte ich.

– Allerdings, sagte ich. Wann sind Sie morgen zur Stelle, im Hotel Oriente?

Ich erhielt keine Antwort, es blieb ganz still, als sich der Bus durch die Innenstadt schlängelte.

So rührt Euch doch, dachte ich und fixierte die beiden Paare vor mir, so sitzt doch nicht da wie vier Verdammte!

Dann hielt der Bus vor dem kleinen Hotel, es lag, ja, das stimmte wenigstens, es lag an einer belebten Einkaufsstraße. Ich stieg als letzter aus und gab dem Fahrer ein Trinkgeld. Er lachte mir zu, anscheinend war ihm mein Tonfall sympathisch.

Meine Gefährten zogen bereits mit ihren Koffern zum Eingang, nun war auch ich dran. Ich nahm mein Gepäck aus der Lade, dann drehte ich mich entschlossen um und ging davon. Ich hörte, daß mich jemand verfolgte, dann stand sie vor mir, ja, wir standen uns nun dicht gegenüber, der Höhepunkt des Duells stand bevor, leider hatten wir keine Zeugen.

– Haben Sie keine Augen im Kopf? fauchte sie mich an.

– Wozu sollte ich meine Augen brauchen? antwortete ich ruhig, wollen Sie mir wieder etwas empfehlen?

– Der Hoteleingang ist dort, rief sie, er ist unübersehbar.

– Was kümmert mich Ihr Hoteleingang? sagte ich.

– Hotel Oriente, Kategorie C, mehr ist eben nicht drin für das Geld, sagte sie.

– Mag ja sein, antwortete ich, mehr haben Sie eben nicht zu bieten.

– Wenn Sie das Zimmer nicht beziehen, können Sie Ihr Geld in den Wind schreiben, sagte sie.

– Welches Geld? fragte ich und bemerkte, daß sie rot wurde vor Zorn.

– Wollen Sie mich zum Narren halten? schrie sie mich an.

– Hören Sie zu, sagte ich leise, ich habe nie irgend etwas bezahlt. Ich gehöre nicht zu Ihren Untertanen! Ich reise allein, ja, ich bin ein Alleinreisender! Zu zweit, gut, das mag gerade noch angehen, ansonsten aber: allein! Merken Sie sich das! Und jetzt geben Sie den Weg frei!

– Moment! brüllte sie fast, Moment! Sie wollen sagen, Sie haben nicht bei uns gebucht? Das ist nicht Ihr Ernst! Jeder Fluggast bucht zugleich ein Hotelzimmer, wir verkaufen nur diese Kombination! Da Sie aber das Flugzeug benutzt haben, müssen Sie automatisch auch ein Hotelzimmer gebucht haben!

– Ich habe nicht Ihr Flugzeug benutzt, sagte ich.

– Dann sind Sie wohl vom Himmel gesprungen? sagte sie.

– American Airlines, sagte ich, Flug von Miami nach Santo Domingo, keine Verspätung.

Sie starrte mich an, ja, jetzt dachte sie nach. Ich hatte meine Karten offen auf den Tisch gelegt.

– So ist das, sagte sie, Sie haben mich also getäuscht.

– Ich sagte schon, Sie sind etwas vorschnell, antwortete ich. Getäuscht hätte ich Sie, wenn ich Sie ausdrücklich darin bestärkt hätte, mich für einen Ihrer Kunden zu halten. Ich wollte Ihnen alles erklären, erinnern Sie sich? Mein Gepäck wurde versehentlich in den Bus geladen, ich wollte das noch rückgängig machen. Leider sind Sie etwas vorschnell.

– Unser Bus steht nur unseren Kunden zur Verfügung, sagte sie.

– Nein, sagte ich, das denn doch nicht! Sie waren hilfsbereit, das will ich Ihnen gern bestätigen.

– Sie haben unseren Bus benutzt, beharrte sie steif.

– Ja, sagte ich, ich sagte doch schon, es gibt auf Hispaniola ein verstecktes Busnetz. Man muß nur die Anschlüsse kennen.

– Wer sind Sie? fragte sie matt.

– Ich bin Geodät, antwortete ich, ich reise in geheimem Auftrag, oder richtiger gesagt, ich reise in besonderem Auftrag. Die Einzelheiten tun nichts zur Sache. Ich kenne jeden Stein auf dieser Insel, lassen Sie sich das gesagt sein, jeder Winkel hier ist mir vertraut. Haben Sie schon einmal etwas von Meßtischblättern gehört? Wissen Sie, was Planquadrate sind und trigonometrische Punkte? Kennen Sie die Flurnamen dieser Region? Ich vermesse im Landesinneren, verstehen Sie, das Landesinnere ist mein Spezialgebiet. Da, wo es hügelig ist und gebirgig, da ist mein Arbeitsplatz, nicht an Ihren Stränden oder in Ihren Anlagen. Ich wohne weder Kategorie A noch B noch C, und mit Sternen gehe ich anders um, als Sie denken. Und jetzt guten Tag!

Sie rührte sich nicht, sie stand da und rührte sich nicht. Sie schien nicht einmal mehr zornig, sie schien nur noch entgeistert. Ich nahm meine Koffer, dann ging ich eilig davon.

Ich hatte mir für eine Nacht ein Hotel genommen, länger hatte ich um keinen Preis in der Stadt bleiben wollen. Ich hatte meinen Landsleuten nicht mehr unverhofft begegnen wollen, und so hatte ich am frühen Abend, als mit ihnen nicht zu rechnen gewesen war, noch einen Spaziergang durch das alte Kolonialviertel gemacht. Ich hatte mir Mühe gegeben, Interesse für die historischen Bauten aufzubringen, aber es war mir nicht gelungen. Die Kathedrale an einem der belebtesten Plätze der Altstadt hatte mich kaltgelassen, obwohl ich mich fast eine Stunde in der Kirche aufgehalten hatte, und das Grab des Entdeckers Columbus, das sich angeblich in ihr befand, hatte mir wenig bedeutet.

Auch die anderen Bauten der Eroberer, der Alcázar de Colón, in dem der Sohn des Entdeckers als Vizekönig geherrscht hatte, oder der Torre del Homenaje, in dessen unterirdischen Kammern man Indianer und Sklaven gefangengehalten und gefoltert hatte, hatten auf mich keinen besonderen Eindruck gemacht. Nein, ich war, noch von den Tagen in New Orleans befangen, wie ein Phantom durch die Altstadt gegangen. Ich hatte die alten Bauten betrachtet wie rätselvolle, unnahbare Wesen, die sich mir nie erschließen würden, und ich hatte auf einer Bank vor der Kathedrale gesessen wie ein Ausgestoßener, der sich erst langsam wieder an das normale Leben gewöhnen mußte.

Die fremde Welt mit ihren bunten, leuchtenden Farben, mit den Merengue-Klängen in den schmalen Geschäftsstraßen und den blassen Kolonialstilbauten der Altstadt hatte mich überfordert, nein, soviel Neuem hatte ich mich noch nicht gewachsen gefühlt. Ich hatte nicht die Ansprüche eines Touristen, ich war nicht hierher gekommen, um mich verzaubern zu lassen oder um mich zu erholen, ich hatte mich nicht in umzäunte Strandanlagen, aber auch nicht in ein beliebiges Stadthotel zurückziehen wollen, um es von neuem mit der Fremde aufzunehmen. Im Gegenteil, all diesen Anstalten gegenüber hatte ich einen starken Widerwillen, ich hatte mich nicht mehr irgendwo einreihen oder anpassen wollen, nein, ich hatte den Wunsch, im Innern des Landes, ohne daß man von mir Notiz genommen hätte, zu verschwinden.

Ja, hatte ich gedacht, was Dir jetzt bleibt, ist das Verschwinden, das Untertauchen, die Abwesenheit. Niemand soll Dich erreichen, und Du wirst an niemanden Ansprüche stellen. Du wirst eine Weile ganz für Dich leben, das wird Dir helfen, nichts sonst. In anderen Zeiten hättest Du Dich vielleicht bereden lassen, ein paar Tage an den Stränden zu verbringen, doch jetzt ist das anders. Durch die Dinge siehst Du hindurch, als seien sie nicht wirklich vorhanden. Du hast an Kraft eingebüßt und an Ausdauer, Du bist reizbar geworden und unruhig. Das Leben mit anderen Menschen wäre für beide Seiten nur eine Zumutung. Schon die Reiseleiterin war für Dich ein gefundenes Fressen, ihr Hochmut und ihr banaler Befehlston kamen Dir gerade gelegen. Wieviel schwieriger wäre es aber noch, ein unverbindliches Urlaubsgespräch zu führen, nicht auszudenken, wie Du die anderen kränken könntest, nicht auszudenken, zu welchen tyrannischen Exzessen Du noch fähig wärest!

Geh, dachte ich, geh irgendwohin, wo Du allein bist.

Am nächsten Morgen packte ich die notwendigsten Utensilien in einen der beiden Koffer. Den anderen ließ ich im Hotel zurück; ich sagte, ich würde ihn nach einigen Tagen wieder abholen. Dann frühstückte ich und ging zum Touristenbüro der Stadt. Ich ließ mir eine Karte der Insel geben, und ich ließ mir beschreiben, was einen Fremden in den verschiedenen Regionen erwartete. Die junge Frau, die so lebhaft auf mich einredete, als ginge es darum, mich für die Touristikbranche zu begeistern, breitete die ganze Palette der Möglichkeiten vor mir aus. Segeln, Windsurfen oder Korallentauchen – die Küste des Landes schien ein einziges Sportcenter, ein Schnorchel- und Freizeitparadies mit lauter gut bewachten Anlagen zu sein.

Nachdem ich so erfahren hatte, vor welchen Gegenden ich mich hüten mußte, erkundigte ich mich nach Verkehrsverbindungen ins Landesinnere. Im Westteil der Insel befand sich der Pico Duarte, mit über dreitausend Metern der höchste Berg der Karibik. Ich hatte vor, in das hügelige Hochland in der Nähe dieses Berges zu fahren, und obwohl mir davon heftig abgeraten wurde, weil diese Gegend anscheinend von Touristen beinahe ganz gemieden wurde, bestand ich darauf, dorthin aufzubrechen.

Die junge Frau wollte mir aber keine Verbindungen nennen, sie ließ sich gar nicht erst bewegen, ernsthaft über ein solches Vorhaben nachzudenken, schließlich gab sie zu, die Region in der Umgebung des Pico Duarte selbst nicht zu kennen.

Ich bedankte mich und fragte sie zum Schluß noch, wo sich der Markt von Santo Domingo befinde. Sie erklärte es mir, und so machte ich mich mit meinem Koffer zum Markt der Stadt auf, um dort mein Glück zu versuchen. Die junge Frau hatte angedeutet, daß die im Hochland lebenden Bauern ihre Waren auf dem Markt verkauften, und ich hatte aus dieser nur nebenbei gemachten Bemerkung geschlossen, daß ich am Markt vielleicht auf jemanden stoßen könne, der am Abend den Heimweg in das Hochland antrete.

Der Markt lag im Westteil der Stadt, in der Nähe der großen Ausfallstraßen. Rings um die niedrige Markthalle war es voll von kleineren Ständen und Buden, große Halden von dunkelgrünen Bananenstauden türmten sich neben den tuchüberspannten Ständen, Melonen, Ananas und Zitronen lagen in unübersehbaren Mengen auf von der Sonne gebleichten Zeltplanen. Ich ging zu einer kleinen Bar, um dort einen Kaffee zu trinken. Ganz in der Nähe befand sich ein armseliger Stand mit Tierkäfigen, nur selten machte ein Käufer dort halt, um die zerrupften und manchmal manisch mit den gestutzten Flügeln schlagenden Tiere zu betrachten.

Ich hatte gerade meinen zweiten Kaffee getrunken, als sich einer der Verkäufer, ein junger, schwarzhaariger Mann um die Dreißig mit einer roten Baseballmütze, neben mich stellte, um ebenfalls einen Kaffee zu bestellen. Er fragte mich in gebrochenem Englisch, woher ich komme und worauf ich warte, und bei diesen Fragen deutete er lächelnd auf meinen Koffer. Ich sagte ihm, daß ich vorhätte, in das Bergland zu fahren, ich sagte, ich sei hierher gekommen, um jemanden zu finden, der mich mitnehme ins Bergland. Ich hatte erwartet, daß er sich wunderte, doch er nickte nur. Er trank seinen Kaffee, und er nickte, als bedeuteten meine Worte für ihn eine Erleuchtung. Dann fragte er, was ich dort oben, im Bergland, suche, er fragte mich, ob ich ein Forscher sei.

Ja, der Gedanke lag nahe, ja, dachte ich plötzlich, der Mann denkt Deine Gedanken, er denkt hier für Dich, er trinkt seinen Kaffee, und der Kaffee bringt ihn auf wunderbare, einfache Gedanken. Und so sagte ich ihm, daß er recht habe, daß er es getroffen habe, ich sei ein Forscher, einer, der das Land vermesse, der sich für Flora und Fauna interessiere. Ich gab mir Mühe, möglichst enthusiastisch zu wirken, er sollte denken, ich sei ein geradezu leidenschaftlicher Forscher, aber ich brauchte gar nicht zu übertreiben, er tat so, als warte hier alle paar Tage ein Forscher mit einem kleinen Koffer darauf, in das Bergland zu fahren.

Er fragte mich, wieviel ich zahlen würde, und ich sagte, ich würde in Dollar bezahlen, zehn Dollar würde ich hergeben, mein letztes amerikanisches Geld. Er nickte wieder, ich schien haarscharf zu treffen, was er erwartete, dann sagte er, ich solle mich noch eine Weile gedulden, er werde es sich überlegen. Ich trank meinen dritten und vierten Kaffee, es war ein guter und starker Sud, und ich beschloß, ein Glas dunklen Rum zu probieren, Rum konnte nicht schaden.

Ich wartete fast eine Stunde, dann tauchte er wieder auf, um mir zu erklären, daß er bereit sei, mich mitzunehmen. Er hatte noch einen zweiten, viel jüngeren Mann dabei, er behauptete, es sei sein Bruder. Sie gaben mir beide die Hand, als hätten wir einen Pakt geschlossen, dann nahm der jüngere meinen Koffer und wir gingen hinüber zu einem alten Lastwagen, der über und über mit Vogelkäfigen beladen war. Der jüngere verstaute meinen Koffer im Fahrerhaus, dann verabschiedete er sich. Während der ältere hinter dem Lenkrad Platz nahm, kletterte ich auf den Beifahrersitz. Mein Fahrer lüftete kurz seine Baseballmütze, er grinste mir zu, dann fuhren wir los.

Es wurde eine mehrstündige Fahrt in das Dunkel. Anfangs waren die schmalen Straßen noch asphaltiert, doch nachdem wir die nähere Umgebung der Hauptstadt verlassen hatten, wurde die Piste immer schlechter. Wir fuhren nicht schnell, an hohes Tempo war wegen der Schlaglöcher erst gar nicht zu denken. Nach der ersten halben Stunde hatten wir unsere Unterhaltung eingestellt, das Vokabular war schnell verbraucht. Mein Fahrer legte eine Kassette ein, ja, es war die bekannte Musik, dann fiel ich in einen leichten Schlummer.

Ich träumte lauter kurze, unvermutet abbrechende Geschichten. Mal befand ich mich auf irgendeinem Bahnhof, die Gleise waren voller Menschen, und alle warteten auf den Zug, der seit Stunden nicht kommen wollte, mal war ich auf der Suche nach einem bekannten Chirurgen, dem ich irgendeine

Botschaft überbringen sollte, die ich jedoch vergessen hatte. Dann sprachen Gesichter aus großer Nähe lange auf mich ein, ich nickte und gab zu verstehen, daß ich ihnen folgen würde, doch ich hatte keine Ahnung, was sie genau gesagt hatten. Im Hintergrund des reich kolorierten Schlußtraums schossen Delphine aus versenkbaren Schwimmbassins, sie drehten sich mal über, mal unter Wasser, und wieder verstand ich nicht, was der Zauber bedeutete.

Ich wachte auf, inzwischen war es völlig dunkel geworden, nicht einmal irgendein schwaches Licht war zu beiden Seiten des Weges zu sehen. Ich wünschte mir, daß wir bald ankommen würden, doch auf meine Frage deutete der Fahrer nur auf die Uhr, als müßte mir klar sein, daß es noch eine Weile dauern werde.

Ich vertraute ihm, ja, ich saß in diesem alten, eine ausgefahrene, lehmige Straße entlangholpernden Lastwagen, der mit zig Käfigen voll degenerierter Hühner beladen war, um in irgendeinem Dorf des Berglandes meine Ruhe zu finden. Seltsam, dachte ich, Du bist völlig ruhig, dabei könnte man auf dieser Tour leicht in Panik geraten. Du sitzt neben einem wildfremden Menschen, Du weißt nicht einmal, wo Du die Nacht verbringen wirst, doch es macht Dir nichts aus. Es ist, als reichten Deine Gefühle nicht mehr aus, Angst oder Furcht zu empfinden, es ist, als hättest Du all diese Empfindungen abgeschüttelt und als wartetest Du nur noch darauf, daß eine Katastrophe dem allen ein Ende mache.

Ja, dachte ich plötzlich, Du wartest auf eine Katastrophe oder ein Unglück, ja, oder genauer, Du erwartest das Ende, Du hast jeden Widerstand aufgegeben. Das Leben ist Dir gleichgültig geworden, alles gleichgültig, dieser Wagen könnte den nächstbesten Abhang hinunterstürzen, so ist es doch, ja, so ist es, sag es nur, sag es und denk es endlich, ja, Du wartest auf Deinen Tod. Du bist nach Santo Domingo gefahren, weil Du bei

»Santo Domingo« an etwas Endgültiges dachtest, nicht einen Augenblick hast Du gezögert, Dich diesem Ende zu stellen. Es war Dir ganz selbstverständlich, ein Ticket zu lösen, ohne nur eine Minute zu überlegen, hast Du das Ticket gelöst, ja, Du hast Dich geradezu danach gedrängt, das Ticket zu bekommen. New Orleans war die Hölle, und nach dieser Hölle kommt nur noch das Nichts, das große, eindeutige, völlige Nichts, das »Santo Domingo«. »Santo Domingo« ist Nichts, und Columbus ist der Entdecker des Nichts, Vizekönige des Nichts, Paradiese des Nichts. Ich bin aufgebrochen in die Paradiese des Nichts, weil ich keine Kraft mehr habe zu leben, ich habe den Gedanken des Todes zu oft gedacht, ich habe zu oft an den Tod gedacht. Mit der Zeit ist der Gedanke an den Tod meines Vaters auch der Gedanke an meinen eigenen Tod geworden, man kann den Tod des Nächsten nicht denken, ohne den eigenen Tod zu denken, ja, der Tod des Nächsten ist ein Stück des eigenen Todes. Nie habe ich früher an meinen eigenen Tod gedacht, ich habe den Tod für eine Vogelscheuche gehalten, für einen unwirklichen Augenblick, für eine lästige Krankheit irgendwann in der Zukunft, nein, ich habe mir den Tod nicht vorstellen können. Nun aber hat der Tod mich gepackt, die Gedanken an den Tod lassen mir keine Ruhe, ich bin voller Todesgedanken, voller schwach und müde machender Todesgedanken. Doch ich habe nicht einmal mehr Angst, das ist längst schon vorbei, mit so etwas verbringen Gesunde ihre Zeit, aber ich bin nicht mehr gesund, nein, ich bin krank. Irgend etwas in mir ist bereit für den Tod, und das ist die Krankheit, die Hinnahme des Todes, das Sich-Fügen in den Tod ist die Krankheit. Der Tod meines Vaters hat mich angesteckt mit dieser Krankheit, meine aus dem Grab auferstandenen Brüder haben mich angesteckt. Lange Zeit habe ich meine Brüder ins Nichts drängen können, ich bin groß geworden und kräftig trotz ihrer lauernden Blicke, ja, gerade dieser Blicke wegen bin ich groß geworden und kräftig.

Mit den Jahren habe ich gelernt, meine Brüder auf Distanz zu halten, ich habe ihnen nicht gestattet, mir mit ihren Lehren aufzuwarten, nein, ich habe mir ihre Todeslehren nicht zu eigen gemacht. Meine Brüder haben dem Tod nicht widerstanden, meine Brüder haben den Tod gefunden, ich aber habe trotz meiner durch den Tod infizierten Brüder dem Tod widerstanden. Ich habe widerstanden, bis der Tod meines Vaters meinen eigenen Tod heraufbeschworen hat, ich habe widerstanden, bis der Tod meines Vaters mir meine toten Brüder aufgebürdet hat. Nun vermag ich nichts mehr gegen den Tod. Freiwillig werde ich mich ihm nicht präsentieren, ein freiwilliger Tod wäre ein Hohn auf den Tod meiner Brüder. Lächerlicher Tod, loser Tod, nichtiger Tod ...

Ich fragte meinen Fahrer, wie lange wir noch unterwegs sein würden, und er antwortete, wir seien in einer halben Stunde da. Ich fragte ihn weiter, ob er ein Quartier für mich wisse, und er sagte, ich werde im Zimmer seines Bruders schlafen, sein Bruder sei in Santo Domingo geblieben. Ich fragte ihn noch, ob der Bruder wegen mir dort geblieben sei, da lachte er nur, schüttelte den Kopf und preßte die Rechte an sein Herz. Nein, sagte er, sein Bruder sei wegen der Liebe in Santo Domingo geblieben, sein Bruder habe Streit mit den Eltern, deshalb lebe der Bruder nicht mit den Eltern und seinen Geschwistern unter einem Dach, der Bruder lebe allein. Weil er eine Liebe im Herzen habe, lebe der Bruder allein, niemand mit einer solchen Liebe im Herzen könne mit den Eltern zusammenleben, deshalb habe man den Bruder anderswo untergebracht. Ich fragte ihn, was es für ein Zimmer sei, in dem der Bruder allein lebe, und er antwortete mir undeutlich, es sei ein einzelnes Zimmer, ganz für sich, in dem eben die leben würden, die nicht mehr mit den anderen zusammenleben wollten. Ich fragte ihn, ob es so etwas wie ein Gefängnis sei, und er lachte nur wieder und sagte, ja, so ähnlich wie ein Gefängnis.

Dann kamen wir an. Wir waren beide steif von der Fahrt und sehr müde, und ich machte meinem Fahrer ein Kompliment, weil er ohne Pause durchgehalten hatte. Sofort nach unserer Ankunft war der Wagen von vielen Menschen umringt, wir hatten irgendwo im Dunkel, am Rand einer durchweichten Straße, gehalten. Ich hörte die aufgeregten Fragen der Dorfbewohner, und ich sah, daß einige bereits damit begannen, die Käfige vom Wagen abzuladen.

Ich konnte kaum etwas erkennen, Licht drang nur aus den offenen Türen der niedrigen Häuser. Ich nahm meinen Koffer aus dem Wagen und stellte ihn neben mir ab.

Es dauerte eine Weile, dann sagte mir mein Begleiter, daß ich ihm folgen sollte. Wir gingen ein paar Schritte, wir wurden von einem ganzen Rudel von Kindern verfolgt. Mein Begleiter sagte ihnen, daß sie zurückbleiben sollten, doch sie liefen nur weiter kreischend hinter uns her. Er scheuchte sie noch ein paarmal zur Seite, aber sie ließen sich nicht beirren.

Dann hatten wir anscheinend mein Quartier erreicht. Es war eine winzige Bude mit zwei Fenstern, die Tür stand offen. Wir gingen hinein, und mein Begleiter drehte an der Glühbirne. Sie flackerte kurz auf wie eine Kerze und brannte dann weiter mit stark verminderter Kraft, als könnte sie jeden Augenblick erlöschen. Wenig Strom, sagte mein Begleiter und grinste.

Ich blickte um mich. Es war ein Raum von etwa drei mal drei Metern, in einer Ecke stand ein Bett, auf dem sich ein paar Decken türmten. Neben dem Bett stand ein Stuhl, der Boden war aus festgetretenem Lehm. Ich nickte, ich sagte ihm, daß es gut wäre, einen Tisch zu haben, für die Arbeit benötigte ich dringend einen Tisch.

Er sagte, er werde mir am nächsten Tag einen Tisch besorgen, dann drückte er mir die Hand und verschwand.

Ich legte den Koffer auf das Bett und versuchte, die beiden Fenster zu schließen. Sie klemmten, die Fensterflügel fügten sich nicht ineinander und ließen sich nur gegeneinander lehnen. Ich zog die Tür zu, wenigstens die Tür gehorchte, doch es gab keinen Schlüssel. Es gab keinen Schlüssel, es gab kein Wasser, es gab keinen Tisch, die Litanei war lang genug, aber ich hatte nicht vor, mich mit solchen Gedanken aufzuhalten.

Draußen war es ganz still. Ich schaute aus einem Fenster und glaubte für einen Moment, ein Kindergesicht zu erkennen. Doch nein, niemand war in der Nähe. Ich sah auf die schmale, von Pfützen übersäte Straße, sonst war nichts zu erkennen. Ich wußte nicht genau, wo ich mich befand, ich mußte annehmen, ich wäre im Bergland, aber das war nicht gewiß.

Ich ordnete die Decken, es waren vier feuchte Decken, darunter eine durchgelegene Matratze. Ich drehte an der Glühbirne, dann zog ich meine Schuhe und die Hose aus. Ich legte mich auf die Matratze und breitete die Decken über mir aus. Noch einmal horchte ich, doch es waren keine Stimmen zu hören.

Wenige Minuten später heulte noch einmal der Motor des Lastwagens auf, dann schlief ich ein.

Am nächsten Morgen erwachte ich durch Klopfgeräusche. Ich schaute auf und erkannte zwei Kinderhände, die sich durch den schmalen Spalt zwischen den Fensterflügeln reckten. Auch vor dem anderen Fenster erkannte ich die Gesichter von Kindern, sie lachten und kicherten, als böte ich ein komisches Bild.

Ich stand auf, öffnete die Fenster und blickte hinaus. Es war ein dunstiger Morgen, die Straße lag verlassen da, von dem Lastwagen war nichts mehr zu sehen. Vor den Häusern streunten einige Hunde herum, das Dorf konnte nicht groß sein. Die Kinder hatten sich rasch von meiner Behausung entfernt, sie standen mitten auf der Straße, ruhig, als warteten sie gespannt auf die Fortsetzung des Schauspiels.

Ich streifte die Hose über und zog die Schuhe an, dann ging ich hinaus. Ja, ich hatte richtig vermutet, das Dorf mochte aus nicht mehr als hundert Häusern bestehen, darunter viele niedrige, ärmliche Hütten, und weiter entfernt, zur Talseite hin, ein paar beinahe zusammengefallene Baracken. Das Tal war dunkelgrün und voller weiter Plantagen, ich dachte an Zuckerrohrfelder oder an große Flächen mit Bananenstauden, doch so genau war aus der Ferne nichts zu erkennen. Zur anderen Seite hin stieg das Gelände steil an, dünne Nebel lagen über den dichten Wäldern und verbargen die Höhen.

Ich stand noch unschlüssig herum, als ich die Stimme einer älteren Frau hörte, die den Kindern befahl, sich davonzumachen. Sie kam gerade auf mich zu und sprach mich mit ihrer dunklen Stimme an. Ich konnte sie nicht verstehen, aber ich dachte, es wäre das Beste, ebenfalls ein paar Worte zu sagen, und so antwortete ich ihr auf Englisch. Sie sprach auch wirklich ruhig weiter, als führten wir ein richtiges Gespräch, sie schien sich danach zu erkundigen, ob ich gut geschlafen hätte, und ich sagte ihr, ja, ich hätte tief geschlafen.

Sie ging mit mir zu meiner Behausung, sie warf einen flüchtigen Blick hinein, irgend etwas schien ihr nicht zu gefallen, dann gab sie mir ein Zeichen, ihr zu folgen. Ich ging ein paar hundert Meter neben ihr her, sie sprach ununterbrochen, ich hätte zu gern gewußt, was sie beschäftigte. Wir kamen an einem kleinen Laden vorbei, es schien der einzige des Dorfes zu sein, und die Frau deutete auf die Obstkisten vor dem Eingang. Ich nahm mir vor, später dort etwas zu kaufen, jetzt jedenfalls war ein Halt unmöglich, denn die Frau ging entschlossen weiter, als müßte ich sie begleiten.

Dann erreichten wir eines der größeren Häuser, es war ein helles Holzhaus mit einer kleinen Veranda. Auf der Veranda standen ein Tisch und zwei Stühle, und die Frau zeigte auf einen der Stühle, so daß ich Platz nahm. Sie verschwand im Innern des Hauses, wenig später erschien sie mit einer Schale, in der sich ein dampfender Eintopf befand. Ich bedankte mich, ich sagte ihr, das sei nicht nötig gewesen, doch sie sprach weiter vor sich hin, als sagte sie sich auf, was als nächstes dran wäre. Sie drückte mir einen Löffel in die Hand, sie machte ein paar aufmunternde Gesten, gut, ja, ich würde essen, obwohl ich mich überwinden mußte, es so früh schon mit einem Eintopf aufzunehmen.

Es war ein Eintopf mit Reis, Bohnen und ein paar Brocken Fleisch, alles schwamm in einem dicken, klebrigen Sud. Die Kinderschar stand nun wieder ganz in unserer Nähe, die Gören schauten mir beim Essen zu und rieben sich die Bäuche, als würde ich mit einer Delikatesse versorgt. Eines der Kinder aber preßte die rechte Hand auf sein Herz, es zeigte mit der Linken auf mich und dann wieder auf die Hand auf dem Herzen, ich hatte verstanden.

Sie halten Dich für einen Liebeskranken, dachte ich, die Kinder glauben, hier wird ein Kranker aufgepäppelt, der schwach ist und wieder zu Kräften kommen soll. Ich lachte ihnen zu und spielte den Hungrigen, eilig, um die Sache hinter mich zu bringen, löffelte ich die Schale leer, und die Kinder hatten ihren Spaß an mir.

Wieder erschien die Frau, sie fragte mich, ob ich noch eine weitere Schale essen wollte, doch ich deutete nur auf meinen Bauch. Ich tat, als hätte ich einen dicken, sich von Sekunde zu Sekunde weiter aufblähenden Bauch, der bald platzen würde, und sie lachte zum ersten Mal, als hätte ich einen guten Scherz gemacht. Dann rüttelte sie kräftig an meinem Tisch, sie schleifte den Tisch über die Veranda, es sollte mein Tisch sein, ja, ich sollte den Tisch hinübertragen in meine Behausung.

Ich dankte ihr nochmals, ich gab ihr die Hand, und sie lachte erneut. Dann packte ich mir den Tisch auf den Rücken und trug ihn zu meinem Quartier. Ich stellte ihn nach draußen neben die Tür, und ich holte den Stuhl aus der Hütte und stellte ihn neben den Tisch. Ja, dachte ich, das gibt jetzt ein Bild, ein Stuhl und ein Tisch, und am Abend wirst Du hier sitzen und abwarten, was geschieht.

Mein Kumpan war nirgends zu sehen, wahrscheinlich war er schon im Morgengrauen zurück in die Stadt gefahren. Auch die Frau war mir nicht gefolgt, niemand außer den Kindern schien mich zu beachten, und so überlegte ich, was ich als nächstes tun wollte. Ich nahm mir vor, den steilen Berghang ein wenig hinaufzusteigen, ich wollte mich nicht länger im Dorf sehen lassen, vielleicht war es nicht allen recht, daß ein Fremder hier herumstolzierte.

Bevor ich aufbrach, kaufte ich mir noch etwas Obst, ich kaufte zwei schwere Wassermelonen, Bananen und Ananas, und ich legte alles auf den Boden neben das Bett. Ich hätte mich gern gewaschen, meine Haut war vom Nachtschweiß verklebt, doch ich sah nirgends eine Waschmöglichkeit. Ich kämmte mir kurz durch das Haar, die Geste erschien mir beinahe komisch, wie ein Teil einer Szene. Dann ging ich los.

Ich folgte einem leicht ansteigenden Weg, der nach den letzten Hütten des Dorfes in einen schmalen Pfad überging. Es war ein gut ausgetretener Pfad, ich erkannte Spuren von Pferdehufen, und so ging ich weiter, in der Hoffnung, bald in größere Höhen zu gelangen. Der Pfad schlängelte sich zwischen hohen Farnen bergaufwärts, der Farngeruch war sehr stark, ein scharfer, bitterer Geruch, wie pflanzlicher Urin.

Dann geriet ich in eine Waldzone, es waren niedrige Bäume, hier und da von Lianen überwachsen. Zwischen den Bäumen hingen große Spinngewebe, sie schaukelten im leichten Wind. Im Unterholz der Stauden und Kräuter flatterten winzige Vögel herum, manchmal bekam ich eines der Tiere zu sehen, für den Bruchteil einer Sekunde, einen bunten Blitz im Grün.

Allmählich wurde es spürbar kühler, im dichten Regenwald war es feucht, der Boden war von Farnen und Flechten bewachsen, das wild wuchernde Grün hatte sich wie ein dichter Pelz um den unteren Teil der Stämme gelegt. Ich blickte mich um, das Dorf war nicht mehr zu erkennen, feine Nebelbänke ließen keine Sicht nach unten mehr zu. Ich ging weiter, und der Nebel wurde mit der Zeit immer dichter. Dann setzte ein dünner Sprühregen ein, es nieselte sich aus, und ein großer Vogelschwarm senkte sich tief in eine dunkle, sich rasch nähernde Wolke.

Ich konnte nur noch wenige Meter weit schauen, doch, ich folgte noch immer dem Pfad, das mußte der Pfad sein, dieser schmale Spalt zwischen den sich immer dichter herandrängenden Stauden. Ich blieb einen Augenblick stehen und wischte mir den Regen aus dem Gesicht, die dunkle Wolke stand nun gerade über mir, gleich würde es losgehen. Ich versuchte, schneller voranzukommen, doch ich mußte mir den Weg freimachen, so dicht war nun alles verwachsen. Dann hörte ich ein schwaches Rauschen, als flatterten irgendwo Segel, der Wind, dachte ich, nun fällt der Wind über Dich her.

Die Wolke über mir schien sich noch für Minuten zu sammeln, sie dickte ein zu einem tiefschwarzen Dunkel, das alle Farben in meiner Nähe auslöschte. Dann wurde es still, abgründig still, so still, daß ich nicht mehr wagte, weiterzugehen. Ich schaute zum Himmel, die Wolke über mir hatte nun alles verdunkelt, der Himmel war ein einziges Schwarz, ohne Unterschiede.

Dann prasselte der Regen los. Ich hatte mich dicht an einen hohen Stamm gepreßt, doch es war klar, daß mir das wenig half. Der Regen schüttelte die Bäume durch und riß an den Lianen, er bog die Farne nach unten und zerrte das niedrige Grün ganz zu Boden. Er trommelte auf mich ein, als wollte er mich immer kleiner machen, langsam ging ich in die Knie, ja, ich hockte mich auf den Boden, wo die Wassermengen im algigen Grün aufschäumten und zu breiten Rinnsalen wurden.

Es ist genug, dachte ich, ich gebe mich geschlagen. Wahrscheinlich habe ich mich verirrt, ja, ich habe mich in diesen feuchten Zonen verirrt. Ahnungslos bin ich losgezogen, und sofort wurde meine Ahnungslosigkeit mir zum Verhängnis. Ich hätte wissen müssen, daß man hier nicht einfach davonfliegen kann, selbst das Verschwinden will noch gelernt sein.

Ich spürte, wie das Wasser mir den Rücken herunterlief, es sprudelte mich ein, meine Schuhe steckten fest in der aufgequollenen Erde. Ich wagte nicht, nach oben zu schauen, ich schaute betäubt, wie der grün verwachsene Boden aufgerissen wurde und seine Krume verlor. Langsam schlingerten die Erdmassen davon, wie vollgefressene Schlangen sackten sie zwischen die Algen und breiteten sich über den Kräutern aus.

Es dauerte lange, der Regen ließ nicht ab, bis alle niedrigen Pflanzen beinahe zerquetscht waren. Die Farne lagen geplättet, wie ein verschobener Teppich mit schräg stehenden Falten, noch immer rutschten die Erdmassen gierig bergabwärts.

Dann tröpfelte es sich aus, und es wurde wieder still, abgründig still. Der Himmel klarte auf, und die winzigen Vögel, die ich zuvor schon gesehen hatte, flitzten in Zickzackflügen vor dem reinen Blau. Der Pfad, den ich gekommen sein mußte, war nicht mehr zu erkennen, lehmiges Geröll hatte das Grün beinahe erstickt. Ich zog mein Hemd aus und wrang es durch, dann legte ich es auf eine der plattgedrückten Stauden zum Trocknen. Die Sonne brannte kräftig, als habe es nie einen Wolkenbruch gegeben. Ich überlegte mir, wie ich zurückfinden könnte, doch ich war mir nicht einmal mehr der Richtung gewiß. Als habe sich die Bühne meiner Umgebung durch das Unwetter mehrmals um ihre Achse gedreht, schienen Berg- und Talseite ausgetauscht. Wo ich zuvor den Berganstieg vermutet hatte, lag jetzt das wieder dunkelgrün schimmernde Tal. Doch es war nicht dasselbe Tal, das ich noch bei meinem Aufbruch gesehen hatte, nein, zweifellos war es ein ganz anderes Tal. Fast hätte man denken können, der schwere Regen habe mich auf die andere Seite des Berges verschlagen, ja, so kam es mir beinahe vor.

Wohin, dachte ich nur, nun sag doch endlich einer, wohin, es ist zum Verzweifeln. Zum Verzweifeln, dachte ich weiter, ja, zum Verzweifeln, und plötzlich drängte das alte Bild sich mir auf. Ja, jetzt wußte ich, woran mich diese Szene erinnerte, schlagartig zeichnete die Erinnerung das längst vergessen geglaubte Geschehen.

Ich war vielleicht zehn Jahre alt gewesen, als ich mit meinem Vater eine lange Wanderung in der Umgebung unseres Hauses gemacht hatte. Mein Vater hatte, anders als sonst, keine Karten mitgenommen, Karten mitzunehmen hatte sich erübrigt, denn natürlich hatte mein Vater in diesem Gelände jeden Strauch gekannt. Irgendwie jedoch waren wir vom vorgesehenen Weg abgekommen, durch irgendeine Unachtsamkeit meines Vaters hatten wir einen Umweg gemacht. Mein Vater hatte sein Versehen widerwillig bemerkt, na so was, hatte er den Fehler nur knapp konstatiert, dann waren wir wild einen Abhang hinaufgeklettert, um doch noch den richtigen Weg zu erreichen. Doch mein Vater hatte sich wieder geirrt, der richtige Weg hatte sich nicht auf der Kuppe befunden, der richtige Weg mußte ganz woanders liegen, gerade gegenüber, auf der gegenüberliegenden Kuppe.

Und so waren wir wieder ins Tal geklettert und an der anderen Hügelseite hinauf, doch auch auf der Kuppe des gegenüberliegenden Hügels waren wir nicht auf den richtigen Weg gestoßen, und da hatte mein Vater gesagt, es ist zum Verzweifeln. Ich hatte ihn noch nie derart hilflos erlebt, dergleichen war noch nie geschehen. Mein Vater hatte sich auf den Boden gesetzt, und ich hatte mich neben meinen Vater gesetzt und gedacht, jetzt ist es mit dem Zauber vorbei, Vater hat seinen Naturzauber verloren.

Und wirklich war Vater wie von allen guten Geistern verlassen gewesen, niedergeschlagen hatte er wie ein hilfloses Kind auf dem Boden gesessen, und dann hatte er mir erzählt, daß er während des Krieges einen Trupp in die Nacht hatte führen müssen, in unbekanntes, feindliches Gelände, und daß dieser Spähtrupp eine Bestrafung gewesen sei wegen irgendeiner Lappalie. Plötzlich, hatte mein Vater erzählt, habe man russische Stimmen gehört, ganz in der Nähe, und eine laute, kräftige Stimme habe aus dem Dunkel gedröhnt. Sie hätten sich alle auf den Boden geworfen, sie hätten gedacht, sie seien entdeckt, und dieses Entdecktsein hätte das Ende bedeutet. Sie hätten mucksmäuschenstill auf dem Boden gelegen, ohne zu atmen, mucksmäuschenstill. Er habe die Augen geschlossen und auf den Granateneinschlag gewartet, er habe gezittert am ganzen Leib. Aber nichts sei geschehen, nur die Stille, eine unerträgliche Stille. Nach einer Weile habe er Befehl gegeben, sich zurückzuziehen, und so seien sie langsam rückwärts gekrochen, bis sie weit genug entfernt gewesen seien von der Gefahrenzone.

Dieses Erlebnis, hatte Vater gesagt, sei ihm durch Mark und Bein gegangen, dieses Erlebnis habe ihn lange beschäftigt, die nächtlichen Bilder sei er lange nicht losgeworden, nein, nie losgeworden sei er die Bilder, bis heute nicht.

Ich hatte Vater von der Seite angeschaut, und damals hatte ich gesehen, was es bedeutete, wenn einen die Vergangenheit einholte. Plötzlich hatte ich begriffen, daß Vater zu einem Teil noch in dieser Vergangenheit lebte und daß ich von dieser Vergangenheit nichts verstand. Vater hatte nämlich sein Taschentuch aus der Hosentasche gezogen, er war sich mit dem Tuch über die Stirn gefahren, als wische er sich den Schweiß, doch ich hatte gesehen, daß er sich auch über die Augen gewischt hatte, ja, er hatte sich etwas aus den Augen gewischt.

Ich hatte mir Tränen meines Vaters niemals vorstellen können, Vatertränen hatte es bisher nie gegeben, um so erschrokkener war ich gewesen. Ich hatte daran gedacht, meinen Vater zu trösten oder ihm auf eine andere Weise zu helfen, aber ich hatte gleichzeitig gewußt, daß ihm dieser Trost und diese Hilfe nicht recht gewesen wären. Schon daß ich die Tränen meines Vaters gesehen hatte, war etwas Unerhörtes gewesen, hätte mein Vater gewußt, daß ich seine Tränen gesehen hatte, hätte er unter einem Vorwand auf mich eingeschimpft. Es hatte sich nicht gehört, meinen Vater mit einem Blick von der Seite zu ertappen, nein, ja, ich hatte mich falsch verhalten, ich hätte in die Ferne schauen müssen, irgendwohin in die Ferne, und nicht seitlich, zu meinem Vater.

Und so hatte ich, hin und her gerissen zwischen Mitleid und Schuldgefühl, innerlich das Ende der Szene herbeigebettelt, ich hatte zu Gott gebetet, meinen Vater von seiner Vergangenheit zu erlösen und ihm alle Erinnerungen abzunehmen.

In Wahrheit war diese Szene aber der Anfang meiner Mitwisserschaft gewesen, ja, diese Szene hatte das Bild meines Vaters verändert, denn seit dieser Szene hatte mein Vater für mich nicht nur etwas Vertrautes, sondern auch etwas Fremdes, und dieses Fremde hatte seine Wurzeln in einer anderen Zeit. Diese Entdeckung war mir wie die Entdeckung eines Geheimwissens vorgekommen, von nun an hatte ich die andere Zeit, die der Vergangenheit, für eine Zeit der Geheimnisse gehalten. Zum Glück hatte ich ein solches Geheimnis kennengelernt, ja, hatte ich gedacht, das ist das erste Geheimnis, aber es wird noch viele weitere geben, und ich werde sie alle aufdecken müssen.

Damals hatten wir dann eine Weile stumm nebeneinander gesessen, ich hatte nicht gewußt, ob mein Vater gespürt hatte, was geschehen war mit mir. Nein, ich hatte nicht geglaubt, daß er etwas bemerkt hatte, jedenfalls hatte er kein Sterbenswörtchen gesagt, nicht einen Ton. Schließlich hatten wir uns erhoben und waren auf dem falsch eingeschlagenen Weg einfach weitergegangen, na wenn schon, hatte mein Vater so leichthin gesagt, doch ich hatte diesen Worten nicht mehr geglaubt. Nein, mein Vater hatte mir etwas vormachen wollen, zum ersten Mal war das nötig gewesen, und so war ich niedergeschlagen und enttäuscht neben ihm hergegangen, und er hatte mich aufzumuntern versucht. Was ist denn mit Dir, hatte er nur hilflos gefragt, man kann sich doch einmal täuschen, hatte er alles heruntergespielt, doch ich hatte an ganz etwas andres gedacht. Ich hatte daran gedacht, daß es viele Geheimnisse geben mochte, die man mir nicht erzählte, und dieser Gedanke hatte mich mutlos gemacht. Und so war ich stumm neben Vater hergegangen, den ganzen umständlichen Rückweg, und wir waren zu Hause angekommen wie zwei Gegner, die sich von nun an hüten mußten, dem anderen ganz zu vertrauen.

Mein Gott, dachte ich und schaute mich um, als müßte sich auch mir sofort ein solcher Rückweg anbieten, was soll jetzt diese Vergangenheit? Bin ich nicht weit genug gelaufen, um dem zu entkommen? So laß mich doch endlich in Ruhe! Kannst Du nie Ruhe geben, bist Du denn nicht ein für allemal beerdigt? Ich habe eine Schaufel Erde auf Deinen Sarg geworfen, erinnerst Du Dich? Nein? Du solltest Dich aber erinnern, das solltest Du! Ich trage Dich nicht wieder ins Leben, ich nicht, das ist Dein Irrtum!

Ich griff nach meinem Hemd, es war noch nicht ganz trokken, und ich war so erregt, daß ich es an einer Seitennaht aufriß. Ich versuchte, einige Stauden fortzuschlagen, doch die Blätter blieben mir an den Fingern kleben.

Weg da! rief ich, gib endlich den Weg frei! Ich laß mich nicht länger von Dir umkreisen, meinst Du, ich hätte Dich nicht die ganze Zeit bemerkt? Du stellst mir nach, auf Schritt und Tritt verfolgst Du mich, und damit ich Dir einen Anlaß biete zum Spott, treibst Du mich in diese ausweglose Lage! Du willst mir zeigen, daß ich ohne Dich nicht sein kann, ohne Dich soll ich krepieren, ja krepieren! Du hast Dich an mich gekettet, mein Körper ist darüber kraftlos geworden, aber ich habe nicht protestiert. Ich habe gehofft, Dich abzuschütteln, ich habe alle Künste probiert, wochenlang bin ich untergetaucht, nun aber ist es genug! Ich ertrage Dich nicht länger, ich halte Dich in meiner Nähe nicht länger aus! Weg! Laß mir endlich den Frieden!

Ich schlug heftig um mich, doch die scharfen Ränder der Blätter rissen meine Haut nur weiter auf, ich begann, meine Hände zu lecken, sie waren bereits voller Blut. Je mehr ich tobte, um so mehr verschlimmerte sich mein Zustand, der grüne Sud um meine Füße spritzte an meinen Beinen empor.

Du willst mir also den Boden wegziehen, rief ich, dann mach nur, mach! Am Himmel die beißende Sonne, und der Boden weich wie ein Schwamm, verkehrte Welt spielst Du mit mir! Das Tal ist über den Berg gewandert, und der Berg ist ins Tal gerutscht! Verkehrte Welt! Und die Toten stehen auf aus den Gräbern und stehlen den Lebenden Zeit und Raum! Verkehrte Welt!

Ich trampelte weiter auf den Boden, ich trat die Farne zur Seite, ich begann, die Stauden vor mir aus dem Boden zu reißen, und sprang über die umgeknickten Stämme.

Ich tanze, schrie ich, ich hüpfe und tanze, wie es Dir paßt! Bist Du nun zufrieden? Bist Du endlich zufrieden? Ja, jetzt hast Du mich endlich soweit, ich bin ganz auf dem von Dir eingeschlagenen Weg, Du gibst wieder die Richtung an, dort geht es lang, nicht wahr? Natürlich, ja, dort geht es lang, wie konnte ich nur so lange auf Dich verzichten, nur Du kanntest die Wege, und ich durfte höchstens die Meßtischblätter halten. Unmündig sollte ich dicht neben Dir bleiben, ein unmündiger Meßgehilfe, Deine Lebensstütze, Dein Stützapparat! Hier, ja, ich bin Dir wieder zu Diensten, wie immer zu Diensten, ganz der alte, Dein einziger Sohn, verdammt, ja, Dein letzter, einziger Sohn!

Du Wandermythos, überschlug sich meine Stimme, Du Wandermythos auf Krücken! Auf Krücken von Berlin über die Elbe nach Haus! Donnerwetter! Zu Fuß durch halb Deutschland! Ein tapferer Landbursche! Ein strammer Pionier!

Du hast gedacht, zu Fuß erledigt sich alles von selbst, was?! Zu Fuß wird man fertig mit allem, zu Fuß kommt man zur Ruhe, zu Fuß wird man wieder lebendig. Schon aus Deiner Kindheit sind diese Zu-Fuß-Märchen bekannt, zu Fuß ist er gegangen, hatte es immer geheißen, zu Fuß vom Hof bis zur Schule, zu Fuß bis zur Bahnstation, zu Fuß zurück, zu Fuß mit den Kühen auf die Weide, zu Fuß auf die Felder.

Doch nicht genug! Du suchst Dir einen Beruf für Zu-Fuß, zu Fuß am Rhein entlang, zu Fuß in die Umgebung von Köln! Und dann nach Berlin! Eine Kleinigkeit, dieses Berlin, die schönste Stadt für Zu-Fuß! Weiter, marsch, marsch, auf nach Kattowitz und nach Oppeln, da warten schon die Beskiden auf Dich, und die Beskiden erstürmt man zu Fuß! In der Nähe werden die Juden vergast, in Auschwitz werden die Juden ermordet, doch Du wanderst zu Fuß in den Beskiden. Eine herrliche Luft, Gebirgsluft, ein einzigartiges Zu-Fuß-Panorama!

Weiter, auf, auf, zu Fuß in den Krieg! Der Krieg ist ein Klacks, denn im Krieg marschiert man zu Fuß, man läuft durch Rußland zu Fuß, man humpelt verwundet zu Fuß, in den Sanatorien lernt man wieder gehen, zu Fuß! Hauptsache zu Fuß!

Zu Fuß bleibt man am Leben, hast Du gedacht, zu Fuß richtet sich alles, zu Fuß in die Heimat! Doch da war es vorbei mit der Tausendfüßlerei, mit all dem emsigen Krabbeln und Steigen und Gehen und Kraxeln, nun geht es zu Fuß auf den Friedhof!

Et requiescat in pace! Zwei Söhne sind tot, der Krieg ist vorbei, doch aufgegeben wird nicht!

Denn nun denkst Du, das Schlimmste sei überstanden! Einbußen, ja, Verluste, ja, doch man hat noch ein paar Jahre zum Leben. Und so beginnst Du in Köln wieder zu Fuß! Die herrliche Rheinlandschaft! Die Natur! Die blühende, zirpende Frühlingsnatur! Da schaut man glatt über die Ruinen hinweg, Ruinen sind in Deutschland sowieso nicht von Dauer!

Dann der dritte Sohn, und Du denkst, Gott ist gerecht, der Krieg ist vorbei, doch Du hast nicht geahnt, daß auch diese Nachkriegsgeburt noch eingeholt werden sollte vom Krieg. Nach zehn Tagen war alles aus, das Herz war zu schwach, der dritte Verlust!

Und weiter am Rhein, immer zu Fuß! Nach zwei Jahren war es wieder soweit, Gott in der Höh sei Preis und Ehr, doch auch das Leben des Vierten bestand aus nichts als ein paar Nachkriegszuckungen. Herzstillstand, nach ein paar Tagen der Tod!

Du hast geglaubt, Du kannst den Krieg hinter Dir lassen, irgendwie kommt man zu Fuß über alles hinweg, doch der Krieg hat Dich noch lange nicht freigegeben. Du Kriegsteilnehmer, ja, Kriegsteilnehmer, Du und Deine vier Söhne, Kriegsteilnehmer seid Ihr gewesen!

Erst sechs Jahre nach Ende des Krieges überlebte eine winzige Frucht, der Ich, der aus dem Krieg entkommene Ich! Und Du hast den schwachen Ich auf die Beine gestellt und bist mit ihm gelaufen zu Fuß! Den Ich ziehen wir groß, hast Du gesagt, den Ich mit dem schwachen und halbkranken Herzen, den Ich ziehen wir groß! Wir laufen mit ihm durch halb Deutschland, wir wandern mit ihm, aber wir haben aus der Geschichte gelernt! Wir wandern westwärts mit unserem Ich, wir wandern die Mosel entlang und nach Frankreich, bis zum Atlantik wandern wir mit unserem Ich! Nach und nach wird das Herz unseres Ich kräftiger werden, irgendwann wird es gesund sein, das pochende, schlagende Herz unseres Ich! Ich von uns, Ich von unserem Leib, mein Ich von meinem Leib!

Und so haben wir unsere Fußmärsche begonnen, der Ich-bei-Dir hat das Laufen und Gehen und Herumstreifen gelernt, und jetzt ist er noch immer unterwegs, er steht Dir zu Diensten, er trägt Dich bereitwillig überallhin, er wird Dir nicht entkommen! Aus dem Ich-bei-Dir ist ein Du-in-Mir geworden, das ist die geheime Verwandlung, das ist die Wandlung des Herzens!

Ich lief immer schneller, einmal schlug ich der Länge nach hin, doch es kümmerte mich nicht. Meine Hände bluteten und waren vom Lehm verdreckt, doch ich hatte keine Zeit, sie sauber zu wischen. Die Umgebung hatte zu tanzen begonnen, die Baumwipfel sprangen hinauf aus dem Tal wie winzige, auf und ab schwirrende Vögel, das Grün verdickte sich wie die Wolke zuvor und rutschte wie Lava bergabwärts.

Ich stand einen Augenblick still, mucksmäuschenstill, sagte ich, ja, ganz genau! Und kein Sterbenswörtchen, keinen Ton! Mucksmäuschen und Sterbenswörtchen, das ist ganz leicht zu verdeutschen! Später schreib ich es auf, ich habe für Dich ja immer alles aufgeschrieben, erinnerst Du Dich wenigstens daran? Keine Sorge, ich bin nicht aus der Übung, ich habe eine Weile pausiert, wahrscheinlich war Dir das nicht recht.

Es war Dir nicht recht?! Soso, es war Dir nicht recht, Du hattest mehr von mir erwartet. Aha, das war der Grund! Deshalb warst Du so unzufrieden mit mir! Was ist nur los, habe ich mich gefragt, was machst Du falsch?! Irgend etwas mißfällt ihm an Dir, eine Kleinigkeit, ja, vielleicht nur eine Kleinigkeit! Doch jetzt ist es klar, das ist es also, das Schreiben, wie konnte ich nur das Schreiben vergessen?!

Auf mein Schreiben warst Du ganz scharf, ich war Dein oberster und einziger Schreiber, Dein Schreiberstolz, Dein Stolzschreiber!

Gut, jetzt haben wir wieder Frieden geschlossen, nicht wahr? Noch heute werde ich wieder mit dem Schreiben anfangen, ich verspreche es Dir. Wir werden wieder miteinander auskommen, wie früher, wir werden uns wieder gut miteinander verstehen, ach, was sage ich, wir werden uns glänzend verstehen! Nein, ich werde nichts vergessen, kein »mucksmäuschenstill«, keine »Sterbenswörtchen«.

Habe ich je etwas vergessen?! Na?! Siehst Du, ich bin zuverlässig, das mußt Du zugeben, ja, danke, danke Dir, ich stehe wieder zu Diensten!

Was ist, dachte ich und sah plötzlich ganz klar, wie konntest Du nur glauben, völlig in die Irre gegangen zu sein? Dort ist der Berg, und dort ist das Tal! Sogar der Gipfel ist ja zu sehen, und im Tal arbeiten die Menschen auf den Feldern, ja, Du siehst es ganz deutlich! Du hältst Dich etwa auf dieser Höhe, dann mußt Du bald auf das Dorf stoßen! Eine Kleinigkeit, alles eine Kleinigkeit! Du hast einen Moment die Orientierung verloren, kein Wunder, das Unwetter hat Dich verwirrt! Jetzt ist es vorbei, das Tal und der Berg, hier und da, das eine und das andere, und kein Sterbenswörtchen!

Etwa eine Stunde später war ich auf das Dorf gestoßen. Es lag so vor mir, wie ich es verlassen hatte, anscheinend war der Regen nicht bis hierher gedrungen. Ich versuchte, mein Quartier unbemerkt zu erreichen. Ich wusch meine Hände und mein Gesicht im Wasser einer Regentonne, dann schlich ich mich in meine Behausung.

Man hatte Tisch und Stuhl hineingestellt, das Obst lag auf dem Tisch, und daneben stand eine Schale mit kalt gewordenem Eintopf. Auf dem Bett lagen drei Handtücher und ein weißes, größeres Tuch. Ich zog mich aus und trocknete mich ab. Dann legte ich mich auf das Bett. Mein Herz klopfte. Ich hatte immer noch Angst. Am Nachmittag hatte ich Stuhl und Tisch wieder nach draußen gestellt. Die Kinderschar war aufgetaucht und hatte sich eine Weile mir gegenüber postiert. Ich hatte den Kindern von meinem Obst angeboten, doch sie hatten sich nicht zu mir getraut. Fast unbeweglich hatten sie mich angestarrt und einander etwas ins Ohr geflüstert. Dann waren sie verschwunden.

Später waren zwei Männer auf Pferden vorbeigekommen. Sie hatten ruhig gegrüßt, als gehörte ich seit Jahren zum Dorf. Die Hunde waren die Straße entlanggelaufen und hatten an meinen Schuhen geschnuppert. Dann war die ältere Frau vorbeigekommen mit einem Kaffee, sie hatte mich nach weiteren Wünschen gefragt, doch ich hatte ihr zu verstehen gegeben, daß mir nichts fehle.

Weiter unterhalb, talwärts, hatte eine junge Frau ein kleines Kind in eine Hängematte gelegt. Sie war neben dem Kind sitzen geblieben und hatte manchmal zu mir hinaufgeschaut.

Später hatte ich das Klappern von Geschirr gehört. Die Hunde waren in großen Sprüngen zu den Wohnbaracken gehastet.

Ich hatte begonnen zu schreiben, ich hatte mit meinen Notizen begonnen.

»Ich habe die Arme meines Vaters, ich habe die schmalen, dünnen Arme meines Vaters. Ich habe die Hände und die Finger meines Vaters, ich habe die großen Hände und die langen, feingliedrigen Finger meines Vaters. Ich habe die Stirn meines Vaters, ich habe die breite, slavische Stirn meines Vaters. Ich habe die Knie meines Vaters, ich habe die spitzen Knie meines Vaters. Ich habe die Füße meines Vaters, ich habe die flachen, breiten Füße meines Vaters.«

»Ich habe das Lachen meines Vaters, ich lache genau wie mein Vater, schallend-laut, tüchtig, als schüttelte mich das Lachen durch. Ich habe das Niesen meines Vaters, ich niese genau wie mein Vater, zwei-, dreimal, sehr kräftig, dann ist es vorbei.«

»Ich gehe wie mein Vater, ganz rasch, mit großen, weitausholenden Schritten. Ich laufe wie mein Vater, unbeholfen und schwankend, ein komisches Bild. Ich trinke wie mein Vater, mit geschlossenen Augen. Ich schlafe wie mein Vater, auf der rechten Seite liegend, sehr tief. Ich esse wie mein Vater, langsam, genießerisch. Ich stehe oft wie mein Vater stumm und unbeweglich herum, dann schaue ich wie mein Vater in die Ferne, und wie meinem Vater so will auch mir dabei nichts deutlich werden.«

»Sehr gern habe ich als Kind meinen Vater in die Kirche begleitet und auf den Gesang gewartet. Am liebsten hat mein Vater die Schlußlieder des Gottesdienstes gesungen, er hat so laut gesungen, daß sich die Reihen vor ihm nach ihm umgedreht haben. ›Großer Gott, wir loben Dich‹, war ein Lieblingslied meines Vaters, aber auch ›Nun danket Gott und bringet Ehr‹. Letzteres war auch mein Lieblingslied, und ich habe es mit meinem Vater gesungen, während das Lied ›Großer Gott, wir loben Dich‹ mir immer etwas zu hoch gegriffen erschien.«

»Ich glaube, unter dem ›Großen Gott‹ stellte mein Vater sich am ehesten die Natur vor, im Grunde war die Religion für ihn etwas Einfaches und Primitives, und daher so selbstverständlich wie Essen und Trinken. Priester waren ihm immer ein wenig suspekt, die ganze Ordnung der Kirche hielt er für stark überspannt. Sehr schwer tat mein Vater sich auch mit der Jungfrau Maria, der marianische Kult ging ihm ganz gegen den Strich. Auch mit dem Gottessohn war es nicht einfach, meinem Vater reichte ein Gott, nur groß mußte er sein, weit wie die Natur, an den gerechten Gott hat mein Vater niemals geglaubt. Kreuzigung, Auferstehung, Erlösung – mein Vater hatte da so seine Bedenken, aber er hielt sich mit diesen Bedenken zurück. Nur die gepflegten Sonntagssprüche des Erlösers kritisierte er offen, die Sätze der Bergpredigt wollten einfach zuviel. Gebete ließ er höchstens als Dankgebete gelten, auch Hymnen waren willkommen wegen des vollmundigen Vokabulars, Litaneien konnte mein Vater jedoch nicht ertragen, er nannte sie Scharwenzeleien. Insgesamt war der Katholizismus meinem Vater leicht verdächtig, Vater hatte einen zu klaren Begriff vom gläubigen Menschen.«

»Sehr gern habe ich meinen Vater nach dem Gottesdienst in die Marktstuben zum Frühschoppen begleitet. In den Marktstuben saßen die Bauern, die Kaufleute und die anderen Bürger, von denen es hieß, sie hätten nichts Rechtes zu tun. In den Marktstuben wurde politisiert. Das Politisieren geschah in der Weise, daß die Mitglieder der einen Partei denen der anderen ein paar Grobheiten sagten. Es gab im Ort nur zwei Parteien, eine große und eine sehr kleine. Die Mitglieder der kleinen Partei hatten es nicht leicht. Sie wurden sowieso nur geduldet, weil sie schon seit ewigen Zeiten Mitglieder der kleinen Partei waren.«

»Sehr gern habe ich meinem Vater beim Essen zugeschaut. Zu jedem Essen gehörten Kartoffeln. Mein Vater hat nie, oder nur mit äußerstem Widerwillen, andere Beilagen gegessen. Über

Nudeln als Beilage machte er sich lustig, alle Teigwaren taugten von vornherein nichts. Die Kartoffeln aber erhielten gut klingende Namen, und wenn Frühjahrskartoffeln auf den Tisch kamen, geriet mein Vater außer Rand und Band. Frühjahrskartoffeln gab es mit Schnittlauch und Quark, grüne Sauce wurde gerade noch geduldet, galt jedoch schon als leicht dekadent.«

»Am liebsten hat mein Vater Wild gegessen, Wild oder Geflügel, Reh, Fasan, Ente und Gans, die ganze Palette. Aber auch Innereien wie Hirn, Nieren und Leber wurden besonders geschätzt. Zum Wild gab es geschmorte Kartoffeln, zu Nieren und Leber Kartoffelpüree, Hirn wurde ohne Beilage gegessen, wie rohes Fleisch, eine Delikatesse. Steaks oder Schnitzel galten als völlig pervers.«

»Gefühle zu äußern fiel meinem Vater sehr schwer. Nie hätte er ›ich liebe Dich‹ oder dergleichen gesagt. Wie er sich um meine Mutter bemüht haben mag, kann ich mir bis heute nicht vorstellen. Es heißt, er habe sie zum Tanzen aufgefordert, bei irgendeiner dieser dörflichen Gelegenheiten, und dann sei er den ganzen Abend lang nicht mehr von ihrer Seite gewichen. Ich halte das jedoch für eine Legende. Ich glaube eher, daß meine Mutter an diesem Abend darum besorgt war, meinen Vater an ihrem Tisch zu halten, denn mein Vater galt als schöner Mann, ja, er war eine ausgesprochene Schönheit, sehr groß, mit scharfen, deutlichen Zügen, ein Mann, dem ein Frack vorzüglich stand. Nackt jedoch machte mein Vater einen ganz unproportionierten Eindruck, nackt war er ein schwerfälliger Bauer mit unbeholfenen Gesten. Daher war mein Vater so schamhaft, daß man ihn mit seiner Schamhaftigkeit aufzog.«

»Obwohl Vater nie von Zuneigung sprach, schon das Wort hätte ihm Ekel verursacht, umsorgte er einen mit einer gewissen Liebe und Treue. Die Liebe bestand darin, daß er einen gewähren ließ, daß er aufmunterte, herzlich war, impulsiv, großzügig in seiner Anteilnahme an allem, was einen betraf. Nie war er pingelig, kleinlich, rechthaberisch, das alles untersagte die Liebe von selbst. Die Treue bestand darin, daß er in allem Ausdauer bewies, hatte man etwas falsch gemacht, konnte er es mit einem, ohne zu tadeln, immer wieder von vorne versuchen.«

»Ich bin sicher, er hat nie einen anderen Menschen gehaßt, nicht einmal beneidet hat er einen anderen Menschen. Er hatte zwei sehr gute Freunde, und mit diesen Freunden verkehrte er symbiotisch, anders war ihm Freundschaft nicht vorstellbar. Zu seinen Kollegen hatte er ein distanziertes, ganz entspanntes Verhältnis, besondere Aufmerksamkeit widmete er sowieso nur denen, die besondere Spleens hatten, das machte sie sofort sympathisch. Um seine Mitarbeiter kümmerte er sich viel, ihn interessierten alle Kleinigkeiten, selbst die Lappalien der Familiengeschichten. Er fühlte sich verpflichtet, ihnen zu helfen, aber ich glaube, seine mangelnde Menschenkenntnis verwirrte nur alles.«

So hatte ich mit meinen Notaten begonnen, den ganzen Nachmittag hatte ich an meinem Tisch gesessen und geschrieben. Es war ein planloses, heftiges Schreiben gewesen, und mir war heiß geworden über der Arbeit.

So sehr ich dabei auch an meinen Vater gedacht hatte, und so sehr ich versucht hatte, ihn mir in seinen denkbar frühesten Bildern zu vergegenwärtigen, langsam waren doch noch ganz andere Bilder entstanden, ja, die Hintergrundbilder hatten sich schließlich zu Vordergrundbildern entwickelt. Im Hintergrund meiner Vaterbilder hatte ich nämlich immer die heimatlichen Landschaften gesehen, ohne die Landschaften in der Nähe meines Elternhauses waren die Vaterbilder überhaupt nicht zu denken gewesen. Diese Landschaftsbilder aber hatten immer mehr Leuchtkraft erhalten, ich hatte die Landschaft in all ihren Einzelheiten gesehen und doch wie einen einzigen großen Raum, in dem jedes Ding zu mir gehörte.

Und so hatte ich manchmal während des Schreibens in das grüne Tal gestarrt und gerade durch dieses Starren die Bilder der Heimat halluziniert.

Und ich hatte die ruhigen, steinigen Hochebenen gesehen, verwachsene Bäume, Tierspuren im Schnee, ich hatte die Treiber und Jäger gesehen, die an den Waldrändern entlangpirschten, ich hatte die Viehherden gesehen, die am Abend von der Weide in die Ställe getrieben wurden, ich hatte die Vogelschwärme gesehen, die dicht über die Stoppelfelder flogen und sich niederließen auf dem frischen Saatgrün, ich hatte die Kirchgänger gesehen und die Schlittschuhläufer auf dem vereisten Weiher nahe der Dorfkirche, ich hatte die jungen Frauen beim Umgraben der Beete in der Nähe des Flüßchens gesehen und die alten Frauen beim Holzsammeln im Wald, ich hatte die Bauern bei der Arbeit auf den Feldern gesehen und die Pferdegespanne, mit denen sie sich an Festtagen zeigten, ja, ich hatte dieses ganze ländliche Panorama vor mir aufleuchten sehen und plötzlich begriffen, daß die Erinnerungen an meinen Vater sich in Heimaterinnerungen verwandelt hatten, und daß ich mich nach all den Wochen und Monaten nach der Heimat gesehnt hatte und danach, in nicht allzu ferner Zukunft zurückreisen zu können.

Du kannst es Dir alles wieder vorstellen, hatte ich mir gesagt, all diese früher so abgenutzten Bilder haben eine neue Frische, als hättest Du sie gerade erst erfunden! All diese Heimatbilder, vor denen Dich viele Jahre gegraut hat, Jahre, in denen Du nur auf der Flucht warst vor dem düsteren Land und den steinigen Höhen, all diese Bilder haben sich zurückverwandelt zu Kindheitsbildern! Immer hattest Du gehofft, diese alten, lange verfluchten Bilder wieder anders zu sehen, so, als entsprängen sie noch einmal einer einfachen Phantasie, jetzt ist es Dir zum ersten Mal gelungen!

Nein, es sind nicht mehr nur die Bilder Deines Vaters, es sind auch Deine eigenen Bilder! Auf diesem weiten Weg hast Du sie zu Deinen eigenen Bildern gemacht!

Ich wußte, daß es ein Fehler gewesen wäre, nach Hause zurückzureisen. Die Bilder, die ich gesehen hatte, waren flüchtige, schemenhafte Bilder gewesen, zu Hause hätte ich sie sofort wieder verloren. Gleichzeitig aber waren es Bilder einer vagen Hoffnung gewesen, ja, ich konnte jetzt auf so etwas hoffen wie eine Zukunft!

Ich hatte aufgehört, mich einer diffusen und krank machenden Trauer hinzugeben, mit meinen Notaten hatte ich endlich begonnen, mir das Bild meines Vaters zurückzugewinnen. Ich hatte lange Zeit nur daran gedacht, dieses Bild zu verdrängen, und wenn es gegen meinen Willen wieder aufgetaucht war, war ich ihm hilflos erlegen gewesen. Jetzt aber hatte ich nicht mehr versucht, das Bild meines Vaters auszulöschen oder gar zu vernichten, nein, im Gegenteil, ich hatte es in allen Einzelheiten wiederzubeleben versucht. Deutlich, nein, überdeutlich hatte ich das Bild meines Vaters vergegenwärtigt, ich hatte es aus der größtmöglichen Nähe betrachtet, und durch diese Betrachtung hatte es Farbe gewonnen und die Bilder der Heimat heraufbeschworen. Diese Bilder der Heimat aber waren die beste Garantie dafür, daß ich mich auf dem richtigen Weg befand. Sie waren ganz ohne mein Zutun entstanden, medial, so als seien sie der stärkste Beweis, daß die Bilder meines Vaters wirklich zu meinen eigenen Bildern geworden waren.

Vor den Bildern der Heimat hatten wir uns gleichsam wieder getroffen. Ja, dachte ich, die Toten wollen uns hinüberziehen in ihre eigenen stumpfen Sphären. Sie wollen unser Leben auslöschen, bis wir ganz ihnen gehören. Dagegen ist schwer anzukommen, denn der Sog, den die Toten ausüben, wird mit der Zeit immer stärker. Sie ziehen und zerren an einem, sie gönnen einem keine Ruhe. In Wahrheit wäre den Toten aber nicht geholfen, wenn es ihnen gelänge, uns Lebende zu ihren bloßen Dienern zu machen. Nein, die Toten sollten weiterleben in den Lebenden, und die Lebenden ihre Zeit so lange leben, bis die Toten in ihnen verstummen.

Am Abend dieses Tages war mein Kumpan wieder aus der Stadt zurückgekehrt. Wir hatten zusammen gegessen, und ich hatte ihm von dem Unwetter erzählt. Er hatte mir abgeraten, allein in die Berge zu gehen, nur wenige, hatte er gesagt, würden die Pfade dort kennen.

Er hatte mich allen Mitgliedern seiner Familie vorgestellt, und dann hatte er mich durch das Dorf geführt, und allen, die nach mir gefragt hatten, hatte er erklärt, ich sei ein Forscher, ein Naturforscher, einer, der hier sei, die Natur zu beobachten. Die meisten Dorfbewohner hatten mich respektvoll begrüßt, nur einige jüngere Frauen hatten gekichert, als könnten sie den Fremden nicht ganz ernst nehmen. Andere aber hatten erzählt, die Kinder hätten mich beim Schreiben gesehen und sie hätten geglaubt, ich hätte einen langen Liebesbrief geschrieben, so sehr sei ich mit dem Schreiben beschäftigt gewesen.

Ich hatte gelacht, ich hatte ihnen gesagt, natürlich handle es sich nicht um Liebe, ich hätte vielmehr mit meinen Aufzeichnungen begonnen, und dies seien streng exakte wissenschaftliche Aufzeichnungen und keineswegs solche privater Art.

Sie hatten mich verstanden, sie hatten den Übersetzungen meines Kumpans mit großer Teilnahme gelauscht, aber bald war die erste Neugierde erloschen. Ich war mit meinem Kumpan noch eine Weile durch das Dorf gegangen, er hatte von seinen Freunden gesprochen, die inzwischen alle in der Stadt lebten, und von der Armut der Menschen hier in den Bergen.

Schließlich hatten wir uns noch eine Stunde auf die kleine Veranda des Hauses gesetzt, in dem er mit seinen Eltern lebte. Die Dorfbewohner waren auf der schmalen Straße auf und ab promeniert, und mein Kumpan hatte ein Paar Fackeln entzündet und neben der Veranda in den Boden gesteckt.

Dann hatten wir noch zwei Gläser Rum getrunken und einige Zigaretten geraucht. Mein Kumpan hatte bemerkt, daß mir Zigaretten nicht schmeckten, und ich hatte von cubanischen Zigarren geschwärmt. Er hatte erzählt, einige Bauern im Dorf bauten Tabak an und verkauften ihn an die staatliche Zigarrenfabrik. Er hatte keine Ruhe gegeben, bis er noch eine Zigarre im Dorf aufgetrieben hatte, und so hatten wir kurz vor Mitternacht noch immer zu zweit auf der Veranda gesessen, und ich hatte eine Zigarre geraucht.

Ich hatte ihm gesagt, daß ich mich von nun an allein ernähren würde, ich wollte niemandem zur Last fallen, und ich hatte gegen seinen lang anhaltenden Widerspruch durchgesetzt, daß ich an den folgenden Tagen keinen Eintopf mehr löffeln mußte.

Schließlich hatte ich ihn gefragt, wie lange ich das Zimmer bewohnen dürfe, und er hatte abgewinkt und eine Zahl mit lauter Nullen in die Luft gemalt. Dann hatte ich mich verabschiedet.

Als ich zu meiner Behausung gegangen war, hatte ich noch ein feines Zischeln und Summen gehört, doch ich hatte so getan, als hörte ich nichts. Die Hunde hatten noch einmal angeschlagen, im Chor, ganz hysterisch. Ich hatte Tisch und Stuhl wieder in meine Behausung geholt, ich hatte die Tür geschlossen und die Fenster angelehnt, dann war es endgültig still geworden.

Ich blieb mehr als zwei Wochen. An den Morgenden kaufte ich Obst, Milch, Käse und Brot, packte mir eine kleine Ration zusammen und machte mich auf den Weg. Ich stieg nicht mehr die steilen Hänge hinauf, ich lief ein Stück die Straße entlang und setzte mich dann ab in die Täler. Ich durchquerte große Zuckerrohrplantagen und stieß auf Felder mit riesigen Bananenstauden; auf halber Höhe, an den Hängen, wurde Kaffee angebaut und Tabak, in den sumpfigen Talzonen auch Reis.

Ich stieß nur selten auf kleinere Dörfer. Meist bestanden sie nur aus wenigen Hütten, vor denen ein paar Tische mit Früchten und Getränken aufgebaut waren für Vorbeifahrende, die einen Halt einlegten. Auch Menschen begegnete ich kaum. Auf den Feldern arbeiteten die jungen Frauen und schauten auf, wenn ich näher kam. Sie standen still und warteten, bis ich mich weit genug entfernt hatte, dann warfen sie sich einige Bemerkungen zu und begannen wieder mit der Arbeit.

In den Tälern war es beinahe unerträglich heiß, und auf den weiten Fußmärschen quälte mich fast immer der Durst. Meine Haut wurde bald dunkelbraun, die langen Wege in der großen Hitze ließen mich viel Wasser verlieren, und so wurde ich dünn und ganz schmal im Gesicht. Meine Knochen traten immer deutlicher hervor, doch ich fühlte mich gut, sehr leicht, beweglich, viel gesünder als früher.

Meist machte ich gegen Mittag irgendwo halt, die Hitze ließ einen dann kaum noch atmen. An den Küsten wehte beinahe das ganze Jahr ein angenehmer Passat, doch hier, im Landesinnern, stand die Hitze und trieb die Pflanzen in tropische Höhen. Ich sah ganz fremde Blüten, dunkelrote in mannshoch aufgeschossenen Stauden, lila Blütenbüschel an den völlig vertrocknet erscheinenden Ästen von Sträuchern dicht an der Straße.

Am frühen Nachmittag machte ich mich auf den Rückweg. Oft nahm mich ein Wagen mit, die Fahrer hielten auch, wenn man ihnen kein Zeichen gab. Manchmal stieß ich auf Männer mit beladenen Eseln, und dann stieg ich auf eines der Tiere und ließ mich einen Anstieg hinaufschaukeln. Die Menschen waren freundlich und ruhig, ich erregte kaum Aufsehen, mit der Zeit hatten sie sich an mich gewöhnt.

Wenn die Sonne schwächer wurde und die Hitze langsam abkühlte, begann ich zu schreiben. Zu dieser Zeit wurde es erst lebhaft im Dorf. Die Frauen versorgten sich mit Lebensmitteln und standen lange in der Nähe des kleinen Ladens, vor dem sich die Melonenberge türmten, die Männer kamen meist erst sehr spät. Sie kamen auf Lastwagen aus den nahegelegenen Städten, nur wenige fuhren die weite Strecke bis Santo Domingo. Irgendwo hatten sie eine schlecht bezahlte Arbeit gefunden, vom Verkauf von Tieren wie mein Kumpan lebten nur wenige.

An den Sonntagen erschienen sie in sauberen Hemden und blankgewienerten Schuhen auf der Straße. Sie rauchten Zigaretten und nippten an einem Kaffee, später gingen sie zu den Hahnenkämpfen. Die Besitzer der Tiere kamen mit den aufgeregten, hektisch zuckenden Geschöpfen an mir vorbei, sie zeigten mir ihre Prachtexemplare und wollten, daß ich mich an den Wetten beteiligte. Ich war jedoch nie zu den Hahnenkämpfen gegangen, nur aus der Ferne hatte ich die heiseren, wollüstigen Schreie der Männer gehört, die ihre Tiere zum Kampf antrieben.

Beinahe jeden Tag war ich von irgend jemandem eingeladen worden. Manche wollten nur einen Kaffee mit mir trinken und einmal selbst die Geschichte vom Forscher hören, der ein fremdes Land bereiste, andere wollten mich zu einer richtigen

Mahlzeit bitten, zu geschmorten Hähnchenschenkeln und in Öl gebackenen Bananen, zu panierten Reisklößen und Teigtaschen mit Käsefüllung.

Ich wollte mich jedoch nicht von einzelnen Familien einladen lassen, hätte ich einmal eine Einladung angenommen, hätte ich auch den anderen folgen müssen. Nur an den Sonntagen aß ich mit den Dorfbewohnern, dann saßen wir in größeren Runden zusammen, die Mahlzeit zog sich hin über Stunden und endete erst am Nachmittag mit dem üblichen Rumbesäufnis.

Zweimal bat ich meinen Kumpan um ein Bad. Tägliches Waschen war nicht möglich, doch wenigstens einmal in der Woche wollte ich mich von Kopf bis Fuß schrubben. Ich badete in einer einfachen, freistehenden Wanne, das Wasser war nur lauwarm, aber ich genoß diese Bäder und fühlte mich hinterher wie ein König.

An einem der Abende kam ein Friseur. Er schnitt seinen Kunden die Haare draußen im Freien. Zuerst kamen die Kinder dran, dann die Männer. Sie standen in einer langen Schlange vor dem wackligen Holzstuhl, auf dem das Opfer Platz nehmen mußte. Ich hatte mich in die Schlange eingereiht, doch man hatte mir sofort den Vortritt gelassen. Alle standen sie um mich herum, als mir die Haare geschnitten wurden. Ich wies den Meister an, sie sehr kurz zu schneiden, bei der Hitze konnte das nur von Vorteil sein, und er machte sich mit viel Akribie an die Arbeit. Die anderen feixten über seinen Schnitt, sie schnappten hier und da ein Haarbüschel auf und taten so, als würde man mir eine Glatze schneiden. Am Ende rieb der Mann meinen Kopf noch mit einer kühlen Flüssigkeit ein, die Flüssigkeit brannte, und ich hatte lange das Gefühl, als würde ich von kleinen Insekten gestochen. Als die Arbeit beendet war, wurde geklatscht. Ich verbeugte mich wie ein Zirkusartist, und die Männer wurden immer ausgelassener, als hätte ich eine große Leistung vollbracht.

In den frühen Abendstunden hatte ich weitergeschrieben. Ich hatte viele Seiten mit meinen Notaten gefüllt. Mit der Zeit hatte ich immer seltener nur über meinen Vater geschrieben, langsam hatte ich mich von diesen Erinnerungen gelöst und mit ersten Aufzeichnungen über mein eigenes Leben begonnen. Ich hatte nicht vorgehabt, damit sehr weit zu kommen, nein, ich hatte mich mit den Erinnerungen an das eigene Leben nur absetzen wollen von den Erinnerungen an das Leben mit meinem Vater.

»Unsere letzte gemeinsame Reise war die große Fahrt mit dem Frachtschiff, die in Antwerpen begann. Wir fuhren an der französischen und portugiesischen Küste entlang, durchquerten die Meerenge von Gibraltar und nahmen dann Kurs auf Griechenland. Wir legten in Patras, Piräus, Chalkis, Volos und Saloniki an, unser Zielhafen war Istanbul. Die Fahrt dauerte drei Wochen, wir waren die einzigen Passagiere an Bord.

Vater hatte mich wieder gebeten, alle Details der Reise festzuhalten, und ich hatte zunächst auch willig mit den Notizen begonnen. Tagsüber hatte ich mir vom Funker die genaue Position des Schiffes geben lassen, ich hatte Funksprüche und Nachrichten mitgeschrieben, ja, ich hatte mir nichts entgehen lassen wollen.

Dann aber hatten mich die monotonen Aufzeichnungen gelangweilt, die Tage an Deck hatten sich kaum unterschieden, und ich hatte meine Notizhefte höchstens noch mit Meldungen über das Wetter, das Tempo des Schiffes oder die Unterhaltungen während der Mahlzeiten füllen können.

Und so hatte ich begonnen, mir kleine Geschichten auszudenken, die den Berichten etwas mehr Farbe verliehen. Ich hatte kuriose Ereignisse an Deck erfunden, ich hatte die fiktive Lebensgeschichte des Ersten Offiziers erzählt, und ich hatte von schwerem Seegang und Komplikationen während der Fahrt geschrieben.

An einem Abend hatte Vater diese Berichte in die Finger bekommen. Er hatte sich über mein Phantasieren nicht beruhigen können, immer wieder hatte er versucht, alles richtigzustellen. Komplikationen, hatte er mich angeherrscht, wo gibt es denn Komplikationen? Es gibt keine Komplikationen, alles läuft wie am Schnürchen, alles geht glatt! Was denkst Du Dir da aus? Was ist das bloß für ein Unsinn?!

Sein heftiger Ausbruch hatte mich gekränkt, ich hatte nicht eingesehen, warum es nicht erlaubt sein sollte, die Phantasie frei spielen zu lassen. Doch Vater hatte für die Phantasie nichts übrig. Plötzlich hatte er begriffen, daß das Schreiben noch andere, für ihn dubiose Möglichkeiten barg. Mit dem Schreiben war mehr anzufangen als bloßes Festhalten und Konstatieren, ein dürftiges Sammeln der Eindrücke zur Aufbewahrung für die Zukunft, das Schreiben war auch dazu geeignet, die Eindrücke zu verwandeln, sie umzuerzählen in eigenständige, sich von den Eindrücken ablösende Geschichten.

Diese Vermischung von Wirklichem und Erfundenem jedoch war Vater vor allem auch deshalb nicht recht, weil er am Rande der frei phantasierten Geschichten selbst auftauchte. Vater hatte sich gegen diesen Umgang mit seiner Person gewehrt, er hatte nicht so über sich verfügen lassen wollen, und so hatte er meine Aufzeichnungen als Hirngespinste und dummes Zeug zornig verworfen.

Ich hatte aber nicht klein beigeben wollen, nein, ich hatte dem üblichen Notizendienst ein Ende machen wollen, und so hatte ich den Dienst aufgekündigt und in meine Notizhefte weiterhin erfundene Geschichten eingetragen. Vater war darüber so ungehalten gewesen, daß er sich selbst an die Arbeit gemacht hatte. Von nun an hatte er unsere Reise beschreiben wollen, und so hatte er am Abend auf Deck gesessen, schwitzend und angestrengt hatte er sich über seine Notizblätter gebeugt und versucht, die Reise mit seinen Worten festzuhalten. Das aber war ihm nur ganz unzureichend gelungen, immer wieder hatte er von vorne angesetzt, und so hatte er sich während der Reise in seinem Notizdschungel verheddert. Die zahlreichen Wiederholungen waren ihm auf die Nerven gegangen, er hatte gekürzt, umgestellt und ausgestrichen, er hatte vieles neu geschrieben und schon Geschriebenes noch einmal überschrieben. Am Ende war es ein fast völlig unlesbares Tagebuch geworden, nicht einmal ruhig vorlesen hatte man daraus können, so sehr geriet man durch die zahllosen Korrekturen durcheinander. Vater hatte denn auch nie wieder darin gelesen. Er hatte sich noch einmal meine Geschichten vorgenommen, er hatte versucht, sich mit ihnen anzufreunden, doch schließlich hatte er aufgegeben. Was für ein Unsinn, hatte er nur gesagt und meine Phantasie damit ein für allemal für erledigt erklärt.«

»Damals habe ich zu phantasieren begonnen, weil ich es in den Diensten meines Vaters nicht mehr aushielt. Ich habe schon sehr früh zu phantasieren begonnen, schon bald, nachdem ich das Schreiben gelernt hatte, habe ich mit dem Phantasieren begonnen. Anfangs hat niemand das Phantasieren beachtet, damals habe ich meine Phantasien heimlich in irgendein Heft eingetragen. Durch das Phantasieren habe ich mir eine andere Möglichkeit des Schreibens beigebracht, durch das Phantasieren habe ich mir den letzten Rest von Freiheit zu erhalten versucht.«

»Ich habe das Schreiben mit sechs Jahren gelernt. Ich habe wie alle anderen in der Schule mit dem Schreiben begonnen, doch ich habe die ersten Lektionen schnell hinter mir gelassen und bin so schnell vorangeeilt, daß ich nach wenigen Wochen bereits ohne Mühe schreiben konnte.

Ich habe das Schreiben zusammen mit meiner Mutter gelernt, meine Mutter hatte die meisten Wörter vergessen, oder sie wußte nicht mehr, in welchen Verbindungen man die Wörter gebrauchte. Meine Mutter hatte eine Sprachstörung, manchmal hat sie auch gar keine Worte mehr herausgebracht, und so haben wir zusammen die Sprache wieder von Grund auf zu lernen versucht. Ich habe rasche Fortschritte gemacht, ich war meiner Mutter bald überlegen, doch ich habe mir Mühe gegeben, diese Überlegenheit nicht offen zu zeigen, sondern unter den Augen meiner Mutter langsame Fortschritte zu machen.

Das Schreibenlernen hat meine Mutter und mich aneinander gekettet, ich habe nicht nur für mich, sondern vor allem auch für meine Mutter geschrieben. Mit der Zeit hat auch meine Mutter wieder zu schreiben begonnen, sie hat sich bruchstückhaft an die alten Wörter gewöhnt, doch meist habe ich ihr dabei helfen müssen. Und so habe ich geschrieben, und meine Mutter hat mir beim Schreiben zu helfen gesucht, während in Wahrheit doch meine Mutter die Lernende und ich der Unterrichtende gewesen war.

Damit meine Mutter in Übung blieb, habe ich immer mehr geschrieben, ich habe unsere Tagesabläufe beschrieben und kleine Ereignisse aus unserer Umgebung, vor allem aber habe ich meine Mutter beschrieben, ich habe sie bei ihren Tätigkeiten beschrieben, und ich habe ihr damit einen großen Dienst erwiesen, denn durch das Lesen meines Geschriebenen hat meine Mutter wieder Kontakt zu sich selbst gefunden, und so war mein Schreiben für sie oft die einzige Rettung, sich an alle Einzelheiten genau zu erinnern.

Auch für meinen Vater habe ich schließlich alles aufschreiben müssen, mein Vater hat sich meine Fähigkeiten zunutze gemacht, als ich schon etwas älter war. Und so habe ich für meine Eltern geschrieben, ich habe die immer dichter zusammenwachsende Zelle unserer Familie durch mein Schreiben zusammengehalten, und mein Geschriebenes war dadurch zu einem ganz selbstverständlichen Verständigungsmittel unserer Familie geworden.

Ich habe für meine Mutter und für meinen Vater geschrieben, heimlich habe ich aber auch für mich geschrieben, denn ich habe das alleinige Schreiben nach den strengen, aber notwendigen Vorgaben meiner Eltern nicht mehr aushalten können. Ich habe mir eigene Wege gesucht, mich von diesem Schreiben zu befreien, und die Befreiung von diesem Schreiben war selbst wieder ein Schreiben gewesen, aber ein anderes, freies.

Ich habe mir das in jungen Jahren nicht klargemacht, natürlich nicht, ich habe mir nicht überlegt, daß ich mir durch das eigene Schreiben so etwas wie ein winziges Stück Freiheit verschaffte, nein, ich habe instinktiv für mich selbst zu schreiben begonnen, und so war ich ein Erfinder von Geschichten und ein freier Erzähler geworden.

Dieses Schreiben ist immer mächtiger geworden, immer mehr hat es das strenge Schreiben, das Schreiben für meine Eltern, verdrängt. Schließlich habe ich nicht mehr für meine Eltern schreiben können, ich habe meiner Mutter, die immer wieder in die Zustände der Sprachverstörung zurückfiel, nicht mehr helfen können, nein, ich habe mich insgeheim entschlossen, nur noch für mich selbst zu schreiben.

Ich habe immer vorgehabt, Schriftsteller zu werden, das Schreiben ist von jeher das einzige gewesen, was mich interessiert hat, sonst nichts. Inzwischen türmen sich die vielen Seiten meines Geschriebenen in meinem Keller, ich bin nicht mehr Herr meines Geschriebenen, nein, das Geschriebene und das Schreiben haben mich längst so gepackt, daß ich nur noch leben kann, indem ich schreibe.

Ich habe erst sehr viel später verstanden, welchen verborgenen Kräften mein kindliches Schreiben folgte, und ich habe erst spät die geheimen Regeln meines Schreibens zu verstehen versucht. Ich habe mich für die Verfahrensweisen der Phantasie interessiert und dafür, wie das Gehirn arbeitet. Was mich selbst betrifft, so bin ich aber immer wieder auf unsere Familiengeschichte verwiesen worden, mein ganzes Schreiben hat hier seine Wurzeln.

In der ersten Zeit habe ich auch für meine Brüder geschrieben, ich habe meinen Brüdern lange Briefe geschrieben und sie angehalten, mich zu besuchen oder sonst in Erscheinung zu treten. Mein Schreiben ist ein Schreiben für meine toten Brüder gewesen, und ich habe meinen Brüdern eine Botschaft senden wollen in ihren fernen Kontinent. Bis zu meinem elften Jahr habe ich ihnen geschrieben, dann habe ich meine Lockversuche aufgegeben.

Wichtiger noch sind diese Briefe an meine Brüder für meine Mutter gewesen, durch diese Briefe habe ich unsere Familie ihrer Meinung nach zusammengehalten, und so habe ich durch meine Briefe die Einheit der Familie beschworen und das Band zwischen den Lebenden und den Toten geknüpft.

Ich habe mir vorgenommen, irgendwann einmal die Entstehung und die schwierige Geschichte meines Schreibens zu beschreiben, noch aber ist das unmöglich, denn noch verstehe ich dieses Schreiben nur von seinen Wurzeln her, aber nicht in seinem ganzen Umfang. Ich werde noch viele Jahre brauchen, um dieses Schreiben beschreiben zu können, vielleicht werde ich es nie schaffen, aber irgendwie habe ich die Vorstellung, mein Schreiben schreibend einmal einholen zu können und dadurch vielleicht zur Ruhe zu kommen.«

»Mein Vater hat mein Schreiben unterschätzt, er hat es immer für ein therapeutisches Mittel gehalten. Mein Vater hat gedacht, das Schreiben ließe sich beherrschen und in Grenzen halten. Mein Vater hat nicht bemerkt, wie ich mir mein eigenes Schreiben schuf, und als er es bemerken mußte, war es zu spät, das Schreiben hatte längst Besitz von mir ergriffen. Mein Vater hat gedacht, ich könnte das Schreiben sein lassen, er hat mich aufgefordert, vom Schreiben Abstand zu nehmen, mein Vater hat überhaupt nicht verstanden, warum ich schrieb. Mein Vater hat gehofft, seinen Sohn zu einem rechtschaffenen, grundsoliden Bürger mit einem bürgerlichen, grundsoliden Beruf und drei munteren, gut erzogenen Kindern zu machen. Mein Vater hat resigniert, als er feststellen mußte, daß ich nicht willens war, diese Ansprüche zu erfüllen.«

»Die Schiffsreise von Antwerpen nach Istanbul war die letzte gemeinsame Reise, nach dieser Reise habe ich vor meinen Eltern Reißaus genommen. Ich habe an nichts anderes als an eine Flucht denken können, all meine Gedanken sind geradezu wilde Fluchtgedanken gewesen. Ich habe mich vor meinen Eltern versteckt, zusammen mit meinen Eltern wohnend, habe ich mich in der Wohnung meiner Eltern vor meinen Eltern versteckt. Die dichte, zuvor durch mein Schreiben zusammengehaltene Familienzelle ist auseinandergebrochen, und wir haben von dieser Zeit an zwei Parteien gebildet. Ich habe meinen Eltern nicht länger helfen können, ich habe gefürchtet, sonst zu ersticken, und so habe ich nur noch mein eigenes Schreiben betrieben und nur noch für mein eigenes Schreiben gelebt.

Ich habe ein Leben fern von meinen Eltern finden müssen, ich habe oft daran gedacht, mich weit zu entfernen, aber natürlich habe ich lange Zeit nicht den Mut zu einer solchen Entfernung gehabt. Erst mit siebzehn habe ich mich dazu entschlossen, damals bin ich nach Rom ausgerissen, und in Rom habe ich eine Weile fern von meinen Eltern gelebt, bis es meinen Eltern gelungen ist, mich aufzustöbern und zurück nach Hause zu holen. Ich habe dann noch ein Jahr zusammen mit meinen Eltern gelebt, doch es ist nicht mehr das alte Leben gewesen, sondern ein Leben gegeneinander. Nach dem Abitur habe ich mich endgültig von meinen Eltern getrennt, von nun an habe ich mein ganzes Leben dem Schreiben gewidmet, und es ist ein Schreiben für mich gewesen.«

»Damals habe ich gedacht, ich könnte mich so für immer von meinen Eltern lossagen. Ich habe eine klare Grenze aufbauen wollen zwischen mir und meinen Eltern, und die zahllosen Auseinandersetzungen, die ich vor allem mit meinem Vater geführt habe, haben mir dabei helfen sollen.

Wir haben uns schon wegen Kleinigkeiten gestritten, am meisten hat mich jedoch seine selbstgewisse Art aufgebracht, die Vergangenheit für nichtig und abgetan zu erklären. Dieses Abtun und Wegschieben habe ich nicht hinnehmen können, denn ich habe ganz deutlich empfunden, wie die Vergangenheit unser aller Leben noch immer beherrschte. Mein Vater hat jedoch so getan, als dürfte man sich nicht erinnern, als sei die Erinnerung so etwas wie Schwäche. Diese Haltung hat mich maßlos empört, wir haben uns die schlimmsten Worte an den Kopf geworfen, und ein Wort wie Nationalsozialismus ist dabei nur ein Schlüsselwort gewesen, um die anderen kränkenden und beleidigenden Worte in Gang zu bringen.

Natürlich habe ich gar nichts erreicht, wir haben nur Scheingefechte ausgetragen, in Wahrheit ist es um das Leben unserer Familie gegangen. Mein Vater hat die Familie zusammenhalten wollen, und ich habe dagegen gehalten.

Diese Auseinandersetzungen haben ein paar Jahre gedauert, dann ist es vorbei gewesen. Schließlich habe ich meine Eltern wieder häufiger besucht, wir haben uns wieder aneinander gewöhnt, nur ist alles anders gewesen als in den

Kindertagen, ganz verschiedene Leben, mit unterschiedlichen Hoffnungen.«

»Ich bin zur Geschichte meines Vaters zurückgekehrt, ich habe begonnen, die Geschichte meines Vaters zu schreiben. Ich werde die Geschichte meines Vaters bis zu der Zeit erzählen, in der ich begann, vor meinem Vater Reißaus zu nehmen. Ich werde meine eigene Geschichte nicht erzählen, ich werde nicht erzählen, wie ich nach Rom gelangte und wie ich mein eigenes Leben begann. Das ist eine andere Geschichte, und ich muß die beiden Geschichten auseinanderhalten, um nicht alles durcheinanderzubringen. Irgendwann werde ich auch einmal die andere Geschichte erzählen, aber dafür ist es noch viel zu früh. Jetzt werde ich nur die Geschichte meines Vaters erzählen, ich werde mit der Beerdigung beginnen, ein mögliches Ende sehe ich noch nicht. Auch die Geschichte meiner Mutter werde ich nur knapp erwähnen, nur da, wo es unbedingt notwendig ist, denn auch die Geschichte meiner Mutter kann ich noch nicht erzählen, weil diese Geschichte Teil der Geschichte meines Schreibens ist.«

»Ich werde versuchen, aus all diesen Notizen die Geschichte meines Vaters zusammenzusetzen. Irgendwann werde ich beschreiben, wie ich hier, in einem Bergdorf der Insel Hispaniola, sitze, mit den ersten Notizen für die Geschichte meines Vaters beschäftigt. Ich werde von nun an auch damit beginnen, mir Aufzeichnungen über das Dorf zu machen.«

»Gestern abend tauchte im Dorf ein Friseur auf. Er stellte einen Stuhl auf die Straße, und die Männer des Dorfes traten an, um sich die Haare schneiden zu lassen … «

»Ich bin jetzt so alt, wie mein Vater war, als er aus dem Krieg zurückkam. Gestern, als mir der Friseur den Spiegel vorhielt, rechnete ich die Jahre nach. Ich sehe meinem Vater ähnlicher als je zuvor. Ich sehe schon fast so aus, wie mein Vater aussah, als er aus dem Krieg zurückkam. Ich habe das Gesicht meines Vaters, ich habe den Leib meines Vaters.«

Am letzten Abend hatte ich noch einmal mit meinem Kumpan und seiner Familie gegessen. Mein Kumpan hatte mir seine jüngere Schwester vorgestellt, und ich hatte ihn gefragt, warum ich sie nicht eher zu Gesicht bekommen hätte. Er hatte nur gelacht und mir geantwortet, es sei nicht gut, wenn man einen Fremden, der viel Zeit habe, mit einer Schwester bekannt mache, die ebenfalls viel Zeit habe.

Es hatte ein gutes Essen gegeben, mein Kumpan hatte zwei Tiere geschlachtet, und so hatten wir reichlich zu essen gehabt. Ich hatte Bier besorgt, viele Flaschen Bier, und ich hatte ein wenig von Deutschland erzählt und davon, daß ich bald zurückreisen würde. Ich hatte vor, über Miami nach St. Louis zurückzufliegen, der Gedanke, dort das Kind wiederzusehen, hatte mich auf diese Idee gebracht.

Wir hatten viel getrunken und bis in die Nacht palavert, dann hatte ich mich von der Familie meines Kumpans verabschiedet. Ich hatte meinem Kumpan ein Bündel Pesos gegeben, beinahe den ganzen Betrag, den ich auf dem Hinflug in Miami umgetauscht hatte. Er hatte das Geld nicht annehmen wollen, doch ich hatte ihm gesagt, es sei nicht mein eigenes Geld, es sei das Geld der Institution, die mich bezahle.

Am Ende hatten wir uns mit unserem Vornamen angeredet, wir hatten auf der Veranda des kleinen Hauses gesessen und in unseren Muttersprachen vor uns hin philosophiert. Wir waren guter Laune gewesen, und wir hatten ein letztes Mal mit einem Glas Rum auf die grüne Welt Hispaniolas angestoßen.

Am nächsten Morgen waren wir im Morgengrauen mit dem alten Lastwagen, mit dem ich auch gekommen war, wieder nach Santo Domingo aufgebrochen. Diesmal hatten wir nur drei Stunden gebraucht.

Vor dem kleinen Hotel der Altstadt hatten wir uns getrennt. Ich hatte noch einmal ein Zimmer für eine Nacht genommen, ich hatte mich geduscht und die Wäsche gewechselt. Dann hatte ich mich um ein Ticket nach Miami bemüht und hatte einen Flug für den nächsten Tag gebucht.

Die Maschine hatte Santo Domingo gegen Mittag verlassen, zwei Stunden später hatte ich auf dem Flughafen von Miami in einer langen Schlange auf die Paßkontrolle gewartet.

Du wirst Dich hier nicht lange aufhalten, hatte ich gedacht, Miami geht Dich nichts an. Du wirst rasch versuchen, Fred am Telefon zu erreichen, oder Du wirst ein paar Worte mit Mary wechseln. Sie wird sich wundern, von Dir zu hören, vielleicht freut sie sich auch ein bißchen, Dich bald zu sehen. Ja, warum nicht, warum sollte sie sich nicht genauso freuen wie Du? Gib's doch zu, daß Du Dich freust, gib's ruhig zu!

Du wirst noch einmal mit ihr auf den Arch hinauffahren, und Du wirst noch einmal auf diese Fremde schauen, Downtown St. Louis, doch es wird keine erschreckende Fremde mehr sein, nein, es wird eine vertraute Fremde sein, vertraut und fremd, beides in einem. Du wirst sie zu einem Baseballspiel einladen, ja, die Saison ist jetzt voll im Gang, und Ihr werdet zusammen in dem riesigen Stadion sitzen, am frühen Abend, bei Flutlicht natürlich. Irgend jemand wird Dir vorher noch einmal die Regeln erklären müssen, Du mußt Bescheid wissen, wenn Du mit Mary zum Baseballspiel gehst, ganz genau mußt Du Bescheid wissen. Du wirst Mary einen Baseballhandschuh schenken, ja, vielleicht, einen dieser dicken Fanghandschuhe, einen dieser Robotergreifer, den wirst Du ihr schenken, oder Du wirst ...

– Sir, Ihren Paß bitte, sagte eine sich präzis gebende Stimme zu mir.

Ich schaute auf und bemerkte erst jetzt, daß ich an der Reihe war. Ich stand einem nervösen Beamten gegenüber, der sich ungeduldig auf seinem kleinen Drehhocker hin und her schaukelte. Ich gab ihm meinen Paß, und er schaute mich mehrmals an.

– Sir, soll das ein Scherz sein? fragte er.

– Was meinen Sie?

– Das soll Ihr Paß sein?

– Das ist mein Paß, sagte ich ruhig.

– Und das sind Sie, hier auf dem Foto? fragte er weiter.

– Ja, das bin ich, sagte ich.

– Schauen Sie noch mal hin, Sir, sagte er und wedelte vor meinen Augen mit dem Paß hin und her.

– Nein, sagte ich, nicht nötig, das ist mein Paß, und das ist mein Foto.

– Woher kommen Sie, Sir? fragte er.

– Aus Santo Domingo, sagte ich.

– Und wohin wollen Sie?

– Nach St. Louis.

– Und was wollen Sie in St. Louis?

– Ich habe noch eine Kleinigkeit dort zu erledigen, sagte ich, oder, anders gesagt, ich will jemanden besuchen.

– Sie haben sich noch nicht entschieden, was, Sir? grinste er mich an.

– Doch, sagte ich, es ist klar, ich will jemanden besuchen.

– Das fällt Ihnen ja noch gerade rechtzeitig ein, sagte er. Haben Sie ein Ticket, Sir?

– Ich habe ein Ticket von Santo Domingo nach Miami, sagte ich.

– Und warum haben Sie nicht bis St. Louis gebucht? fragte er.

– Weil ..., ich denke, das Ticket nach St. Louis wird hier billiger sein, sagte ich.

– Ach ja? Wirklich, Sir?

– Mein Gott, sagte ich, was wollen Sie noch wissen? Das Foto im Paß ist ein altes Foto, aber es ist doch nicht unähnlich.

– Nein, sagte der Mann mit einem letzten Blick auf das Foto, es ist weder ähnlich noch unähnlich, es ist einfach jemand anderes.

– Wenn Sie mir nicht glauben, kann ich Ihnen auch nicht helfen, sagte ich.

– Aber ich kann Ihnen helfen, sagte der Mann, ich kann Ihnen helfen, sich die Sache noch einmal genau zu überlegen. Mein Kollege wird sich darum kümmern. Treten Sie aus der Reihe und gehen Sie mit meinem Kollegen in den Raum dort drüben.

Er ließ mir keine Zeit zu widersprechen. Er wechselte ein paar Worte mit einem Kollegen, und ich wurde durch einen schmalen Gang in einen Raum geführt, in dem viele Menschen warteten. Es waren meist Familien mit mehreren Kindern, sie saßen geduldig neben ihren Gepäckstapeln.

Man wies mich an, mich zu setzen, ich versuchte noch einmal, die Situation zu klären, doch man hörte nicht auf mich. Es hieß, ich hätte nun zu warten, einfach zu warten, nichts als zu warten.

Ich wartete mehr als zwei Stunden. Ich wurde müde und saß regungslos auf einem unbequemen, weißen Plastikstuhl, auf dem man sich nicht einmal zurücklehnen konnte. Die Luft wurde schlecht, nirgends schien die Sache voranzukommen, denn der Raum leerte sich nicht. Einige Kinder dösten inzwischen in den Armen ihrer Mütter, die Männer unterhielten sich leise, als seien sie solche langen Prozeduren gewöhnt.

Ich hatte mir überlegt, wie ich die Beamten von meiner Identität hätte überzeugen können, doch ich hatte nur einige Telefonnummern zusammengebracht, bei denen eine Nachfrage möglich gewesen wäre. Das einfachste wäre gewesen, Fred anzurufen, er kam mit solchen Problemen schnell zurecht. Doch ich hatte mir nicht vorstellen können, daß die Beamten mit einem solchen Vorschlag einverstanden sein würden.

Endlich kam ich an die Reihe. Diesmal hatte ich es mit einem älteren, freundlichen Mann zu tun, der offensichtlich schon einige Erkundigungen eingezogen hatte. Immerhin hatte er sich notiert, wann ich vor einigen Monaten in die Staaten eingereist und wann ich nach Santo Domingo ausgeflogen war. Ich versuchte, ihm möglichst ruhig zu erklären, daß ich in St. Louis einen alten Schulfreund besucht habe, daß ich von dort nach New Orleans und später über Miami nach Santo Domingo gereist sei.

Er nickte, anscheinend hatte ich mich verständlich machen können. Dann aber fragte er, wieso ich nach Santo Domingo geflogen sei. Ich antwortete ihm, ich hätte mir dort einige schöne Tage machen wollen. Er nickte wieder, diesmal eine Spur verhaltener. Dann sagte er, das Paßfoto lasse jeden Zweifel zu, es gebe nicht die Spur einer Ähnlichkeit. Ich wußte nicht, was ich gegen seine Zweifel unternehmen sollte, und so sagte ich nur etwas hilflos, er müsse mir einfach glauben.

Er nickte zum dritten Mal, er erklärte, er sei bereit, mir zu glauben, ich solle ihm die Telefonnummer meines Freundes in St. Louis nennen. Ich schrieb sie ihm auf, und er begann zu meinem Erstaunen sofort, die Nummer zu wählen. Dann übergab er mir den Hörer.

Ich bemerkte erleichtert, daß die Verbindung zustande kam. Ich zögerte nur einen Augenblick, als ich statt Freds Stimme die Stimme Noras erkannte.

– Du bist es, sagte sie, wo hast Du Dich denn so lange herumgetrieben?

– Ich war in Santo Domingo, antwortete ich auf deutsch, ich habe mich ein wenig in Santo Domingo umgesehen. Aber nun ist es genug. Ich habe vor, Fred und Mary noch einmal ein paar Tage zu besuchen. Dann werde ich heimfliegen.

– Fred und Mary fliegen schon übermorgen zurück, sagte Nora, Du könntest vielleicht mit ihnen zusammen fliegen.

– Sie fliegen schon übermorgen? sagte ich, schade, sehr schade. Nein, ich glaube, dann macht es keinen Sinn, nach St. Louis zu kommen.

– Wo bist Du denn jetzt? fragte Nora, und ich bemerkte, daß ich den Anlaß des Telefonats fast schon vergessen hatte.

– Ach ja, richtig, sagte ich, ich bin in Miami, ich bin hier auf dem Flughafen, ich ..., also es ist so, daß man mich hier festhält.

– Wer hält Dich fest? fragte Nora.

– Na, diese Typen hier, sagte ich, diese Paß-, Zoll- und Einwanderungsgeneräle. Sie behaupten, das Foto in meinem Paß sähe mir nicht ähnlich, sie phantasieren das Blaue vom Himmel herunter. Kannst Du nicht mal mit ihnen reden?

– Ach was, sagte Nora, Du wirst es schon schaffen. Stell Dich nicht so ungeschickt an. Hör zu, ich habe eine Idee.

– Was für eine Idee? fragte ich.

– Wir könnten uns in Miami treffen, sagte Nora, ich wäre in ein paar Tagen sowieso dorthin gekommen. Mein Unterricht ist zu Ende, ich fliege am Wochenende zurück nach Wien.

– Und was willst Du vorher noch in Miami? fragte ich.

– Ich will von Miami nach Key West, sagte sie, ich habe einen Auftrag, über Hemingway und Key West einen Artikel zu schreiben. Wenn Du Lust hast, fahren wir zusammen hin, nur ein paar Tage.

– Hemingway ..., sagte ich, ausgerechnet Hemingway?!

– Warum nicht? sagte Nora. Was ist, magst Du? Ich würde

mich freuen, ich hatte sowieso wenig Lust, allein dorthin zu fahren.

– Gut, sagte ich, meinetwegen Hemingway, Hemingway ist im Augenblick vielleicht nicht einmal das Schlechteste.

– Hemingway ist nicht schlecht als Ablenkung, was? sagte Nora kichernd.

– Wir werden sehen, sagte ich. Paß auf, ich versuche, diese Generäle hier rumzukriegen, ich rufe Dich später noch einmal an. Könntest Du nicht schon etwas früher kommen? Ich habe keine Lust, mich in Miami zu langweilen.

– Gut, ruf später noch mal an, sagte Nora, ich werde mich nach einem früheren Flug erkundigen.

Ich verabschiedete mich und gab den Hörer an den Beamten zurück. Er schaute mich überlegen an.

– So, sagte er auf deutsch, Sie sind also ein Hemingway-Fan? Und die Typen hier, die passen Ihnen nicht?

– Sie sprechen Deutsch? sagte ich erleichtert. Hätten Sie mir das nicht früher sagen können?

– Wir haben da so unsere Tricks, sagte er und gab mir den Paß zurück.

– Dann ist alles in Ordnung? fragte ich.

– Sie können gehen, sagte er, aber eines verraten Sie mir noch: wer ist der Typ auf dem Foto?

Ich hatte mir im Flughafenhotel ein Zimmer genommen, ich hatte nicht die geringste Lust verspürt, in die Stadt zu fahren. Am Abend hatte ich noch einmal mit Nora telefoniert. Sie hatte es wahrhaftig geschafft, einen früheren Flug zu buchen, am Mittag des nächsten Tages wollte sie in Miami ankommen.

Wir hatten verabredet, daß ich für unsere Fahrt nach Key West einen Mietwagen auftreiben sollte. Ich hatte mich darum gekümmert. Ich hatte noch lange in einem Restaurant gesessen und zum ersten Mal seit langer Zeit Zeitungen gelesen.

Beim raschen Durchblättern war ich auf immer dasselbe Foto gestoßen. Es hatte eine große Gruppe von Flüchtlingen gezeigt, die sich durch das schmale Gatter eines Stacheldrahtzaunes drängten. Die Flüchtlinge waren in großer Hast abgebildet gewesen, manche Gesichter hatten einen Ausdruck panischer Angst gehabt, anderen hatte man schon die Vorfreude angesehen, es bald geschafft zu haben.

Die knappen Bildunterschriften hatten von einem Durchschlupf in der österreichisch-ungarischen Grenze berichtet, sie hatten die Flüchtlinge als DDR-Flüchtlinge ausgewiesen, denen es anscheinend gelungen war, sich in den Westen abzusetzen.

Ich hatte mir das Foto mehrmals angeschaut, ich hatte kopfschüttelnd und verwundert, als könnte ich der eher phantastisch erscheinenden Meldung nicht trauen, immer wieder auf das Foto gestarrt. Dann hatte ich mir, um mehr von der seltsamen, irgendwie unglaublich erscheinenden Geschichte zu erfahren, noch einige deutsche Zeitungen besorgt. Aber auch diese Zeitungen hatten nur lakonisch gemeldet, daß es Gruppen von DDR-Bürgern, die ihre Ferien in Ungarn verbracht hatten, gelungen war, die über Jahrzehnte unpassierbare Ost-West-Grenze wie bei einem Spaziergang zu überqueren.

Ich hatte angesichts des beinahe spukhaften Ereignisses vor mich hin gelacht, ich hatte dabei eine Freude empfunden wie einer, der heimlich Zeuge eines gelungenen Coups geworden war, und ich hatte dabei nur laufend »westwärts« gedacht, ja, ich hatte gedacht, »westwärts, sie flüchten nach Westen«.

Dieser Gedanke hatte mich plötzlich ganz nervös gemacht. Ich war auf mein Zimmer gegangen und hatte den Fernseher eingeschaltet, ich hatte auf allen Programmen nach Nachrichten über die Flüchtlinge gefahndet, aber ich hatte nichts finden können. Nur einmal war die kurios erscheinende Meldung noch aufgetaucht, es war eine kurze Sequenz von wenigen Sekunden gewesen, wie ein Video-Clip für Freizeitkleidung, die auch in unerwarteten Situationen faltenfrei bleibt.

Ich hatte unruhig geträumt, aber am nächsten Morgen hatte ich mich an die Traumbilder nicht erinnern können. Ich hatte mir später wieder Zeitungen besorgt, aber das phantastische Foto des überraschenden Grenzübertritts fand ich nicht mehr.

Nora erkannte mich erst auf den zweiten Blick. In ihrem hellen, durchgehenden Kleid war sie mir doch jedoch gleich aufgefallen, als sie mit den anderen Reisenden durch die Absperrung gekommen war.

– Was ist denn mit Dir passiert? fragte sie mich, während ich ihr das Gepäck abnahm.

– Fängst Du auch noch damit an? sagte ich. Gestern haben sie mich hier stundenlang festgehalten. Angeblich bin ich nicht mehr der, der ich auf meinem Paßfoto einmal war.

– Kann ich mir denken, sagte Nora, Du siehst so schmal aus wie ein Marathonläufer. Hast Du Sport getrieben?

– Ich und Sport! sagte ich. Ich bin einfach viel durch die Gegend gelaufen.

– Du hast eine ganz andere Haut als früher, sagte Nora, dunkel und durchscheinend, beinahe unheimlich.

– Du wirst Dich daran gewöhnen, sagte ich. Wie geht es Mary und Fred?

– Mary schwärmt noch immer von Dir, sagte Nora, Eure Fahrt den Mississippi stromabwärts ist ein voller Erfolg gewesen. Und Fred denkt schon an sein Forschungsprogramm in Deutschland, Du kennst ihn ja.

– Hast Du Mary noch weiter unterrichtet? fragte ich.

– Ja, bis zuletzt, antwortete Nora, sie ist richtig gut geworden im Englischen, sie behauptet jetzt, sie wolle einmal Dolmetscherin werden.

– Willst Du eine Pause machen, oder sollen wir sofort losfahren? fragte ich. Ich habe uns einen Wagen besorgt, er steht draußen auf dem Parkplatz.

– Wenn das so ist, antwortete Nora, dann fahren wir doch gleich los. Was meinst Du, wie lange wir brauchen?

– Es sind etwa hundertsechzig Meilen, sagte ich, ich schätze, wir brauchen drei bis vier Stunden.

– Gut, dann sind wir am Nachmittag da, sagte Nora. Willst Du fahren oder soll ich?

– Du hast schon einiges hinter Dir, sagte ich, wenn Du nichts dagegen hast, fahre ich.

– Einverstanden! sagte Nora.

Wir verließen das Flughafengebäude und verstauten unser Gepäck im Kofferraum des Wagens. Dann fuhren wir los. Der Himmel war stark bewölkt, es war schwül, aber es sah nicht nach Regen aus. Ich freute mich, daß ich mich zu der Fahrt entschlossen hatte, ich war lange genug allein gewesen. Ich wußte, daß ich mich mit Nora verstehen würde, schon in St. Louis waren wir gut miteinander ausgekommen.

– Was ist das für ein Auftrag? fragte ich sie. Was hast Du vor mit Hemingway und Key West?

– Hemingway hat lange in Key West gelebt, antwortete sie, hast Du das gewußt? Ich hab's erst vor kurzem erfahren, mit Hemingway hab ich mich nie besonders beschäftigt. Jedenfalls soll das Haus, in dem er gewohnt hat, zu besichtigen sein, darüber werd ich wohl schreiben.

– Ich weiß von dem Haus in Key West, sagte ich, ich war früher mal Hemingway-süchtig. Ich habe fast alle seine Bücher gelesen, ich habe auch viel über ihn gelesen, ich bin ein richtiger Hemingway-Narr gewesen.

– Oh, das ist gut, sagte Nora, da bin ich ja genau mit dem Richtigen unterwegs. Ich werde Dich ausquetschen wie eine Zitrone.

– Nein, sagte ich, das lassen wir lieber. Ich bin froh, daß ich es hinter mir habe, ich will mich nicht wieder dran erinnern. Aber wenn ich bloß ein paar Zeilen Hemingway lese, fängt die Sucht wieder an. Ich bin da ganz wehrlos, es zieht mich einfach in diesen Sog.

– Seltsam, sagte Nora, das geht mir ganz anders. Ich mag ihn eigentlich nicht, ich mag sein Heldentum nicht, und ich mag sein Saufen nicht. Jagen und Saufen, damit hat er sich doch vor allem beschäftigt?

– Mag sein, sagte ich, aber das ist und das war mir egal. Ich bin seinem Erzählton erlegen, nicht seinen Marotten. Was er getan und wo er sich rumgetrieben hat, das hat mich nie interessiert. Er hat einfach viele gute Geschichten geschrieben, ganz hervorragende Geschichten, ich glaube, es sind nie bessere Geschichten geschrieben worden. Was die Romane betrifft, bin ich mir nicht so sicher. Ich habe seine Romane nicht gern gelesen, es war mir immer zuviel Kulisse darin. Aber die Geschichten, die sind klar, deutlich und gar nicht simpel, wie viele meinen.

– He, sagte Nora, Du bist ihm ja richtig verfallen.

– Ja, sagte ich, ich war ihm verfallen. Als ich vierzehn, fünfzehn alt war, war ich ihm völlig verfallen. Ich kannte manche seiner Geschichten bis in die letzten, lakonischen Wendungen, ich kannte die Anfänge auswendig, ich war ganz verrückt nach diesem Erzählton.

Es war ein völlig eigener Ton, dachte ich weiter, es war ein aus der Tiefe kommender Baß, ein Baßraunen, wie eine Stimme aus dem Alten Testament, die lauter Gewißheiten und Wahrheiten verkündete, ja, ich hielt seine Stimme für eine Art Prophetenstimme.

Vater hat mir die ersten Hemingway-Geschichten geschenkt, eigentlich sonderbar, denn Vater hat mir nie Romane oder Geschichten geschenkt, sondern nur trockene Sachbücher. Vater hatte in den Erzählungen einige Passagen angestrichen, er hatte die Landschaftsschilderungen angestrichen und die Passagen, wo vom Verhalten der Tiere oder dem Verhalten der Menschen bei der Jagd die Rede war, ja, diese Passagen hatte Vater angestrichen.

Natürlich, dachte ich immer schneller, Vater hat diese Passagen angestrichen, weil sie von seinem eigenen Leben berichteten, sie erzählten von dem, wovon auch er etwas verstand, von der Natur, der Landschaft, der Jagd. Deshalb hat Vater diese Passagen angestrichen, ist doch ganz klar. Und außerdem gab es viele Geschichten mit Vater und Sohn, wie hieß doch der Junge gleich, Nick, Nick hieß er, genau, und sein Vater war Arzt, wie Hemingways Vater Arzt gewesen war. »Väter und Söhne« hieß eine dieser Geschichten, und eine andere spielte in einem Indianerlager, ich erinnere mich noch genau. Der ganze Band mit Geschichten war voller angestrichener Passagen, es sah aus, als hätte Vater mir nur diese Passagen zu lesen geben wollen, er hatte seine Auswahl getroffen. Dabei hat er sie mir vielleicht nur deshalb gegeben, weil es Vater-Sohn-Geschichten waren und weil er uns beide ein wenig wiedererkannt hatte in diesen Geschichten. Schließlich sind ja auch wir viel zusammen unterwegs gewesen, nicht gerade auf der Jagd, das nicht, aber doch viel in der Natur unterwegs, so wie zwei Jäger, die jedes Detail des Geländes gut kennen. Im Grunde haben wir uns über nichts sonst unterhalten, wir haben uns nie über andere Menschen unterhalten oder über irgendwelche Ereignisse, nein, wir haben uns nur über das unterhalten, was wir zu sehen bekamen. Sonst aber sind wir sehr verschwiegen gewesen, wir beide, wir haben uns nie etwas von der Seele geredet, nein, nie. Ich glaube, wir haben immer geglaubt, den andren gut zu verstehen, wir haben einfach fest an solche Übereinstimmungen geglaubt, und da erübrigten sich die langen Unterhaltungen. Selbst als wir uns viel gestritten haben, haben wir uns keine persönlichen Vorwürfe gemacht, nein, wir befanden uns nur in einem ganz normalen Schlagabtausch, er stand für seine Zeit und ich für die meine, und der Streit hatte damit zu tun, daß er mich in seiner Zeit festhalten wollte, ich sollte so denken und fühlen, wie er dachte und fühlte, ja, das war der Grund.

Verdammt noch mal, dachte ich weiter, jetzt ist es doch wieder soweit, ich habe gehofft, ich hätte es vorläufig hinter mir, doch nun fängt es schon wieder an. Die Hemingway-Falle, daran hätte ich denken müssen! Ich hatte gleich so ein flaues Gefühl, als Nora von Hemingway sprach, ich hatte gleich das Gefühl, von dem mußt Du Dich fernhalten, Hemingway ist jetzt nichts für Dich! Nein, Du wirst nicht in seinen Erzählungen blättern, Du wirst Dich damit nicht vollsaugen, Du wirst alles tun, um Dir diesen Koloß vom Leib zu halten!

– Ist was? fragte Nora.

– Nein, sagte ich, was soll sein?

– Du rutschst dauernd auf Deinem Sitz hin und her, sagte Nora.

– Ich habe mich an etwas Unangenehmes erinnert, sagte ich, mir ist etwas durcheinandergeraten.

– Hat es mit Hemingway zu tun? fragte Nora.

– Mit Hemingway und meinem Vater, sagte ich, ich bin da in eine Falle gelaufen.

– In was für eine Falle? fragte Nora.

– Ich kann's Dir jetzt nicht erklären, sagte ich, am liebsten würde ich es schnell wieder vergessen.

– Gut, sagte Nora, dann laß ich Dich mit meinem Thema in Ruhe.

– Wird das Beste sein, sagte ich, vorläufig jedenfalls.

– Wie steht's denn so mit Deinem Reisefieber? fragte Nora nach einer Pause.

– Es klingt langsam ab, sagte ich, das Fieber läßt nach. Ich werde auch bald zurückfliegen, nur würd ich am liebsten einen weiten Bogen um Deutschland machen.

– Warum denn das? fragte Nora.

– Wenn ich in Deutschland bin, werde ich die Fremde schnell wieder verlieren, sagte ich. Es wäre besser, ich könnte in Stationen zurückkommen, stufen- oder schrittweise, ganz allmählich, nicht so auf einen Schlag. Von Miami nach Frankfurt, das stell ich mir nicht gut vor.

– Und von Miami nach Wien? fragte Nora. Wie wäre das?

– Von Miami nach Wien, dachte ich, von Miami also nach Wien. Eigentlich kein schlechter Gedanke. In Wien bin ich wenigstens noch nicht ganz zu Hause, Wien hat schließlich auch seine Fremde.

– Von Miami nach Wien wäre eindeutig besser, sagte ich. Ich war schon ein paarmal in Wien, aber ich kenn es nicht gut.

– Du kannst bei mir wohnen, sagte Nora. Ich hab eine Drei-Zimmer-Wohnung, ich hab genug Platz.

– Ist das Dein Ernst? fragte ich.

– Wenn Du Dir in Sachen Hemingway einen Ruck gibst, ist es mein Ernst, sagte Nora.

– In Ordnung, sagte ich, ich werde es mir überlegen. Würde es reichen, wenn ich Dich durch sein Haus führen würde? Eine Führung durchs Hemingway House, wäre das ein vernünftiges Angebot?

– Das würde für vier Wochen Wien erst mal reichen, sagte Nora und lachte.

– Wien, dachte ich wieder, Wien ist nicht schlecht! Daß ich nicht selbst darauf gekommen bin! In Wien könnte ich mich langsam an alles gewöhnen, ich werde wieder Deutsch sprechen, aber man wird mir im Dialekt antworten, das macht schon einen Unterschied! Ich werde mich ein wenig zu Hause fühlen, aber doch nicht ganz, ich werde auf Probe zu Hause sein, ja, nur zur Probe, und wenn es nicht geht, werde ich nach ein paar Tagen weiterreisen, wer weiß, irgendwohin! Nein, ich werde nicht gleich alles aufgeben, ich werde mich nicht sofort auf die Heimat einlassen, ich werde die Heimat auf einem anderen als dem direkten Weg erreichen, das wird das Beste sein!

– Sehr gut, sagte ich laut, der Gedanke an Wien gefällt mir sehr gut, er erleichtert mich geradezu. Eigentlich habe ich die ganze Zeit nicht gewußt, wie und wohin ich zurückfliegen soll. Wahrscheinlich hat meine Mutter mein Elternhaus auf den Kopf gestellt, und ich soll alles wieder in Ordnung bringen. Wahrscheinlich soll ich gleich auf den Friedhof, um den Tauerngranit zu wälzen oder die blühenden Pflanzen zu sehen! Von Miami gleich auf den Friedhof, das wäre doch was!

– Ich hab schon gemerkt, wie unentschlossen Du warst, sagte Nora, ich hab mir so etwas gedacht.

– Wien erlöst mich vorerst, sagte ich, in Key West trinken wir einen Cocktail auf Wien!

– Welchen hat Hemingway getrunken? fragte Nora.

– O Gott, da hätten wir eine Nacht lang zu tun, sagte ich, er hat schon in der Früh mit einigen harten Drinks begonnen, dann kam der Rotwein dran, und am Abend waren es, glaube ich, meistens Daiquiris.

– Ich sagte ja, Jagen und Saufen, grinste Nora. Aber wegen Wien mach ich eine Ausnahme.

– Gut, sagte ich, zwei Daiquiris auf Wien!

Die Fahrt hatte sich länger hingezogen, als wir erwartet hatten, wir hatten Key West erst am späten Nachmittag erreicht. Wir hatten nahe am Hafen ein kleines Motel gefunden, die Zimmer lagen im Karree um einen hellen, üppig bepflanzten Innenhof, in dem sich ein kleiner Swimming-Pool befand.

Wir hatten zu Abend gegessen und noch einen Gang durch

den kleinen, übersichtlichen Ort gemacht. Dabei waren wir auch auf »Sloppy Joe's Bar« gestoßen, es war die Bar, in der Hemingway seine Nachmittage verbracht haben soll. Wir waren hineingegangen und hatte zwei Daiquiris bestellt, aber die Bar war eine einzige Enttäuschung gewesen.

An einer Wand klebten viele Fotos, die Hemingway als eifrigen Trinker auswiesen, neben der Kasse wurden T-Shirts mit Hemingway-Porträts verkauft, und selbst von den Bierdekkeln starrte uns das gutmütig wirkende Gesicht eines gealterten Haudegens an, der eher den Eindruck eines Bilderbuch-Großvaters als den eines Schriftstellers machte.

Nur der schwere, in der öden Weite des Raumes sofort zum Blickfang werdende Ventilator hatte unsere Phantasie angeregt, während das übrige Inventar dem eines heruntergekommenen, tristen Schuppens glich, in dem ein paar vereinzelte, müde vor sich hin sinnierende Gestalten ein Bier nach dem anderen tranken. Wir hatten »Sloppy Joe's Bar« bald wieder verlassen, die erste Begegnung mit den Resten des Mythos hatte mir schon beinahe gereicht, doch da ich mein Wort hatte halten wollen, waren wir am Morgen des nächsten Tages zusammen ins Hemingway House gegangen.

Es war ein bequemes, luftiges Haus mit hohen Flügeltüren und einem breiten Balkonumlauf im ersten Stock, die Räume waren niedrig und hell, und die wenigen Möbel wirkten wie Trophäen, zufällig zusammengelesen auf Reisen in Spanien und Afrika. Die tropischen Pflanzen drängten sich ganz dicht heran, und wenn man auf dem Balkon saß, fühlte man sich in das zeitlose Dasein der Vorkriegsjahrzehnte versetzt, in den Dämmerschlaf der frühen dreißiger Jahre, in denen man die Autos in Key West noch gezählt und in denen das Leben in diesen Breiten noch so etwas wie Abgeschiedenheit erlaubt haben mochte.

Jetzt aber lungerten draußen Scharen von Katzen wie lebende Souvenirs herum, und drinnen standen sich die Gruppen, die durch das Haus geführt werden wollten, im Weg. Das Haus war für große Menschengruppen überhaupt nicht geeignet, sie verstopften die schmale Treppe und machten die Räume eng und muffig, und um den kleinen Swimming-Pool, dessen Anlage eine Idee von Hemingways zweiter Frau gewesen sein sollte und der einmal als Überraschung für ihren lange Zeit abwesenden Mann gedacht gewesen war, hockten die Neugierigen wie lästige Zaungäste, die mit soviel anekdotischer Schlichtheit nichts anzufangen wußten. Hinter dem Haupthaus befand sich ein einfaches Studio, eine kleine Holztreppe führte hinauf zu Hemingways Arbeitszimmer, doch die meisten Räume hier waren verschlossen, und man konnte nur einen flüchtigen Blick auf das früher einmal abgelegene, ruhige Zimmer werfen, das in den kühlen Morgenstunden genau der richtige Ort zum Schreiben gewesen war.

Später saß ich mit Nora noch eine Weile draußen im Garten. Es war schwül, auch im Schatten der hohen Palmen entkam man dem heißen Dunst nicht, der in den Straßen Key Wests lagerte und nur in der Hafengegend etwas vom Wind aufgefrischt wurde. Ich sagte Nora, daß ich mich gern einmal allein in dem alten Haus aufgehalten hätte, ich hätte mir vorgestellt, das Haus gehörte mir, ich wäre der Besitzer, ich fütterte die Katzen und ich läge ungestört in einem der Liegestühle aus dunklem Rohr auf dem Balkon.

Wir hatten um diese Phantasien ein paar Geschichten gesponnen, wir hatten uns den »Tagesablauf eines ordentlichen Schriftstellers, der in Key West untertaucht«, ausgemalt, und wir hatten unseren Besuch mit der Erfindung eines komischen »Dialogs zwischen dem ordentlichen Schriftsteller und seiner Lieblingskatze, das reguläre Suchtverhalten betreffend« beendet.

Am Nachmittag hatte Nora mit ihren Recherchen begonnen. Sie hatte versucht, Menschen zu treffen, die Hemingway noch gekannt hatten, und sie hatte ihren ganzen Spürsinn darauf verwandt, herauszubekommen, wie Hemingways Frau die Gegenwart eines so ruhelosen und von Stimmungen abhängigen Menschen ertragen hatte.

Ihr dunkles Hemingway-Bild hatte durch den Besuch in seinem Wohnhaus nur wenige hellere Züge bekommen, noch immer hatte sie vor allem Hemingways Psyche beschäftigt, und sie hatte mir in einem langen theoretischen Anlauf zu erklären versucht, warum Hemingway ein depressiver Scharlatan gewesen sein mußte.

Es hatte uns Spaß gemacht, an diesen Theorien herumzufeilen, ich hatte einige Szenen aus seinen Erzählungen beigesteuert, aber ich hatte Nora nicht davon überzeugen können, daß es besser gewesen wäre, es mit der Lektüre seiner Geschichten bewenden zu lassen.

Das Reporterfieber hatte Nora gepackt, es hatte sich in den folgenden Tagen zu einer regelrechten Sammelwut gesteigert, Nora hatte Indizien gesammelt, Auskünfte von Hotelbesitzern und Friseuren, von Bootsvermietern und Verkäufern von Anglerausrüstung, ein einziges Sammelsurium von Halbwahrheiten und pfiffig zurechtgeschusterten Anekdoten, über die wir unseren ganzen Spott ausgegossen hatten.

Nora hatte sich entschlossen, ihre Vorstellungen von dem wirklichen Hemingway und der wirklichen Welt von Key West rasch zu vergessen, sie wollte nur noch über die Phantasien schreiben, die dem erfundenen Hemingway galten, dem Hemingway derer, die jetzt von seinem Ruhm lebten und den wirklichen vielleicht nie gesehen hatten.

So hatten wir einige ruhige Tage verbracht, Nora auf ihren Streifzügen durch die Halbwelten des Hemingway-Mythos, und ich bei langen Spaziergängen am Meer entlang. Manchmal waren wir zufällig aufeinander getroffen und hatten zusammen etwas getrunken, an anderen Tagen waren wir uns erst am Abend begegnet, um uns von unseren ganz unterschiedlichen Expeditionen zu berichten.

Ich hatte mich bemüht, ein Ticket für denselben Flug nach Wien zu bekommen, den Nora gebucht hatte, doch das war nicht möglich gewesen. Die Flüge Miami–Wien waren vorläufig ausgebucht, ich hatte mich zu gedulden, erst nach ein paar Tagen würde ich Nora folgen können.

Daher hatte ich mich nach Noras Abreise noch eine Weile allein in Key West aufgehalten, ich hatte mir auch die restliche Zeit mit Spaziergängen vertrieben, nein, ich hatte den Ort nicht mehr verlassen wollen, keine Ausflüge, keine Extra-Touren mehr, selbst eine kurze Kreuzfahrt vor der Küste mit einem Blick aufs nahe Cuba war mir schon zuviel gewesen.

Mich hatte eine gewisse Aufregung befallen, schon in Noras Gegenwart hatte ich diese Nervosität bemerkt, ein verzögertes Schlendern an den Freizeitparadiesen vorbei, eine Unlust, sich irgendwo niederzulassen, eine manische Betriebsamkeit ohne Inhalt. Ich hatte begonnen, mir die Abreise vorzustellen, ich hatte an Wien und die Zukunft gedacht, und mir waren doch immer nur die hohen verkarsteten Plateaus meiner Heimat in den Sinn gekommen. Ich hatte an diese Gegenden nicht erinnert werden wollen, ich hatte lieber zurückdenken wollen, ich hatte mich zurückversetzen und weiter in der Fremde festhalten wollen.

Du stehst vor dem Absprung, hatte ich gedacht, Key West ist Dein Absprungbrett, unweigerlich. Du mußt den Absprung schaffen, das ist leicht gesagt, denn Du willst die Fremde nicht verlieren. Du willst hier bleiben, und Du weißt doch, daß das nicht möglich ist. Du willst fort, und Du weißt doch, daß es Dich davor graut, irgendwo anzukommen. In Gedanken probst Du schon den Absprung, Du spielst die Varianten durch, wie es sein könnte daheim, aber dieses »daheim« zu umschreiben, das wagst Du nicht.

So hin und her gerissen, hatte ich versucht, mich abzulenken. Ich hatte mir europäische Zeitungen besorgt und hatte mich wieder auf die Suche nach Nachrichten über den Grenzdurchbruch der Flüchtlinge irgendwo in Ungarn gemacht. Inzwischen war hier und da von Hunderten von Flüchtlingen die Rede, die auf geheimen Schleichwegen die Grenze passierten. Um mich an eine Geschichte zu klammern, hatte ich mir diese Meldungen vorgenommen, ja, ich war der Spur dieser Meldungen durch alle Zeitungen gefolgt. Ich hatte mir aber die dazu passenden Bilder nicht vorstellen können, immer wieder war mir das Foto der flüchtenden Reisegruppe vor Augen gekommen, und so hatte ich auch diese Versuche, mich in die ferne Gegenwart hineinzufinden, aufgegeben.

Absprung, ja, Absprung, laufend hatte ich dieses Wort gedacht, schließlich war ich ganz unruhig geworden wegen der häufigen Beschwörung. Es hatte mich noch mehrmals zum Hemingway House gezogen, aber nein, ich hatte das Terrain nicht noch einmal betreten, irgendwie war mir dieses überfüllte Haus zuwider gewesen, während ich andererseits darauf gehofft hatte, im Umkreis des Hauses etwas Seltenes, Einzigartiges zu erspähen.

Ich hatte mir die Besucherscharen weggedacht, ich hatte aus der Ferne, von der anderen Straßenseite aus, einen Blick auf die hohe Umfassungsmauer der Frontseite geworfen, auf den das Gelände seitlich einfassenden Zaun, auf das schwere Tor, das am späten Nachmittag von einem älteren Mann geschlossen wurde. Ich hatte immer häufiger daran gedacht, das Gelände allein und in der Nacht zu besuchen. Ich hatte daran gedacht, nachts einzusteigen und mich dort aufzuhalten, solange es mir paßte, um dort, in der Umgebung von Haus und

Studio, Abschied zu nehmen. Ich hatte Abschied nehmen wollen von dem Autor, den ich noch immer mochte, noch mehr aber hatte ich Abschied nehmen wollen von dem fernen Kontinent, in den es mich so lange verschlagen hatte, ja, ich hatte endgültig Abschied nehmen und dadurch den Absprung finden wollen.

Dieser Gedanke, der auf meinen langen und unruhigen Gängen allmählich entstanden war, hatte mich in einige Verlegenheit gebracht, zunächst hatte ich ihn für einen Wahnsinnsgedanken gehalten, für eine Ausgeburt einer überhitzten Phantasie, doch dann hatte ich mich an diesen Gedanken gewöhnt. Ich hatte mich so sehr an diesen Gedanken gewöhnt, daß ich begonnen hatte, das Terrain noch genauer auszuspionieren, ich hatte von den verschiedensten Blickwinkeln aus das Gelände sondiert, und ich war zu dem Ergebnis gekommen, daß es ganz leicht war, auf das Gelände zu gelangen, natürlich durfte man es nicht von der Straße aus wagen, nicht von der Straße aus, sondern seitlich, dort, wo die Drahtmaschen des Zaunes von Schlingpflanzen niedergehalten wurden, dort, in der Kühle des Dickichts, ganz in der Nähe des Pools, dort konnte ich es wagen.

Ich hatte mir die Ausführung dieses Plans für die letzte Nacht meines Aufenthaltes in Key West vorbehalten, am nächsten Morgen wollte ich in der Frühe mit dem Bus nach Miami aufbrechen, die Abflugzeit war auf den späten Mittag festgelegt. Am Abend hatte ich mein Gepäck im Zimmer des Motels bereitgestellt, ich hatte mir eine leichte, dunkelblaue Jacke angezogen, kurz nach elf Uhr hatte ich 907 Whitehead Street erreicht.

Das Gelände war nicht beleuchtet, nein, das wußte ich längst. Keine Sorge, dachte ich, Du steigst ins Nachbargrundstück ein, Du tastest Dich an dem Maschenzaun entlang, dort verläuft eine niedrige Hecke, völlig verwachsen. Irgendwo mußt Du die Schlingpflanzen mit beiden Händen niederdrücken, Du mußt eine Stelle finden, wo sie nachgeben, da steigst Du ein. Langsam, nur keine Eile, das fühlt sich kühl an und weich, weiches Geranke, ganz ledriges Blattwerk. Hier geht es, hier ist es gut, hier geht es ganz leicht, der Maschenzaun ist hier mit der Hecke verwachsen, hier sind die Maschen gerissen, genau hier.

Ich kletterte langsam über den dichten Wall, ich fand mit dem vorderen Bein einen Halt und zog das andere nach. Ich stand auf der dicken Wurzel eines gewaltigen tropischen Baumes, gut getroffen, dachte ich, genau die richtige Stelle. Jetzt am Pool entlang, paß auf, daß Du nicht ausrutschst. Rechts, auf der rechten Seite des Hauses standen tagsüber zwei Liegestühle mit dunkelroten Polstern, vielleicht hast Du Glück. Ja, richtig, da stehen sie, sie haben die Polster reingeholt, aber die Stühle stehen noch da, sehr gut, da nimmst Du Platz, da ist Deine erste Station.

Ich schlich langsam zu den Stühlen vor, ich tastete sie in der Dunkelheit ab, nein, Katzen hatten es sich hier nicht bequem gemacht. Ich legte mich vorsichtig in einen der Stühle, so vorsichtig, als könnte er im nächsten Augenblick zusammenbrechen, dann streckte ich mich aus. Es war sehr kühl hier in der Nacht, die stille Wasseroberfläche des Pools war zu erkennen, am Rand einige niedrige Palmen, weiter entfernt die tropischen Riesenstämme.

He, Hem, dachte ich, hier lauert ein später Besucher, he, Hem, Hem der Jäger, der Säufer, der Krieger, he Hem! Komm raus, Hem, leg Dich zu mir, wir unterhalten uns etwas, he Hem! Was ist, Hem? Schon schlafen gegangen? Komm raus, Hem, hörst Du mich, Hem, na los, Hem, na los!

Ich habe eigentlich nie einen Lehrer gebraucht, Hem, und ich habe auch nie einen Lehrer gesucht. Lehrer, die einem das

Schreiben beibringen, die gibt es ja nicht. Vielleicht Lehrer, die einem etwas beweisen, oder Lehrer, die einen ein bißchen aufpäppeln, oder Lehrer, die einem einen Stoß versetzen, aber Lehrer fürs Schreiben, das ist klar, Hem, die gibt es nicht. Und dennoch hab ich mich eine Zeitlang an Dich gehalten, natürlich warst Du kein Lehrer, Hem, höchstens so etwas wie eine Sicherheit, einer, der sich das Schreiben selbst beigebracht hat, Schritt für Schritt, mit einem glasklaren Blick für sein Können und für jedes Detail. Und dadurch warst Du so etwas wie eine Sicherheit, Hem, Du hattest es aus eigenen Kräften geschafft, genau die richtigen Sachen gelesen, Bücher, aus denen man etwas lernen konnte, nicht zu viele, eben genau die richtigen. Du warst klar und sicher in Deinen Urteilen, Hem, ganz eindeutig und nicht so verblasen wie viele andere, nicht dieser Quatsch von Berufung, Bewährung und der ganze europäische Schreibfederkultus, sondern klar und eindeutig, so wie ich es gern hatte. Ja, Hem, ich hatte Dich irgendwie gern, das ist vielleicht nicht der passende Ausdruck, mag sein, aber ich hatte Dich gern, weil ich mir genau vorstellen konnte, wie Du Dich an das Schreiben herangemacht hast, und weil ich in Dir immer den Jungen sah, einen Jungen irgendwo aus dem Norden, einen Landjungen mit bescheidenem, aber sicherem Wissen, und dann hast Du versucht, aus dem Landjungen etwas anderes zu machen und aus dem wenigen, sicheren Wissen des Landjungen langsam etwas entstehen zu lassen. Ich habe den Landjungen in Dir gemocht, Hem, den neugierigen, herumstreifenden, ängstlichen Landjungen, der niemanden neben sich hatte als seinen Vater und der das geringe Wissen von seinem Vater hatte und sich später abmühte, aus diesem wenigen Wissen mehr Wissen zu machen, Wissen mal Wissen, eine richtige Handwerkerkunde des Wissens. Ich glaube, Du hast Dich übernommen dabei, Hem, ich glaube, Du hast irgendwann das Verhältnis von Aufwand und Ergebnis überschätzt, aber das hat mich nicht weiter beschäftigt, ich habe Dir Dein Leben nicht abgenommen, denn ich habe gedacht, er hat eben nur dafür gesorgt, daß es eine verfilmbare Sache wurde, eine Filmstory, etwas Gediegenes, Brauchbares, damit die Biographen nicht drin rumfummeln würden. Gut, das war mir egal, ich habe in Dir nur den Landjungen gesehen, der stolz war auf die Größe der gefangenen Fische, der den Frauen nachjagte, weil ihm Frauenkleider schon von Kindheit an etwas bedeuteten, immer hab ich in Dir das Naive gesehen, das Lernenwollen, das Staunen, selbst die Frauen hast Du angestaunt und Dich gewundert, denke ich, Hem, aber eigentlich sind Dir dazu nur die einfältigsten Sätze eingefallen. Naiver Hem, einfältiger Hem! Du hast immer wieder von vorne anfangen müssen, während Du doch einmal gedacht hattest, das eine ergibt sich schon aus dem andren, ein Buch zeugt das nächste, das schreibt sich so fort, und in Deinen schlechten Momenten, Hem, hast Du einfach nur fortgeschrieben, Du hast Dir die ganze Hilflosigkeit von der Seele geschrieben, und diese Hilflosigkeit ist ganz hilflos aufs Papier gekommen und hat hilflose, einfältige Sätze gebildet. Du hast gedacht, es sind die alten, guten Sätze, alles in Ordnung, alles stimmt, Satz für Satz, aber es waren einfältige, trostlos einfältige Sätze mit lauter Wiederholungen, ein völlig papierener Rhythmus. Nein, Hem, ich hab es Dir nicht vorwerfen wollen, das ist Unsinn, nicht vorwerfen, sondern nur sagen, wie ich es mir vorgestellt habe, ich hab viele Gedanken an Deine Arbeit verschwendet, verstehst Du, ich hab es mir vorzustellen versucht, und diese Vorstellungen haben mir eben geholfen, so etwas wie eine Sicherheit zu finden. So war das, Hem, ich wollte es Dir immer einmal erklären, einfach loswerden wollte ich es, das war's dann.

Ich stand auf und bewegte mich langsam auf das Studio zu. Einige Katzen strichen mir um die Beine, und ich kauerte mich nieder, um die Tiere zu streicheln. Dann erhob ich mich wieder und ging vorsichtig die kleine Holztreppe hinauf. Oben, vor dem Arbeitszimmer, setzte ich mich auf den Boden. Zwei Katzen waren mir gefolgt und hatten sich zwischen meine Beine gelegt. Ich saß still und lauschte. In der Ferne der Lärm des karibischen Eck-Restaurants, das Lachen der späten Gäste, gedämpfte Musik.

Damals, Hem, dachte ich weiter, als ich Deine Sachen kennenlernte, da hab ich einfach so etwas wie eine Sicherheit gebraucht, damals hat sich alles entschieden. Hätte ich Dich nicht ein wenig zur Seite gehabt, hätte ich gar nicht geahnt, was mit dem Schreiben anzufangen war, womit beginnen, worauf achten, was versuchen. Ich habe mich an ein paar ganz einfachen Geschichten versucht, grauenvoll sind sie gewesen, aber sie haben das Schreiben in Bewegung gehalten. Du mußt das Schreiben in Bewegung halten, hab ich mir gedacht, Hem, egal, was dabei rauskommt. Ist völlig unwichtig, was dabei rauskommt, nur das Schreiben, das Schreiben darf nicht versiegen. Du hast überhaupt nicht den richtigen Kopf für das Schreiben, hab ich gedacht, Du hast einen bescheuerten, zugehagelten Jungmännerkopf, einen verrammelten, verstopften Kindermännerkopf hast Du, damit ist nichts anzufangen, vorerst jedenfalls nicht. Egal, Dein Kopf kann Dir nichts bieten, Dein Kopf gibt nur Erbrochenes wieder, unverdaute Kulturen, eine Radebrechmystik, pfui Deibel, irgendeine Kultur, eine Deutschlandkultur, eine Nachkriegsdeutschlandanalphabetenkultur! Zum Kotzen eine solche Kultur, Hem, alles zum Kotzen, keine Spur von Sicherheit, keine glasklaren Sätze, kein deutliches, begründetes Urteil, sondern eine Kriegerwitwen- und Altemännerkultur! Lauter alte Männer in dunklen Anzügen vor Lorbeerbäumen, Hem, lauter Abiturfeiern in durchschweißten Turnhallen mit Aischylosrezitationen, Hem, lauter Rilke und Benn und wie der Nährstoff für diese Kriegsveteranenlehrer auch hieß! Veteranen als Lehrer, Hem, kannst Du Dir das vorstellen, Lehrer mit Hinkebeinen und Glasaugen, Lehrer mit Prothesen und Prothesenerinnerungen, und dazu Caesars Gallischer Krieg und die langen Heereszüge hei Xenophon, und die Lehre vom eisernen Zeitalter, diese Kultur-Schußvergiftungen, lauter Gift, lauter erbrochenes, unausstehliches Gift, unerträglich, ganz falsche Bezüge, nirgends eine stimmige Koordinate, die Punkte verschoben, ekelhaft, Hem! Also klar, deshalb hab ich Deine Sachen gebraucht, Hem, ein Stück Sicherheit, und ich hab mich ganz streng dran gehalten, einfach langsam Deine Sachen gelesen und mir zurechtgelegt, was ist gut dran, was schlecht, wo fehlt was, wo ist zuviel da, so in der Art. Ich hab mir vorgestellt, ich hätte diese Sachen geschrieben, das war einmal eine Lösung, dadurch konnte ich mich mit meinem eigenen Schreiben betrügen, denn natürlich war mein eigenes Schreiben nur eine blasse Veranstaltung, ein unfertiges Gebrabbel aus lauter Hauptsätzen mit den allerunsinnigsten Dialogen, voller Posen, voller auftrumpfender Sicherheitsposen! Egal, das Schreiben blieb in Bewegung, ich hab Deine Sachen geprüft, ich bin sie durchgegangen wie Dokumente, wie Lebensdokumente, Pässe, Taufscheine und Impfzeugnisse, wo jedes Datum stimmen muß, so hab ich sie behandelt, und das hat mich über die Runden gebracht. Ich glaub nicht, daß ich viel gelernt hab daraus, Hem, das nicht, aber ich hab mit Deinen Dokumenten, mit all den gefälschten Papieren, aushalten gelernt, warten und weitermachen, weiterschreiben, die Mühle drehen, weiterwälzen, das hab ich gelernt. Und nach langer Zeit, Hem, Du würdest sagen, »nach verdammt langer Zeit«, da hat es sich plötzlich von selbst ergeben, das Schreiben, ganz von allein, von einem Moment auf den andern. Ich bin durch die Gegend gelaufen, mein Gott, Hem, wieweit bin ich allein durch die Gegend gelaufen, ich bin unterwegs gewesen, und ich hatte plötzlich den Satz, einen Satz hatte ich, Hem, nicht mehr, einen einzigen, passenden

Satz. Es war ein ganz einfacher Satz, Hem, völlig unerheblich, und doch wußte ich genau, das ist Dein Satz. Denn aus diesem Satz ergaben sich weitere, aus diesem Satz wuchs noch mehr, das wußte ich genau. Ich war ganz überwältigt von diesem Eindruck, Hem, ich hab es also doch noch geschafft, verdammt noch mal, ich hab es geschafft, Hem, hab ich gedacht, Hem. Ich bin beinahe wahnsinnig geworden vor lauter Schwindel, ein einziger, einfacher Satz, Hem, und Du verstehst, das ist jetzt Dein Satz, in dem steckst Du drin, was Du sagen willst, beginnt mit diesem Satz, alles andere kannst Du getrost vergessen! So war das, Hem, so ist das gewesen! Und dann hab ich mich zwei Jahre an den Satz geklammert, Hem, zwei Jahre hat er gehalten, der Satz, und es ist eine gute Folge daraus geworden, eine klare, gut bezeichnete Folge. Aber nach zwei Jahren, als ich den Satz ausgeschrieben hatte, war alles vorbei, ich hatte nicht einen Satz mehr, es war alles verbraucht, nichts da, alles fort, Hem, und dann begann die Suche von neuem, die Suche nach dem ersten, einfachen Satz, und wieder ein paar Jahre, so war's, Hem, so geht das fort, Hem, so ist das gewesen! Dann wollte ich einmal Kriegsprosa schreiben, Hem, es gab da was aufzuschreiben, was meine Familie betraf, viel Kriegsprosa, und ich hab versucht, mich in den Krieg einzudenken, ich habe mich an den Krieg rangemacht und an die Führergestalten, ich hab es mir vorgenommen, ganz nah an den Krieg ranzukommen. Damals hab ich Deine Kriegsprosa noch einmal gelesen, Hem, aber Deine Kriegsprosa ist fürchterlich, fürchterlich daneben, ganz peinlicher Mist, Hem, wie kann ein gescheiter Mensch schon Themen wie Liebe und Krieg miteinander verbinden, das ist himmelstinkender Mist, Hem, lauter Kitsch, so wie Kitsch eben entsteht, wenn man was ganz Dissonantes harmonisiert, Küsse und Maschinengewehrsalven, das ist Kitsch, Hem, ganz bravplumper Kitsch! Ich hab Deine Kriegsprosa verflucht, Hem, und ich hab eine andere Kriegsprosa gesucht, aber dann bin ich beim Denken der Kriegsprosa immer vorsichtiger geworden, etwas hat mir Angst gemacht vor der Kriegsprosa, schon der Gedanke an Kriegsprosa hat mich völlig durcheinandergebracht. Und so hab ich Satz für Satz geschrieben, ruhige, einfache Sätze, keine Kriegsprosa, haarscharf an einer möglichen Kriegsprosa vorbei, doch am liebsten hätte ich nur geschrieben, Kotzkrieg, Kotzkrieg und dergleichen, Kotz-Flak und Kotz-Infanterie, und ich kotze auf Eure Verpflegungsausgabe, ich speie auf Eure schweren Batterien, ich steche in Eure verdammten Schlauchboote und schlage Euren Generälen ins Gesicht, Euren Feldmarschällen und Oberbefehlshabern, Euren Kompaniechefs und Adjutanten, und vielleicht wär das die einzige Kriegsprosa gewesen, die einzige mir mögliche Kriegsnachkriegsprosa! Aber meine ruhigen Sätze haben die Kriegsprosa niederzuhalten versucht, sie haben sich wie ein Betäubungsmittel auf die Kriegsprosa gelegt, und so hab ich mich von der Kriegsprosa wieder entfernen können, ohne Detonationen! So war das, Hem, so ist das gewesen, Hem, guter, einfältiger Hem!

Ich stand auf und ging die Treppe hinunter, ich ging zum Pool, auf dessen ruhiger Wasseroberfläche jetzt ein feines Glänzen lag. Ich zog mich aus, nackt saß ich am Rand des Pools und streckte die Beine ins Wasser, dann ließ ich mich hineingleiten. Ich machte einige Stöße, dann ging ich langsam unter Wasser.

Ich hielt die Luft an, ich versuchte, die Luft so lange wie möglich anzuhalten, und ich dachte, das ist die Fremde, das ist die Haut der Fremde, zum ersten Mal badest Du in der Haut der Fremde, du badest in allen Wassern, in allen Wassern der Fremde, du badest im Mississippi und dem Golf von Mexiko, Du badest im karibischen Meer und an der Küste vor Cuba, Du badest in allen Wassern! He, Dad, ich bade in Deinen Wassern, in den Wassern der Fremde, Du hast mich in die Fremde vertrieben, Dad, und ich habe Dich in die Fremde geschleppt! Flucht und Vertreibung, Vertreibung und Flucht, Dad, das kommt zusammen, Dad, das badet sich in den Wassern der Fremde, Dad! Jetzt bin ich eingetaucht in die Fremde, Dad, eingetaucht wie eine Mücke im Bernstein, die Fremde umgibt mich, und die Fremde ist Schutz, Dad!

Ich spürte einen leichten Schwindel, es war wie ein matter betäubender Schlag, dann zog es mich wieder hinauf. Ich schnappte nach Luft, ich atmete heftig, ich stand und hob beide Arme. Ist ein beschissener Pool, Hem, sagte ich laut, ist nicht tief genug, Hem, Dein Pool, reicht nur fürs erste! Aber ich dank Dir, Hem, für Deinen flachen Pool dank ich Dir und für das andere auch!

Ich schwamm noch ein wenig hin und her, die Länge des Pools reichte nur für drei Stöße. Langsam wurde mir warm. Ich zog mich aus dem Becken und trocknete mich mit zwei Taschentüchern ab. Taschentücher, so groß wie Bettlaken, Dad, dachte ich. Dann kleidete ich mich wieder an und legte mich in den anderen Liegestuhl. Die beiden Katzen, die mir die Treppe hinauf gefolgt waren, legten sich zu mir, ich schaute regungslos in die Nacht und kraulte die Tiere, später wurde ich müde und schlief ein.

Ich erwachte im Morgengrauen durch einen vorbeifahrenden Müllwagen. Irgend jemand sang vor sich hin und warf anscheinend die Säcke auf den Wagen. Ich hob die beiden Schlummerkatzen von meinen Beinen, ich streckte mich und stand auf. Ich kletterte langsam, mit noch steifen Beinen, über die Hecke, dann schlenderte ich die Whitehead Street entlang und ging zum Motel zurück. Ich duschte mich und bezahlte die Rechnung, ich nahm mein Gepäck und trug es zur Bushaltestelle. Die Haltestelle war eine Garage mit zwei Toren. Ich war der erste Fahrgast. Ich kaufte ein Ticket nach Miami und erhielt von dem Verkäufer zusammen mit dem Ticket eine Tasse Kaffee. Ich stand neben meinem Gepäck und schaute in die aufgehende Sonne. Ich trank den Kaffee sehr langsam und hielt die Tasse mit beiden Händen fest. Dann kamen weitere Fahrgäste. Wir warteten stumm, bis die Garagentüren sich öffneten. Der Bus rollte heraus, und wir brachten unser Gepäck unter. Ich setzte mich in die letzte Reihe des Busses. Dann fuhr der Bus ab. Die Fahrt dauerte fünf Stunden. Auf dem Flugplatz von Miami hatte ich noch zwei Stunden Zeit. Ich kaufte erneut einige Zeitungen und durchsuchte sie nach den Meldungen. Ich konnte nichts finden. Am späten Mittag hob die Maschine Richtung Wien pünktlich ab.

Nora erschrak, als sie mich vom Flughafen abholte.

– Sag mal, was ist los mit Dir? Du wirst immer dünner, schon in Miami hast Du mir einen Schrecken eingejagt, so wie Du jetzt aussiehst!

– Ich hab mich zu lange einseitig ernährt, sagte ich, das ist alles.

– Was soll das heißen, einseitig?

– Na, in New Orleans hab ich hauptsächlich von Austern und Whisky gelebt, eine Handvoll Austern und reichlich Whisky, und auf Hispaniola, da waren es Bananen und Milch, außerdem hab ich viel Flüssigkeit verloren auf meinen Märschen.

– Hört sich ja grauslich an, sagte Nora. Da müssen wir was gegen tun. Fünf Mahlzeiten am Tag sind das mindeste, Du solltest Dir fünf Wiener Mahlzeiten erlauben, wie sie früher mal üblich waren.

– Und wie sähe das aus? fragte ich, während wir mit Noras Wagen in die Innenstadt fuhren.

– Also, Du fängst am Morgen mit einem einfachen Frühstück an, etwas Kaffee, eine Semmel oder ein Weckerl. So gegen elf legst Du ein Gabelfrühstück ein, ein kleines Gulasch oder ein Würstel mit einem Glas Bier. Zu Mittag gibt's eine gute Ochsenschleppsuppe, danach etwas Rindfleisch mit Erdäpfelschmarren, zum Nachtisch empfehl ich Dir natürlich Marillenknödel. Am Nachmittag trinkst Du zwei, drei Große Schwarze, und am Abend gibt's einen feinen Tafelspitz mit Kren.

– Wunderbar, sagte ich, vor allem die Ochsenschleppsuppe werd ich probieren, aber auch den Erdäpfelschmarren! Ich werd ein Experte für fünf Mahlzeiten am Tag werden, ich versprech's! Aber was ist mir Dir? Wie weit bist Du mit Deinem Artikel?

– Fast fertig, antwortete Nora, ich hab nur noch auf Dich gewartet, Du sollst ihn lesen, vielleicht hab ich was Wichtiges vergessen. Ist Dir noch irgendwas aufgefallen, was ich berücksichtigen sollte?

– Nein, sagte ich, ich glaub nicht. Ich hab Hemingway noch einen zweiten Besuch abgestattet, aber der war ganz privat.

– Du bist noch einmal hingegangen?

– Ja, sagte ich, aber zu ungewohnter Zeit, ich bin nachts eingestiegen.

– Was bist Du? Nachts in das Haus?

– Nein, sagte ich, das nicht. Nachts in den Pool, ich wollte unbedingt in diesen Pool, wahrscheinlich hat seit Jahrzehnten niemand mehr drin geschwommen.

– Ist ja famos, sagte Nora, nachts in den Pool! Und was hat der Pool Dir erzählt?

– Es ist ein beschissener Pool, sagte ich, viel zu flach, das Wasser reicht einem kaum bis zur Hüfte. Wahrscheinlich hat ihn seine Frau damit ärgern wollen. Eigentlich ist es ein Pool für Kinder, ja, genau, es ist ein Kinder-Pool!

– Was Du nicht sagst, meinte Nora, das nenn ich genau recherchiert!

– Bitte, sagte ich, Du kannst es verwenden, es ist mein Key West-Souvenir.

– Danke, sagte Nora, ich werde den Pool zu einem tragischen Detail des Ehelebens machen, der Pool wird das schlagende Indiz sein.

– Wo fahren wir hin? fragte ich. In welchem Bezirk wohnst Du?

– Ich wohne im ersten Bezirk, antwortete Nora, ganz fein und vornehm im ersten Bezirk.

– Und wie finanzierst Du den ersten Bezirk? fragte ich.

– Überhaupt nicht, sagte Nora, ich habe die Wohnung von meiner Mutter geerbt. Die Wohnung gehört unserer Familie seit über hundert Jahren.

– Deine Mutter ist tot? fragte ich.

– Sie ist vor drei Jahren gestorben, antwortete Nora.

– Und Dein Vater?

– Mein Vater wohnt irgendwo, ich weiß nicht genau, wo. Meine Eltern waren nicht verheiratet, verstehst Du?

– Ich verstehe, sagte ich. Dann wohnst Du noch immer in der Wohnung, in der Du schon als Kind gewohnt hast?

– So ist es, sagte Nora und lächelte. Was ist so merkwürdig daran?

– Nichts, sagte ich, nichts ist merkwürdig. Ich hatte es mir nur anders vorgestellt, ich hatte es mir irgendwie deutschsimpel vorgestellt, eine Mietwohnung irgendwo unter dem Dach.

– Ich wohne nicht unter dem Dach, sagte Nora, ich wohne im ersten Stock, fünf Minuten vom Stephansdom, und die Wohnung ist so möbliert, wie sie in meiner Kindheit möbliert war. Nur die Vorhänge hab ich ausgetauscht, und die Tapeten sind anders, und die Teppiche ... Aber ich muß Dir was sagen, hörst Du? Erschrick jetzt nicht, es ist was Unvorhersehbares geschehen, wir müssen ein wenig umdisponieren.

– Was Schlimmes? fragte ich. Ist jemand gestorben?

– Unsinn, antwortete Nora, viel banaler, nichts Schlimmes. Die Wohnung besteht aus drei großen Zimmern, dazu noch eine geräumige Küche und Bad, zwei kleine Abstellkammern gehören auch noch dazu. Gut. Ich wollte Dich in dem großen Zimmer, das zur Straße hin liegt, unterbringen, es ist das schönste und hellste Zimmer, die beiden anderen Zimmer gehen zum Innenhof raus. Nun ist das große Zimmer aber belegt, ich mußte zwei Bekannte dort unterbringen, ganz plötzlich. Sie standen an einem Mittag vor meiner Tür, völlig unerwartet. Ich hab sie vor zwei Jahren in Prag kennengelernt, jetzt sind sie über Ungarn hierher geflohen.

– Flüchtlinge? sagte ich, Flüchtlinge aus der DDR?

– Ja, genau, antwortete Nora, Du hast doch davon gehört oder in den Zeitungen drüber gelesen?

– Ja, sagte ich, aber ich hab es nicht richtig kapiert, es klang alles sehr mysteriös.

– Da ist nichts Mysteriöses dran, sagte Nora, meine beiden Bekannten waren unter den ersten, die es geschafft haben, rüberzukommen. Sie sind in ein Aufnahmelager eingewiesen worden, sie kennen keinen Menschen hier. Und da standen sie eben plötzlich vor der Tür. Sie sind noch sehr jung, Walter ist dreiundzwanzig und Marion zwanzig. Gut. Jedenfalls hab ich ihnen das große Zimmer gegeben, in den andern beiden ist es für zwei zu eng. Einverstanden?

– Kommt überhaupt nicht in Frage, sagte ich. Du hast bereits Gäste, da geh ich Dir nicht auch noch auf die Nerven. Ich kann mir ein Zimmer in einer Pension nehmen, ist doch gar kein Problem.

– Das kommt erst recht nicht in Frage, sagte Nora. Ich hab Dich eingeladen nach Wien, hast Du das vergessen? Ich konnte nicht wissen, daß ich Gäste haben würde. Und was ist schon dabei, wir kommen schon zurecht. Außerdem werden die beiden nicht lange bleiben. Sie warten auf ihre Freunde, die wollen ebenfalls rüber. Im Augenblick haben sie noch keine Nachricht, aber wenn die Freunde es schaffen, gehen sie zusammen nach Westdeutschland.

– Westdeutschland, sagte ich, wie sich das anhört! Sagen sie Westdeutschland oder BRD?

– Komisch, das hab ich sie auch gefragt, antwortete Nora. Sie haben gesagt, als sie noch in der DDR gelebt hätten, hätten sie BRD gesagt, jetzt würden sie Westdeutschland sagen.

– BRD ... das klingt wie der Name einer Stahlfirma, sagte ich. Westdeutschland ... hört sich viel harmloser an, fast naiv, ein kleines, puzzliges Land mit ein paar unbedeutenden Flüssen wie Ems, Nahe und Sieg. Aber was ist das alles gegen die strahlenden, österreichischen Namen, Namen wie Ochsenschleppsuppe.

– Ich merk schon, Du bleibst, lachte Nora. Hab ich Dich überzeugt?

– Kannst Du denn überhaupt noch arbeiten, unter diesen Umständen? fragte ich.

– Natürlich, antwortete Nora. Marion und Walter laufen schon in der Früh aus dem Haus, sie sind den ganzen Tag unterwegs, abends kommen sie hundemüde zurück und legen sich gleich schlafen.

– Wie kommen sie denn zurecht? fragte ich.

– Ich glaube, ganz ordentlich, sagte Nora. Sie müssen eben alles erst einmal kennenlernen. Aber sie haben überhaupt keine Ruhe, sie rennen und rennen, sie legen Strecken zurück, die laufe ich in einem Jahr nicht.

– Ich könnte sie ja manchmal begleiten, sagte ich, ich laufe auch gern zu Fuß durch die Stadt.

– Das hältst Du nicht aus, sagte Nora, garantiert nicht! Sie sind so in Eile, daß einem schwindlig wird, nirgendwo machen sie Rast, Rast kennen sie gar nicht, sie rennen immer voran, sie sind Dir zehn Schritte voraus. Wenn Du nicht mitkommst, sagt Walter »wird schon werden« zu Dir, und dann rennst Du weiter hinter ihnen her. Ich komm mir immer ganz dekadent vor, wenn ich es mit ihrem Tempo aufnehmen soll.

– Sie glauben wohl, sie verpassen was? fragte ich.

– Ja, genau, sagte Nora, sie haben ein ganz anderes Zeitgefühl. Manchmal denke ich, sie haben es so eilig, weil in ihnen noch die Angst steckt, alles könnte bloß ein Traum sein und sie könnten am nächsten Tag wieder in der DDR aufwachen.

– Ich werd sie zu einer Ochsenschleppsuppe einladen, sagte ich, das wird sie bremsen.

– Ach was, lachte Nora, es wird sie nur noch kräftiger und ausdauernder machen. Sie werden noch einen Gang zulegen.

Noras Wohnung war hell und geräumig. Die Zimmer gingen von einem breiten Flur ab, in dem allein man ein Notquartier für zehn Flüchtlinge hätte einrichten können. Sie führte mich in das Zimmer, in dem ich wohnen sollte, dann zeigte sie mir auch die anderen Räume.

– Hier wohnen Marion und Walter, sagte sie, das ist das große Zimmer. Schau mal, wie ordentlich es hier ist! So ordentlich ist es bei mir sonst nie! Sie machen sogar morgens die Betten, sie spülen das Frühstücksgeschirr, sie sind wie unsichtbare Geister, die nach strengen Regeln leben … Aber sag, was hast Du vor? Ausschlafen, ein wenig spazierengehen?

– Ich bin hundemüde, sagte ich, ich habe zwei Nächte nicht geschlafen.

– Selber schuld, sagte Nora, die Pool-Recherchen hinterlassen eben ihre Spuren. Also ausschlafen?

– Ich werde früh zu Bett gehen, sagte ich, das schon. Aber vorher würde ich gerne mit Dir durch die Stadt laufen, wenn es Dein Artikel erlaubt.

– Natürlich, lachte Nora, das machen wir. Wo zieht es Dich denn hin? Wir können uns Schuberts Sterbezimmer anschaun, wie wäre das? Oder lieber das Grillparzer-Zimmer? Oder wir …

– Nein, sagte ich, bitte nicht. Weder Schubert noch Grillparzer, Nora, weder Beethoven noch Mozart, und erst recht kein Stifter, auf keinen Fall Stifter! Am liebsten gar nichts, das reine Gar-Nichts, das pure Nichts, oder, wie soll ich sagen, Wien ohne Wien!

– Und wie sollen wir das anstellen, Wien ohne Wien? fragte Nora.

– Man müßte unter das Schubert-Grillparzer-Stifter-Wien tauchen können, sagte ich, man müßte Wien irgendwie umgehen können, außen herum, verstehst Du, oder sonstwie zwischendrin.

– Zwischendrin ist ganz schwer, sagte Nora. Was wäre denn zwischendrin? Gib mal irgendein Beispiel!

– Mietshäuser wären zwischendrin, sagte ich, lange, dunkle Mietshäuserzeilen, meinetwegen auch Mietskasernen, abseitige Mietskasernen oder dergleichen, ein wenig düster und ohne die kleinste Prise Stifter!

– Gut, sagte Nora, Dich treiben ja sehr perverse Instinkte. Aber mir soll es recht sein, wegen mir Mietshäuser, eins neben dem andern. Dann geht's eben nach Ottakring und Hernals.

– Ottakring und Hernals, sagte ich, genau das meinte ich. Eine Ochsenschleppsuppe irgendwo in Ottakring oder Hernals, und später dann, wie heißt es gleich, Erdschmarrenbraten?

– Erdäpfelschmarren! sagte Nora lachend.

– Tafelspitz mit Erdäpfelschmarren! sagte ich.

Wir waren nach Ottakring aufgebrochen, doch es hatte schon nach wenigen Minuten begonnen zu regnen. Es war ein feiner, zunächst unscheinbar wirkender Regen, ein kühler Schleier, der sich einem übers Gesicht legte und an den Schläfen hochkroch, dann kam etwas Wind hinzu, als räumten die kurzen Böen das Terrain, bis der Regen ausholte und an den Häusern langschoß. Gott sei Dank, dachte ich, der Regen entfernt Dich von allem, er läßt Dich nicht so genau hinschauen, der Regen ist Dir behilflich. Jetzt bloß kein Barock, zuviel Barock wäre tödlich, jetzt keine Ringarchitektur, kein Hofgarten, und nichts von Schubert und Stifter! Nur Regen, viel Regen, ganze Schöße von Regen! Seltsam, das alles hier wiederzusehen, Du wirst lange brauchen, bis Du damit wieder etwas anfangen kannst, dieser faule europäische Schimmel verdirbt einem die Augen, drüben war's anders, da gibt es nur rechte Winkel und Geraden, und irgendwohin, mitten hinein, stellen sie dann ihre Bauten. Aber hier duckt sich alles über einem zusammen, die Häuser machen sich an einen heran, geil greifen sie nach Dir mit ihren Fratzen und Masken, dem bunten Kulturschutt. Gewölbte Fassaden, konkav, konvex, ich hab's schon gesehen, die ganze Anzüglichkeit ist mir zuwider, dieses Spielen mit Stimmungen, es ist mir einfach zuviel. Ich werde mich an gerade Straßen halten, an kilometerlange gerade Straßen, die gibt es auch hier, dunkle, einfache Straßen, ich erinnere mich noch schwach, wie hieß das damals, Mariahilfer Straße zum Beispiel, genau, das wäre das Richtige, die ganze Mariahilfer Straße entlang, und dann rechtzeitig abgebogen vor dem Schloß, o Gott, Schloß Schönbrunn, stell Dir vor, jetzt ein Tag in Schönbrunn, Du würdest verrecken. Schon »Maria Theresia« käme Dir nicht über die Lippen, mit diesem Gesäusel soll man Dich vorerst verschonen, Herrschergeschichten zerbröseln hier wie Biskuit auf der Zunge, trockene Schleimleckereien, like Zwieback, »toasted until it is very dry«. Drüben war alles abgemagert und deutlich, klare Verhältnisse, und hier schimmert der Glanz des Kulturspecks, Kaskaden mit Najaden, viel anheimelnder Stuck, geheime Kanzleien und diskrete Palais, und Hunderte leer stehender Trakte, der Leopoldinische Trakt und der Josephinische, alles flankiert hier und figuriert, und zig Kustoden promenieren unter Schwibbögen daher, und die Lakaien säubern die Bassins mit den kostbaren Bleigußfiguren, und alle Jahre wird der Carraramarmor poliert. Nein, Du bist nicht von hier, wenn man Dich anspricht, wirst Du Dich entschuldigen, nein, wirst Du sagen, sorry, »I have come from Alabama: a fur piece. All the way from Alabama awalking. A fur piece«. Man wird Dich mitleidig anlächeln, und hinter der Hand wird man sich fragen, was will er bloß hier, was will der braune Mann bloß hier, und ich werde antworten, sorry, Sie haben recht, ich bin der Große Braune, in der Farbe ganz wie ein Kaffee mit etwas Milch, ein Großer Brauner, der bin ich. Nicht türkenschwarz, kein Mokka, das nicht, eher ein Mischling, ein Kaffee mit etwas Milch, ganz zu Diensten. Ich bin Spezialist für extrakontinentale Gebilde, Klimaumschwünge, Völkerwanderungen und seltene Tierarten sind mein besonderes Hobby, Wien hat da, wie Sie alle wissen, viel zu bieten, man muß nur genau hinschauen. Ein paar tausend Kilometer nach Westen, und dann ein unvermuteter Sprung ostwärts, Deutschland außen herum, das macht aus einem Weißen einen Großen Braunen, habe die Ehre. Ja, ich brauche mich nicht mal zu verstellen, ein Großer Brauner lebt im Abseits, ein einzelnes Exemplar, das irgendwann aussterben wird. Mein Gott, wie das regnet! Wir werden Ottakring nicht erreichen, uns wird's in irgendein Beisl verschlagen, Beisl, so heißt's doch, der bösen Böe entkam ich im Beisl, das wär gleich mal ein Wiener Lied, ja, ich würd hier lauter Regenlieder schreiben, Regensuppenlieder, wie der Regen das Barock einsuppt, und die Suppen den Regen einschmarren, oder wie sagt man …

Ich hatte Nora gedrängt, ein Beisl aufzusuchen, und wir hatten dann wirklich in einem Beisl eine kräftige Suppe gegessen. Als der Regen nachgelassen hatte, hatten wir noch einen zweiten Anlauf unternommen, doch nach einiger Zeit hatte es wieder zu schütten begonnen, so daß wir uns zur Umkehr entschlossen hatten. Durch das weite Laufen war meine Müdigkeit bleiern geworden, ich hatte sie im ganzen Körper gespürt, ein schweres Gewicht, das mich, ohne Widerrede zu erlauben, ins Bett zog.

Und so war ich früh am Abend ins Bett gegangen, ich hatte mich tief in die frischen Laken verkrochen, es war eine wohlig angenehme Empfindung gewesen. Einige Stunden hatte ich auch sehr tief geschlafen, doch dann war ich plötzlich erwacht, ich war über den Flur zur Toilette geschlichen, und ich war dabei an der Küche vorbeigekommen, in der sich Nora mit Marion und Walter unterhalten hatte. Ich hatte einen kurzen Blick in die Küche geworfen, ich hatte den beiden die Hand gegeben und etwas von einem Großen Braunen erzählt, aber ich hatte die Szene schnell wieder verdrängt, ich hatte schlafen wollen, nichts sonst.

Aber mein Schlaf war durch diese Unterbrechung gestört gewesen, ich hatte von nun an unruhig geschlafen, ja, es hatte mich noch ein zweites Mal auf den Flur getrieben, zu dieser Zeit jedoch war die Küche ganz dunkel gewesen, und ich hatte nur noch ein schwaches Licht neben dem Flurspiegel bemerkt. Die kurze Begegnung in der Küche hatte aber in meinen Träumen ein munteres Chaos erzeugt, ich sah das junge Paar ganz nah, doch in den Träumen erschien es wie ein Märchenpaar, ein Paar aus einem nur aus Sagen bekannten Phantasia-Land, ein Paar, das sich immer an den Händen hielt und gemeinsam die schwierigsten Abenteuer bestand. Ich war immer wieder aufgewacht, ich hatte auf mich eingeredet, ich hatte den Tiefschlaf gesucht, ein Schlafen ohne Träume und Erinnerungen, und erst recht ein Schlafen ohne Märchengestalten, doch es war mir trotz aller Hypnose-Versuche nicht mehr gelungen.

Und so hatte ich im Morgengrauen aufgegeben, ich war leise aufgestanden und hatte mich im Bad gewaschen, ich war in die Küche gegangen und hatte mir einen Kaffee gemacht.

Wenig später waren auch Marion und Walter erschienen, so, als hätten sie nur auf ein leises Signal in der sonst stillen Wohnung gewartet. Wir hatten zusammen Kaffee getrunken, und Marion war nach draußen gelaufen, um uns ein paar Semmeln zu holen. Ich hatte Walter berichtet, ich hätte von ihm und seiner Freundin geträumt, aber es sei ein sehr unruhiger Traum mit lauter Fabelgestalten gewesen, und Walter hatte mir in aller Kürze die Geschichte der Flucht erzählt, die Fahrt zur Grenze im Bus, die plötzlich sich bietende Gelegenheit, die Grenze zu passieren, das Loslaufen, währenddessen es ihm immer heißer geworden sei, und schließlich die ersten Schritte auf der anderen Seite, so unglaublich, als hätte einen eine Rakete in Sekundenbruchteilen von einem Weltteil in den anderen geschossen.

Dann hatte er von seinen Freunden erzählt, die meisten seiner Freunde waren wie er und Marion auf dem Weg in den Westen, aber sie hatten untereinander keinen Kontakt mehr, sicher war nur, daß einige Freunde es noch auf dem Weg über Ungarn, andere jedoch über die Tschechoslowakei versuchten, möglich war auch, daß einige sich in die Prager Botschaft geflüchtet hatten, jedenfalls nahm die Zahl der Flüchtlinge dort von Tag zu Tag zu, schon waren es einige Hundert, und längst kein Ende in Sicht.

– Von denen will keiner mehr zurück, sagte Walter, da können die drüben machen, was sie wollen.

– Und was habt Ihr vor? fragte ich.

– Na, wir gehn nach Westdeutschland, ist doch klar, sagte Walter. Uns kann man nicht mehr verscheißern, wir lassen uns nicht mehr verscheißern. Ich will Informatik studieren, und Marion Medizin. Drüben haben sie einen ja nicht gelassen,

Marion hat nicht studieren dürfen, und ich hätte auch noch warten müssen, wer weiß wie lange.

Marion kam vom Einkauf zurück, und wir machten uns noch eine große Kanne Kaffee. Die beiden erzählten mir von ihrer Zeit in der DDR, sie redeten schnell, beinahe ununterbrochen, als müßten sie mir Stück für Stück beweisen, wie unmöglich es gewesen war, dort zu leben. Ihre Berichte waren wie Aufzählungen, ein Argument jagte das andere, Biographien von Freunden wurden wie Trümpfe auf das Gesamtbild gesetzt.

Ich aber saß immer hilfloser da und hörte ihnen nur zu, die Geschichten hörten sich an wie Horrorgeschichten, lauter versandete, gewaltsam abgebrochene, durchschnittene Biographien, lauter Versteck- und Trancegeschichten, Szenen wie aus einem Lehrfilm darüber, wie Depressionen entstehen.

Dabei wußte ich nicht genau, was mich lähmte, war es die Müdigkeit, oder waren es diese Geschichten, ich fühlte nur, daß ich immer unbeweglicher wurde und langsam zusammenfror, ja, ich saß auf meinem Stuhl wie früher, als mich meine autistischen Anfälle verstört und mir jede Sprache genommen hatten. Zeithaft, dachte ich nur, Betreten ausgeschlossen, unbegehbares Terrain, doch dann verschwammen die Bilder, nur schmutziges Grau war noch zu erkennen, pastos aufgetragenes schmutziges Grau, wie ich es seit den Kindertagen kannte, graue, gegeneinander verschobene Flächen, und die Anstrengung, durch dieses Grau zu treten, es irgendwo zu durchbrechen. Statt dessen mußte ich das Grau weiter fixieren, irgendeine stumpfe Magie verband mich mit diesem Grau, es war ein ekelerregender Absturz, wie ein Sprung in die Tiefe, bei dem einem Hören und Sehen vergehen und es immer kälter wurde von Moment zu Moment.

– He, sagte Nora, was ist denn los mit Dir? Ist Dir nicht gut?

– Es geht schon, sagte ich und erwachte. Ich bin einfach noch zu müde.

– Warum schläfst Du Dich denn nicht aus? fragte Nora.

– Weil ich zu neugierig bin, sagte ich. Marion und Walter haben mich bis in die Träume verfolgt, stell Dir das vor, es war wie ein Disneyland-Abenteuer. Und weil ich mir ein besseres Bild machen wollte, war ich als erster auf.

– Und hast Du jetzt ein besseres Bild? fragte Nora.

– Wir haben ihn mit unseren Geschichten überfallen, sagte Walter. Wahrscheinlich haben wir Dich halb zu Tode geredet.

– Neinnein, sagte ich, ich bin nur ein wenig schwindlig geworden, das vergeht.

– Da geht's Dir wie mir, sagte Marion, ich werde auch dauernd schwindlig. Wir laufen zwei Stunden herum, dann kann ich nicht mehr. Es ist einfach zuviel, man kann es nicht fassen, ich kann das alles nicht fassen.

– Kein Wunder in Eurem Zustand, sagte Nora, wißt Ihr, wie Ihr alle drei ausseht? Als hättet Ihr monatelang nichts Gescheites gegessen!

– Wir haben wahrscheinlich jahrelang nichts Gescheites gegessen, lachte Marion.

– Bleich seht Ihr aus und so zusammengerebelt, als hättet Ihr nur Knochen genagt, sagte Nora. Und der da, der Große Braune, der schaut aus, als hätten ihm die Alligatoren das Fleisch vom Leib runtergefuttert.

– Ah ja, richtig, Du warst ja im Ausland, sagte Walter. Wo warst Du gleich? In der Karibik, oder?

– Im Wilden Westen und in der Karibik und nahe dem sozialistischen Bruderland Cuba und gottweißwo, sagte Nora.

– Erzähl mal, sagte Marion, wie ist es denn da? Wir wollen auch nächstes Jahr in die Staaten.

– Wißt Ihr was, sagte ich, ich erzähl Euch das später einmal. Nora hat recht, wir sehen aus wie drei Hungerkünstler. Ich lad Euch ein. Wenn Ihr Lust habt, ziehn wir zusammen durch Wien, mit fünf Mahlzeiten am Tag. Wir lassen nichts aus, kein

Gulasch, kein Schwammerl, kein Beuscherl, kein Laberl, kein Krautfleekerl, und dazwischen ein paar Tassen Braune und Schwarze, und hintennach einige Obstler …

– Ist das Dein Ernst? fragte Walter.

– Mein voller Ernst unter einer Bedingung, sagte ich.

– Und die wäre? fragte Marion.

– Die wäre, daß Ihr Eure Besichtigungen nur zu zweit unternehmt, sagte ich. Während Ihr das Barock und Schuberts Sterbezimmer, die Hofburg und den letzten Sekretär Maria Theresias besichtigt, schlag ich mich in irgendein Beisl. Und ich find immer ein Beisl, darauf könnt Ihr wetten, überall find ich Beisl, selbst in Ottakring und Hernals, in den entlegensten Ecken find ich ein Beisl.

– Einverstanden, sagte Walter, dann beisln wir los!

An den folgenden Tagen waren wir meist schon in der Frühe losgezogen, Marion und Walter eilig voran, ich darum bemüht, ihnen zu folgen. Sie hatten ein rasches Tempo eingelegt, Noras Warnungen bestätigten sich, doch es hatte mir nichts ausgemacht, auf ihr Tempo umzusteigen, im Gegenteil, eigentlich war ich froh gewesen, so zielstrebig und beinahe gleitend durch die Stadt zu eilen.

Es ist, hatte ich einmal gedacht, als hörtest Du auf, Dich um Deine eigene Achse zu drehen, und doch läßt der Schwindel, der Dich seit Anfang des Jahres begleitet, nicht nach. Ja, der Schwindel hält an, nur wird es allmählich ein anderer Schwindel, es ist jetzt eher ein Taumeln und Kreiseln, ja, genau, ein Kreiseln, das Dich hin und her zieht, Du flitzt in die Kreuz und die Quer, Du schlägst Haken, ganz unberechenbar, nichts hält Dich mehr auf.

Solche Beschleunigungen waren entstanden, weil Marion und Walter nicht wählerisch waren. Alles fand ihr Interesse, die ganze Umgebung schien eine zauberische Anziehungskraft auszuüben, denn alles war noch so neu, daß kein Vergleich ausreichte, es zu etwas andrem zu ordnen.

Ich hatte mich ganz darauf beschränkt, mich um das Essen zu kümmern, es hatte mir geradezu eine diebische Freude gemacht, noch nie Probiertes zu entdecken, und so waren wir, von einer Probe zur andern getrieben, in einen wahren Futterrausch geraten. Die meisten Speisen hatte ich selbst nicht gekannt, was mich anzog, waren die klingenden, prunkenden Namen, ich präsentierte den beiden die Kostproben, ich versuchte, sie genießerisch zu beschreiben, doch meist mußte ich selbst nachfragen und mir die Ingredienzen erklären lassen.

Eine Fischpaste auf Bauernbrot mit einem Pfiff Bier, dachte ich, damit läßt sich in der Früh beginnen, feine, dünne, Brotaufstriche, etwas Rosmarin in dieser lachsfarbenen Creme, dann die Würstel, Krakauer, Krainer und Debrecziner natürlich, mit Kren oder Estragonsenf oder auch dem süßlichen Kremser, und dann eine Suppe am Naschmarkt, eine Schöberl-, eine Hirn-, eine Fischbeuschelsuppe, und Beinfleisch mit Schnittlauchsauce, und Bruckfleisch mit Knödeln, den Sautanz nicht auslassen, aber überall nur eine Probe, sich nirgends einnisten, keine Bedienung, alles im Stehen, ein Maul voll und ratzekahl die Schüssel, nur in den Cafés setzen wir uns, eine halbe, eine dreiviertel Stunde, einen Einspänner mit ein paar Kipferln, mit einem Millirahmstrudel oder Windbäkkerei, nur weiter, nur weiter, und am frühen Abend zwei, drei Krügel Bier und ein Stamperl, zwei Stamperl, drei Stamperl, wer probiert noch ein Fiakergulasch, oder vielleicht ein Lungenhaschee, Innereien sind mir das Liebste und Euch, ein Vogerlsalat, keine Ahnung was das, Sterz, keine Ahnung, und Wurzelwerk, Wurzelwerk dürfte so etwas wie Suppengrün sein.

So flogen wir durch die Stadt. Wenn Marion und Walter besichtigten, beiselte ich, und wenn ich gerade den zweiten Gespritzten versuchte, drängten sie schon wieder zum Aufbruch. Ich kam nicht mehr zur Ruhe, die Neugierde der beiden war nicht zu dämpfen, sie zogen mich mit meiner Langsamkeit auf, denn in ihren Augen hatte ich einen fatalen Hang zum Verweilen.

Sie hatten recht, mit der Zeit setzte ihr Tempo mir zu, manchmal hatte ich das Gefühl, das Ankommen übersprungen zu haben, ja, ich schien angekommen in der Zukunft, in einem drängenden, fiebrigen Zukunftsrausch, der jeden Rückblick erschwerte. Oft wehrte sich etwas in mir gegen die Eile, dann kamen die Reisebilder mir wieder ins Gedächtnis, schon begannen sie langsam zu verblassen, ich mußte mich anstrengen, mich zu erinnern. Marion und Walter aber hatten für Erinnerungen nichts übrig, wenn ich begann zu erzählen, riefen sie nur Stichworte ab, Stichworte genügten, ein paar kurze, präzise Informationen, mehr wollten sie vorläufig nicht.

Wenn wir im Gespräch auf die Vergangenheit kamen, so dachten sie an eine ganz andere als ich, meine Vergangenheit war ihre Vorvergangenheit, soweit zurück dachten sie nicht, sie dachten an ihre letzten Jahre und an die schwierigen Lebensumstände, so daß ich gar nicht erst versuchte, ihnen mit meinen Geschichten zu kommen, nein, meine Geschichten waren für sie längst passé, Geschichten einer Zeit, die nur noch nachlebte in verwackelten Wochenschaustreifen, ich wagte nicht einmal, davon zu sprechen, nein, ich hätte nicht die richtigen Worte gefunden, mein langer Text wäre ihnen fremd gewesen, wie sie mir fremd waren in ihrem durch nichts mehr aufzuhaltenden Wollen, ihrer oft als Pose erscheinenden Unbekümmertheit und ihrer naiven Frische, die ihnen etwas Gerades, Unbeirrtes verlieh.

Und so ließen wir diesen Stoff schnell beiseite, ich war sowieso der letzte, dem der Sinn nach Diskussionen stand, wir zogen lieber weiter, Walter verglich laufend die Preise, Marion wollte in jedes zweite Geschäft, es war, als wollten sie mit allem verwachsen und Fühlung aufnehmen, ja, als gäben sie erst Ruhe, wenn sie alle fremden und neuartigen Dinge in Händen gehalten hätten.

– Jetzt gehen wir noch ins Kunsthistorische Museum, sagte Marion, bist Du dabei, oder sollen wir Dich wieder irgendwo auflesen?

– Auflesen ist mir lieber, sagte ich, an so einem Museumsbrocken habt Ihr wenigstens mal ein paar Stunden zu würgen.

– Na hör mal, sagte Walter, Dürer, Rembrandt und Rubens – die läßt Du einfach links liegen?

– Ich finde auch, sagte Marion, einmal könntest Du eine Ausnahme machen.

– Dürer, Rembrandt und Rubens, sagte ich, die hebe ich mir für das nächste Mal auf.

– Du bist ja ein richtiger Bilderverächter, sagte Walter, hätte ich nicht von Dir gedacht.

– Ist er auch gar nicht, unterbrach ihn Marion, er will nur allein in Erinnerungen schwelgen.

– Für wen haltet Ihr mich? sagte ich. Ihr redet gerade so, als wär ich ein Greis.

– Dann beweis uns das Gegenteil, lachte Marion.

– Stilleben, sagte ich, Stilleben würd ich mir anschauen. Wenn das ganze Museum voller Stilleben wäre, dann ginge ich mit.

– Ein kleiner Fortschritt, immerhin, sagte Marion. Paß auf, ich mach einen Vorschlag. Du gehst mit uns hinein, Du setzt Dich ins Museumskaffee …

– Du meinst die Cafeteria, sagte Walter.

– … Du trinkst einen Kaffee, und Walter und ich gehn

durch die Räume. Ich merk mir, wo die Stilleben hängen, und später führen wir Dich ganz gezielt. Wie wär das?

– Nicht schlecht, sagte ich, das wäre ein historischer Kompromiß. Ihr arbeitet vor, und ich bekomme die Ernte.

– Nun werd bloß nicht eklig, sagte Marion.

– Ich denke eben schon an die Zukunft, sagte ich.

– Also los, sagte Marion, wir werden ja sehen, wer hier von wem profitiert.

Ich setzte mich in die Cafeteria, ich wartete. Es waren nur noch zwei Stunden bis zur Schließung des Museums, mehr als höchstens drei Stilleben werden nicht dabei herauskommen, dachte ich. Ich bestellte einen Großen Braunen, ich blätterte in einigen herumliegenden Zeitungen. Das abendliche Sonnenlicht schien durch die hohen Fenster, ich schaute einmal kurz hinaus. Die Luft war klar, man konnte bis zu den fernen Höhen sehen, ja, dachte ich weiter, da hinauf würd ich gern laufen, ich gäb was darum, dort auf den Höhen zu stehen, mit dem Blick auf die Stadt. Ich möchte bald weiter, auf und davon, in Wien werd ich nur alt und gefräßig. Aber wohin? Wenn ich nur wüßte, wohin!

Schon nach einer halben Stunde kam Marion mich holen.

– Ich hab was für Dich, sagte sie.

– So schnell? antwortete ich.

– Damit Du es Dir nicht noch anders überlegst, sagte Marion.

– Gut, sagte ich, versuchen wir es!

Wir gingen durch mehrere Räume, ich folgte ihr, ich schaute weder rechts noch links, ich schaute nur auf das stumpfe Parkett. War ein Fehler, dachte ich, wird nicht wieder vorkommen, auch Stilleben können Dir nicht helfen.

Ich blickte auf, es war nur ein kurzer Blick zur Seite, doch dieser Blick streifte ein Bild. Ich blieb stehen, unmöglich, dachte ich, was ist das? Wer hat das gemalt? Und wo bin ich?

Marion war schon weitergeeilt, doch ich folgte ihr nicht. Sie kam noch einmal zu mir zurück.

– Hier ist es nicht, sagte sie, komm noch etwas weiter!

– Ich komme nicht weiter, sagte ich, ich hab was entdeckt.

– Was hast Du entdeckt? fragte Marion und schaute auf das Bild, das ich anstarrte. Das ist doch kein Stilleben, das ist ein Brueghel, Pieter Brueghel, das sind Brueghels »Jäger im Schnee«.

– Nein, sagte ich, oder doch, ja, vielleicht.

– Nicht vielleicht, hier steht's, sagte Marion. Außerdem kenn ich das Bild.

– Nein, sagte ich, ich kannte es nicht, oder doch, ja, natürlich.

– Sag mal, verstehst Du mich nicht? fragte Marion. Ich hab von mir gesprochen, nicht von Dir.

– Ich sprech ja auch von mir, sagte ich. Ich spreche von Brueghel und mir.

– Ich glaub, ich laß Dich lieber allein, sagte Marion.

– Ja, sagte ich, laß mich lieber allein. Aber die Zeit wird zu kurz sein, Gott, ja, die Zeit ist zu kurz.

– Wozu? fragte Marion.

– Ich werd mir Zeit nehmen müssen, sagte ich, Zeit für das Bild. Und hier sind noch zwei ganz ähnliche, hier ist die Fortsetzung, siehst Du, das eine hier gehört zu den beiden anderen dort.

– Ja, ich weiß, sagte Marion. Es sind die Brueghelschen Monatsbilder, es sind Abbildungen der Monate, die waren mal in meinem Wandkalender.

– Schön, sagte ich, ein schöner Kalender!

– Nein, sagte Marion, nicht hier, zu Hause, ich hatte sie zu Hause mal in einem Kalender.

– Ach so, richtig, sagte ich. Zu Hause, ein Hauskalender, ein Heimkalender, ein Monatsheimkalender.

– Ich versteh nicht, was Du sagen willst, sagte Marion.

– Ich hab sie entdeckt, sagte ich, ja, ich hab sie entdeckt. Ihr könnt mich allein lassen, ich schau mir den Kalender an, das ganze Jahr schau ich mir an.

– Aber es sind doch nur drei Bilder, sagte Marion.

– Nein, sagte ich, es ist das ganze Jahr.

– Es ist Brueghel, sagte Marion noch einmal.

Nein, sagte ich, oder ja, Brueghel, mag schon sein, aber es ist auch mein Kalender.

– Na gut, sagte Marion, ich geb's auf. Wann treffen wir uns, sollen wir Dich hier abholen?

– Nein, sagte ich, es wird länger dauern, ich brauch etwas Zeit, wir sehn uns am Abend bei Nora.

– Vorhin wolltest Du nicht einmal eine Minute hinein, sagte Marion, und jetzt brauchst Du fast zwei Stunden für drei kleine Bilder.

– Nein, sagte ich, es sind viel mehr, es ist ein Zyklus, ein Kalenderzyklus, ein ganzes Jahr fast. Also, am Abend bei Nora!

– Na gut, wie Du willst, sagte Marion und verschwand.

Ich schaute nach den Bildtiteln, ich las »Jäger im Schnee«, »Der düstere Tag« und »Die Heimkehr der Herde«. Ich setzte mich, um die Bilder in Ruhe betrachten zu können, doch plötzlich verwandelte sich die Szene, nein, ich saß nicht mehr in einem Wiener Museum, nein, es war ein ganz anderer Platz, ich saß dort, wo ich vor vielen Monaten gesessen hatte, ich saß auf der kleinen, geschützten Bank ein wenig unterhalb meines Elternhauses am Rande eines Buchenwaldes, und ich schaute auf das Elternhaus meines Vaters. Ja, es war dieser alte Blick, der Blick, in den ich vernarrt gewesen war, der Blick auf den väterlichen Bauernhof und die Gastwirtschaft, der Blick auf die Scheunen und auf das kleine Flüßchen, dieser begeisternde Blick, der nicht nur mein Blick, sondern auch der Blick meines Vaters gewesen war. Immer war es mir so vorgekommen, als hätte irgendein Maler diesen Blick einmal gezeichnet, immer hatte ich gedacht, es sei ein malerisch erfundener Blick, doch nun traf mich der Blick, denn die Bilder des Malers Brueghel hatten meinen Blick variiert und im Geschehen des Jahres gespiegelt.

Das erste aber, was ich gesehen hatte, waren die tiefen Spuren der Jäger im Schnee gewesen, drei vermummte, erschöpfte Jäger kamen von der Fuchsjagd zurück, begleitet von einer Hundemeute, auch die Tiere ließen die Köpfe hängen, denn es mochte anstrengend sein, sich im Tiefschnee zu bewegen, und so blieben auch die Füße der Jäger stecken im Schnee. Die Jäger hatten gerade das hohe Plateau erreicht, und von diesem Plateau ging der Blick in die Weite, das Gelände vor ihnen fiel langsam ab, die Häuser am Wegrand waren nur noch rostbraune Silhouetten, ganz zugeschüttet von Schnee, und unterhalb, etwa in der Mitte des Bildes, waren zwei Dörfer zu erkennen, mit Kirchtürmen und noch kleineren, sich hinduckenden Häusern und Scheunen, und daneben der große Dorfweiher, zugefroren schon, mit Eisläufern und Hockeyspielern, mit auf dem Eis dahineilenden Kindern.

Vom hohen Plateau, das die Jäger erreicht hatten, ging jedoch ein Sog in die Tiefe, man spürte eine sachte, wie magisch wirkende Bewegung, drei mächtige Bäume im Vordergrund verstärkten sie, und auf den kahlen, dürren Ästen der Bäume saßen dunkle Vögel, ganz vereinzelt, in der Kälte beinahe erstarrt. Nur ein Vogel schwang sich wie ein Pfeil in den Raum, in leichtem Schwebeflug sank er hinab in die Tiefe oder vielleicht auch in die Ferne, denn hinter den Dörfern, in der unabsehbaren Weite, wo sich zur Rechten gewaltige Gebirge auftürmten, öffnete sich die Landschaft, Alleen, Straßen und verschneite Felder führten zum Horizont, und der Horizont war nur eine Ahnung, eine dünne, weißzerzauste Linie, hinter der ein anderer Kontinent beginnen mochte.

Die Jäger im Vordergrund kehrten dem Betrachter den Rücken zu, und auch die anderen Menschen wirkten ganz in sich versunken, vor einem Wirtshaus wurde ein kleines Feuer zum Schweinesengen gemacht, eine alte Frau trug ein schweres Reisigbündel über eine Brücke, und ein Pferdegespann wurde von einem Mann ins Dorf geführt. Und so wirkten die Menschen nur wie der Landschaft zugehörige Zeichen, die weite, von dem Felsplateau in die Tiefe abfallende, sich in die Ferne öffnende Landschaft beherrschte das Bild, es war eine Weltlandschaft, zusammengesetzt aus allen nur erdenkbaren Terrains und Zonen, mit Weihern, Bächen und Mühlrädern, mit wild aufragenden Felsmassiven und kaum geschwungenen Hügelkuppen, mit flachen Feldern und einem einzelnen, vom Schnee niedergedrückten Strauch im Vordergrund, dessen Zweige sich winterkrumm wölbten.

Das Auge aber setzte diese Terrains ohne Mühe zusammen, denn die matt leuchtenden Farben des Vordergrunds, das Rotbraun des Wirtshauses, das gleißende Goldrot des Feuers, das Erdbraun der Hunde, verloren sich in der Tiefe allmählich im Weiß des Schnees, die blendenden Linien und Streifen des Weiß akzentuierten das Bild, und dazwischen das stahlige Graublau des Eises und das von unmerklichen, gelblichen Schleiern durchsetzte Fernblau der Weite.

Ja, dachte ich, das macht der bäuerliche Blick auf die Landschaft, das macht der Jahreszeitenblick, alles auf dem Bild ist nur von der Jahreszeit her empfunden, jedes Detail, noch die struppigen Weidenruten deuten den Winter an, es sind dieselben Ruten, die dort, auf dem Bild des »Düsteren Tages«, beschnitten werden, wieder schaut man von einem hohen Plateau erst in die Tiefe und dann in die Weite, es ist ein stürmischer, wilder Vorfrühlingstag, ein Fluß tritt über die Ufer, und Schiffe drohen zu kentern, während in dem kleinen Dorf in der Tiefe eine Frau Beete umgräbt und Dächer ausgebessert werden, ein Spielmann ist vor dem Wirtshaus zu erkennen und ein pinkelnder Bauer.

Ja, und wieder ist der unheimliche Sog zu spüren, der Jahreszeitensog ist auch an den Farben ganz deutlich erkennbar, die fernen, kühl wirkenden Berge mit eisigen Gletschern und noch schneebedeckten Gipfeln, die dunkle Stadt am Fuß des Gebirges, und dann, zur Linken, die wärmeren Töne des Brauns, die Menschen kraucheln aus ihren Häusern hervor, es treibt sie wie Knospen aus der Vorfrühlingserde, einer musiziert schon, andere tanzen. Tiefliegende Wolken zerstürmen den Himmel, überall Mützen von Wind, abgeschnittene Bäume im Vordergrund, und auch dort ein tanzendes Paar, ein wie im Traum tanzendes Paar.

Das schönste Bild aber ist das vom Herbst, das Bild von der Heimkehr der Herde. Der Zug der schweren Tiere von dem hohen Plateau in die Tiefe! Die Hirten, die die Rinderherde mit langen Stangen vorwärtstreiben! Der Weingarten in der Mitte, nahe dem kleinen Flüßchen, und, ja, das ist es, ich erkenn es genau, das Gehöft auf der anderen Seite, unterhalb der steil ansteigenden Berge! Die Tiere, weißbraun- und weißschwarzgefleckt, die großen, glotzenden Augen und die Geometrie der breiten, fast kubischen Hinterteile! Und die schmalen Wege am Fluß entlang, der Rebenhügel in herbstlichem Lila, und die Richtstätte auf dem Galgenhügel!

Ich stand auf und ging wieder näher heran, ich wollte jede Einzelheit untersuchen, den Farbauftrag, das Stricheln und Klecksen, das Tupfen mit trockenem Pinsel, ich wollte die Farben genauer studieren, und so stand ich mit weit aufgerissenen, mit immer wieder geriebenen und in den Winkeln durch

Überanstrengung feucht gewordenen Augen vor den Bildern des Malers Brueghel, die zugleich auch die Bilder meiner Heimat waren.

Es waren die Szenen, die ich in den letzten Monaten geträumt hatte, es waren die nur gering von meinen Traumbildern abweichenden Landschaftsszenen, Szenen von einem hohen Plateau aus gedacht, Szenen, von der kleinen Bank am Rande des Buchenwaldes aus gesehen, die meine Bank und die Erinnerungsbank meines Vaters gewesen war.

Nur eins fehlt, dachte ich, schade, daß die Erntebilder fehlen, die Bilder von der Kornernte im Sommer, oder die von der Heuernte, oder nein, ich brauche sie ja nur zu ergänzen, und ich weiß schon, welches Bild Brueghels Monatsbilder ergänzt, ganz genau, die alte Fotografie, die Vater bei der Heuernte zeigt, mein Lieblingsfoto ergänzt diese Serie. Vater steht vor dem Heuhaufen, er zupft sich am Ohr, nein, es ist keine komische Geste, er hat sich nur zufällig am Ohr gezupft. Er steht da mit seinen bloßen, schmalen Armen, die Hemdärmel hochgekrempelt, die Schultern hochgezogen, wie ich ihn dann später noch so oft gesehen habe in der Nähe unseres Hauses beim Heumachen. Schwere Feldschuhe, ja, klobige, ausgebeulte schwarze Schuhe, mit Schuhriemchen, die oft rissen und die er doch nie ausgetauscht hatte, jahrelang dieselben Schuhriemchen, verdammt, warum hat er sie nie gewechselt? Und dann die kurz geschnittenen Haare, dieser große Bauernschädel mit der breiten slavischen Stirn, die auch meine Stirn ist, wie auch die Hände und die Finger meine Finger sind.

Aber das genügt nicht, denn mein beim Mähen ausruhender Vater ist nur ein Teil des viel größeren Bildes, hinter ihm verläuft der Feldweg bis zur kleinen Brücke, und die Brücke führt hinüber in das Dorf, »Thal«, so heißt es, mit »h«, »Thal«, die wenigen Häuser von »Thal«, wo im Mai der Maibaum aufgerichtet wurde, »Thal« ist der Name, ja, und das Flüßchen schlängelt sich vor dem Dorf durch das flache Stück Land, wo die Rinder im Sommer weideten und die Wiesen voll waren von den eingetrockneten Kuhfladen, daß man drüberspringen mußte, wenn man zum Schwimmen wollte, ja, »Thal«, die wenigen Häuser, und »Nister«, »Nister« ist der Name des Flüßchens, »Thal« an der »Nister«, zwei Namen wie erfunden, zwei gefundene Wirklichkeitsnamen!

Und dann male ich meinem bei der Ernte ausruhenden Vater die Weite hinzu, eine Turmruine am Rhein, den breiten Strom, den er so liebte, eine kleine Szene aus dem alten Köln, aus dem Köln vor dem Krieg, Köln am Heumarkt, wo man denkt, man ist halb schon in Flandern, Hotel Weinhaus Vanderstein-Bellen, Zigarren Heinrichs und das Wirtshaus Zur Sonne, Köln am Heumarkt, wo man schon das Meer ahnt, ja, die offene See, wo es einen fortzieht nach Westen, durch Belgien bis zur Küste, wo es einen nach Brügge zieht und Gent, nach Ostende und, ja, und nach Antwerpen!

Der Maler Brueghel hat Antwerpen gemalt, dachte ich, ich male mit den Augen Brueghels mein Monatsbild.

So hatte ich lange vor den Bildern gestanden und gesessen, ein Ordner hatte mich am Ende hinausbitten müssen, unruhig und angespannt hatte ich das Museum verlassen und war noch zwei Stunden durch die Stadt gestreift. Immer wieder hatte ich mich an die Bilder erinnert, und ich hatte weiter über die Magie der Bilder gerätselt, ja, hatte ich mich nur wiederholt, es ist ein Sog darin, ein alter, auch tief in mir sitzender magischer Sog!

Schließlich war ich jedoch zu Noras Wohnung zurückgegangen, das Herumstreunen hatte mich nur immer hilfloser gemacht. Nora saß mit Marion und Walter im großen Zimmer, sie hatten den Fernseher eingeschaltet und schauten sich die Nachrichten an.

– Du hast wohl Überstunden gemacht? sagte Marion.

– Sie haben mich rausgeworfen, sagte ich. Vielleicht geh ich morgen noch einmal hin.

– Kannst Du mir jetzt mal verraten, was dran ist an Deinem Brueghel? fragte Marion.

– Ich hab's noch nicht rausbekommen, sagte ich, tut mir leid.

– Wir haben Dir drei Postkarten gekauft, sagte Walter, das erspart Dir den Weg.

– Gut, sagte ich, danke. Und was gibt es hier Neues?

– Die Flüchtlinge in der Prager Botschaft, sagte Nora, es werden immer mehr, es sind jetzt schon mehrere Tausend.

– Freiwillig gehn die nicht zurück, sagte Walter, freiwillig nie. Da können die noch soviel reden, da können sie sich auf den Kopf stellen. Wenn wir nur wüßten, ob unsere Freunde darunter sind!

– Kann man das nicht rausbekommen? fragte ich.

– Wir haben's schon versucht, sagte Marion, wir haben es telefonisch versucht. Nichts zu machen!

– Was hat man Euch denn gesagt? fragte ich.

– Daß sie keinen Überblick haben, sagte Marion. Es kommen täglich viele hinzu, außerdem rücken sie keine Namen raus, ist ja verständlich.

– Könnte ja jeder nachfragen, sagte Walter, könnte ja jemand von drüben nachfragen und dann Druck ausüben auf die Familie oder auf die Verwandtschaft.

– Und was denkt Ihr, fragte ich, was soll nun werden?

– Zurück gehen die nicht, sagte Walter noch einmal, das ist klar. Man muß eben verhandeln, oder sie schließen die Botschaft, vielleicht wird die Botschaft umstellt, daß niemand mehr rein kann.

– Ich hielte das nicht aus, sagte Nora. Die sind nun schon wochenlang in der Botschaft, die müssen sich doch wie Gefangene vorkommen.

– Das hält man aus, sagte Marion, früher kam man sich ja auch wie ein Gefangener vor. Jetzt haben sie wenigstens ein klein bißchen Hoffnung.

– Gehst Du noch einmal fort? fragte mich Nora.

– Nein, sagte ich, ich bin zu müde.

– Gut, sagte Nora, dann koch ich uns was.

– Nicht schlecht, sagte Walter, endlich mal in Ruhe zu essen. Mit unsrem Großen Braunen geht das sonst nur im Eilverfahren.

– Beschwer Dich nicht, antwortete ich, wir wissen beide, wer hier das Tempo vorgegeben hat.

– Streitet nicht, fangt lieber an, sagte Marion. Wie ich Nora kenne, wird es stundenlang dauern.

– Genau, sagte Nora, Ihr werdet Euch etwas gedulden müssen.

– Dann erzählt mir der Große Braune solange etwas von seinem Brueghel, sagte Marion und schaute mich erwartungsvoll an.

An den beiden nächsten Tagen hatte uns das Nachrichtenfieber gepackt. Wir hatten kaum noch das Haus verlassen, statt dessen hatten wir stundenlang vor dem Fernseher gehockt, um keine wichtige Meldung zu verpassen. Manchmal hatte einer von uns Zeitungen besorgt, wir hatten uns gegenseitig die Berichte vorgelesen, aber diese Lektüre hatte uns nur noch aufgeregter gemacht.

Marion und Walter hatten keinen Sinn mehr für Wien, und auch ich hatte es aufgegeben, mich durch Spaziergänge abzulenken. Man spürte genau, daß die Nachrichten und Meldungen wichtiger waren, sie beanspruchten alle Aufmerksamkeit, es war, als hielten sie einen vor dem Fernseher gefangen.

Wir versuchten uns vorzustellen, was mit den Flüchtlingen geschehen mochte, wir gingen alle Möglichkeiten durch, doch es war auf die Dauer quälend, ohne genaue Anhaltspunkte zu spekulieren. Außerdem widersprachen sich die Meldungen, einige deuteten auf ein baldiges Ende und ließen keinen Zweifel daran, daß die Flüchtlinge in ihre Heimat zurückkehren mußten, andere brachten diplomatische Vermittler ins Spiel und erhofften sich von ihnen mühsam ausgetüftelte Lösungen.

So saßen wir viele Stunden im großen Zimmer, einer von uns kochte für alle, während die anderen wie gebannt in den Fernseher starrten, von einem Programm zum anderen wechselnd, immer auf der Suche nach einem neuen Aspekt. Schon die kleinste Neuigkeit setzte eine Vielzahl von Vermutungen und Befürchtungen frei, Marion und Walter waren unersättlich, alles zu kommentieren, sie fühlten sich mit den Flüchtlingen verbunden, sie sprachen von »unseren Leuten« und malten aus, was in den Köpfen der Wartenden vor sich gehen mochte.

An den Abenden saßen wir zu viert in der Küche, das Essen wollte uns nicht schmecken, im großen Zimmer blieb der Fernseher eingeschaltet, wenn von Prag berichtet wurde, eilten wir wieder hinüber und versuchten uns vorzustellen, wie es dort aussehen mochte. Die Kommentatoren waren mit ihren Teams in der Nähe der Botschaft aufgezogen, manchmal bekam man einen flüchtigen Blick auf das überfüllte Terrain, doch Einzelheiten waren nicht zu erkennen.

Es ist fast wie in der Kindheit, hatte ich gedacht, fast wie früher, als man mit kalten Fingern zu Hause rumsaß und auf Nachrichten wartete. Es ist beinahe wie an den Tagen, als in Berlin die Mauer gebaut wurde, oder wie an den Tagen der Cuba-Krise, oder wie an dem Tag, als in Dallas Kennedy erschossen wurde. An solchen Tagen hat Mutter vom Krieg geredet, an solchen Tagen war sie sicher, daß der Krieg von neuem begann.

Mutter hat nie vom Ende des Krieges gesprochen, Mutter hat auch in den Nachkriegsjahren immer mit einem neuen Krieg gerechnet. An solchen Tagen begann sich für Mutter alles von neuem zu verwirren, Mutter wurde krank, Mutter begann, Brote zu schmieren und Vorräte zu horten, und Mutter schrieb kleine Zettel, auf denen stand: »Mein Sohn kann heute und morgen nicht zur Schule gehen, weil er sich nicht wohl fühlt.«

Vater hat die Zettel zerrissen und ist mit rotem Kopf durch die Wohnung gerannt, Vater hat gerufen alles Unsinn, so ein Unsinn, und als Mutter vom Krieg gesprochen hat und davon, daß es nun wieder zum Krieg kommen könnte, hat Vater ach was! gerufen und nie, niemals, nie!

Vater hat Mutter beschuldigt, alles nur zu dramatisieren, Du dramatisierst, hat er gerufen, und Du machst den Jungen verrückt, und Du machst uns noch alle verrückt, aber Mutter hat darauf bestanden, daß ich nicht zur Schule gehen sollte, und als Vater mir befahl, wie immer zur Schule zu gehen und nichts darauf zu geben, was Mutter sagte, hat Mutter mich in meinem Zimmer eingesperrt. Ich habe allein in meinem Zimmer gesessen, und ich habe gehört, wie Vater Mutter gedroht hat, gib mir sofort den Schlüssel, gib den Schlüssel her, aber Mutter hat ihm den Schlüssel nicht gegeben, und so habe ich so lange allein im Zimmer gesessen, bis Vater zur Arbeit gegangen war. Erst als Vater die Wohnung verlassen hatte, hat Mutter die Tür wieder geöffnet, und ich durfte hinaus. Ich durfte die Wohnung aber nicht verlassen, nein, das war ganz unmöglich, immer mußte ich mich in Mutters Nähe aufhalten, nicht einmal im Garten durfte ich spielen, obwohl sie mich vom Fenster aus doch leicht hätte sehen können.

Sie wollte mich aber in Reichweite haben, ich durfte mich nicht zu weit von ihr entfernen, und ich mußte ihr helfen, Vorräte anzulegen und dicke Suppen, Tomatensuppen und Bohnensuppen, in Einweckgläser zu füllen. Am Abend, wenn Vater nach Haus kam, begann dann erneut der Tumult, Mutter legte sich ins Bett, Mutter sprach nicht mit Vater, und ich mußte ihr etwas zu trinken bringen und mich neben sie setzen. Ich saß auf ihrem Bettrand, und sie trank so langsam, als sei sie schwer krank, und mit den Tagen wurde sie wahrhaftig krank, das hatten wir alle schon die ganze Zeit gewußt, wir alle hatten befürchtet, daß Mutter wieder krank werden könnte, und da es so furchtbar war, wenn Mutter krank wurde und allmählich, von Tag zu Tag, wieder die Sprache verlor, war Vater so laut geworden und hatte sich so stark gewehrt.

Durch sein Rufen und Reden hatte Vater Mutters Krankheit abwehren wollen, doch jedesmal war es vergeblich, Mutters Krankheit war nicht aufzuhalten gewesen, ihr Ausbruch kam so selbstverständlich und unaufhaltsam wie eine Naturkatastrophe, und es wäre am besten gewesen, gleich, schon bei den ersten Symptomen, den Arzt zu holen. Denn man sah Mutter die Krankheit schon Tage zuvor an, man sah genau, wie sich ihr Verhalten änderte, sie schaute kaum noch nach rechts oder links, sie schaute uns an, als sähe sie durch eine dicke Brille, als wären wir ihr entrückt, als stünden wir in ganz anderen Räumen. Auch begannen in solchen Zuständen schon bald die ersten offenkundigen Fehlleistungen, sie verletzte sich, sie verhedderte sich in ihren Sätzen, sie verwechselte Worte, und dann war es meist schon zu spät.

An solchen Tagen hatte ich schreckliche Angst, ich dachte immer, Mutter werde aus diesen Zuständen nicht mehr herausfinden, wenn ich sie so im Bett liegen sah, dachte ich unwillkürlich, jetzt geht es zu Ende, sie ist völlig verwirrt, sie wird ein Leben lang vor sich hin stammeln und keinen vernünftigen Satz mehr sagen. Vater aber wollte Mutters Krankheit nicht anerkennen, in den ersten Tagen tat er, als würde sie schon im nächsten Moment wieder aufstehen, er wiegelte ab, er redete auf mich ein, sie kommt schon wieder zu sich, alles nicht so schlimm, das geht vorüber.

Es ging aber nicht vorüber, es dauerte Tage und Wochen, und so hatte ich diese besonderen Tage gehaßt, schon bei den geringfügigsten Meldungen war ich zusammengezuckt, und ich hatte gedacht, wir, das heißt unsere Familie, diese Trias von Mutter, Vater und Kind, wir sind auf unglückselige Weise mit den Ereignissen draußen verbunden, die Ereignisse draußen stören uns immer wieder auf, und am schlimmsten ist es, wenn es »deutsche Ereignisse« sind, wenn von »deutsch«, »Deutschland« oder »den Deutschen« gesprochen wird, das ist das Furchtbarste, dieses Reden vom »Deutschen«.

Mutter hatte eine Art innerer Uhr, eine Art Seismographen, der auf »deutsch«, »das Deutsche«, »die Deutschen« und »Deutschland« reagierte, sie lag immerzu auf der Lauer nach schlimmen Meldungen, und schon ganz harmlose Meldungen, Meldungen eines Streiks, eines größeren Unglücks, irgendeines fremden, in einem fernen Winkel des Landes geschehenen Ereignisses brachten sie ganz durcheinander. Mutter zog sich in die Küche zurück, Mutter betrat manche Räume nicht mehr, Mutter kochte den halben Tag und fing an, Wäsche zu waschen, ganz manisch wrang sie die nassen Teile durch, die Küche machte sie zum Waschraum, und in meinem Zimmer wurde eine Leine gespannt, an der die Wäschestücke bei geöffnetem Fenster flatterten.

»Das Deutsche« und »Deutschland«, das waren Dunkellaute für Mutter, Gefahren- und Warnlaute, ganz überbesetzte düstere Laute, die, in bedrohlichen Zusammenhängen genannt, einen Bunker verlangten. Die Ärzte hatten Mutters schlimmes Befinden in den verwirrenden Tagen auf den Bunker bezogen, sie hatten von einer Bunkermentalität gesprochen und vom Bunkerverhalten, während Vater solche Erläuterungen, vor allem die psychischer Art, nur abgewiesen und zu bloßen Hirngespinsten erklärt hatte. So ein Unsinn, hatte er nur weiter gerufen, geradezu lächerlich, doch Mutter hatte ihn nicht mehr verstanden, sie hatte auf solche Abwehr nicht mehr reagiert, und so hatte Vater das alles nur mir zugerufen, mich hatte er beruhigen wollen, doch ich hatte erst recht nicht verstanden, wer recht hatte, die deutenden, spekulierenden, meist stark überforderten Ärzte, oder mein Vater, der darauf bestand, daß meiner Mutter nichts fehlte und daß sie sich lediglich irrte.

Sie irrt sich, hatte er wieder gerufen, doch das hatte natürlich nichts bewirkt, Mutter hatte sich ins Bett zurückgezogen, niemand außer mir hatte sprechen können mit ihr, und auch ich hatte mir einige Tricks ausdenken müssen, um mich mit ihr verständigen zu können. Ich hatte sie mit Gedanken an ihre Brüder und an ihre Schwester beschäftigt, ich hatte sie an ihre Kindheit erinnert oder an die frühen Schuljahre, ich hatte sie mit irgendeiner Frage geködert, und dann hatte ich mich mit ihr über diese Zeit unterhalten. Mutter hatte von der Zeit vor dem Krieg erzählen können, es waren belanglose, mich langweilende Alltagsgeschichten gewesen, Bösebubengeschichten von einem Onkel, der sich an Negerküssen überfressen hatte, oder Jungmädchengeschichten von der Zeit in einem Internat am Rhein.

Solche Geschichten hatte Mutter bruchstückweise erzählt, ein paar kleine Details brachte sie meist noch hervor, einen Anfang, eine Pointe, und ich erzählte den Rest. Ja, ich hatte diese Geschichten so gut in Erinnerung, daß ich sie meist zu Ende erzählen konnte, ich brauchte sie nur etwas zu locken, wie war das noch, sag mal, wie war das, und schon klammerte sie sich an die alten, längst abgetanen Geschichten.

Für mich bedeuteten diese Unterhaltungen jedoch viel, denn diese Unterhaltungen beruhigten mich, ich konnte mir so besser vorstellen, daß ein Teil meiner Mutter noch lebte, während der andere Teil nicht mehr ansprechbar war. Und so setzte ich mich an den Bettrand und versuchte, zwischen den Teilen zu vermitteln, ich wollte den wachen Teil hinüberziehen in den toten, ich wollte um jeden Preis, daß sie wieder gesund wurde, manchmal war es eine Sache von wenigen Tagen, manchmal dauerte es Wochen, und einmal dauerte es fast ein halbes Jahr.

Ja, dachte ich, es ist fast wieder wie damals, Du bist so aufgeregt wie damals. Die Finger werden feucht, wenn man die Nachrichten hört, man kann nicht mehr klar denken, die Nachrichten halten den ganzen Körper besetzt. Du kannst sie nicht abschütteln, diese verdammten Nachrichten, auch früher war es ganz sinnlos, sich dagegen zu wehren, nur Vater tat so, als ginge ihn alles nichts an. Und wie er triumphierte, wenn sich die Lage geklärt oder beruhigt hatte. Na bitte! höre ich ihn rufen, ich habe es ja gleich gesagt, höre ich ihn sagen, hier hört niemand auf mich, höre ich ihn klagen.

He, Dad, dachte ich, ich habe Dir ein Bild gemalt, ich habe Dir mit den Augen des Malers Brueghel ein Bild gemalt. Thal ist drauf und die Nister und der alte Hof, der Hähner Hof, auch der ist drauf, und Köln ist drauf, Köln vor dem Krieg, und der Rhein ist drauf, und in der Ferne das Meer, auch Antwerpen ist drauf. Ja, Dad, das ist Dein Bild, aber der Krieg, der Krieg, Dad, der Krieg ist nicht drauf. Das Bild ist Dein Bild, Dad, wir wollen es so lassen, es ist Dein Bild, nicht mein Bild, obwohl man unsere Bilder leicht verwechseln könnte. Du hast immer so getan, als müßte Dein Bild auch mein Bild sein, Du hast immer auf diese stumme Verständigung gesetzt, aber ich weiß jetzt, Dein Bild ist nicht mein Bild, sie sind sich nur lange sehr ähnlich gewesen. So war das, Dad, so ist das!

– Eure Politiker sollten endlich begreifen, was los ist, sagte Walter am Morgen des dritten Tages, als wir beim Frühstück saßen. Die jetzt in der Botschaft sind, die gehn nie mehr zurück, daran braucht niemand zu denken.

– Es ist nicht zum Aushalten, sagte Nora, wenn man bloß irgendwas tun könnte. Hat denn niemand eine Idee?

– Was solln wir denn tun? fragte Marion. Wir können denen nicht helfen, wir können nur noch warten.

– Was glaubt Ihr, sagte ich, sind Eure Freunde nun darunter oder nicht?

– Bestimmt sind sie dabei, sagte Walter, ich glaube hundertprozentig, die sind dabei. Wenn sie es wie wir über Ungarn versucht hätten, hätten sie es einfacher gehabt. Aber wer konnte das vor ein paar Wochen schon wissen?

– Ich glaube auch, daß sie dabei sind, sagte Marion. Wenn sie es bis Prag geschafft haben, sind sie dabei.

– Daß man es nicht rausbekommen kann, sagte Nora, verdammt noch mal, warum kann man es nicht rausbekommen?

– Da ist nichts zu machen, sagte Walter. Wir können uns da kein Bild von machen, wir sind auf diese verfluchten Meldungen angewiesen, mehr können wir nicht tun.

– Einer von uns müßte hinfahren, sagte ich, einer von uns müßte sich eben mit eigenen Augen ein Bild machen.

– Das ist eine Idee, sagte Nora, das ist doch gar keine schlechte Idee.

– Die Idee ist wirklich nicht schlecht, sagte Marion, aber wir kommen dafür nicht in Frage. Ich jedenfalls fahr nie wieder in den Osten.

– Aber ich, sagte ich, ich könnte es doch versuchen. Ich gehe einfach ins nächste Reisebüro und buche ein Hotelzimmer in Prag, von Wien nach Prag, das ist doch nur ein Sprung, oder?

– Ja, sagte Nora, das ist nicht weit. Moment, ich schau mal nach, wir fragen nach, ich telefoniere mal rum.

– Mach das, sagte ich, das ist doch immerhin eine Idee.

– Und Du würdest wirklich fahren? fragte Marion.

– Ich fahre, sagte ich, was ist denn dabei? Ich wollte immer schon mal nach Prag.

– Weißt Du was, sagte Walter, wir geben Dir einen Brief an unsere Freunde mit. Sie werden sich unheimlich freuen, einen Brief von uns zu bekommen, sie werden durchdrehen, wenn sie mit eigenen Augen lesen, daß wir es geschafft haben. Das wird sie aufpäppeln, genau, das wird sie in Stimmung bringen.

– Na, dann los, sagte ich, dann schreibt Euren Brief, ich fahre nach Prag!

– Du mußt uns sofort anrufen, wenn Du etwas rausgebracht hast, sagte Marion. Wir warten auf Deinen Anruf.

– Natürlich, sagte ich, sobald ich an der Botschaft war, ruf ich Euch an.

– Ich kann es kaum erwarten, sagte Marion. Mein Gott, bin ich jetzt aufgeregt!

– Ich bin selber aufgeregt, sagte ich, gut, daß ich fahren kann, dann kann ich die Aufregung etwas betäuben.

Nora hatte mir einige Telefonnummern aufgeschrieben. Der Zug nach Prag fuhr gegen Mittag. Ich telefonierte und versuchte, ein Hotelzimmer zu buchen, aber ich wurde zuerst nur auf die nächste Woche vertröstet. Erst beim fünften Anruf hatte ich Erfolg, schon für den kommenden Tag war ein Zimmer in der Nähe des Wenzelsplatzes zu haben. Ich buchte das Zimmer telefonisch und ging am Nachmittag in das Reisebüro, um mir eine Fahrkarte und die notwendigen Unterlagen zu besorgen. Am Abend packte ich die wichtigsten Utensilien zusammen, ich wollte nur mit leichtem Gepäck reisen, den Rest wollte ich in Noras Wohnung stehen lassen. Ich legte den Brief, den Marion und Walter geschrieben hatten, in meinen Paß, am Morgen des nächsten Tages, gegen elf Uhr, verließ ich das Haus.

Nachdem ich in Prag mein Hotelzimmer belegt hatte, machte ich mich auf den Weg zur Botschaft, die ihren Sitz im alten Palais Lobkovitz auf der Kleinseite hatte. Ich überquerte die Karlsbrücke und suchte eine Weile nach der schmalen Straße, die von einem der größeren Plätze aus zur Botschaft führen mußte. Um sicher zu gehen, ließ ich mir den Weg erklären. Die Straße wand sich einige hundert Meter einen leichten Anstieg hinauf, dann sah man bereits die Absperrungen vor dem Eingangstor des Palais. Das Tor war geschlossen, in der Nähe der Absperrgitter standen zwei Polizeiwagen, sonst war niemand zu sehen.

Ich ging langsam an dem großen Gebäude vorbei, nein, dachte ich, bloß nicht stehenbleiben, nicht auffallen, Du bist ein Spaziergänger, den es den Laurenziberg hoch zieht. Und so ging ich an den wartenden und mich beobachtenden Polizisten vorbei, ich warf nur einen flüchtigen Blick auf das Gebäude, ich tat, als hätte ich an all dem kein besonderes Interesse.

Die schmale Straße, die bis zu dem kleinen Platz vor der Botschaft noch asphaltiert gewesen war, ging nach wenigen Metern in einen holprigen, staubigen Spazierweg über, es war ein Weg zwischen hohen Mauern und Hecken, ein verborgener, wahrscheinlich nur selten benutzter Weg, der sich in Serpentinen den Berg hinaufwand. Ich folgte dem Weg, nein, ich schaute mich nicht mehr um, geh langsam, dachte ich, dann wird sich die Aufregung legen.

Vor einer großen Wiese gabelte sich der Weg in zwei noch schmalere Fußpfade, die Wiese war voller weit auseinander stehender Obstbäume. Ich wählte den linken Pfad und folgte ihm weiter den Anstieg hinauf. Die Türme des Klosters Strahov waren auf der Höhe zu erkennen, der Laurenziberg war ein ruhiger, stiller Bereich, auch hier traf ich auf keinen Menschen, gut, dachte ich, Du bist allein.

Als ich noch einige hundert Meter gegangen war, wagte ich

mich umzudrehen, und da sah ich das alte Palais unter mir liegen, und ich sah den großen Garten hinter dem Gebäude, einen Garten mit hoch aufgeschossenen Nadelbäumen, ganz durchgrünt, und der Garten war voller weißer Zelte, ein Zelt dicht neben dem anderen, und dazwischen Trauben von Menschen, ja, der ganze Garten schien bis zum Bersten mit Menschen gefüllt.

Ich schaute mich um, nein, niemand beobachtete mich, ich setzte mich auf die Wiese und starrte hinunter auf den Garten, das ist es, dachte ich weiter, Du hast es gefunden. Von den Menschen war jedoch nichts zu hören, trotz ihrer großen Menge drang kein Laut hier hinauf, es war ein trügerisches, verwirrendes Bild, als hätte jemand den Ton abgedreht oder als bewegten sich dort unten Taubstumme, die sich nur mit Gesten verständigten.

Ich schaute mir das Terrain noch genauer an, rechts vom Palais schien ein Weg abzugehen, der Weg mochte an der hohen Mauer entlanglaufen, über diesen Weg konnte man hinter den Garten gelangen, ja, von dort aus mochte man den besten Einblick haben. Ich konnte jedoch nicht erkennen, ob der Weg abgesperrt war oder ob er bewacht wurde, wahrscheinlich, dachte ich nur, ist alles längst abgesperrt, Du mußt es von der anderen Seite aus versuchen, Du mußt von der kleinen Erhebung aus, die dem Garten gerade gegenüberliegt, versuchen, an den Garten heranzukommen.

Ich wollte mir Zeit lassen, ich wollte erst ganz zur Ruhe kommen, und so saß ich weiter auf der Wiese des Laurenziberges und prägte mir jedes Detail der Umgebung ein. Ich werd es nicht schaffen, dachte ich, wie soll ich unter all diesen Menschen Marions und Walters Freunde auftreiben, das ist nicht zu schaffen, wie soll ich es anstellen?

Ich ließ jedoch den Mut nicht sinken, ich wartete so lange, bis es dunkelte, dann stand ich langsam auf und machte mich wieder auf den Weg. Das Gartengelände war nun von starken Strahlern erleuchtet, das Bild hatte noch immer etwas sehr Irreales, ja, dachte ich, es wirkt wie ein Schaubild, wie eine theatralische Szene, die Bühne ist überhell ausgeleuchtet, und die Akteure sollen agieren. Es ist eine Massenszene, die Gefangenen warten auf ihre Befreiung, es ist wie in »Fidelio«, ja, davon hat es doch etwas, nur fehlt die Trompete, die Freiheitstrompete, und dann der Gesang von der »namenlosen Freude«. Unsinn, dachte ich weiter, Deine Phantasien schmücken sich das Bild zurecht, fall nicht auf Deine Phantasien herein, Du sollst den Weg suchen, der Dich zum Gelände führt, damit hast Du genug zu tun. Ich hielt mich weiter nach rechts, ich lief quer über die Wiese und suchte nach einem Pfad, der in die Tiefe abbiegen würde, aber ich fand nichts, und so ging ich, im allmählichen Dunkeln immer unsicherer werdend, weiter den Berg hinunter und versuchte, die kleine Erhebung hinter dem großen Garten zu finden.

Ich überstieg einige niedrige Mauern, auch einen fast verfallenen Zaun mußte ich noch überwinden, dann deutete sich die Erhebung vor mir an, ja, jetzt auf der Höhe bleiben, dachte ich, von Baum zu Baum, ganz langsam, bis Du gerade gegenüber dem Garten ankommst. Und so stolperte ich im Dunkel weiter, während die Geräusche immer lauter wurden, ein gleichbleibendes Murmeln, manchmal einige Zurufe, ich näherte mich dem Gelände, jetzt mußte ich nur noch herausbekommen, ob der Garten auch auf der Hinterseite bewacht wurde.

Dann stand ich genau richtig, ich schaute auf die Rückfront des jetzt auch innen hell erleuchteten Gebäudes, der Garten war hier von einem hohen, gußeisernen Gitter umgeben, nein, dachte ich, da ist niemand zu sehen, niemand in der Nähe des Gitters, ein einziges Dunkel, laß Dich langsam den Abhang hinabgleiten, dann erreichst Du das Gitter.

Ich kam auch ohne Mühe unten an, ich hatte richtig vermutet, es war niemand zu sehen, ich stand allein an dem hohen Gitter, und ich konnte die Flüchtlinge sehen, die zwischen den weißen Zelten saßen, manche saßen auf dem Boden, andere um kleine Campingtische, trotz der Nähe waren die Laute noch immer sehr gedämpft. Ich ging an dem Gitter entlang, ich versuchte, einzelne Menschen genauer zu erkennen, manchmal verdeckten niedrige Sträucher den Blick.

Ich blieb stehen, als ich eine Stimme hörte. Es war die Stimme eines kleinen, in sich gekauerten Mannes, der ganz in der Nähe des Gitters stand. Er rauchte eine Zigarette und gab mir ein Zeichen.

– Suchst Du was? fragte er.

– Ja, sagte ich, ich suche Bekannte. Sie müssen hier sein.

– Du bist ein Westler, richtig? fragte er.

– Ja, sagte ich, ich komme aus Wien. Ich habe einen Brief dabei für Freunde, die sich hier aufhalten sollen.

– Aufhalten ist gut, sagte der Mann, gezwungenermaßen aufhalten, ist richtiger.

– Wie komm ich ran an meine Bekannten? sagte ich.

– Gar nicht, sagte der Mann, wie willst Du die denn finden? Ist völlig aussichtslos.

– Es ist aber wichtig, sagte ich, ich muß den Brief loswerden.

– Zeig mal her, sagte der Mann, zeig mir mal den Brief.

– Ich kramte den Brief heraus und reichte ihn durch das Gitter. Der Mann hielt ihn gegen das Licht und las die Namen auf dem Umschlag laut vor.

– Kenn ich nicht, sagte er, hab ich nie gehört.

– Schade, sagte ich, es ist wirklich sehr wichtig.

– Alles ist wichtig, sagte der Mann, Freiheit, Gesundheit, gutes Leben, alles ist wichtig.

– Ja, sagte ich, was soll ich bloß machen?

– Haste was zu rauchen dabei? fragte der Mann.

– Nein, sagte ich.

– Haste sonst was dabei?

– Nein, sagte ich, brauchen Sie was?

– Wir brauchen alles, sagte der Mann, die Verpflegung ist gut, sie geben sich Mühe, da kann man nichts sagen. Aber ein paar kleine Extras wären nicht schlecht.

– Sagen Sie mir, was Sie brauchen, sagte ich.

– Tabak, sagte der Mann, Tabak, Zigaretten tun's auch, und Kaffee, oder Tee, Tee tut's auch, obwohl, Kaffee ist natürlich besser. Und einen guten Schluck brauch ich auch, was man so auftreiben kann, kein Bier, Du verstehst, was Ordentliches, Kräftiges.

– Rum, sagte ich, Rum oder Cognac.

– Zum Beispiel, sagte der Mann, Rum oder Cognac, aber was Ordentliches.

– Ich verstehe, sagte ich, ich werd alles besorgen, morgen früh bin ich wieder hier. Wird das Gelände tagsüber besser bewacht?

– Ach wo, sagte der Mann, die Polizei steht vor dem Eingang da drüben, manchmal machen sie auch hier einen Kontrollgang, sonst halten sie sich zurück. Sie wissen ja nicht, was sie mit unsereinem anfangen sollen. Von wo bist Du gekommen?

Ich deutete in die Richtung, aus der ich gekommen war.

– Sehr gut, sagte der Mann, das ist der beste Weg. Von dort kannst Du alles übersehen. Du findest mich meist hier, am Eck, ich stehe hier wie eine Eins.

– Morgen früh, sagte ich, morgen früh bin ich da

– Lieber gegen Mittag, sagte der Mann, gegen Mittag drängelt sich nicht soviel Volk hier herum.

– Welches Volk? fragte ich.

– Manchmal tauchen hier Kamerateams auf, aus Japan oder aus den USA. Die suchen hier die große Nummer, da kommst Du Dir vor wie ein Affe im Zoo.

– Wie ist denn die Stimmung bei Euch? fragte ich.

– Schlecht, sagte der Mann, es sind einfach zu viele, da machen die Nerven nicht mit.

– Also bis morgen, sagte ich, morgen bin ich wieder da.

– In Ordnung, sagte der Mann, und ich suche nach Deinen Leuten.

Ich hatte mit Marion und Walter telefoniert, ich hatte ihnen meine ersten Eindrücke beschrieben, dann war ich noch etwas spazierengegangen. Ich hatte Ausschau gehalten nach geeigneten Läden, sie sollten nahe der Botschaft liegen, damit ich die Sachen nicht zu weit schleppen mußte. Dann hatte ich in irgendeinem Lokal eine Kleinigkeit gegessen, aber ich hatte keinen richtigen Appetit gehabt. Ich war früh schlafen gegangen.

Am nächsten Morgen besorgte ich als erstes Tabak, Kaffee und Tee, dazu eine Flasche Cognac, eine kleine, dachte ich, eine kleine tut's auch. Ich setzte mich in ein Café ganz in der Nähe der Botschaft, ich versuchte, mich abzulenken, aber ich war noch immer so nervös wie am Tag zuvor.

Gegen Mittag ging ich los. Da ich mir die Umgebung des Geländes gut eingeprägt hatte, war es diesmal einfacher, zu der kleinen Erhebung hinter dem Garten vorzudringen. Ich passierte nicht mehr den Eingang, ich machte mich gleich von hinten an das Gelände heran, diesmal standen einige Menschen am Gitter und unterhielten sich mit den Flüchtlingen.

Ich wollte nach meinem Ansprechpartner Ausschau halten, als ich ihn hinter einem der dichten Sträucher hervorkommen sah.

– Da bin ich, sagte ich.

– Und? fragte er. Haste was Gutes dabei?

– Ja, sagte ich, Tabak, Kaffee und Tee.

– Das ist alles?

– Und den Cognac, aber der Cognac ist teuer, für eine große Flasche reicht das Geld nicht.

– Ist in Ordnung, sagte der Mann. Reich mir die Sachen durch das Gitter, ich werd sie verteilen.

Ich packte die Sachen aus der Tüte und reichte sie ihm einzeln durch das Gitter. Sofort kamen noch andere Flüchtlinge hinzu.

– Was läuft denn hier? fragte einer.

– Haut ab, sagte mein Gegenüber, das hier geht Euch nichts an.

– Ach nee, sagte ein anderer, Du machst Deine dunklen Geschäfte, und es geht uns nichts an.

– Es ist Tabak, Kaffee und Tee, sagte ich, es reicht für vier oder fünf.

– Sie wolln wohl die Leute aufhetzen? fragte ein dritter.

– Nein, sagte ich, Unsinn! Ich suche meine Bekannten, meine Bekannten müssen hier sein.

– Aha, Du läßt Dich bestechen, sagte jemand zu meinem Partner, das sieht man nicht gern.

– Nein, sagte ich, das ist keine Bestechung, nur ein Finderlohn, gewissermaßen, ich suche meine Bekannten.

– Da kannste lange suchen, sagte jemand, der Kleine da hilft Dir jedenfalls nicht, der ist nur auf die Sachen scharf.

– Laß uns in Ruhe, rief mein Partner, haut endlich ab, das geht Euch nichts an!

– Sagen Sie mir, sagte ich, haben Sie etwas rausbekommen?

– Noch nicht, sagte der Mann, wird schon noch werden. Kommen Sie einfach noch einmal vorbei.

– Wann? sagte ich. Wann soll ich kommen?

– Am Nachmittag, sagte der Mann, ich lauf Ihnen nicht weg.

– Hören Sie zu, sagte ich, ich kann Ihnen noch einmal etwas besorgen, aber nur, wenn Sie meine Bekannten auftun.

– Ist schon klar, sagte der Mann. Ich dreh noch einmal die Runde.

– Was wollen denn die anderen hier? fragte ich und deutete auf die Leute, die ebenfalls am Gitter standen.

– Schiebereien, sagte der Mann, einige wollen Autos kaufen, andere sind scharf auf Schmuck. Devisengeschäfte, Du verstehst.

– Ich komme am Nachmittag, sagte ich.

Das hätte ich mir denken können, dachte ich und ging wieder den Laurenziberg hinauf, er kassiert die Sachen, und ich stehe dumm da. Ich muß sie finden, ja, ich werde sie finden, ich werde keine Ruhe geben, da kann er sicher sein.

Auf halber Höhe angekommen, erreichte ich einen breiten Spazierweg, der den Berg anscheinend umrundete. Ich ging den Weg entlang, es war ein schöner, schattiger Weg, von dem aus man auf die Stadt schauen konnte, nach einer halben Stunde erreichte ich ein Aussichtsrestaurant. Ich setzte mich und bestellte ein Glas Wein, aber ich konnte nicht ruhig sitzen. Hier scheint niemanden zu interessieren, was dort unten geschieht, dachte ich. Hier sitzen sie und trinken ihren Kaffee, und dort unten warten Tausende auf die Freiheit.

Ich nippte nur an dem Glas, dann ging ich wieder zurück. Spaziergänger, dachte ich, Müßiggänger, der Anblick ist ja nicht zu ertragen! Was flaniert Ihr denn hier so gelangweilt herum, he?! Ein Ärgernis seid Ihr, ein einziges Ärgernis! Ich ging immer schneller, eine Wut stieg in mir hoch, ich dachte nur daran, wie ich es schaffen könnte, mein Ziel zu erreichen. Ich muß, dachte ich, ich finde sie, ganz gewiß!

Wieder oberhalb der Botschaft angekommen, setzte ich mich auf eine Bank. Eine gespenstische Szene, dachte ich, ich kann kaum noch hinschauen. Es macht keinen Sinn, daß Du hier sitzt, Du mußt wieder an das Gitter, das ist klar.

Ich stolperte den Berg mit eiligen Schritten hinab, blind hätte ich jetzt den Weg gefunden. Diesmal standen viele Flüchtlinge auf der anderen Seite des Gitters, mein Partner war nicht darunter. Ich versuchte, mit einigen ins Gespräch zu kommen, ich erklärte ihnen, wen ich suchte, doch sie zuckten nur mit den Achseln und gaben mir zu verstehen, daß mir nur der Zufall helfen könne. Ich bewegte mich aber nicht von der Stelle, ich unterhielt mich weiter mit ihnen.

Einige waren sehr skeptisch und glaubten nicht mehr an eine baldige Lösung, andere meldeten Gerüchte, die sie irgendwo aufgeschnappt hatten. Ich stand vor einem einzigen Stimmengewirr, vor einem diffusen Durcheinander von Meinungen, doch alle waren sich einig, daß sie um keinen Preis mehr zurückgehen würden. Das ist doch kein Zuhause mehr, hörte ich, wir wollen nicht ewig um was bitten, die drüben, die lügen nur noch, die haben längst keine Macht mehr, denen laufen die Leute in Scharen davon, ohne uns geht drüben bald nichts mehr, die können sich bald selbst regieren, da bricht alles zusammen, nicht mal gescheite Klamotten können die produzieren, wenn es jetzt nicht klappt, klappt es nie, die wollen ihren vierzigsten Jahrestag feiern, muß man sich mal vorstellen, Aufmärsche, Reden und Volksfeste, wer soll denn feiern, wenn niemand mehr da ist?

Ja, dachte ich, es sind lauter Beschwörungen, sie machen sich Mut, und sie beschwören die Zukunft. Sie haben mit allem abgeschlossen, das ist klar, sie werden mit niemandem mehr verhandeln. Und wenn es noch so schlimm kommt, sie werden sich nicht umstimmen lassen.

Ich blieb den ganzen Nachmittag in der Nähe des Gitters, und wir tauschten immer dieselben Sätze aus. Ich wartete auf meinen Helfer, doch er erschien nicht wieder. Ich erkundigte mich laufend nach ihm, aber die meisten taten, als wüßten sie nicht, wen ich meinte.

Später war ich für eine Stunde an die Moldau gegangen. Ich hatte die Hoffnung fast aufgegeben. Im Dunkeln versuchte ich es noch einmal, aber mein vermeintlicher Helfer blieb verschwunden.

Auch am folgenden Tag war ich noch zweimal zur Botschaft gegangen, doch niemand hatte mir helfen können. Die Unterhaltungen entfernten sich rasch von meinem Anliegen, man befragte mich nach den neuesten Nachrichten, und ich sagte, was ich wußte. Ich konnte mich nicht laufend wiederholen, das Stehen am Gitter wurde mit der Zeit unerträglich, und so beschloß ich, es am Abend ein letztes Mal zu versuchen.

In der Dunkelheit machte ich mich erneut auf den Weg. Ich hatte eine Flasche Rum gekauft, wer weiß, dachte ich, jedenfalls hast Du alles versucht. Ich rutschte die kleine Erhebung herunter, da sah ich meinen Partner wieder an einer Ecke des Zauns.

– Endlich, sagte ich. Wo waren Sie denn gestern?

– Gestern? sagte er. Ich hab sie nicht auftreiben können.

– Haben Sie es denn wenigstens versucht? fragte ich.

– Na hör mal, was denkst Du denn? sagte er.

– Ich hab noch eine Flasche dabei, sagte ich.

– Was hast Du dabei?

– Rum, sagte ich, guten Rum.

– Ist nicht wahr, sagte er.

Ich packte die Flasche aus und zeigte sie ihm.

– Sie bekommen die Flasche, sagte ich, wenn Sie meine Bekannten finden.

– Ich bekomme die ganze Flasche? fragte er.

– Ja, sagte ich, Sie bekommen alles.

– Warte hier, sagte er. Ich versuch es noch einmal.

Er soll sie finden, dachte ich, ganz heiß geworden, er muß sie finden! »I have come from Alabama: a fur piece. All the way from Alabama a-walking. A fur piece.« Ich werde hier sitzen bleiben, bis er sie gefunden hat, »sitting beside the road«, ich werd einfach nicht weggehen! Irgendwann werd ich sie sehen, ich muß nur sitzen bleiben, ich werd die Nacht hier sitzen, bis in den Morgen, wenn es ruhiger wird, werd ich ihren Namen ausrufen, irgendwie werd ich es schaffen, und wenn ich noch Tage hier sitze.

So murmelte ich vor mich hin, ich spürte den kalten Schweiß, der mir den Rücken herunterrann, meine Finger waren feucht, während der Kopf glühte. Egal, dachte ich, völlig nebensächlich, Du wirst sie finden. Purer Rum, poor Rum, dachte ich weiter, was murmelst Du da? Rum, pur, Rumrum, poor ... so ein Unsinn!

– He, rief jemand, bist Du noch da?

Ich erhob mich, mein Partner war wieder erschienen.

– Ich hab sie, sagte er, ich hab sie gefunden.

– Wo? sagte ich. Wo sind sie?

– Sie kommen gleich, sagte er. Noch einen Moment. Wo ist die Flasche?

– Sie bekommen die Flasche, sagte ich, wenn meine Bekannten vor mir stehen.

Er schaute sich um, er kniff die Augen zusammen, er blickte in die hellen Strahler, die das Gelände ausleuchteten. Da erkannte ich sie, es war ein junges Paar, sie kamen zögernd näher.

– Sie suchen uns? fragte der Mann.

– Vielleicht, sagte ich. Ich hab einen Brief für Sie.

Ich reichte den Brief durch das Gitter, ich merkte, wie der Mann stutzte.

– Der Brief ist von Marion und Walter, sagte ich.

– Ist nicht wahr, sagte der Mann.

– Sie haben vermutet, daß Sie sich hier aufhalten. Sie haben es geschafft, kann ich Ihnen sagen, ich war mit ihnen in Wien zusammen.

– Ist nicht wahr, ist ja nicht zu fassen, sagte der Mann, he, das ist nicht zu glauben, sie sind in Wien, Herrgott, sie sind wahrhaftig in Wien!

– Ja, sagte ich, in Wien! Die Adresse steht auf dem Umschlag, das ist die richtige Adresse. Ich soll Ihnen sagen, daß wir Sie in Wien erwarten, wir warten auf Sie in Wien, und wenn es noch Monate dauert, egal, wir warten auf Sie.

– Ja, sagte der Mann, gut, Sie warten auf uns. Sagen Sie Marion und Walter, wir werden nach Wien kommen, wir kommen nach Wien.

– Nach Wien! rief ich, vergessen Sie es nicht: nach Wien!

– Ja, nach Wien! rief der Mann und umarmte die junge Frau, bald sind wir in Wien!

– Wir warten, sagte ich, ganz erschöpft, es ist ja nur noch ein Sprung. Es wird eine Freude sein, eine ganz unglaubliche Freude, namenlos, eine namenlose Freude, Sie verstehen.

– Ja, sagte der Mann, man kann es sich nicht vorstellen.

– O doch, sagte ich, das kann man. Ich kann es mir vorstellen, und vor allem, ich will es mir vorstellen, ich stell es mir ja schon eine ganze Zeit lang vor, genau das hab ich mir vorgestellt!

Ich unterhielt mich noch über eine Stunde mit den beiden. Ich reichte meinem Partner den Rum und dankte ihm. Dann gab ich allen die Hand und verabschiedete mich. Ja, dachte ich, Du hast es geschafft, Du hast es wahrhaftig geschafft!

Ich war so aufgeregt, daß ich nicht daran dachte, wieder in die Stadt zurückzugehen. Instinktiv schlug ich den Weg den Berg hinauf ein, ich rannte beinahe, ich lief wie einer, den etwas treibt, schwer atmend lief ich den Berg hinauf, bis ich die Bank erreichte.

Ich ließ mich auf die Bank fallen. Mein Hemd war naß, ich spürte einen leichten Taumel. Das vergeht, dachte ich, doch es war nicht zu dämpfen. Ich legte mich längs auf die Bank, ich schloß die Augen, ein Schwindel, dachte ich, hoffentlich ist es nur ein vorübergehender Schwindel. Mein Herz pochte, ich spürte es genau. Der Atem ging rasch, ich merkte, wie ich den Halt verlor. »I have come ... «, dachte ich noch, doch dann begann der Strudel zu kreisen.

Und ich stand auf dem hohen Plateau und schaute in die Tiefe, ich sah das nahe Dorf und das Flüßchen, und ich sah die ferne Stadt, den Strom und die Weite. Und ich bückte mich, ich machte meinen Rücken krumm und buckelte meinen Vater auf den Rücken, und ich ging langsam voran, erst prüfend, dann immer sicherer werdend, ging ich langsam voran.

Wir brechen auf, Vater, sagte ich leise, jetzt gehn wir los, und ich machte ein paar schnellere Schritte. Und so trug ich meinen Vater auf dem Rücken ins Tal, schwankend, aber ohne innezuhalten, trug ich meinen Vater durchs Dunkel, und wir passierten die Brücke über das Flüßchen und kamen immer schneller voran.

Es war nicht leicht, mit diesem Gewicht zu marschieren, nein, es war gar nicht leicht, außerdem drangsalierte mein Vater mich mit seinen Befehlen, ich spürte seinen Atem, wie ich seine spitzen Knie spürte an meinem Leib, ja, ich spürte seine feingliedrigen Finger auf meiner Brust.

Schneller, sagte mein Vater, wir kommen nur langsam voran, und ich bemühte mich, rascher zu gehen, doch der Leib meines Vaters hatte ein ordentliches Gewicht, ganz matt hing er mir auf dem Rücken, und ich mußte acht haben auf den Weg, daß ich nicht strauchelte.

Dort geht es lang, hörte ich meinen Vater, was machst Du, dort geht es lang, und ich schaute schwitzend auf, und ich sah in der Ferne den Strom, und der Strom war der Rhein. Ich wendete mich aber ab von dem Strom, nein, das war nicht der

Weg, der Weg ging nach Osten, nicht westwärts, ich wußte den Weg, ich allein.

Falsch! rief mein Vater, was machst Du nur für einen Unsinn, doch ich trug ihn unbeirrt weiter, wir wendeten dem Rhein den Rücken zu, und das Gewicht des Leibs meines Vaters wurde von Schritt zu Schritt schwerer. Laß mich, rief mein Vater, Du kennst ja den Weg nicht, aber all sein Rufen konnte mich nicht bewegen, unseren Weg zu ändern, neinnein, ich trug meinen Vater nach Osten, denn der Strom, den ich suchte, war nicht der Rhein, der Strom war die Elbe.

Es ist die Elbe, Vater, sagte ich, bald erreichen wir die Elbe, doch mein Vater zappelte nur auf meinem Rücken hin und her, er fuhr mir mit seinen Fingern durchs Gesicht, und er preßte seine Finger in meinen Mund, daß es schmerzte. Und so drehte ich ihm den Kopf zu, um ihn zu bitten, von mir abzulassen, doch da sah ich, daß ich nicht allein den Leib meines Vaters, sondern auch meine vier Brüder trug, ja, die Leiber meiner vier Brüder hatten sich an den Leib meines Vaters geklammert, zu beiden Seiten hatten sich meine Brüder in den Leib meines Vaters gekrallt, und so trug ich nicht nur meinen Vater, sondern auch die vier dürren Leiber meiner Brüder auf dem Weg in den Osten.

Und wir errcichten die Elbe, und ich wollte mit meinem Vater und mit meinen Brüdern auf meinem Rücken die Elbe durchschwimmen, doch von der anderen Seite des Flusses kamen uns Scharen von Menschen entgegen, Hunderte, ja Tausende durchschwammen die Elbe, und so mußte ich mit Gewalt versuchen, gegen diesen Strom anzukommen, während ich die Stimme meines Vaters hörte, sie wollen westwärts, verstehst Du das nicht.

Ich gab aber nichts auf die Stimme meines Vaters, mein Vater konnte mir nichts mehr einreden, mein Vater konnte mich nicht überzeugen, und von meinen Brüdern war sowieso nichts zu erwarten, denn meine Brüder hatten sich immer an meinen Vater geklammert, sie waren die Lieblinge meines Vaters gewesen, und so hielten sie auch diesmal still und spielten weiter die Unschuldslämmer.

Mein Vater war empört über mich, die Stadt in der Ferne war Berlin, er ahnte schon, daß es nur Berlin sein konnte, und ich trug meine schweren Gewichte weiter voran, ich schaute weder rechts noch links, und ich dachte, jetzt, das ist der Krieg. Und ich glaubte auch wahrhaftig Detonationen zu hören, die Erde riß zu beiden Seiten auf, und es entstanden gewaltige Krater. Ich spürte, daß zwei meiner Brüder erschlafften, ganz schwach baumelten sie nur noch am Leib meines Vaters, und auch meinen Vater hatten die Geschosse getroffen, Granaten, dachte ich nur, doch ich setzte meine Gewichte nicht ab, nein, ich trug sie weiter voran.

Der Horizont war eine glühende Linie, wie Lava wälzte sich eine stinkende Flut heran, Pestkrieg, Kotzkrieg, dachte ich, und ich spürte das Blut meiner Brüder an meinem Leib, das Blut meiner Brüder überströmte auch meinen Leib, und ich hörte meinen Vater auf meinem Rücken stöhnen vor Schmerzen, doch ich ließ ihn nicht los, nein, ich schleppte ihn weiter.

Wir wechseln die Schuhriemchen aus, sagte ich leise, wenn wir am Ziel sind, wechseln wir die Schuhriemchen aus, doch mein Vater hörte mich nicht mehr, sein Kopf baumelte nun dicht neben dem meinen, zwei Bauernschädel, dachte ich, mit breiter slavischer Stirn.

Und wir passierten Berlin, und ich sah in der weiten Ferne den Hügel, jemand hatte den Hügel umgegraben, braune, schwere Erde, Vater, sagte ich leise, bald sind wir da. Und ich trug meinen Vater durch das flache Land in die Ferne, wir erklommen den Hügel, langsam, mit letzter Kraft schleppte ich den Leib meines Vaters und die längst erkalteten Leiber meiner vier Brüder auf den Hügel hinauf. Der trigonometrische Punkt, sagte ich und richtete mich auf.

Der Leib meines Vaters und die Leiber meiner vier Brüder glitten von meinem Rücken, kraftlos fielen sie herab, kraftlos fielen sie in das offene Grab, und so war ich losgezogen mit meinem Vater und meinen Brüdern vom hohen Plateau in die Tiefe und in die Weite, und ich hatte meinen Vater und meine Brüder durch das Land nach Osten geschleppt, einen ordentlichen Weg hatte ich sie getragen, lange Zeit, und ich hatte sie getragen, um sie hier, in der fernen Weite, zu begraben für immer …